I0650000

Z

LA

BIBLIOTHÈQUE

BRITANNIQUE

Histoires, — Voyages, — Romans, etc.

Ire SÉRIE.

ROMANS.

LES SMOGGLERS SUÉDOIS.

PARIS,

RUE GRANGE-BATELIÈRE, N° 1.

1845

1844

La *Bibliothèque* de la REVUE BRITANNIQUE formera une collection d'ouvrages les uns originaux, les autres traduits. Chaque année, au moins un de ces ouvrages sera publié par livraisons, soit séparément, soit sous la même couverture que les livraisons mensuelles de la REVUE, mais avec une pagination à part, afin de former un volume indépendant : les ouvrages ainsi publiés seront compris dans le prix de l'abonnement. Les autres qui paraîtront par volumes seront offerts aux abonnés avec la remise annoncée dans les prospectus de 1844.

Le roman des *Smogglers*, qui commence la série ROMANS de la *Bibliothèque*, n'empêchera pas la direction de continuer, comme par le passé, à donner dans presque toutes les livraisons mensuelles de la REVUE les *nouvelles* et les contes traduits des *Magazines* de Londres. Avec la dernière livraison seront distribués les titres de l'ouvrage et une couverture imprimée.

Paris. — Imprimerie de BOULÉ et Cᵉ, rue Coq-Héron, 3.

LES

SMOGGLERS

SUÉDOIS.

AVANT-PROPOS.

L'auteur des *Smogglers suédois*, Émilie Flygare-Carlen, vit encore et habite Stockholm. Un second roman, que nous devons publier aussi, l'ARCHITECTE ou la COUPE MAGIQUE, prouvera que sa verve ne s'est pas épuisée dans un seul ouvrage. Nous savons d'ailleurs très peu de détails vrais sur sa vie, et il ne nous conviendrait pas d'en emprunter à la chronique médisante, qui en fait une femme dont les yeux vifs et tendres ont causé de nombreux désespoirs d'amour. Avant d'épouser le poète Carlen, auquel on a voulu, comme c'est l'usage, attribuer ses livres et qui s'en défend, la belle Émilie avait été la chaste moitié d'un officier de cavalerie. Un voyageur, qui a visité la Suède en 1844, prétend y avoir vu la rivale de miss Frederica Bremer, dans les humbles occupations du ménage et faisant même la cuisine du poète son mari. C'est certainement un talent de plus qui ne saurait faire tort au talent d'un romancier... si surtout sa cuisine est bonne, ce que le voyageur ne dit pas... parce qu'il ne fut pas sans doute invité à dîner. Nous ne sommes tenus de publier ni l'extrait de baptême, ni le contrat de mariage, ni les autres papiers certifiés qui prouveraient qu'Émilie Carlen n'est pas un de ces pseudonymes comme il en est beaucoup aujourd'hui dans la littérature romanesque ; mais nous déclarons, nous ses modestes traducteur et éditeur, que nous croyons à l'existence réelle de l'auteur des *Smogglers* et de la *Coupe magique*. Si, en publiant son second ouvrage, nous découvrons sa biographie, nous la placerons en tête : jusque-là, il faut que le lecteur daigne se contenter de nos renseignemens, tels qu'ils sont.

Émilie Carlen est encore l'auteur de *Kyrkoinvigningen* ou la *Fête d'Église*, et à notre regret nous n'avons pu encore nous procurer ce livre au titre barbare, qu'on dit son chef-d'œuvre.

Le succès de cette première traduction dispense l'éditeur de faire la part du collaborateur de la *Revue Britannique*, qui a si bien rendu la pensée du romancier original. M. F. Coquille s'est permis quelques libertés littéraires dont ce même succès le justifiera auprès de Mme Carlen. Si le roman y eût perdu, il en aurait accepté la responsabilité avec la même bonne foi.

Paris. — Imprimerie de Boulé et Cᵉ, rue Coq-Héron, 3.

LES
SMOGGLERS SUÉDOIS.

CHAPITRE PREMIER.

Sur la côte occidentale de la Suède, au nord de Marstrand, et à vingt milles environ du *Pater-Noster*, cet écueil qui a été le théâtre de tant de naufrages, s'étend un petit groupe d'îles désertes. Une seule, que nous appellerons l'île de Tistelon (1), compte quelques habitans. C'est un rocher désolé, où l'on ne voit presque aucune trace de végétation. Les plantes et les arbrisseaux qu'on y rencontre çà et là, en petit nombre, ont une apparence chétive et étiolée ; toute l'île, en un mot, couverte de masses de pierres, au milieu desquelles nulle verdure ne récrée les yeux, présente partout l'image de la plus affreuse stérilité.

A l'époque où commence notre histoire, il existait, sur la côte orientale de l'île, une petite habitation dont la moitié tombait en ruines, et que des rochers voisins abritaient en partie contre la violence des vents de l'ouest. L'extérieur mérite d'abord d'être décrit. Une des ailes semblait être de construction récente ; car, grâce au bois plus blanc et à la mousse plus fraîche (2) qui en composaient les murs, elle contrastait avec l'autre, toute noircie par l'action de l'eau salée. Les fenêtres, véritables lucarnes, étaient fermées de deux carreaux de vitre superposés, et dans l'espace qui séparait chaque fenêtre, la muraille, depuis

(1) L'île du Chardon.
(1) Les maisons suédoises, excepté dans les grandes villes, se composent généralement de grosses pièces de bois qu'on écarrit à coups de hache, et qu'on place sur deux lignes parallèles, en comblant les interstices avec de la mousse.

la toiture jusqu'à terre, était garnie de peaux de veau-marin. La cour était dallée grossièrement. A l'une des extrémités, on avait dressé plusieurs perches, entre lesquelles des cordes tendues soutenaient des quartiers de morues régulièrement étagés. Toutes les roches du voisinage étaient également couvertes de poissons qui séchaient au grand air. Au milieu de la cour s'élevait un mât surmonté d'un coq en ferblanc, qui tournait avec un cri aigu, au gré de chaque vent. Un chien de garde, d'un aspect féroce, se tenait accroupi près du porche, les yeux incessamment tournés du côté de la mer. Un chat maigre, occupé à dévorer quelques débris de poisson, complétait ce tableau.

Le jour touchait à sa fin. Il faisait un brouillard épais. Les vagues battaient contre les rochers avec un bruit sourd. Les oiseaux de mer se hâtaient de regagner leurs retraites en poussant des cris lugubres. Les derniers rayons d'un soleil blafard s'étaient éteints sous les froids abîmes de l'Océan, et les ombres de la nuit commençaient à s'étendre sur l'île. Cependant une faible lueur, produite par une lampe, s'échappait de la maison que nous venons de décrire. La porte d'entrée, qui ouvrait sur une espèce de grand couloir où l'on voyait suspendus des filets et des lignes, conduisait à la pièce principale du logis. C'était une chambre spacieuse, dégarnie de meubles, noircie par la fumée, et qui attestait les mœurs grossières de ceux qui l'habitaient : en ce moment, elle ne renfermait qu'un petit groupe, dont le personnage le plus important confirmait, par son extérieur, cette première impression. Qu'on se représente un homme de cinquante ans environ, d'une taille au dessous de la moyenne, mais d'une largeur d'épaules peu commune. Il se tenait assis au bout d'une grande table de chêne, sur un bloc de bois peint en vert, et qui, d'après certaines marques encore visibles, avait dû autrefois faire partie d'un mât de vaisseau. Le hâle avait bronzé la figure de cet homme. Ses cheveux, qui commençaient à grisonner, étaient arrangés en tresses épaisses. De gros favoris venaient se perdre dans une longue barbe toute hérissée. Il portait un grand paletot de laine et de larges culottes ou brayes en velours de coton. Ses jambes étaient protégées par des bottes en peau de veau-marin. Chacun de ses mouvemens indiquait une vigueur extraordinaire, et à l'expression de ses yeux, fixés sur le fusil qu'il s'occupait à nettoyer, on devinait un caractère résolu et entreprenant : c'était Haraldson, le maître de la maison.

Debout, en face de lui, et à l'autre extrémité de la table, était son fils aîné, une espèce de géant dont les traits ne manquaient pas de beauté, malgré l'air farouche et hagard de sa physionomie. Il portait un pantalon de toile. Le collet de sa chemise bleue à raies lui retombait sur les épaules. Appuyé sur sa carabine, il s'occupait à aiguiser des pierres à fusil en les frottant de temps en temps contre l'ongle de son pouce.

Mais la nature a semé partout des contrastes, et les contrastes ne faisaient point ici défaut. A côté du père était son plus jeune fils, frêle enfant de douze à treize ans, dont on remarquait d'abord la pâleur, et dont les yeux noirs avaient une expression frappante de mélancolie. Il semblait que la nature se fût trompée en faisant naître cette fleur délicate sous une latitude où il lui serait impossible de croître et de se développer. Cependant la dextérité avec laquelle il tressait en ce moment la corde d'une ligne de pêche, montrait qu'il était façonné au travail. Tout en s'acquittant de cette tâche, il écoutait avec une timide anxiété la conversation qui avait lieu entre son père et son frère. Ceux-ci ne faisaient aucune attention à lui.

— Eh bien! Birger, demanda Haraldson à son fils aîné, qu'est-ce que tu as encore appris de nouveau?

— Si ce que l'on m'a dit est vrai, répondit Birger, tout ce qui est ici ne vous donnera pas beaucoup d'embarras.

Cette réponse fut accompagnée d'un sourire significatif et d'un coup d'œil que jeta Birger vers le coin le plus obscur de la chambre, où l'on distinguait, entassés dans des lambeaux de toile à voile, plusieurs ballots de diverses dimensions.

— Bah! reprit Haraldson, un vieux renard ne se laisse pas traquer aussi aisément; mais tu as enlevé trop tôt les marchandises... Silence! écoutons... Serait-ce la barque de Passop?... Anton, va voir si l'on n'aperçoit rien en mer.

L'enfant se hâta d'obéir. Bientôt il revint avec l'assurance que le bruit que l'on avait cru distinguer était uniquement produit par les sifflemens du vent autour des murs de l'habitation.

— C'est bon! dit Haraldson: nous aurons, cette nuit, une tempête. Je voudrais qu'elle fût assez forte pour rejeter dans le havre la pinasse de la douane, au cas où elle se hasarderait à sortir... Mais, Birger, tu ne m'as pas encore tout conté? Qu'est=ce que t'a dit Halver Ramundson?

— Puisque vous voulez le savoir, il m'a dit: — Birger, avez-vous quelques affaires avec le nouveau lieutenant? On prétend que c'est un maître homme, et qu'il a l'oreille aussi fine que la grand'mère du djable. On prétend encore qu'il a juré de ne pas fermer l'œil jusqu'à ce qu'il ait pris dans ses filets les requins de Tistelon. C'est que, voyez-vous, ami Birger, s'il les tient une fois, ils seront bien heureux de sauver leur peau de ses mains.

— Vrai crabe bouffi d'orgueil, et qui crèvera de jalousie, que ce Ramundson! dit Haraldson d'un air méprisant. Il ne connaît pas les requins de Tistelon; ils ne feraient de lui qu'une bouchée. Je parierais que c'est ce poltron lui-même qui a mis le lieutenant sur la piste. Mais patience, mon garçon, patience! tu ne sais pas encore de quoi Hakan Haraldson est capable. C'est un de ces gros poissons qui dévorent toujours les petits. Il se joue des filets dans lesquels on veut le prendre, et il en brise les mailles quand cela lui plaît.

— Il les brisera une fois, deux fois, trois fois peut-être, répondit Birger; mais, la quatrième, qui sait si on ne réussira pas à l'amarrer?

— Non, non! ne crains rien. Depuis vingt ans je conduis ma barque, et je m'y entends. Quand, avec l'âge, je ne serai plus bon qu'à faire sentinelle au logis, alors, Birger, tu me remplaceras. C'est toi qui tiendras le gouvernail.

— Nous verrons. Personne ne peut prédire ce qui arrivera.

Ici, Birger tourna avec anxiété ses regards vers la partie du fond de la chambre qui s'ouvrait sur un escalier. Un bruit de pas légers s'y faisait entendre.

— C'est la petite! dit Haraldson, dont les traits durs s'adoucissaient et prenaient une expression de tendresse.

— C'est Erika! murmura Birger; et, par un brusque mouvement, il tourna le dos à la porte.

Au même instant, cette porte s'ouvrit. Une jeune femme de vingt ans environ, et d'un extérieur agréable, mais grave et sérieux, entra. Elle tenait par la main une petite fille de sept ans, qui courut à Haraldson, sauta sur ses genoux, et, lui jetant autour du cou ses petits bras aussi blancs que la neige, lui dit d'une voix caressante :

— Bonsoir, père! Cette méchante Erika veut déjà me faire coucher.

— Vous allez encore en mer cette nuit, à ce que j'apprends? dit Erika avec un accent de reproche, et en s'adressant à Haraldson.

— Oui, j'ai quelques affaires qui m'appellent, répondit-il en attachant un regard d'affection sur sa petite Gabrielle. Celle-ci, pendant ce temps, jouait avec sa barbe touffue, et appuyait son visage rosé contre la face rugueuse de son père qui la baisa au front, passa la main sur les boucles soyeuses de sa chevelure, et, la posant à terre avec précaution, comme s'il eût craint de la blesser, ajouta d'un ton où perçait l'orgueil paternel :

— Je voudrais, mamselle Erika (1), que ma pauvre femme fût encore

----

(1) Cette corruption du mot français *mademoiselle* est usitée en Suède pour

de ce monde. La vue de cette enfant la rendrait heureuse, et la consolerait de bien des peines.

— Je pense le contraire, répondit sévèrement Erika. Ce serait pour elle une double cause de chagrins. Le présent l'affligerait, l'avenir lui ferait peur.

— Peut-être bien; car elle avait pris de vous cette fierté de langage et d'humeur; mais, comme dit le proverbe, puissance donne courage. Mamselle Erika doit se rappeler que le moucheron tourne autour de la flamme jusqu'à ce qu'il vienne s'y brûler. Il y a trois ans, elle n'avait pas le ton si haut.

— Mon père, interrompit Birger avec fermeté, laissons mamselle Erika tranquille; sans elle, que deviendrait l'enfant?...

Haraldson avait une certaine déférence pour son fils aîné, dans lequel il se voyait revivre tel qu'il était au temps de sa jeunesse. Il ne jugea pas à propos de pousser la contestation plus loin, et, d'un ton conciliant, il déclara qu'il n'avait pas eu l'intention d'offenser Erika.

Cependant Erika avait conservé un calme parfait. Elle savait quelle était sa position à l'égard de ceux au milieu desquels des circonstances extraordinaires la forçaient de passer sa vie. Elle savait que la fermeté et le sang-froid pouvaient seuls lui assurer le respect qui lui était dû.

— Souhaitez le bonsoir à votre père, Gabrielle, dit-elle à l'enfant; il est temps de vous coucher.

Gabrielle obéit; elle embrassa son père, fit un signe de tête gracieux à Birger, et se jeta dans les bras d'Anton.

— Anton, lui dit-elle, est-ce que tu iras aussi en mer, par cette nuit si noire?

— Non, si je puis m'en dispenser, répondit Anton avec un soupir.

— Alors reste à la maison, reprit Gabrielle qui, accoutumée à faire toutes ses volontés, trouvait naturel que son jeune frère eût le même privilége.

— Demande à mon père si je puis rester, murmura celui-ci.

Gabrielle courut à son père en s'écriant:

— Père, faites qu'il demeure au logis... Vous savez que j'ai besoin de lui demain matin, de bonne heure, pour qu'il m'aide à ramasser des coquillages.

— Non, mon amour, répliqua Haraldson; il faut qu'il vienne avec nous pour apprendre le métier. Anton ne doit pas ressembler toujours à une soupe au lait, et passer sa vie bien chaudement assis ou couché

toutes les jeunes filles au dessus de la classe des servantes, et au dessous de celle de la noblesse. *(Note de l'Auteur.)*

8   LES SMOGGLERS SUÉDOIS.

à côté du poêle, tandis que, son frère et moi, nous sommes à l'ouvrage. Va te coucher petite, demain matin il sera de retour.

Gabrielle, enfant gâtée, était si peu habituée à éprouver un refus, que ses yeux se voilèrent aussitôt de larmes; mais elle ne répliqua rien, car cette âme si tendre était déjà pleine de résolution. Elle avait remarqué que son modèle en toutes choses, Erika, restait silencieuse quand elle était offensée, et elle se piquait de l'imiter autant que ses forces le lui permettaient.

L'appartement dans lequel Erika, en se retirant, conduisit la petite Gabrielle, était la pièce principale du bâtiment nouvellement construit. Elle ne ressemblait nullement à la pièce du rez-de-chaussée. Percé de fenêtres plus grandes, il était meublé avec élégance, et même avec richesse, bien que chaque article du mobilier parût avoir une origine différente. Ainsi, des rideaux de belle mousseline brodée tombaient en draperie sur un tapis turc, lequel n'était point lui-même parfaitement assorti avec des fauteuils en bois d'acajou, des chaises et des tabourets de divers modèles. Les murs, tendus d'une magnifique tapisserie de Perse, sur laquelle on avait attaché çà et là des pavillons de diverses nations maritimes, offraient une profusion de glaces et de gravures; ces dernières représentant, pour la plupart, des vaisseaux de toute dimension. En somme, l'ameublement de cette chambre avait trop l'air d'être le fruit du pillage; il semblait trop s'être formé pièce à pièce de dépouilles de navires; et quand Haraldson entrait chez sa fille, chacun de ces objets devait lui rappeler autant de souvenirs coupables, et le faire songer au jour de la rétribution.

Un indice encore plus frappant, c'était la présence en ce lieu d'une boîte qui avait évidemment servi autrefois à contenir une boussole, et qui était devenue depuis la propriété exclusive de Gabrielle. Cette boîte, peu remarquable d'ailleurs par la façon, renfermait une foule de bagues, de perles fines et d'autres bijoux d'une valeur considérable. La garde en était confiée à Erika. Entre les fenêtres, sur un buffet en acajou, était posée une lampe d'argent du travail le plus riche, et qui y jetait une clarté brillante; enfin, un lit en bois de chêne, entouré de rideaux semblables à ceux des fenêtres, occupait le fond de l'appartement. Grâce aux soins de sa gouvernante, Gabrielle y était déjà confinée.

— Rika (1), demanda-t-elle, est-ce que vous ne vous coucherez pas bientôt? Vous passez maintenant presque toutes les nuits à travailler.

— J'achève la robe de votre poupée, répondit Erika, qui, placée de-

(1) Rika, abréviation d'Erika.

LES SMOGGLERS SUÉDOIS. 9

vant une table à ouvrage, tenait sur ses genoux un morceau d'étoffe de soie.

— Oh! Rika! s'écria l'enfant, asseyez-moi sur mon lit, afin que je vous regarde. Chaque soir vous travaillez, dites-vous, à ma robe, e elle n'est jamais finie.

— Elle le sera ce soir. Mais je ne puis vous permettre de me regarder faire ; cela vous ôterait tout le plaisir de la surprise. Restez tranquille, mon enfant, et, pour vous aider à vous endormir, je vous conterai une belle histoire.

— Mais, objecta la petite fille, je n'ai pas encore dit ma prière.

— C'est vrai ! répondit Erika, qui rougit légèrement à la seule idée que ses chagrins l'eussent distraite un moment de ses devoirs. Allons, ma chère Ella (1), dites votre prière du soir, et, ensuite, invoquez Dieu pour votre père et pour vos frères.

— Est-ce qu'il faut l'invoquer aussi pour Birger?

— Nous devons prier pour notre prochain, et particulièrement pou nós parens. Birger est votre frère, Ella !

— Oui ; mais il est si méchant !... Priez-vous pour lui, Rika ?

— Oui, mon enfant ; plus pour lui que pour Anton. Anton ne fait d mal à personne. Birger a besoin qu'on prie beaucoup pour lui.

Gabrielle obéit ; et, après avoir écouté pendant quelque temps la merveilleuse légende des *Cygnes enchantés de Tistelon*, que lui conta sa gouvernante, ses yeux finirent par se fermer, et elle tomba dans un doux sommeil.

CHAPITRE II.

Erika Malm n'avait jamais connu ni parens, ni amis, ni famille ; elle ne possédait rien : elle était seule au monde, et dénuée de toute protection. Mais, si la fortune l'avait maltraitée, la nature, en revanche, l'avait comblée des dons les plus heureux. Vingt ans auparavant, une dame fort riche et sans enfans, qui résidait à la campagne, était allée passer quelques semaines à Stockholm. En revenant, elle ramena avec elle une petite fille de trois ans qu'elle avait prise à l'hospice des Enfans-

(1) Ella, abréviation de Gabriella.

Trouvés. C'était Erika. Ses parens, quels qu'ils fussent, ne donnèrent point signe de vie, et l'on ne put rien découvrir à leur sujet. Mais sa mère d'adoption lui tint lieu de famille, et fut pour elle une mère véritable. Erika, auprès de cette femme généreuse, atteignit sa quatorzième année. Les précieuses qualités du cœur et de l'esprit dont elle était pourvue avaient déjà reçu un commencement de culture, lorsqu'elle eut le malheur de perdre sa protectrice. Madame Malm mourut subitement en voyage, sans avoir eu le temps de faire aucune disposition testamentaire pour assurer le sort de l'orpheline, ainsi qu'elle se le proposait. Un parent éloigné hérita de tous ses biens. Par grâce spéciale, il consentit à garder chez lui Erika, comme étant une charge de la succession. Il la conduisit à Gottembourg, où il demeurait, et ce fut là que l'infortunée, arrachée si brusquement aux douceurs de la vie domestique, et condamnée à un état voisin de la servitude, apprit à juger toute l'étendue de la perte qu'elle avait faite.

Dans sa position nouvelle, les talens qu'on lui avait donnés étaient peut-être un malheur de plus. Mais heureusement madame Malm était une femme d'un esprit humble et religieux, et elle avait eu soin de graver ses principes dans le cœur de sa pupille; en la mettant en garde contre les déceptions de la vie, elle l'avait préparée à la résignation. Accoutumée à exercer une surveillance salutaire sur tous ses sentimens, Erika put continuer l'œuvre qu'avait commencée sa bienfaitrice. Elle acheva par elle-même son éducation. Comme elle n'avait eu pour compagnon de jeux aucun enfant de son âge, ses pensées avaient pris de bonne heure un tour sérieux et réfléchi. L'infortune fortifia encore en elle cette disposition. A dix-neuf ans, dans tout l'éclat de la beauté et de la jeunesse, elle avait un maintien plein de modestie, mais aussi plein de réserve et de dignité. Quoique pauvre, quoique placée dans une position dépendante, elle obtenait de tous le respect qui lui était dû. Elle continua de demeurer dans la famille du consul N... sans qu'il lui vînt jamais à la pensée qu'elle avait le droit d'en sortir. Employée d'abord à la garde des plus jeunes enfans, elle s'éleva au double poste de femme de charge et de gouvernante. Ces fonctions étaient en elles-mêmes assez fatigantes et assez ennuyeuses; mais l'humeur tracassière de madame N... et de son mari les rendait véritablement insupportables, et l'on ne saurait s'imaginer tout ce que la malheureuse Erika avait à souffrir.

Elle souffrait cependant sans se plaindre, et se consolait en pensant que, dans son état d'abandon, elle avait du moins un abri; mais sa résignation devait être mise à de plus rudes épreuves. Le consul N..., homme débauché et sans principes, essaya de tous les moyens pour la séduire. Madame N..., dont la jalousie s'était éveillée, lui prodiguait les injures et les mauvais traitemens. C'en était trop : Erika, n'ayant personne à qui demander conseil ou protection, résolut de fuir. Un soir que les deux époux étaient absens du logis, elle disparut. Plusieurs semaines après, on sut qu'elle s'était fait délivrer le certificat exigé de quiconque veut changer de résidence, et qu'elle avait ensuite cherché un refuge parmi les rochers du *Skargord* (1).

Une circonstance bien simple l'y avait conduite. Décidée à quitter la maison du consul N..., et même la ville de Gottembourg, Erika était descendue sur le port, pour voir si quelque bateau était prêt à mettre à la voile. Elle remarqua, en arrivant, une femme dont le costume, d'ailleurs assez propre et même riche, annonçait, par sa forme particulière, une paysanne du Skargord. Cette femme, qui paraissait attendre quelqu'un, ne tarda pas à être jointe par un homme chargé de ballots. Aussitôt elle descendit dans une grande barque, et s'occupa d'y ranger les marchandises que son mari venait d'apporter. Erika résolut de profiter d'une occasion qui lui semblait favorable. Elle sauta légèrement sur le pont de la barque, et lia conversation avec l'étrangère : la connaissance fut bientôt faite. Dame Haraldson, de Tistelon, accéda gracieusement à la requête que lui présenta la jeune fille pour l'accompagner. La barque, dit-elle, appartenait à son mari, et bien certainement il ne la démentirait pas, d'autant plus que le paquet que portait Erika était fort léger. En effet, Haraldson confirma la permission donnée par sa femme, et, au coucher du soleil, on leva l'ancre. Pendant la nuit, l'orpheline confia à sa compagne l'histoire de ses malheurs et la cause de sa fuite. Dame Haraldson, qui avait bon cœur, lui témoigna une vive sympathie, et s'efforça de relever son courage. La traversée fut courte : le lendemain, à la pointe du jour, on débarqua à Tistelon.

L'impression que Haraldson et son fils aîné produisirent sur l'esprit d'Erika fut loin de leur être favorable. La jeune fille s'attacha d'autant plus à la maîtresse du logis. Mère Haraldson, ainsi qu'on l'appelait ordinairement, aurait pu prendre le titre de *fru*, à l'exemple des femmes de ceux des habitans qui avaient en propriété une barque et des chaudières pour faire de l'huile; mais elle méprisait de telles vanités. Quoique fille d'un ministre, circonstance qu'elle mentionnait souvent, elle n'ambitionnait pas le titre en question; et pourtant, remar-

(1) Côte pleine de rochers : on prononce *Skairgord.*

quait la digne femme, n'y avait-elle pas autant de droits que bien d'autres? Erika, qui appréciait sa bonté de caractère, se lia bientôt avec elle d'une vive amitié, et il fut décidé qu'elle resterait provisoirement chez ses hôtes de Tistelon.

Ils possédaient un trésor qui influa aussi beaucoup sur la conclusion de cet arrangement. C'était la petite Gabrielle, âgée alors de trois ans, les délices de toute la famille, l'espoir et la consolation de sa mère. Celle-ci voyait avec un profond sentiment de chagrin la vie que menaient son mari et son beau-fils, car Birger était enfant d'un premier lit. Toutefois, comme elle ne pouvait les en détourner, elle gardait le silence et renfermait ses inquiétudes maternelles dans son sein; mais, maintenant, elle se disait que si Dieu la rappelait à lui, elle mourrait plus tranquille. Erika la remplacerait auprès de sa fille, et servirait à Gabrielle de guide et de protectrice.

De son côté, Erika, pour qui des marques de bienveillance et d'affection étaient depuis long-temps chose inconnue, se prêta volontiers à ce qu'on exigeait d'elle, et promit de ne pas chercher un autre asile. Que lui importait l'horreur d'un pareil séjour? Elle ne s'en apercevait pas. Elle ne voyait que Gabrielle et sa mère, l'une qu'elle aimait chaque jour davantage, l'autre qui ne savait comment lui prouver sa reconnaissance. Erika se fit une douce occupation de développer les grâces naissantes et les heureuses qualités de sa pupille. Gabrielle croissait en beauté. Déjà on la nommait la rose de Tistelon. L'espèce d'idolâtrie dont elle était l'objet de la part de ses parens pouvait gâter ce charmant naturel. Erika vit le péril, et s'appliqua à le prévenir.

Ses manières calmes et dignes produisirent leur effet, même sur des hommes tels que Haraldson et son fils. Ils se montrèrent de plus en plus respectueux envers elle; ils devinrent moins grossiers dans leur langage: leurs manières perdirent quelque chose de leur brutalité. Birger, surtout, subit cette influence, et l'orpheline eut plusieurs fois occasion de s'étonner de l'empire qu'elle exerçait. D'un mot, d'un seul regard elle soumettait ce jeune homme indompté.

Pour plaire à Erika, pour rendre son séjour dans l'île aussi long et aussi agréable que possible, on ajouta une aile à la maison, et on en meubla l'intérieur de la manière que nous avons vue plus haut. Ce mobilier arriva pièce à pièce; chaque nouvelle expédition apportait la sienne. Il en fallut plusieurs pour le compléter. De quelle source provenait-il? Erika l'ignorait. La quantité et la valeur des marchandises que renfermaient les murs tout noirs et tout délabrés de ce vieil édifice la jetaient dans un étonnement extrême. Elle n'osait interroger dame

Haraldson, ni arrêter là-dessus sa pensée ; mais, à la fin, les doutes dont elle n'avait pu se défendre se dissipèrent : elle sut de quelle blâmable industrie provenait le luxe dont elle était entourée, et, à partir de ce moment, elle ne souffrit pas que sa chambre, qui était aussi celle de Gabrielle, reçût un seul embellissement de plus.

Un an s'était à peine écoulé depuis l'arrivée d'Erika dans l'île de Tistelon, lorsque la bonne, la patiente Britta fut rappelée de ce monde, où elle portait une croix si lourde. Ses dernières pensées furent pour sa fille. Elle la confia aux soins de l'orpheline, et fit jurer solennellement à celle-ci que jamais, à moins de nécessité absolue, elle n'abandonnerait son poste auprès de Gabrielle. Ensuite elle se tourna vers son fils Anton qui, par sa douceur de caractère, lui ressemblait beaucoup, et elle le pria instamment de ne plus prendre part aux actes coupables dont il avait déjà été témoin, quoiqu'il n'eût que dix ans. Anton tenait dans ses mains les mains presque glacées de sa mère. Il promit de lui obéir, et, quand il serait en âge de le faire, de chercher ailleurs un emploi, si son père et son frère ne réformaient point leur genre de vie.

Haraldson fut vivement affecté de la perte de sa femme. Son âme endurcie connut un instant le remords ; mais bientôt il revint à son caractère et à ses habitudes. Il reprit le cours de ses expéditions nocturnes, et si ce n'eût été son idolâtrie pour Gabrielle, on n'eût pas dit que cette espèce de pirate appartenait à la nature humaine.

Des années s'écoulèrent de la sorte. L'existence que menait Erika dans cette île désolée était triste, monotone, pleine d'inquiétudes et de soucis ; mais elle s'y était accoutumée. Elle aimait tendrement sa pupille, qu'elle regardait comme une sœur, et, songeant qu'en aucun autre lieu du monde on ne s'embarrasserait de savoir si elle était morte ou vivante, elle se soumettait à son destin. L'idée qu'elle était nécessaire à cet être angélique, qu'une mère expirante lui avait si solennellement recommandé, soutenait ses forces et son courage. Cependant un nouveau sujet d'inquiétude ne tarda pas à se joindre aux craintes que lui inspirait le genre de vie de ses rudes compagnons. Malgré son inexpérience, elle finit par deviner la cause secrète de son empire sur Birger. Birger l'aimait, non de cet amour timide qui éveille une douce sympathie, mais d'un amour violent et terrible comme tous ses instincts sauvages.

Erika en était épouvantée, mais elle s'étudiait à ne point le laisser paraître. Elle comprenait que pour maîtriser ce caractère emporté, il lui fallait tout le sang-froid et toute la présence d'esprit dont elle était capable. Cela lui réussit. Birger, en dépit de son assurance, n'osa point lui parler de sa passion. Il s'opéra même dans ses manières un changement notable ; car, autant il avait recherché la société de la jeune fille, autant il s'appliqua à l'éviter. Il devint sombre et menaçant. Erika attribuait ce changement à la réserve et à la froideur avec lesquelles elle le traitait depuis la découverte qu'elle avait faite. Les choses en étaient là au moment où commence notre histoire. Revenons maintenant à la chambre de Gabrielle.

Tout en écoutant la légende des *Cygnes enchantés de Tistelon*, la petite Ella s'était endormie. Erika, s'étant assise devant une table à ouvrage, travaillait en silence ; mais elle était distraite, préoccupée, et la robe de la poupée d'Ella n'avançait que lentement. La jeune fille prêtait l'oreille au bruit qui montait de la chambre du rez-de-chaussée, et qui annonçait les préparatifs d'un prochain départ. Elle songeait à l'expédition qu'on allait tenter par cette nuit de tempête : elle songeait à l'amour de Birger, et elle demandait au ciel la prudence dont elle avait besoin pour se conduire. Devait-elle rester dans une société si dangereuse ? devait-elle essayer de guérir Birger de sa passion, et de ramener au bien un malheureux qui courait à sa perte ? Ne ferait-elle pas mieux de se dérober à ses obsessions par la fuite ?... Mais où aller, et que devenir ? En admettant même la possibité de trouver un emploi et un autre asile, pouvait-elle abandonner cette enfant, orpheline comme elle, et à qui elle tenait lieu de mère ?... Erika était en proie à une lutte pénible : jamais le trouble de ses pensées n'avait été si grand, et jamais aussi le vent d'octobre n'avait soufflé avec plus de furie, tandis que les hurlemens du chien de garde se mêlaient au fracas de l'ouragan.

— Que Dieu protège tous ceux qui sont en mer par cette nuit terrible ! s'écria mentalement Erika en joignant les mains. Au même instant, elle entendit un craquement sur l'escalier ; elle crut d'abord que e vieil Haraldson ou son fils montait au grenier pour y chercher des provisions ; mais bientôt elle distingua un bruit de pas ; ce bruit s'approchait de plus en plus de sa chambre ; quelqu'un s'arrêta devant la porte, et une voix dont l'intonation grave et profonde fit tressaillir la eune fille, prononça ces mots :

— Ouvrez, manselle Erika.

C'était la voix de Birger. Erika était tellement émue qu'elle n'avait pas la force de se lever. Depuis deux ans, ni Birger ni son père n'avaient mis le pied dans cette chambre. Que pouvait signifier une visite faite à une heure aussi indue ? Cependant Birger ayant frappé un second coup, Erika, recueillant sa présence d'esprit et son courage, répondit, sans toutefois se hasarder à ouvrir :

— Que demandez-vous si tard, Birger ? n'ai-je pas laissé tout en ordre au rez-de-chaussée?

— Oui, mais il ne s'agit pas de cela. Vous êtes encore levée, et vous pouvez m'ouvrir. J'ai quelque chose d'important à vous dire.

— Dites-le donc : je vous entends parfaitement d'ici.

— Est-ce que vous avez peur? dit Birger avec une expression mêlée d'amertume et de dédain : est-ce que vous avez peur de moi ?

— De quoi aurais-je peur? répliqua la jeune fille, qui, recouvrant son énergie naturelle, ouvrit la porte et se montra à son étrange visiteur pleine d'une dignité calme : maintenant, ajouta-t-elle froidement, qu'est-ce que vous me voulez, Birger ?

— Vous le saurez peut-être assez tôt pour le plaisir qui vous en reviendra... Mais n'ayez pas l'air si sévère, et ne me barrez pas le passage. Laissez-moi jeter un coup d'œil dans cette chambre. Il y a bien long-temps que je n'y suis entré. Je craignais de vous déranger, mamselle Erika, et je me tenais loin de vous, quoique...

En parlant ainsi, Birger avait écarté doucement Erika, qui lui faisait face, et avait pénétré dans la chambre. Il se dirigea vers la table, sur laquelle était ouvert un livre de psaumes, à côté de l'ouvrage de la jeune fille. Birger prit le livre, et en parcourut quelques lignes des yeux. Erika le regardait en silence, et attendait qu'il lui expliquât le sujet de sa venue. Il était évident qu'il ne cherchait qu'à gagner du temps pour préparer dans sa pensée ce qu'il avait à dire ; cependant, après une pause de quelques minutes, il lut à haute voix, et avec un accent impossible à rendre, ce verset du texte sacré :

« La parole de Dieu est sûre. Il m'accordera son aide, si je mets en
» lui ma confiance, et si je supporte mes maux avec résignation. Je
» coulerai donc mes jours dans ce doux espoir. Content de mon par-
» tage, je m'incline devant la volonté de celui qui est la source de
» toute justice. »

— Je voudrais, poursuivit Birger en prenant le livre sur la table, je voudrais, mamselle Erika, qu'il me fût donné de lire ces saintes paroles avec autant de piété et d'édification que vous.

— Pourquoi ne le pourriez-vous pas, Birger? Si vous lisiez plus souvent les saintes écritures, vous les comprendriez mieux. Vous y trouveriez de quoi vous porter au bien et vous détourner des tentations. Votre esprit et votre cœur y gagneraient également.

—Mon esprit et mon cœur sont tous les deux malades, mamselle Erika. Abandonné à moi-même, je ne réussirai jamais à les guérir.

— C'est vrai, Birger, et l'humble aveu que vous en faites convient à un chrétien. Mais la prière... la prière peut beaucoup.

— Mes prières, à moi, ne produiront rien : interrompit Birger, vivement ému, il faudrait celles d'une autre personne : sais-je ce que c'est que prier ?... Je deviendrais sans doute meilleur, si... Mais c'est impossible, et j'ai été fou de m'imaginer un seul moment que vous consentiriez jamais à épouser un homme comme moi... Oui, oui : voilà déjà que vous pâlissez... Je sais bien que c'était une présomption de ma part. Cependant je veux vous dire, mamselle Erika, que, si vous aviez pu vous résigner à un pareil sacrifice, vous n'auriez pas eu à rougir de moi. A tout événement, je suis décidé à étudier, cet hiver, la navigation, et, au lieu de gagner ma vie dans des expéditions chanceuses, j'ai dessein d'équiper un navire et de faire le commerce avec le Jutland, en qualité de patron et de capitaine ; alors, vous auriez une belle maison pour vous recevoir, à la place de cette misérable bicoque que je prétends jeter à terre, et vous seriez une dame aussi respectable et aussi respectée qu'aucune autre du pays.

Pendant que Birger parlait ainsi d'un air de résolution et de confiance en lui-même, Erika avait eu le temps de se remettre de la surprise désagréable où cette brusque déclaration l'avait jetée. L'idée d'être unie à un homme tel que Birger lui inspirait une répugnance qui approchait de l'horreur ; et pourtant, il y avait, dans la manière de s'exprimer et d'agir de cet homme, quelque chose de mâle et d'énergique qui était en harmonie avec le caractère décidé de la jeune fille ; mais le sacrifice qu'on lui demandait était trop grand. Aussi répondit-elle avec franchise :

— Non, Birger. Je ne puis ni ne veux consentir à la proposition que vous me faites... Ce n'est pas que je m'estime au dessus de vous, comme vous paraissez le croire. Je sais trop bien ce que je suis, un enfant de la pauvreté !... du péché, peut-être. La pauvre Erika ne peut prétendre qu'à un mari qui soit honnête homme. Mais il est une autre raison, Birger, une raison qui, pour le présent et pour l'avenir, me défend d'accepter votre offre : c'est le genre de vie que vous menez. Je n'y pense jamais sans effroi. Il m'empêche d'avoir confiance en vous, et, où la confiance n'existe pas, comment un sentiment plus tendre pourrait-il naître ? Cependant je ne vous retirerai pas mon amitié ; conduisez-vous de manière à mériter mon estime et celle des autres, et je vous regarderai toujours comme un frère.

— Je vous remercie, mamselle Erika, répliqua Birger avec amertume ; vous êtes en vérité trop bonne : permettez-moi seulement d'ajouter encore quelques mots... Songez, vous qui êtes charitable et pieuse, que vous tenez, en ce moment, dans vos mains, la destinée d'un homme, pour ce monde et pour l'autre... Erika! poursuivit Birger avec véhémence, je vous jure par le Dieu qui nous entend, que si vous consentez à être ma femme j'abandonne dès ce jour le genre de vie que vous blâmez. Mais si vous me repoussez, si votre détermination est immuable, alors... et ici l'accent de Birger prit une sauvage énergie... alors, il n'y aura pas de pouvoir sur la terre qui me retienne. Jusqu'ici j'ai bravé les lois, sans me souiller d'aucun crime, désormais je ne reculerai devant rien, et le nom de Birger Haraldson deviendra la terreur de la côte et de l'Océan.

Pour la première fois, Erika restait tremblante devant ce jeune homme qu'elle était habituée à dominer. Elle comprenait toute la responsabilité qui pésait sur elle, et elle en était épouvantée. Birger l'avait dit : Erika était pieuse. Ses sentimens religieux luttaient fortement contre sa répugnance. Fallait-il le pousser à sa perte et entraîner celle de bien d'autres victimes? Fallait-il se sacrifier elle-même? Le mot qu'elle allait prononcer devait avoir des conséquences irréparables... Erika tourna vers Birger un regard timide. Il tenait ses yeux noirs fixés sur elle avec une impression d'anxiété impossible à rendre. Malgré sa haute stature et ses proportions colossales, il avait l'air d'un suppliant.

— Je ne puis pas, Birger, murmura enfin la jeune fille : non, je ne puis pas.

— Il en est temps encore, répliqua celui-ci : vous le pouvez, si vous le voulez... Voyez, Erika, ajouta-t-il, moi qui n'ai jamais fléchi le genou devant personne, je vous demande merci... Pitié, Erika! je suis bien malheureux... Et il fléchit le genou devant l'orpheline qui, toute tremblante, pouvait à peine se soutenir.

— Erika! poursuivit Birger sans changer d'attitude, voulez-vous être ma femme?

— Prenez ma vie, répondit Erika ; mais je ne puis forcer mon cœur à ce que vous désirez.

Birger se releva en silence. Ses lèvres étaient serrées et les muscles de sa face agités de mouvemens convulsifs. Il se dirigea lentement vers la porte. Arrivé sur le seuil, il se retourna, et, d'une voix grave et solennelle :

— Adieu, Erika! dit-il : souvenez-vous de ce moment. Vous répondrez devant Dieu de tout ce qui en sera la suite.

— Non, Birger, s'écria la jeune fille éperdue : reprenez vos cruelles paroles. Dieu est juste.

— Oui, Dieu est juste : si le crime est mon partage, le remords sera le vôtre. A ces mots, il ferma la porte et d'un pas lourd et puissant il descendit l'escalier.

Pendant cet entretien, le vieux Haraldson avait endossé le costume qu'il prenait quand il allait en mer. Il ordonna à Birger de préparer la voile et de mettre la barque en état d'appareiller, puis il éveilla Anton qui s'était assoupi au coin du poêle. Le pauvre enfant se leva, et reçut en soupirant le fardeau qu'on lui donnait à porter.

— Poltron! lui cria son père, qui surprit cette marque de répugnance : es-tu trop grand seigneur pour travailler? Porte vite ce paquet, et songe que ta mère n'est plus là pour te plaindre.

Anton dévora ses larmes en silence, et se rendit au lieu de l'embarquement. Le vent soufflait avec fureur; des lames énormes, venant du large et couronnées d'écume, secouaient violemment le bateau, comme pour l'avertir des périls qu'il allait affronter. Le petit foc et la voile du trinquet furent hissés. Haraldson se plaça au gouvernail, et quand Birger eut jeté un regard sinistre sur la fenêtre de la chambre d'Erika, d'où s'échappait encore une pâle clarté, la barque quitta le rivage. Un moment après, elle se perdit dans les ténèbres épaisses dont le brouillard et la nuit couvraient la surface de l'Océan, et, derrière elle on ne vit plus que les vagues courroucées qui semblaient lui fermer le retour.

CHAPITRE III.

A quinze milles suédois de Tistelon, il existe, sur la côte, un petit village habité par des pêcheurs. Qu'on se figure des huttes semées çà et là, le long d'une espèce de rue grossièrement pavée. Les plus considérables seulement ont leur façade peinte en rouge. Mais, sur le porche de presque toutes, on remarque, en guise d'ornement, quelque pièce de bois taillée ou sculptée, quelque débris de navires échoués, et le plus généralement, une de ces figures dorées qui décorent la poupe des vaisseaux. L'atmosphère est tellement imprégnée d'une odeur de poisson corrompu, que le vent qui souffle de la mer ne saurait dissiper entièrement cette puanteur. Heureusement les habitans y sont accoutumés, et ils y font à peine attention. Les hommes passent à la pêche la plus grande partie des jours et des nuits. Les femmes s'occupent de sécher le poisson, et de tenir en bon état les voiles, les lignes, les paniers, les instrumens à draguer les huîtres et l'attirail nécessaire aux pêcheurs. Les enfans, qui pullulent ici comme dans toutes les localités de même genre, ont le teint hâlé, les cheveux d'un roux très pâle et des yeux bleus. Ils vont ordinairement en troupes nombreuses, les plus pauvres vêtus d'une simple chemise en lambeaux de couleur grisâtre, et les autres, portant les vieilles hardes de leurs parens qui leur traînent aux jambes et aux talons. Ces enfans, d'une constitution robuste, et endurcis de bonne heure au travail, sont employés à l'œuvre importante de sécher le poisson, ou s'amusent sur le rivage à divers jeux.

L'aspect de ce village et de la population qui l'habite annonce la pauvreté et presque la misère; pourtant, quand on examine l'intérieur des maisons, on est frappé de l'ordre et de la propreté qui y règnent. Une vieille voile bien blanchie et bourrée d'algues marines sert de paillasse et de matelas, la table à manger est frottée et luisante, et le plancher couvert d'un sable très fin. On voit généralement, à l'un des coins de la chambre, un buffet monté sur des pieds de sapin, et qui renferme la plupart des ustensiles de cuisine : deux ou trois tasses, un plat fêlé, une cafetière sans robinet, une bouteille à eau-de-vie, etc.; une planche, tendue au dessous de l'étroite fenêtre, supporte la bibliothèque de la famille. Cette bibliothèque se compose ordinairement d'une grande Bible aux feuillets jaunis par le temps, d'un volume de psaumes relié en cuir noir, et d'une estampe dorée représentant un des douze apôtres. A côté de ces livres de piété figurent d'autres ouvrages d'une littérature profane, dont le sujet est communément l'*Histoire du Chat Botté*, ou la *Belle Mélusine*, ainsi que quelques ballades et chansons. La plus pauvre demeure n'est pas absolument dénuée d'ornemens : par exemple, des gravures, représentant S. M. le roi de Suède et le prince royal sont fixées au mur par de gros clous, et, au dessous, se lisent des vers composés en l'honneur de ces personnages. Entre ces gravures et les intrumens de pêche, qui sont aussi suspendus à la muraille, on a soin de laisser une certaine distance ; car honneur est dû aux princes de la terre, et ces braves gens croiraient manquer de respect à la royauté, s'ils plaçaient leurs filets et leurs lignes trop près de l'image du roi.

Parmi celles de ces habitations dont la façade était fièrement peinte en rouge, on en remarquait une qui, isolée du reste du village, et située près du môle, indiquait par là qu'elle tenait le premier rang. En effet, elle était occupée par l'officier des gardes de la côte, le lieutenant Arnman et sa famille.

C'était une maison vraiment comfortable. Le porche en était aussi propre qu'un parloir. A travers les carreaux étroits, mais soigneusement nettoyés des fenêtres, se montraient quelques plantes balsamiques, un géranium, un petit pommier, et, derrière cette verdure, on distinguait les traits vénérables et bien conservés de fru Kathrina Arnman, la digne et excellente femme du lieutenant.

La grosse horloge à coucou de la maison venait de sonner midi. Au dernier coup, fru Arnman parut sur le seuil de la porte et regarda autour d'elle comme si elle attendait quelqu'un. C'était une femme très rare en son genre que Kathrina. Elle faisait l'orgueil et la gloire de son mari. Chacun la considérait comme une excellente conseillère dans tous les cas difficiles. Les pauvres pêcheurs avaient souvent recours à elle. Quoique arrivée tout récemment parmi eux, ils l'aimaient comme une mère : toujours prête à les écouter et à leur venir en aide autant que ses moyens le lui permettaient, elle savait aussi, dans l'occasion, les gourmander, les admonester, les corriger de leurs défauts, surtout quand il s'agissait du péché de paresse, qu'elle ne tolérait pas.

Dans son intérieur, fru Kathrina était une maîtresse exigeante et sévère, et pourtant elle était adorée de sa servante, la vieille Annika. Son fils unique, qu'elle élevait dans une stricte discipline, avait pour elle tout l'amour, tout le respect, toute l'obéissance imaginables. Un mot d'elle était un oracle et ne souffrait pas de contradiction ; il y avait dans sa personne et sur sa large et belle figure quelque chose d'imposant.

— Où sont-ils maintenant, et que font-ils? murmura-t-elle en se parlant à elle-même. Le dîner les attend, et ils n'arrivent point.

En ce moment, deux hommes tournèrent l'angle d'une maison voisine et s'approchèrent à grands pas.

— Comme vous êtes en retard ! leur cria-t-elle du plus loin qu'elle les aperçut. Dieu me bénisse ! ignorez-vous qu'il est midi sonné ? le dîner refroidit, et Arvid, pauvre enfant, se meurt de faim.

— Ne vous fâchez pas, mère, répondit d'un ton de bonne humeur le plus jeune des deux hommes, qui avait cependant dépassé le milieu de la vie : une affaire importante m'a retenu. Il faudra que la pinasse aille en mer ce soir même.

— Je parie, remarqua fru Arnman, que vous avez appris des nouvelles de ces vilaines gens de Tistelon. Mais nous pourrons en parler à table. Entrez et mangez votre plat de morue pendant qu'il est chaud.

Fru Kathrina introduisit les deux nouveau-venus dans une petite pièce très proprement tenue, où le couvert était dressé pour quatre personnes. Deux places furent occupées par Arnman et sa femme : la troisième par leur fils Arvid, jeune garçon de quatorze ans et de l'extérieur le plus aimable, la quatrième par Herr Pehr Fabian Askenberg, ancien sous-lieutenant de vaisseau et camarade d'Arnman, lequel avait aussi servi dans la marine royale. La salle à manger offrait alors un charmant tableau de famille : l'affection la plus tendre et l'harmonie la plus parfaite régnaient dans ce petit cercle. Ceux qui le composaient étaient heureux de se trouver réunis. Le lieutenant Pehr avait un fonds inépuisable de vieilles histoires, et, avec ses saillies, il déridait le front de son ami, plus sérieux, quand, le soir en fumant, ils se rappelaient l'un à l'autre les aventures de leur jeunesse.

Le lieutenant Pehr Askenberg ne vivait pas aux dépens de la charité de son camarade. A titre d'indemnité pour la perte de son bras droit, il touchait une bonne pension à laquelle il ajoutait les intérêts d'un petit capital amassé dans des temps meilleurs. Mais le brave lieutenant ne regardait pas ce trésor comme étant à lui, il l'avait destiné, ainsi que ses armes, à Arvid, son filleul, son élève et son favori.

Or, ce jour-là, la conversation, d'ordinaire si animée, languissait. Fru Kathrina faisait cependant les honneurs de la table ; mais, en ce moment, elle songeait aux provisions dont elle se proposait de charger la barque de son mari. Arvid cherchait dans sa tête par quels moyens il pourrait obtenir de faire partie de l'expédition ; Arnman lui-même paraissait rêveur ; l'invalide, sans qu'il sût pourquoi, se sentait mal à son aise, et ne montrait pas sa gaîté accoutumée. A la fin, fru Kathrina, sortant de ses méditations, remarqua le silence général :

— Qu'y a-t-il donc, Arnman? demanda-t-elle, et que disent les nouvelles que vous avez reçues?

— Quelque chose d'assez grave, mère : les pêcheurs de Tistelon sont de nouveau accusés de faire la contrebande ; mais, cette fois, j'espère mettre la main sur eux. Le vent est favorable, et, avec l'aide du ciel, ce soir, à la tombée de la nuit, j'irai voir un peu ce qui se passe là-bas.

— Vous êtes donc certain qu'ils sortiront en mer cette nuit? demanda encore fru Kathrina. C'est que le vent fraîchit d'une manière effrayante. Il y aura une tempête, et ce n'est pas un jeu que de poursuivre les fraudeurs dans leurs retraites, surtout pour vous, Arnman, qui n'êtes pas encore bien familiarisé avec cette abominable côte du Skargord.

—Vous avez raison, femme : ce n'est pas un jeu; mais je me confie, après Dieu, dans la justice de ma cause. Ces contrebandiers n'agissent pas sur une petite échelle, et, si tout va bien, la prise sera bonne.

— Sans doute, sans doute, si tout va bien! prononça Askenberg d'un ton pensif; mais voilà la quetion. Nous allons avoir un brouillard que je crains plus que le gros temps. Je ne fermerais pas l'œil de toute la nuit, si je restais. C'est pourquoi je partirai avec vous.

— Moi aussi, mon père, ajouta le jeune Arvid, qui s'enhardit en entendant la déclaration du lieutenant.

— Silence, Arvid! taisez-vous, enfant! interrompit fru Kathrina. Les petits garçons comme vous gardent le logis. Les expéditions de nuit, les chasses aux contrebandiers sont faites pour les hommes qui ont barbe au menton. Les jeunes oiseaux, dont les ailes ne sont pas poussées, ne doivent pas quitter leurs nids.

Cette rebuffade maternelle fut loin de contenter Arvid, mais il n'y avait rien à répliquer. Quand une fois fru Kathrina avait dit non! c'était un arrêt irrévocable. L'enfant désappointé n'eut plus d'espoir que dans son père, dont il connaissait l'indulgence; il le supplia donc d'un regard timide, mais celui-ci ne se laissa point attendrir, et dit à son fils d'un ton sérieux :

— Arvid, il faut que vous demeuriez à la maison, ainsi que Pehr. Je ne prendrai avec moi que les deux hommes de la pinasse.

— Comment, diable! s'écria le lieutenant à moitié en colère, ai-je l'air d'un poltron qui n'est bon à rien? Je ne suis manchot que du bras dras droit, ami Arnman, et mon bras gauche peut faire autant de besogne que tout autre.

Arnman lui jeta un regard de reproche qui le réduisit au silence. On se leva de table, et fru Kathrina étant sortie pour inspecter le département de la cuisine, et ayant emmené avec elle Arvid, les deux amis s'approchèrent de la fenêtre. Là, Arnman, montrant du doigt au lieutenant la mer houleuse et courroucée, lui dit :

— Askenberg, vous ne me seriez ce soir d'aucun secours. Restez ici : votre présence peut y être utile, s'il m'arrive quelque chose.

— S'il vous arrive quelque chose! répéta l'invalide en interrogeant le visage de son ami. Eh bien! je garderai le logis, puisque vous le voulez. Que Dieu vous garde et vous conduise!

Arnman lui serra la main en silence : ils s'étaient compris l'un et l'autre.

— Les gens de Tistelon m'ont déjà échappé trois fois, poursuivit Arnman, qui, dévoué à sa profession et confiant dans sa force et son énergie, avait été extrêmement mortifié de l'issue malheureuse de ses tentatives. Oui, trois fois ils m'ont donné le change; mais, pour celle-ci, j'ai des informations précises. Je sais qu'ils se sont chargés de livrer en fraude une quantité considérable de marchandises à une maison de Gottembourg. C'est une de ces nuits que l'expédition doit avoir lieu, et comme ce soir le temps promet de leur être favorable, il est très probable qu'ils en profiteront.

— Mais, objecta l'invalide, si vous battez la mer toute la nuit sans les rencontrer?

— Je n'abandonnerai pas pour cela la chasse. Je les poursuivrai jusqu'à ce que je les aie atteints, dussé-je y employer huit nuits consécutives. Pendant le jour, je ferai voile dans une autre direction.

— Dans ce cas, il s'écoulera quelque temps sans que nous recevions de vos nouvelles?

— Deux jours au moins. Si je ne surprends pas les smogglers cette nuit même ou la nuit prochaine, je reviendrai ici après-demain, pour y passer quelques heures.

Sur les trois heures de l'après-midi, Arnman se rendit à bord de la pinasse, accompagné de sa femme, de son fils et du lieutenant Pehr. Fru Kathrina avait apporté avec elle la cafetière pleine d'un café excellent et bien chaud. Assise dans la petite cabine, elle versa à son mari la tasse d'adieu, et lui souhaita un heureux voyage.

— Mon cher Arnman, lui dit-elle avec des larmes dans les yeux, je m'inquiète toujours, quand je vous vois vous embarquer pendant la nuit; mais, cette fois, je suis encore plus tourmentée que d'habitude. Que Dieu vous guide, Arnman! qu'il étende sur vous sa main protectrice!... Vous trouverez votre blague à tabac à gauche du panier. J'ai mis le tabac dans une de vos grandes bottes, et dans l'autre une couple de homards. Il n'y avait plus de place dans le panier... Dieu garde tous ceux qui seront en mer cette nuit!... Adieu, mon mari!... Adieu!

— Adieu, femme! répondit Arnman en la pressant dans ses bras.

— Arnman, lui dit tout bas Askenberg en lui secouant la main, ne soyez pas trop téméraire, mon vieux camarade... rappelez-vous que vous n'êtes pas seul au monde, et que d'autres existences dépendent de la vôtre...

Le tour d'Arvid était venu.

— Ici, mon garçon! lui dit son père en l'attirant vers lui; et, saisissant le moment où fru Kathrina mettait le pied sur le môle, il tira de son gousset une grosse montre d'argent, à laquelle une chaîne en similor était attachée. Arvid, continua-t-il, il est juste que tu aies quelque dédommagement pour le refus que je t'ai fait. J'ai, dans le bateau, une autre montre, et je puis me passer de celle-ci. Aies-en bien soin, mon enfant : elle te vient de ton père, et ton grand-père me l'avait donnée... Et maintenant, adieu !

Après avoir perdu de vue la pinasse qui portait Arnman, fru Kathrina, le lieutenant et Arvid regagnèrent lentement la maison. C'était la même soirée que les fraudeurs de Tistelon avaient choisie pour se préparer à leur expédition nocturne.

CHAPITRE IV.

Arnman avait conduit la pinasse dans les parages d'où il pouvait le mieux surveiller les opérations des smogglers. Déjà il avait battu la mer pendant plusieurs heures sans les apercevoir. La frêle embarcation luttait péniblement contre les vagues que soulevait un vent furieux ; mais, quoique le fracas des élémens fût horrible, quoiqu'un brouillard épais rétrécît l'horizon de toutes parts, l'officier des douanes, avec une persévérance infatigable, se tenait sur le pont, prêtant une oreille attentive, et cherchant à distinguer la proie qu'il guettait.

— Martin, dit-il enfin en s'adressant à celui de ses deux hommes d'équipage en qui il avait le plus de confiance, descendez me chercher la bouteille à eau-de-vie ; un doigt de liqueur ne nous fera pas de mal à tous trois.

— Il viendra même à propos, répondit Martin, en savourant déjà, par la pensée, l'eau-de-vie qu'on lui promettait, et en faisant passer d'une joue à l'autre la chique de tabac qu'il mâchait en ce moment. Mais à peine était-il parvenu au bas de l'escalier, qu'il entendit le signal par lequel son maître le rappelait sur le pont. L'honnête Martin, craignant qu'une circonstance imprévue ne fît révoquer l'ordre auquel il avait accordé une si vive approbation, se hâta de prendre la bouteille qui contenait le précieux cordial, et remonta au plus vite.

— Martin, dit Arnman en lui appuyant la main sur l'épaule et en parlant avec précaution, regardez... ne voyez-vous rien ?

— Je vois... Par le ciel ! il y a un bateau sous le vent, ou c'est le diable lui-même...

— Non, non, Martin, il ne s'agit pas du diable... c'est bien un bateau, et, de plus, c'est celui que nous cherchons... Mettez le cap sur lui... Du courage, enfans! du courage!

Martin obéit. Il changea la direction de la voile, et la pinasse, cédant à une impulsion nouvelle, fendit la vague avec la vitesse d'un oiseau de proie.

Arnman ne s'était pas trompé : c'était bien la barque des smogglers de Tistelon.

Déjà Haraldson et Birger s'étaient aperçus du danger qui les menaçait; ils avaient reconnu, à travers le brouillard, le bateau de la douane et observé son changement de manœuvre. Ils ne doutaient pas qu'on ne les eût signalés et qu'on ne leur donnât la chasse. Ils ne perdirent pas le temps en paroles ; ils dévièrent aussitôt de la ligne qu'ils suivaient, et se dirigèrent droit vers les rochers du *Pater-Noster*. Familiarisés avec cet écueil redoutable, ils espéraient y trouver un refuge, et se dérober aux yeux de leurs ennemis; mais la pinasse, qui était la meilleure marcheuse de toute la côte, commença à gagner du terrain ; l'intervalle qui la séparait du bateau des smogglers diminua sensiblement.

Pendant cette chasse désespérée, les traits durs du vieux contrebandier prenaient une expression de plus en plus féroce. Tantôt examinant l'embarcation des douaniers qui s'approchait comme un cheval de course, tantôt jetant les yeux du côté de l'avant de son propre bateau, il interrogeait l'espace avec anxiété. Ses dents, convulsivement serrées, et la crispation des muscles de sa face, indiquaient que des passions terribles s'agitaient dans son sein.

— Le jeu devient sérieux! dit-il à Birger. Diable! ils seront sur nous dans un moment.

Birger, tout occupé du maniement de la voile, ne répondit pas.

— Eh bien! continua Haraldson, est-ce que tu as perdu la parole?... Qu'en dis-tu? ne voilà-t-il pas l'instant de frapper un bon coup?

Birger se retourna. A la lueur d'un faible rayon de lumière que la lune envoya à travers les nuées et le brouillard, Haraldson put voir le visage pâle et défait de son fils. C'était la première fois qu'il le regardait depuis qu'ils s'étaient embarqués. Il remarqua son changement de physionomie, et l'attribuant à l'effet que produisait sur lui l'approche du danger, il s'écria d'un ton furieux :

— As-tu peur! trembles-tu lâchement, quand ton père est prêt à tout risquer pour sauver sa vie, la tienne, et la cargaison?

— Soyez tranquille! répliqua Birger avec un calme effrayant qui dissipa les soupçons du fraudeur : allez de l'avant, je vous suis!

— La crise ne tardera pas, ajouta Haraldson avec un accent adouci : mon plan doit nous sauver ou nous perdre ; mais, en tout cas, malheur à qui tentera la même route que nous !

Alors il prescrivit à son fils de serrer encore plus le vent, et de tenir constamment les yeux fixés dans la direction du *Pater-Noster*. Il s'agissait d'apercevoir les rochers du plus loin possible. Cependant on ne les distinguait pas encore, car le brouillard semblait redoubler d'intensité ; mais le bruit des lames qui se brisaient sur cet écueil devenait de plus en plus fort, et retentissait , pareil à celui du tonnerre. Il était évident que le bateau en approchait. A chaque embardée, des lames plus furieuses le poussaient dans cette direction. Haraldson tenait le gouvernail d'une main ferme ; une joie farouche brillait sur son visage.

— Entends-tu comme les vagues mugissent? dit-il à son fils. Une fois déjà, ajouta-t-il avec un étrange sourire, j'ai passé entre ces brisans. Le passage n'a pas plus de dix pas de largeur : qu'on s'écarte d'une ligne à droite ou à gauche, et l'on est perdu... Cette fois-là, j'échappai heureusement, et j'eus le plaisir de voir ceux qui me poursuivaient mis en pièces contre les rochers... Me comprends-tu, Birger? c'est la seule chance qui nous reste ; mais avec l'aide du diable, j'échapperai encore cette fois-ci.

— C'est ce que nous verrons, répondit froidement Birger sans détourner les yeux. Nous n'y sommes pas encore... Ah ! s'écria-t-il en se dressant tout à coup sur ses pieds : entendez-vous ? on nous hèle... on nous a atteints !

— Pas encore ! pas encore ! répliqua le vieux contrebandier. Nous avons un peu d'avance : quelques embardées sont beaucoup. Tout ce que je crains, c'est qu'ils ne fassent usage de leurs armes à feu ; mais si une fois...

— On nous hèle encore ! interrompit Birger.

— Les brisans ! proféra Haraldson d'une voix qui surmonta le fracas des lames : attention, Birger, ou nous périssons !

En ce moment, la pinasse, sortant du brouillard, se montra à l'arrière du bateau des fraudeurs. Deux jets de flamme s'en échappèrent , suivis d'une double explosion. Une balle passa en sifflant au dessus de la tête des contrebandiers ; une seconde vint frapper le rebord de la poupe.

— Les brisans ! cria encore Haraldson, tandis que le bateau était entraîné par une force irrésistible. Attention, Birger ! voici l'instant !

En effet, la crise était arrivée. Birger saisit d'une main le bord de la barque ; de l'autre, il retint, avec la vigueur d'un géant, la corde de la voile. Ce fut un moment terrible! Les fugitifs ne pouvaient rien voir, rien entendre... Un fracas épouvantable les assourdissait ; un nuage d'écume les enveloppait et cachait à leurs yeux la mer, le ciel, et les pointes des rochers. Mais la crise ne dura qu'une minute. Le bateau, franchissant la passe avec la rapidité de l'éclair, flotta dans des eaux plus calmes, et se trouva à l'ouest des brisans : il était sauvé.

— Bien réussi! s'écria Haraldson d'un ton triomphant et en faisant claquer ses doigts. Rattache la voile, mon garçon... Et maintenant, voyons un peu ce que sont devenus les gens de la douane.

Les ombres de la nuit commençaient à se dissiper. Le brouillard, moins épais, ne bornait plus la vue, et le vent perdait de sa violence. Haraldson se leva ; mais il n'eut pas plus tôt jeté les yeux dans la direction du *Pater-Noster*, que l'expression de raillerie cruelle qui les animait se changea en une expression de rage et de désappointement.

—Mort et damnation! cria-t-il en se tournant vers Birger, occupé à carguer la voile : ces brigands de douaniers ont sauvé leur peau... les voici qui arrivent... ils nous tiennent... à moins pourtant...

Pour la première fois, la voix de Haraldson avait pris un accent d'alarme ; mais, laissant sa phrase interrompue, il saisit son fusil, et adressa à Birger un coup d'œil significatif.

Birger hocha la tête d'un air d'assentiment, et un sourire amer se dessina sur ses lèvres.

—Erika! murmura-t-il, je n'aurais pas fait cela hier... mais, aujourd'hui, qu'importe ma vie! qu'importe la vie des autres!

Puis, sans ajouter un seul mot, comme s'il eût compris suffisamment l'intention de son père, il acheva d'amener la voile, sous les plis de laquelle il cacha son fusil. Haraldson, de son côté, ayant déjà recouvré son sang-froid ordinaire, déposa le sien à ses pieds, contre le flanc du bateau. Pendant ce temps-là, la pinasse de la douane était arrivée à portée de la voix. L'officier qui la commandait héla pour la troisième fois les fraudeurs, et les somma d'arrêter. Haraldson répondit en avouant qu'il avait à bord des marchandises de contrebande, mais que, toute résistance lui paraissant inutile, il se rendait.

— Enfin! prononça Arnman avec un orgueil bien excusable : mais c'est un peu tard, mes braves gens. On vous tiendra compte des dangers que vous nous avez fait courir... Restez où vous êtes, pour que la pinasse se range bord à bord.

Haraldson obéit avec une apparence d'humble soumission ; et au bout de quelques minutes, la pinasse accosta le bateau.

— Eh bien! Martin, disait Arnman en se préparant à sauter sur le pont des contrebandiers, nous les tenons, cette fois; ils vont nous payer toutes leurs anciennes dettes.

Mais Haraldson s'était baissé et avait saisi son fusil. L'instant d'après, il fit feu, et le brave lieutenant, atteint d'un coup mortel à la tête, tomba pour ne se relever jamais. Au même moment Birger s'élança sur le pont de la pinasse, et engagea avec les deux hommes d'équipage une lutte désespérée. Doué d'une force athlétique, il jeta l'un de ses adversaires par dessus bord, et, d'un coup de crosse, il blessa mortellement Martin, qui s'était accroché à ses jambes et essayait de le renverser.

— Assassin! balbutia Martin en expirant, tu répondras devant Dieu de mes deux enfans orphelins!

L'œuvre de sang était accompli. Haraldson procéda en toute hâte à la visite de la pinasse et, en ayant enlevé le peu d'objets de quelque valeur qu'elle contenait, il en défonça la cale. Puis, au moyen d'une corde, il y attacha les cadavres des victimes. Bientôt la mer pénétra avec un bruit sourd dans l'embarcation, qui commença à s'affaisser graduellement et disparut tout à fait au fond de l'abîme : les vagues passèrent et repassèrent sur la place qu'elle occupait tout à l'heure, et, avec elle, disparurent les dernières traces du crime qui venait d'être commis; car il n'y a que l'œil de Dieu qui sonde les profondeurs de l'Océan.

Debout sur leur bateau, Haraldson et Birger contemplaient ce spectacle dans un sombre silence. Le jour naissant éclairait de sa lueur incertaine leurs traits livides. L'aspect de ces deux hommes était affreux; les regards qu'ils jetaient l'un sur l'autre exprimaient une haine et une horreur mutuelles.

— Ce qui est fait, est fait! prononça à la fin Haraldson d'une voix rauque, en homme qui vient d'étouffer le cri de sa conscience... C'était un cas de nécessité! ajouta-t-il : il fallait nous défendre, ou nous livrer aux mains de la justice : il n'y avait pas à choisir... Maintenant songeons à regagner la maison... Où est l'enfant?

Ce mot rappela aux deux coupables que, depuis plusieurs heures, ils n'avaient pas vu Anton; ils regardèrent autour d'eux et l'aperçurent, le corps presque enfoncé dans le trou de l'écoutille. Ses yeux étaient fixes et ses traits bouleversés par l'excès de l'épouvante. Un tremblement convulsif agitait tout son corps.

— Que fais-tu là, Anton? demanda le vieux contrebandier sans trop de rudesse. Allons! sors de là, et viens auprès de nous.

— Non, non! s'écria l'enfant. Vous me traiteriez comme vous avez traité les douaniers... Laissez-moi! laissez-moi!

Et, achevant de descendre, il alla se blottir au fond de la cabine.

— Fou! idiot! proféra Haraldson, qui se pencha sur l'écoutille et montra au fugitif un bout de corde dont il semblait le menacer.

Anton, à cette vue, poussa des cris si perçans, que Haraldson s'empressa d'y mettre fin en retirant sa tête. Quoiqu'il fût violemment tenté d'infliger à son fils un châtiment exemplaire, le voisinage de la côte lui commandait la prudence.

— Que faire? demanda-t-il à Birger. Ce malheureux enfant va nous trahir!

En parlant ainsi, il tourna les yeux vers la cabine et les ramena sur le jeune homme. Birger lui-même ne put soutenir ce regard.

— Que faire? répéta Haraldson.

— Rien! répondit Birger d'un air morne; le pauvre Anton est devenu fou... Une victime de plus!... en voilà quatre!... Il aurait mieux valu que les brisans nous eussent engloutis tous les trois!...

— Ah! cœur de poule, tu te repens déjà! proféra le vieux contrebandier. Moi, jamais!... c'est bon pour les femmes... Songe que tu es le fils de Hakan Haraldson, le plus grand smoggler du Skargord!

— Ajoutez pirate et meurtrier! et vous aurez tout dit.

— Silence! s'écria Haraldson d'une voix de tonnerre; occupe-toi de la besogne. Veux-tu qu'on nous aperçoive ici?... Dresse la voile, et partons!

Birger lui lança un regard de profond mépris.

— Nous allons partir, dit-il d'un ton calme et ferme; je vous aiderai à regagner la côte, et alors... -

Il n'acheva pas; mais Haraldson lut dans les yeux de son fils que le terme des expéditions aventureuses qu'ils faisaient en commun était arrivé.

— Poltron! poltron! murmura-t-il entre ses dents; faut-il que cela soit né de moi!...

La voile fut de nouveau hissée, et les smogglers, poussés par un vent favorable, abordèrent sans être inquiétés.

CHAPITRE V.

Fru Kathrina se tenait debout contre la fenêtre, et, portant au loin ses regards par dessus les pots de fleurs qui en décoraient la devanture et dont elle s'occupait naguère avec tant d'amour, elle interrogeait tous les points de l'horizon. Il faisait une belle journée d'automne ; la surface de la mer était unie ; les flots venaient mourir tranquillement sur la grève ; tout promettait aux marins une navigation facile. Cependant fru Kathrina était livrée à l'inquiétude et au chagrin : c'est que trois jours s'étaient écoulés depuis le départ de son mari, et celui-ci n'avait point encore reparu ; on n'avait point reçu de ses nouvelles. Le lieutenant Pehr était allé en demander aux pêcheurs de la côte qui revenaient du large et qui avaient dû rencontrer la pinasse dans les parages du Skargord ; mais lui-même se faisait attendre bien longtemps. Fru Kathrina se désolait, lorsque Arvid se précipita dans la chambre, tout haletant et les traits bouleversés.

— Qu'y a-t-il ? demanda sa mère ; la pinasse est-elle arrivée ?... Juste ciel ! Arnman serait-il malade ?

— Non, répliqua Arvid, la pinasse n'est pas arrivée ! Et de grosses larmes tombèrent de ses yeux.

— Eh bien ! alors, dit fru Kathrina, pourquoi pleures-tu, mon enfant ?

Mais déjà la pauvre femme avait saisi, pour s'appuyer, le rebord de la fenêtre, et se sentait défaillir. Son instinct l'avertissait de son malheur ; ses yeux exprimaient l'anxiété la plus poignante. Elle eut cependant la force de répéter sa question, car Arvid gardait le silence.

— Pourquoi pleurer ? dit-elle ; parle, pour que je pleure avec toi, ou que je te console.

— Quelle consolation peut-il y avoir ? s'écria Arvid, qui éclata en sanglots. Ils disent, chez Nil Asmundson, qu'on ne reverra plus la pinasse, qu'elle a dû couler bas dans la tempête de l'autre nuit, puisque aucun des bateaux qui ont suivi la même direction ne l'a aperçue.

A ces mots, fru Kathrina chancela, et, joignant les mains d'un air accablé, elle se laissa tomber sur une chaise. Dans le premier moment, le coup qui la frappait sembla lui avoir ôté toute son énergie. Cependant, au bout de quelques minutes, elle revint à elle-même et reprit son caractère décidé.

— Où est le lieutenant ? demanda-t-elle ; il n'est pas encore de retour ?

— Je l'ai laissé dans la chaumière de Nil Asmundson, répondit Arvid; il interrogeait les pêcheurs. J'étais en dehors de la fenêtre, et j'ai entendu ce qu'on disait... Mon pauvre père ! à son départ, j'avais eu de noirs pressentimens. Il me regardait avec tant de tendresse !... Et puis, vous ne savez pas, ma mère ? il m'a fait cadeau de sa montre, en me recommandant de la garder avec soin... Oui, je la garderai précieusement, et chaque soir je prierai Dieu pour lui.

Lorsque fru Kathrina vit entre les mains de son fils cette montre dont Arnman ne se séparait jamais, et qui était pour lui l'objet d'une sorte de culte, son cœur oppressé se soulagea par un déluge de larmes.

— Il te l'a laissée ! s'écria-t-elle ; pourquoi ne me l'as-tu pas dit?...

— Je craignais qu'elle ne me fût ôtée.

— Remets-la-moi, mon enfant.

Arvid lui présenta la montre, sur laquelle sa mère éplorée attacha un regard plein d'une douleur inexprimable ; mais fru Kathrina avait le cœur trop ferme pour s'abandonner ainsi à un désespoir qui pouvait n'être pas fondé. Elle essuya donc ses yeux, et expliqua brièvement à son fils que leur malheur n'était pas certain, et qu'ils pécheraient contre la Providence s'ils n'espéraient encore.

— Personne, ajouta-t-elle, ne peut savoir quel endroit ton père a jugé à propos de choisir pour épier les fraudeurs. Ainsi... Mais voici le lieutenant.

En effet, l'invalide entrait dans la chambre. Fru Kathrina ne lui donna pas le temps de parler.

— Que signifient donc tous ces bavardages qu'on tient chez Nil Asmundson ? prononça-t-elle en s'efforçant de dissimuler ses propres terreurs. De pareilles conjectures ont-elles une cause véritable ? La pinasse ne peut-elle pas se trouver dans un endroit où personne ne l'ait aperçue?...

— C'est précisément ce que je crains, répondit le lieutenant d'une voix tremblante d'émotion ; je crains qu'elle ne soit là où aucun œil humain ne saurait l'apercevoir.

— Vous voulez dire trop loin de la côte ? répliqua la malheureuse femme qui refusait de comprendre.

— Écoutez, Kathrina, poursuivit le lieutenant en branlant la tête : le lendemain du jour où la pinasse est partie, un bateau, venant de Kyholm, c'est-à-dire ayant longé le Skargord, est entré dans un port voisin. Ce bateau n'a pas vu la pinasse, et pourtant il aurait dû la signaler, si elle avait encore flotté sur l'eau !

— Flotté sur l'eau ! répéta fru Kathrina ; que le ciel ait pitié de nous !... Mais si ce que vous soupçonnez était vrai, on aurait trouvé des débris du naufrage !

— C'est selon ! la pinasse peut avoir sombré ! la nuit était si noire et le brouillard si épais !... J'ai rarement vu le ciel et la mer plus menaçans ; et Arnman calculait si peu le danger, que...

— Dieu est miséricordieux ! interrompit fru Kathrina avec énergie ; c'est en lui que je mets ma confiance. J'irai moi-même à la recherche de mon mari, du père de mon enfant ! Je visiterai tous les rochers de la côte ! Asmundson nous prêtera son bateau. Allez, lieutenant, le lui demander de ma part.

— C'est ce que j'ai déjà fait. Le bateau sera prêt à appareiller dans un moment... Mais, Kathrina, la pinasse, en poursuivant les contrebandiers, peut avoir dépassé de beaucoup Tistelon, et même Kyholm.

— Nous fouillerons toute la côte ! nous essaierons, du moins, de découvrir le sort de mon mari... Dieu nous donnera quelque signe... Arvid, prenez la montre de votre père, afin que nous sachions combien le temps est long pour ceux qui sont dans le chagrin... ou, plutôt, laisse-la-moi, mon enfant. Au retour, joie ou désolation, je te la rendrai.

Elle parlait ainsi avec un accent d'autorité et d'entraînement irrésistible. Les apprêts du départ furent bientôt achevés. Arvid, sa mère et le lieutenant s'embarquèrent dans le bateau de Nil Asmundson. Plusieurs autres bateaux, montés par des voisins et des amis compatissans, appareillèrent en même temps pour battre la mer dans diverses directions.

— Enfans et amis ! leur dit fru Kathrina au moment de se séparer d'eux, je vous remercie de la preuve d'affection que vous me donnez, en me secondant dans mes tristes recherches. Je ne sais pas exprimer tout ce que je sens ; mais adressez-vous à moi quand vous serez dans la peine, et ce ne sera pas en vain.

Après avoir fait ses adieux, de la main et du geste, aux diverses barques qui composaient la petite flottille, fru Kathrina s'assit au gouvernail, et le bateau qu'elle dirigeait s'éloigna du rivage. Pendant trois jours, il fouilla la côte. Les rochers qui la bordent furent successivement visités. On toucha même à l'île de Tistelon, et l'on en interrogea les habitans. Haraldson, qui se trouvait sur le môle, se lamenta beaucoup en apprenant que l'officier de la douane avait disparu.

— Quel dommage ! dit-il ; il aura probablement été victime de son excès de zèle... Néanmoins, c'était un peu trop téméraire à lui d'affronter une nuit et un brouillard pareils, avec une côte comme la nôtre.

Pendant qu'il exprimait ces regrets hypocrites, le lieutenant Pehr le surveillait.

— Mais, vous-même, lui dit-il en le regardant fixement, est-ce que, cette nuit même, vous ne teniez pas la mer ?

— Si, vraiment ! répondit Haraldson avec assurance, et sachant que s'il mentait sur ce point il serait facilement démasqué ; je tenais la mer, comme vous dites, mais j'ai été forcé de rentrer, car il ne faisait pas bon dehors.

— Et vous n'avez vu aucune trace de la pinasse ?

— Aucune.

Le lieutenant Pehr ramena au village fru Kathrina et son fils. C'en était donc fait ! l'une était veuve et l'autre orphelin. Quant au vieux contrebandier, l'ombre même d'un soupçon ne l'effleura pas. Le crime était trop affreux pour être imaginé : d'ailleurs, on avait lieu de supposer que la pinasse, assaillie par la tempête, avait sombré pendant la nuit, et s'était perdue corps et biens.

Des jours et des semaines se passèrent. Un nouvel officier de la douane fut envoyé à la station. La malheureuse Kathrina transporta dans une autre habitation ses pots de fleurs et ce qui lui appartenait. Là, elle arrangea toutes choses avec le soin dont elle était capable, afin que son fils Arvid, et le lieutenant, qui l'avait suivie, fussent logés commodément. Pour ce qui la concernait, il n'y avait plus sur la terre une maison qu'elle pût ou voulût considérer comme la sienne. Elle ne murmurait pas contre la providence : elle s'humiliait sous la main qui l'avait frappée ; mais, de temps en temps, elle venait à la fenêtre, et, à travers la verdure de son petit jardin, elle prêtait l'oreille au bruit monotone des vagues, et jetait un long regard sur l'Océan ; puis elle soupirait tristement et retournait à ses travaux.

CHAPITRE VI.

L'hiver était venu, des amas de neige couvraient les rochers de Tistelon. Les barques un peu considérables étaient comme emprisonnées par la glace, au bord de la mer. On avait traîné les plus petites sur la grève, pour y rester, la quille en l'air, jusqu'au retour du printemps. Assis dans la pièce du rez-de-chaussée, dont la fenêtre, revêtue d'une épaisse couche de givre, ne laissait percer qu'un faible rayon de lumière, Haraldson fumait sa pipe en silence. Il était seul et paraissait livré à de sombres rêveries ; mais sa physionomie se rembrunissait encore lorsqu'il tournait les yeux vers une petite porte située au fond de la chambre. Birger, depuis la nuit effroyable du *Pater-Noster*, n'avait point reparu à Tistelon ; il était parti pour un long voyage, et s'était arrêté à Gottembourg pour y étudier la navigation. En son absence, sa petite chambre était habitée par un hôte auquel on pouvait dire qu'elle tenait lieu de prison. C'était un réduit bas, étroit et obscur, plus triste même que la pièce commune ; l'ameublement ordinaire se composait d'un grand lit en forme d'armoire à double fond, de quelques chaises grossièrement façonnées et d'une table. Dans cette occasion cependant, on y voyait de plus un lit de sangle, dressé au milieu de la chambre, pour éviter, sans doute, le froid et l'humidité que causait le voisinage des murs et de la porte. Une figure livide et amaigrie, celle du pauvre Anton, reposait sur l'oreiller ; sa main décharnée, dont les doigts presque transparens ne semblaient pas appartenir à un habitant de ce monde, serrait convulsivement le bord de sa couverture. Assise à côté de ce lit de souffrances était Erika. L'inquiétude, le chagrin, la fatigue des longues veilles, avaient flétri l'éclat de ses joues et amorti le feu de ses yeux ; elle était pâle, abattue. Cet air de santé et de force, qui s'alliait si bien avec l'énergie de son caractère, l'avait abandonnée.

— Laissez-moi saisir la corde ! laissez-moi saisir la corde ! s'écriait d'une voix perçante le malheureux Anton, qui, ramené presque mourant de l'expédition du *Pater-Noster*, n'avait pas cessé, depuis, d'être en proie à la fièvre et au délire. Le vieil Haraldson s'était d'abord flatté que ce témoin importun de son crime finirait par succomber, et le délivrerait de toute crainte ; mais cet espoir dénaturé avait été déçu. L'étincelle de la vie, au lieu de s'éteindre, commençait à se ranimer chez Anton. Seulement, le nuage qui obscurcissait son esprit ne se dissipait pas.

— Mon pauvre Anton, lui dit Erika avec douceur, que voulez-vous donc faire de cette corde ?

— M'en servir pour descendre et me cacher, répliqua Anton, qui, avec tous les signes d'une vive terreur, se blottit sous la couverture.

— Vous cacher !... Et pourquoi ? demanda Erika ; qui est-ce qui songe à vous faire du mal ?

— Silence, silence !... Ne parlez pas si haut !... il vous entendrait... Il me recommande toujours de ne rien dire, parce que c'était un cas de nécessité... Je vais me glisser dans la cabine : il ne m'y verra pas.

— Qui est-ce qui ne vous verra pas, Anton ? De qui avez-vous peur ?

Le pauvre malade poussa un éclat de rire pareil à celui d'un insensé.

— Folle! oh! la folle! s'écria-t-il; croyez-vous que je vous dirai rien?... Vous ne voyez donc pas, ajouta-t-il en baissant la voix, comme il se tient derrière la porte et comme il me menace... Je me tairai, je me tairai!... Mais seulement ne me battez pas!... ne me battez pas si fort!... si long-temps!...

Ces derniers mots furent articulés avec des cris et des gémissemens. Anton se jetait d'un bord de son lit à l'autre, comme pour échapper à une main qui le meurtrissait de coups. Sa figure avait une expression suppliante, des larmes jaillissaient de ses yeux. Ses cris perçans, qui déchiraient le cœur d'Erika, parvinrent jusqu'à la pièce du rez-de-chaussée, où le vieux contrebandier était solitairement assis.

Il entra dans la chambre du malade, et, s'approchant du lit, il dit à Anton :

— Reste tranquille; personne ne te maltraite.

Au son de cette voix bien connue, l'enfant se tut aussitôt; mais les muscles de son visage, douloureusement contractés, annonçaient qu'il luttait contre une nouvelle angoisse, sous le regard fixe de son père, jusqu'à ce qu'enfin il retomba épuisé sur son chevet.

— Je ne puis concevoir pourquoi vous le regardez ainsi, dit Erika en se tournant vers Haraldson d'un air plein d'aversion et de mépris. Il est évident qu'un seul regard de vous le terrifie jusqu'à la démence; toutes les fois que la raison lui revient, vous en arrêtez les progrès.

— Propos absurde! répliqua le contrebandier. Faut-il que la maison soit troublée ainsi par les cris d'un fou?

— Quand elle le serait!... Les gens qui l'habitent, un du moins, n'ont pas une sensibilité si irritable! D'ailleurs, vous défendez à qui que ce soit de pénétrer ici. Cet état de choses ne saurait durer plus long-temps. Je ne puis, malgré mon désir, veiller nuit et jour sur ce pauvre enfant, et encore moins le laisser seul avec vous, car lorsque je reviens auprès de lui, je le trouve tellement bouleversé par l'épouvante, qu'il faut plusieurs heures pour le calmer.

— Je suis accoutumé à faire ce qui me plaît, répliqua durement Haraldson : je n'ai besoin des sermons de personne. Restez dans cette chambre, je ne m'y oppose pas; montez dans la vôtre, ce sera encore mieux. Votre présence est plus nécessaire à la petite. Quant à Anton, je suis pour lui meilleur garde-malade que vous.

— Non, Haraldson, je ne m'éloignerai pas d'ici. Je dois de plus vous demander si vous ne connaissez pas la cause de la maladie d'Anton. Il se portait très bien le soir où vous l'avez forcé de partir avec vous pour une expédition secrète; qu'est-il arrivé pendant cette nuit-là? Je suis convaincue qu'il est arrivé quelque chose.

— Quand je vous dis que non!... L'enfant a été trop gâté, voilà tout : il était accoutumé à se chauffer les pieds dans les cendres pour résister au temps infernal qu'il faisait.

— Mais son dérangement d'esprit! vous ne l'expliquez pas... N'est-il pas singulier que les mêmes images le poursuivent constamment?... Pourquoi veut-il toujours se cacher?... C'est en vain que vous espérez m'intimider, continua la jeune fille, car le smoggler lui avait lancé un regard effroyable qu'elle soutint sans baisser les yeux... Non, vous ne m'intimiderez pas, et je vous dis qu'il s'est passé quelque chose... quelque chose que vous cherchez à cacher.

— Mort et furie! s'écria le contrebandier avec rage. Si vous répétez un pareil propos, si vous ne retenez pas votre maudite langue, je...

— Eh bien! qu'est-ce que vous ferez?...

— Ne me poussez pas à bout, Erika, soyez prudente.

— Je ne vous crains pas, répondit la jeune fille, dont les yeux brillaient d'audace et de dédain. Vous ne pouvez que m'assassiner; mais, moi, je puis sortir de cette maison et publier ce que j'ai vu et entendu. Vos craintes à ce sujet fourniraient matière à d'étranges soupçons... Soyez donc prudent vous-même.

Soit que les paroles hardies et l'attitude imposante de la jeune fille eussent fait réfléchir Haraldson, soit que les nouvelles qu'il avait reçues dans la matinée lui commandassent la prudence, il rendit à ses traits leur expression de rude brusquerie, et répondit d'un ton presque confidentiel :

— Puisque vous prenez tellement l'affaire au sérieux, mamselle Erika... quoique je m'en soucie comme d'une vieille barque dépecée... je vais vous dire la pure vérité : l'enfant est venu se fourrer dans mes jambes au moment où la tempête me donnait le plus de besogne. Ma foi! je l'ai saisi par les épaules, et je l'ai poussé un peu fort dans la cabine. Il s'est cogné la tête contre une planche et cela lui a dérangé la cervelle... un simple accident, vous entendez!... Seulement, je crains les caquets. On ne nous a jamais vus ici d'un bon œil, et je ne voudrais pas donner prise aux mauvaises langues.

Cette explication avait un certain air de vérité; cependant elle ne satisfit pas entièrement Erika.

— S'il en est ainsi, dit la jeune fille, pourquoi réduisez-vous Anton au silence en le terrifiant de vos regards? pourquoi écartez-vous les étrangers de votre maison? pourquoi n'appelez-vous pas un médecin, et ne laissez-vous pas une garde-malade veiller sur ce pauvre enfant?

— Bah! de quel secours lui serait un médecin? Ceux qui doivent guérir, guérissent sans cela. Il n'est pas, non plus, besoin d'une garde-malade : je vous ai dit que j'en tenais lieu... D'ailleurs, nous aurons bientôt quelqu'un pour nous aider; Birger arrive la semaine prochaine.

Le nom de Birger mit fin à la conversation. Erika ne pouvait l'entendre sans tressaillir. Elle resta muette et rêveuse, et, après un long silence, elle annonça que, le malade s'étant endormi d'un sommeil paisible, elle allait profiter de ce moment et se retirer. Elle se leva en effet, mais elle ne quitta la chambre qu'après avoir vu sortir Haraldson. Tranquille sur ce point, elle retourna auprès de la petite Gabrielle.

Gabrielle, ainsi l'avait voulu la nature, était comme une fleur délicieuse de parfum et de beauté, qu'une plante vénéneuse avait produite. L'indulgence excessive dont elle avait été l'objet dès sa plus tendre enfance n'avait pu altérer les qualités aimables dont elle avait reçu le germe en naissant, et qui commençaient à éclore. Ces dons heureux avaient surtout été développés par les soins affectueux et les excellentes instructions que lui prodiguait sa gouvernante. La Rose de Tistelon, puisque c'est ainsi qu'on l'appelait généralement, était déjà l'enfant la plus jolie et la plus gracieuse, et elle promettait de faire, un jour, une femme accomplie. Ses moindres mouvemens avaient un charme inexprimable ; sa démarche légère était celle d'un oiseau, et quand elle se promenait parmi les sombres rochers qui hérissent la surface de l'île, on aurait cru voir un sylphe aérien effleurant la terre. Du monde et des divers pays qui le composent, elle n'avait qu'une idée très imparfaite. Trois fois seulement dans sa vie, Erika l'avait conduite à une église située sur le continent, et, une fois, elle avait accompagnée à Marstrand son père et sa mère. Pour elle, Tistelon était le monde entier. Elle ne s'imaginait point qu'il existât des contrées plus riantes et plus aimées du ciel. Sur ces petites nappes d'eau que recèle le creux des rochers, Anton avait lancé des flottes en miniature, tandis qu'elle-même, témoin de l'entreprise, battait des mains avec joie. Les *Chaudrons-Géans* (1), ces cavités creusées dans

(1) Ces cavités, connues sous le nom de *Jette-Grytor*, ou Chaudrons-Géans, se rencontrent dans plusieurs parties de la Suède. Elles sont creusées plus ou moins haut dans le flanc des rochers. Quelques unes, situées au niveau actuel de la mer, ne font encore que se dessiner. Cette circonstance, jointe à beaucoup d'autres, prouve qu'autrefois la Suède a été couverte par les flots de l'Océan, et qu'elle en est récemment sortie. On explique la formation de ces cavités par

le roc, leur avaient fourni à tous deux une salle pour leurs ébats. Anton y apportait chaque jour les coquillages les plus beaux, le sable le plus fin, les objets les plus curieux qu'il pouvait recueillir le long de la côte. Gabrielle était attachée à son jeune frère par les liens d'une tendre affection, il n'y avait pour elle de plaisirs et d'amusemens que ceux qu'il partageait, et un jour passé sans le voir lui semblait une semaine entière.

Il n'est donc pas étonnant que sa première pensée, au retour d'Erika, fut pour celui dont elle était privée depuis un mois. Elle demanda avidement de ses nouvelles, et supplia qu'il lui fût permis de descendre dans sa chambre. Erika répondit d'abord par un refus; mais la petite sirène connaissait son pouvoir, et savait en tirer parti. Elle fit tant par ses caresses et ses larmes que sa gouvernante consentit à la mener, le soir même, auprès du lit du malade.

Ce moment si désiré arriva enfin. Anton, à demi soulevé sur son lit, et toujours en délire, tirait la couverture, comme si elle eût été placée trop bas. Cependant dès qu'il aperçut sa sœur, il la reconnut. Un éclair de joie illumina ses traits amaigris.

— Ella ! s'écria-t-il en lui tendant les bras : Dieu soit loué ! te voilà... tu ne me quitteras plus. Je ne resterai plus seul dans cette cabine si froide, si noire, où je suis caché depuis qu'une nuit... Silence ! mon père a dit que c'était un cas de nécessité... Mais comme il y fait froid ! la mer pénètre jusqu'ici... Regarde ! j'ai tiré sur moi la voile tout humide... Prends garde, Ella, tu auras froid si tu mets tes pieds dans l'eau...

En entendant parler son frère ainsi, et en observant l'expression de ses yeux hagards, Gabrielle, effrayée, fondit en larmes, et se jeta dans les bras de sa gouvernante. Le malade s'aperçut de ce mouvement.

— Ella, dit-il, tu as peur de moi ? Reste là, à mes côtés, la mer ne nous atteindra point... Si tu savais ce qu'il y a sous l'eau ! n'y regarde pas, tu n'en dormirais point de plusieurs nuits. Mais, moi, je suis forcé d'y regarder toujours... Je ne puis en détourner les yeux.

— Qu'y vois-tu donc ? murmura l'enfant, frappée de la même terreur que si elle eût écouté quelque sombre légende.

— Je ne dois pas le dire, répondit Anton; il me battrait.

Et alors, il recommença à s'agiter dans son lit, avec les gestes con-

---

l'action des vagues qui, battant sur une portion de roche moins dure ou moins cohérente avec le tout, la sapent, la détachent de la masse et y creusent une espèce d'entonnoir. On en voit qui ont 20 pieds de profondeur, 6 pieds de largeur, et qui sont placées à 500 pieds au dessus du niveau de la mer.

vulsifs de quelqu'un qui cherche à éviter les coups qu'on lui porte. Cet accès fut violent, mais dura peu. Lorsque Anton fut devenu plus calme, Erika plaça sur son lit la tremblante Gabrielle. Celle-ci, en recevant les caresses de son frère, se rassura un peu ; mais elle paraissait mal à son aise, et regardait sans cesse avec inquiétude sa gouvernante. Bientôt le malade, épuisé de fatigue, s'endormit. Sa sœur et Erika regagnèrent leur chambre.

CHAPITRE VII.

Une semaine s'était écoulée : le jour touchait à son déclin. Gabrielle, tenant dans ses bras sa nouvelle poupée, s'était assoupie sur le sopha. Erika, poursuivie par des idées lugubres, restait debout à la fenêtre, songeant que le moment approchait où elle allait revoir le fils aîné de Haraldson. Birger avait déjà passé quelques heures au logis ; mais Erika, qui redoutait sa présence, avait évité de se montrer à ses yeux et de lui souhaiter la bien-venue. Depuis que ce jeune homme, en se séparant d'elle, l'avait chargée d'une responsabilité terrible, Erika, tourmentée par ses scrupules de religion, se débattait sous ce fardeau qu'elle cherchait vainement à secouer. Cette lutte, plus encore que les fatigues qu'elle s'était imposées pour veiller au chevet du pauvre Anton, avait usé ses forces et son énergie. Elle se rappelait sans cesse les adieux que lui avait laissés Birger, le soir de cette nuit affreuse où l'officier de la douane et ses deux hommes d'équipage avaient disparu, peut-être engloutis sous les flots, peut-être assassinés ! A cette heure encore, elle se demandait si elle n'était pas coupable de toutes les infractions que Birger avait commises contre les lois des hommes, contre celles de Dieu, et si les crimes dont il se souillerait dans l'avenir ne seraient pas son ouvrage. Problème redoutable dont elle ne trouvait pas la solution ! Quelles conséquences n'avait pas eues déjà le refus qu'elle avait fait de l'épouser ! Cette nuit-là avait été marquée par quelque événement horrible : Erika n'en doutait pas. Quand, assise auprès du lit d'Anton, elle recueillait les propos confus que lui suggérait le délire, elle se disait en frémissant qu'elle était, suivant toutes probabilités, la cause involontaire de ce qui était arrivé. Une fois seulement elle avait pris sur elle de prononcer le nom de Birger. Aussitôt le malade avait tressailli en manifestant l'alarme la plus vive, et, depuis lors, Erika avait évité soigneusement de prononcer ce nom ; elle avait renfermé en elle-même ses doutes et ses perplexités. Mais ces doutes la tuaient ; ces perplexités étaient accablantes. Birger et Haraldson étaient-ils pour quelque chose dans la disparition mystérieuse de la pinasse? Ces objets effrayans que le malheureux Anton s'imaginait voir sous les eaux, à quoi avaient-ils rapport?... Erika repoussait les soupçons dont elle était assaillie : ils revenaient avec plus de force. Oui, pensait-elle, elle aurait dû, elle devrait se sacrifier pour sauver Birger. Mais l'idée seule d'un pareil sacrifice surmontait toute sa résolution.

Cependant, outre le point de vue moral sous lequel Erika envisageait la chose, il y en avait un autre, celui de la justice. Si Birger avait trempé les mains dans un crime, consentir à l'épouser, ne serait-ce point offenser Dieu? Son devoir, à elle, ne lui prescrivait-il pas d'employer tous les moyens possibles pour mettre le forfait en lumière et pour en faire découvrir l'auteur? Telles étaient les diverses questions qu'elle débattait en elle-même sans pouvoir rien conclure, également effrayée de ce qu'elle ferait, et de ce qu'elle ne ferait pas.

L'heure du souper approchait. L'obligation de vaquer aux soins du ménage forçait Erika de descendre à la pièce du rez-de-chaussée. Birger y serait sans doute : il fallait paraître devant lui; il fallait se préparer à cette entrevue. Erika s'arma de tout son courage, et, comprimant les mouvemens précipités de son sein, elle descendit avec précaution les marches de l'escalier et entra dans la chambre commune. Birger s'y trouvait, et il s'y trouvait seul. Assis au bout de la table, il traçait machinalement, avec la pointe de son couteau, des lignes dans le bois. Soit qu'il feignît de ne point entendre le bruit de ces pas légers qui, naguère encore, réveillait un écho si prompt dans son cœur, soit qu'il n'eût rien entendu en effet, il resta immobile à sa place. Erika eut ainsi le temps de remarquer le changement extraordinaire qui s'était opéré dans sa personne et dans son costume. Son teint bruni, mais plein de vie et de santé, avait pris une teinte olivâtre. Ses yeux s'enfonçaient profondément dans leurs orbites. Ses lèvres, sur lesquelles se dessinait auparavant un dédaigneux sourire, n'exprimaient plus qu'un morne abattement. Une passion dévorante avait dévasté ses traits, et y avait laissé des traces indélébiles. Erika ne put s'empêcher d'en être émue. Quant aux vêtemens que portait Birger, ils étaient bien supérieurs à ceux d'autrefois, tant pour l'élégance que pour la beauté de l'étoffe. Mais Erika se souvint qu'il avait passé l'examen d'usage pour être reçu patron de navire. Son costume était donc en rapport avec sa nouvelle position.

— Bonsoir, Birger. lui dit-elle. — Elle n'eut pas la force d'ajouter : Soyez le bien-venu!

Birger se leva en tressaillant.

— Mamselle Erika! murmura-t-il, et il resta debout devant la jeune fille, en attachant sur elle un regard douloureux.

Erika se sentit saisie de compassion.

— Vous avez été sûrement malade, Birger? continua-t-elle.

— Non, je n'ai pas été malade... Mamselle Erika me trouve donc bien changé?

— Oui, beaucoup.

— Après tout, ce n'est pas étonnant. Il s'est passé tant de choses, depuis notre dernière entrevue! Je ne suis plus ce que j'étais alors.

Et, en prononçant ces mots, il fixa sur l'orpheline un regard qui força celle-ci à baisser les yeux. Après une pause, il reprit d'un ton plus doux :

— Mamselle Erika a-t-elle pensé quelquefois aux adieux que je lui ai laissés?

— Oui, certainement... Mais je croyais... j'espérais que...

— Quoi donc? demande brusquement Birger... que je ne tiendrais pas ma parole?

Cette question et l'accent avec lequel elle était faite annonçaient trop clairement à Erika que, si elle avait nourri une telle espérance, elle s'était trompée.

— J'ai prié Dieu, Birger, répondit-elle; je l'ai supplié avec ferveur de ne pas détourner de vous sa main protectrice.

— Eh bien! répliqua Birger avec amertume, Dieu ne vous a pas exaucée... Mais il ne s'agit pas de Dieu : vous pouviez tout empêcher, et vous ne l'avez pas voulu.

— Non! oh! non! ne vous livrez pas à ces cruelles pensées. Je n'ai fait qu'obéir à mes sentimens et à mon devoir.

— Votre devoir!... Oui, votre devoir envers vous-même : vous n'avez songé qu'à vous.

— Ne doit-on pas aussi songer à soi?

— Comment donc! rien n'est plus certain. Par exemple, on doit défendre sa vie, n'est-ce pas?... quand elle est menacée; tous les moyens de salut sont légitimes... C'est ce que j'ai pratiqué dans l'occasion... Ai-je eu tort?

Birger parlait ainsi, d'un ton qui glaçait dans ses veines le sang d'Erika.

— Vous ne m'avez pas bien comprise, lui dit-elle; même pour défendre sa vie, on ne doit recourir qu'aux moyens qui sont autorisés par les lois.

— Sans doute ; mais est-on toujours en état de juger ce qui est légitime ou non ? Allez, cela dépend de la disposition d'esprit où l'on se trouve. Supposez, continua Birger d'une voix tremblante, supposez un malheureux, poussé au désespoir, rejeté par le seul être au monde qui puisse le sauver, et dont il implore vainement la compassion... cet homme-là, mamselle Erika...

— N'achevez point ! interrompit la jeune fille ; c'est une doctrine trop dangereuse, et que je ne veux pas admettre... Changeons de propos : avez-vous vu Anton ?

— Pas encore, répondit Birger en rougissant ; mais je le verrai demain : son père est maintenant avec lui.

— C'est une maladie bien extraordinaire, que celle de cet enfant... il lui échappe des paroles bizarres. Je n'ai pu encore découvrir ce qui a causé sa folie. A parler franchement, je n'ajoute pas foi à l'explication que m'a donnée votre père, et je voudrais que vous...

— Vous voudriez savoir de moi la vérité, acheva Birger, car Erika s'était arrêtée brusquement au milieu de sa phrase, comme si elle eût craint de s'être trop avancée. De moi ! poursuivit-il : avez-vous donc plus de confiance en moi ?

— Oui, répondit Erika après un moment de réflexion, je croirais à ce que vous me diriez...

— Merci pour ces paroles ! ce sont les meilleures que j'aie entendues depuis long-temps... Mais pensez bien à ce que vous me demandez... Si je vous dis tout, et que vous répétiez à d'autres...

— Merci, à mon tour, pour cet avis ! La connaissance de la vérité peut être quelquefois un fardeau plus lourd que l'incertitude elle-même. Je ne veux, dans aucun cas, promettre le secret.

— Cependant, remarqua Birger, quand on demande la révélation de certaines choses, on s'engage au silence par cela seul, non moins que par les plus fortes promesses.

— Vous avez raison ; mais...

— Nous reprendrons plus tard cet entretien. Voici mon père... Quoi que je puisse révéler à mamselle Erika, je n'y mettrai aucune condition. Elle décidera si elle doit se taire ou parler.

Erika, s'étant acquittée de ses devoirs domestiques, se rendit auprès d'Anton. Depuis quelques jours, il se montrait plus calme ; mais sa démence avait pris un autre caractère. En ce moment, il se tournait alternativement, avec une expression de plaisir, vers les deux colonnes de son lit ; il leur souriait d'un air amical, et leur adressait de petits signes de tête, comme à des êtres dont il aimait la présence : il leur parlait même. Erika, en s'approchant, l'entendit qui leur disait, d'un ton de doux reproche :

— Vous vous êtes bien fait attendre, ce soir !

— Le voilà occupé avec ses anges! pensa la jeune fille en s'applaudissant de cette circonstance, car elle avait remarqué que c'était, chez lui, un symptôme de tranquillité. Anton lui avait confié, sous le sceau du secret, que, pendant la nuit, deux enfans, plus beaux que Gabrielle elle-même, venaient lui tenir compagnie. Ils se plaçaient de chaque côté de son lit, sans jamais le toucher. L'un était vêtu de blanc, et portait sur son visage l'expression d'une félicité pure; l'autre, vêtu de rose, avait un air de souffrance et de tristesse.

C'était eux que le pauvre malade croyait voir ; c'était à eux qu'il parlait.

Erika ne voulut point l'arracher à cette vision, où il semblait se complaire. Elle s'assit en silence et écouta.

— Et ainsi, disait Anton, vous ne m'avez pas oublié, et vous êtes revenus! C'est très bien de votre part. Moi, je vous aime aussi, et je voudrais que vous fussiez toujours là... Mais, continua-t-il en se tournant à droite, dites-moi, vous qui êtes vêtu de rose, pourquoi vous avez l'air si affligé? Vos regards me rendent moi-même tout chagrin.

Il fit une pause, comme s'il écoutait la réponse à sa question.

— L'ange de vie! continua-t-il ; peine et souffrance!... C'est cela! c'est cela! Et vous êtes affligé à cause de moi? Non, ne vous désolez pas ainsi; ce n'est pas votre faute. Soyez joyeux, je guérirai, et nous jouerons ensemble avec Gabrielle... Et vous, ajouta-t-il en se tournant vers l'autre côté du lit, qui êtes-vous, bel enfant à la robe blanche?... L'ange de mort!... Attendez, que je vous regarde plus attentivement... L'ange de mort!... C'est donc pour cela que, lorsque vous vous approchez plus près de moi, je me sens plus malade!... Et vous m'offrez un bonheur éternel!... Mais, je ne veux pas mourir... éloignez-vous... je ne veux pas mourir. Il fait si sombre sous la mer... là... près des rochers du *Pater-Noster* où ils sont tous trois engloutis...

Le rêve gracieux s'était effacé. Anton, rendu aux images effrayantes qui le poursuivaient, se mit à pousser des cris aigus.

— Les voyez-vous ? cria-t-il, ils sont là... ils élèvent leur tête hors de l'eau... Laissez-moi! laissez-moi!... je suis innocent. Je n'ai été que témoin... rien que témoin!...

— O mes pressentimens! se dit Erika ; puis elle courut au malade, et, l'entourant de ses bras, elle s'efforça de le calmer. Elle y réussit à la fin.

Anton, près de s'endormir, voulut cependant savoir quel était celui des deux anges qui était resté à ses côtés. Erika, qui jugeait à propos de flatter sa manie, lui dit que c'était l'ange rose.

— Bien ! répondit Anton ; celui-là me plaît mieux... Mais un mot à l'oreille, Erika... Si vous voyez l'ange blanc s'approcher trop près de mon lit, ayez soin de l'écarter.

Rassuré par la promesse que lui fit la jeune fille, il s'endormit paisiblement.

La pauvre Erika ne put goûter un seul instant de sommeil.

CHAPITRE VIII.

Birger avait déjà passé quinze jours à Tistelon, sans que Erika eût trouvé l'occasion de reprendre avec lui l'entretien que l'arrivée du vieux contrebandier avait interrompu. Pendant la première semaine surtout, il ne quittait pas le lit de son frère. Erika se tenait à l'écart, et elle ignorait quelle impression la vue de Birger avait produite sur le malade ; mais quand elle eut de nouveau accès dans la chambre, elle reconnut que cette impression avait été salutaire. Anton était devenu plus calme et plus silencieux ; ses idées avaient plus de suite ; l'aspect de Birger, assis à son chevet, ne paraissait pas lui inspirer de terreur. De son côté, le jeune homme s'appliquait, avec une vigilance singulière, à étouffer chez lui le souvenir du passé, et à éloigner de son esprit tout ce qui aurait pu y réveiller des images lugubres ; il ne le laissait jamais livré à ses propres pensées : il en dirigeait le cours vers des sujets agréables et intéressans ; en un mot, il s'occupait sans cesse de le distraire. Erika s'étonnait qu'il fût capable de faire cette violence à ses habitudes et à son humeur, de s'enfermer pendant des journées entières auprès d'un malade, et de lui prodiguer des attentions presque maternelles, lui qui avait toujours vécu au grand air, au milieu des rudes travaux de l'Océan. Elle remarquait aussi que les deux fils de Haraldson échangeaient des regards pleins d'une sympathique mélancolie, et elle commençait à trouver de la ressemblance entre les traits mornes et abattus de Birger et ceux d'Anton. Celui-ci recouvrait graduellement ses forces. Au bout de quelques semaines, il fut en état de marcher et de faire le tour de la chambre, en s'appuyant sur le bras de son frère. Sa taille s'était développée pendant sa maladie. Tout pâle et tout languissant encore, il souriait faiblement à ceux qui lui parlaient ;

mais lui-même ouvrait très rarement la bouche, et se renfermait dans un mutisme absolu.

Un soir que Gabrielle lui tenait compagnie, Erika s'était retirée dans la chambre de l'étage supérieur, pour y goûter un moment de solitude. Ses réflexions l'absorbaient tellement, qu'elle n'entendit pas le bruit d'un coup frappé doucement à la porte ; il fallut que ce bruit se répétât une seconde et une troisième fois. Il n'y avait dans la maison, il n'y avait dans l'île entière, qu'un seul être qui pût annoncer de cette manière sa visite. C'est pourquoi Erika, au lieu de répondre par le mot sacramentel : — Entrez ! — se leva, émue et tremblante, et alla ouvrir... Birger apparut à ses yeux.

Il entra, non plus, comme deux mois auparavant, d'un air d'embarras et d'hésitation, mais d'un pas grave et solennel, et avec un visage austère et résolu. Avant qu'il eût dit mot, Erika avait lu dans ses yeux la confirmation de toutes ses craintes. Elle lui fit signe de s'asseoir, et elle-même tomba sur un fauteuil.

— Vous êtes donc déterminée à m'entendre? demanda-t-il.

Erika inclina la tête, car elle n'avait pas la force de parler.

— Écoutez, reprit-il ; pour moi comme pour vous, il faut abréger autant que possible ce triste sujet. Dites-moi donc d'abord quelle a été la nature de vos soupçons, et ce que vous avez conclu des discours incohérens de mon frère ?

— Mes soupçons ont été horribles ; je n'ose point vous les exprimer. Long-temps je les ai repoussés comme une effroyable illusion, et, maintenant encore...

— Mamselle Erika, interrompit Birger avec énergie, il faut me dire franchement ce que vous pensez. Ce n'est plus le moment des évasions et des subterfuges... Parlez !...

— Eh bien ! murmura la jeune fille, la pinasse...

A ce mot, elle s'arrêta sans pouvoir rien ajouter.

Mais ce mot suffisait. A peine l'eut-elle prononcé, que Birger pâlit affreusement, un nuage sombre passa sur son front ; les muscles de sa face se contractèrent, son corps frémit, comme s'il eût reçu une commotion violente. Il se leva de sa chaise, et mesura la chambre à grands pas. A la fin, il s'arrêta devant la jeune fille, qui le regardait d'un œil éperdu.

— Oui, lui dit-il d'une voix sourde ; vous avez bien deviné... L'officier de la douane et ses deux hommes ont péri par mes mains et par celles de mon père... La pinasse a été défoncée et coulée bas.

Erika s'attendait à cette révélation, et cependant ce fut pour elle comme un coup de foudre ; elle demeura attérée, anéantie ; mille sensations confuses se combattaient en elle ; le trouble de ses pensées lui causait une espèce de vertige.

— Mamselle Erika, reprit le jeune homme, vous connaissez maintenant ce que la prudence me commandait de taire... mais je ne vous ai pas encore tout dit...

Erika tourna vers lui un regard plein d'une angoisse mortelle.

— Voulez-vous m'écouter ? continua Birger ; me laisserez-vous partir chargé de votre haine et de votre mépris, sans que j'essaie un mot de justification ?

— Qu'ai-je besoin d'en entendre davantage ? répliqua la jeune fille. Ma conscience me dit que je deviens en quelque sorte la complice de votre crime, si je...

Elle n'eut pas le courage d'achever sa phrase, et se cacha la tête dans ses mains. Birger sourit amèrement.

— Voilà donc d'où le vent souffle ! murmura-t-il... Vous voulez nous livrer à la justice ?

— Mon cœur saigne rien que d'y songer... et pourtant, puis-je vivre sous le même toit avec un...

— Avec un meurtrier... avec un homme qui est devenu tel à cause de vous !

— C'en est trop ! s'écria la malheureuse Erika ; que Dieu vous entende et me juge !

Et, la douleur qui la suffoquait se frayant un passage, elle éclata en sanglots.

Birger n'avait jamais vu pleurer Erika. Toujours calme, toujours maîtresse d'elle-même, elle savait commander à ses émotions. Aussi l'aspect de ses larmes toucha-t-il vivement celui qui les faisait couler. Il adoucit l'expression de son regard, et quitta l'accent de reproche qu'il avait pris.

— Calmez-vous, mamselle Erika, lui dit-il ; je ne vous demande pas le secret. Livrez-nous, dénoncez-nous, peu m'importe !... Je désire seulement vous faire lire au fond de mon cœur... Si, après cela, vous persistez dans votre résolution, tout sera dit : vous ne me reverrez plus... Mais ce soir doit décider de mon sort... Me voilà arrêté sur la pente que j'avais suivie. Vous pouvez me sauver encore ; vous pouvez me perdre irrévocablement... C'est à vous de prononcer.

— Demain ! balbutia la jeune ; remettons à demain cette conversation.

— Non, vous prononcerez ce soir même ; l'incertitude me tue ; j'ai besoin d'être fixé d'une manière ou d'une autre ; car , s'il faut vivre comme je vis depuis quelque temps, j'aime mieux en finir tout de suite... et, je vous le jure, Erika, j'en finirai !

Alors, profitant de la stupeur où la jeune fille était plongée, il se mit à dépeindre à grands traits l'excès de désappointement qu'il avait éprouvé en se voyant rejeté par elle, et le désespoir qui s'était emparé de lui. Il s'était cru , dit-il , abandonné de son bon ange et entraîné fatalement vers le crime. Il avait étouffé tous ses scrupules, et goûté une sorte de joie à se perdre , puisque celle qui était l'arbitre de son sort l'avait impitoyablement condamné. Il n'omit aucune des circonstances qui avaient marqué cette nuit funeste ; il retraça l'imminence du péril ; il montra son père, qui , pareil à un démon tentateur, l'avait sollicité au mal par ses suggestions et par son exemple.

— Mais, ajouta-t-il, quand cette frénésie s'est dissipée , et que, rentrant en moi-même , je me suis trouvé chargé d'un aussi grand forfait, qu'ai-je éprouvé ? le remords !... Ah ! que le remords est une horrible torture ! Depuis ce moment , il me déchire le cœur. Que j'ai souffert, mon Dieu ! et que je souffre !... J'ai prié , j'ai veillé, j'ai répandu des larmes de sang ! mais le sang que j'ai versé ne s'efface pas ; ma conscience ne me laisse aucun repos ! Je n'ai ressenti un peu de soulagement qu'en envoyant , par une voie détournée , quelques secours aux deux enfans d'une de mes victimes. Par mes soins , l'aîné est déjà placé dans une maison de commerce ; le plus jeune a voulu être marin comme son père , et il navigue maintenant sous les ordres du nouveau lieutenant de la douane. Tant que je le pourrai , aucun d'eux ne manquera de rien , quoique la main qui les protége doive toujours rester cachée. Voilà, Erika , le peu de bien que j'ai fait pour racheter tout le mal que j'ai commis... Hélas ! c'est bien peu ! vos yeux me le disent ; mon cœur me le dit aussi ; mais je ferai plus encore. S'il est un moyen d'expier mon crime, je l'emploirerai... Pensez , Erika , à tout ce que j'endure pendant ces longues nuits sans sommeil où je suis obsédé d'images affreuses. Le jour, je suis plus maître de mes sens ; car je ne voudrais pas qu'on lût sur mon visage ce qui est un secret entre Dieu et moi.

Ici Birger fit une pause. Erika gardait un froid silence. Elle ne trouvait pas un mot de consolation pour cet homme coupable, ou plutôt, elle craignait de se montrer trop touchée de son repentir, et elle détournait ses yeux que cherchaient en vain ceux de Birger. Celui-ci reprit au bout d'un moment :

— Vous êtes inexorable, Erika ! l'ardente passion qui m'a rendu criminel, mon repentir, mes remords, rien ne saurait vous fléchir. Le saint livre dit pourtant qu'il n'est pas de forfait qu'on ne puisse racheter. Ne trouverai-je pas grâce devant vous? M'amender, devenir honnête homme, je le veux, j'en ai le ferme désir. Mais seul, abandonné à mes propres forces, le pourrai-je? non. Je vous l'ai dit : ma nature lutte contre mes bonnes intentions... Oh! venez à mon secours, Erika. Défendez-moi... sauvez-moi. Soyez mon ange tutélaire... soyez ma femme bien-aimée! avec vous, tout me sera facile : sans vous, Erika, sans vous je ne puis rien!

Et, en parlant ainsi, l'accent de Birger était suppliant. Sa voix si mâle avait une expression de douceur et de tristesse pénétrante. Il n'avait dit qu'un mot de son amour, et avait insisté longuement sur son repentir ; mais l'amour se lisait dans ses regards et dans toute sa contenance. Birger n'accusait plus, il ne reprochait plus ; il n'espérait même pas. Il implorait, et en l'écoutant, la sévère Erika se sentait gagner par la pitié.

— Donnez-moi trois jours, lui répondit-elle enfin en balbutiant. Laissez-moi me recueillir et me reconnaître.

— Trois jours! reprit Birger avec une nouvelle véhémence : qu'est-il besoin de trois jours? Dans trois semaines, dans trois mois, vous ne serez pas plus réconciliée avec l'idée de m'appartenir, et moi, d'ici là, je serai perdu. Voici le moment suprême, Erika! dites-moi...

— Non, je ne vous dirai rien! accordez-moi trois jours de réflexion, et laissez-moi, car j'atteste Dieu que, ce soir, aucune autre parole ne sortira de mes lèvres.

— Eh bien! donc, qu'il soit fait comme vous le voulez! répondit Birger en se dirigeant vers la porte : dans trois jours, à pareille heure, je reviendrai!

Pendant ces trois jours, Erika ne sortit point de sa chambre. Elle passa le temps en prières et en lectures de dévotion. Elle interrogea son cœur ; elle en sonda les coins les plus secrets. Le terme qu'elle avait fixé arriva. Birger vint chercher la réponse qu'elle lui avait promise... Nous ne soulèverons point le voile dont leur entrevue resta couverte ; mais, cette même nuit, l'homme coupable et repentant, la jeune fille aimante et dévouée furent unis par des liens éternels. Dieu reçut le serment qu'ils firent de vivre l'un pour l'autre, et il les bénit. Les hommes seuls s'émerveillèrent, ainsi qu'il arrive pour tout ce qu'ils ne comprennent pas.

CHAPITRE IX.

— Prêtez-moi vos lunettes, lieutenant, car les miennes sont trop mauvaises, disait fru Kathrina en s'adressant à l'invalide : en vérité, je ne devine pas ce que cette lettre signifie, et de qui elle vient.

Et elle tournait et retournait entre ses doigts une lettre qu'on lui avait apportée, comme si la forme eût pu lui en révéler le contenu.

— Je n'y conçois rien non plus, répondit Askenberg dont la curiosité n'était pas moins éveillée que celle de la digne femme. Autant que je me rappelle, vous n'avez reçu aucune lettre depuis la disparition de notre brave Arnman, et il y aura, de cela, cinq ans à l'automne prochain.

— Je ne reconnais pas l'écriture de l'adresse, continua fru Kathrina, qui avait armé son nez des formidables lunettes du lieutenant, et élevé la lettre mystérieuse au niveau de son rayon visuel.

Après un examen minutieux, mais inutile, elle prit des ciseaux, coupa l'enveloppe, et, comme elle n'avait pas de secrets pour l'invalide, elle lut tout haut ce qui suit :

« Honorée madame,

» J'ignore si une vieille connaissance de votre digne époux a conservé quelque place dans vos souvenirs ; mais... »

— Il faut que je regarde d'abord la signature... s'écria fru Kathrina en s'interrompant : « Isaac-Gabriel Palmquist. » Non, certainement, je ne l'ai point oublié, le brave homme! le collecteur des douanes de H..... Vous rappelez-vous, lieutenant, avec quels éloges mon pauvre Arnman parlait de lui? Isaac-Gabriel Palmquist a été autrefois le patron d'Arnman... Mais voyons ce qu'il annonce dans sa lettre : où en étais-je ?... « Honorée madame... Quant à moi, j'ai toujours gardé un bon souvenir de vous, ma chère fru Arnman, ainsi que de votre excellent café, de vos jolies fleurs et de votre jeune garçon Arvid. »

Ici fru Kathrina, attendrie, essuya une larme.

— Dieu bénisse le collecteur! murmura-t-elle. Il n'y a pas beaucoup d'hommes comme lui dans le monde.

— Sans doute, sans doute, observa le lieutenant, dont la curiosité ne trouvait point son compte à ces interruptions continuelles : mais, la lettre, fru Kathrina, que dit la lettre?

Fru Kathrina se décida enfin à poursuivre.

Isaac-Gabriel Palmquist, après avoir payé un juste tribut d'éloges à la mémoire du lieutenant Arnman, annonçait qu'il avait pris des informations sur la situation de sa veuve et de son fils. Il se réjouissait de savoir qu'ils étaient à l'abri du besoin.

« Dieu, ajoutait-il, vous a donné à tous deux un protecteur et un ami fidèle, dans la personne du respectable Askenberg ; mais, quoique le lieutenant soit là pour veiller aux intérêts d'Arvid, je voudrais aussi faire quelque chose en faveur du pauvre orphelin. S'il a du goût pour les affaires, je suis à même de lui procurer un emploi avantageux. J'ai besoin, en ce moment, d'un commis intelligent pour le bureau de la douane. Arvid ne possède peut-être pas encore toutes les connaissances nécessaires, mais, avec du travail et de la bonne volonté, il les acquerra bientôt. Je le soutiendrai de tout mon crédit, et ne négligerai rien pour son avancement. Confiez-le-moi donc, chère fru Kathrina, et soyez sûre que vous n'aurez pas à vous en repentir. Dans le cas où vous accepteriez ma proposition, veuillez m'écrire quelques mots de réponse. Il faudrait qu'Arvid fût rendu à son poste dans le plus bref délai. »

— Eh bien ! dit fru Kathrina c'est quelque chose qui mérite considération, après tout. Ce digne Isaac-Gabriel Palmquist ! Dieu nous a donné en vous, lieutenant Pehr, un protecteur et un ami ; et voilà que, au milieu de mes inquiétudes sur l'avenir d'Arvid... car il a atteint sa dix-neuvième année, le pauvre enfant... et il n'a jamais quitté la maison... voilà, dis-je, que Dieu envoie le collecteur à notre secours. Que son nom soit béni !

— Bien ! répondit le lieutenant, très bien !... Cependant l'instruction qu'Arvid a reçue de moi n'est pas aussi insuffisante que vous semblez le croire. S'il n'est point déjà patron de navire, ou, comme dit le proverbe, capable de chausser les souliers d'un homme, à qui la faute, sinon à vous, fru Kathrina, qui avez toujours contrarié sa vocation pour la mer ? Quant à moi, j'ai rempli ma tâche comme je le devais. Arvid sait écrire et compter : c'est deux fois plus qu'il ne faut pour être commis dans le bureau de la douane. Ne regrettez donc pas qu'il n'ait jamais quitté la maison, d'autant plus que trois ou quatre excursions maritimes, faites sur la pinasse du nouvel officier des gardes de la côte, lui ont donné une teinture de la profession ; et cela lui servira plus tard, s'il suit la carrière de son père.

Le vétéran s'exprimait ainsi avec une chaleur qui lui était peu ordinaire, car il avait mis son amour-propre dans Arvid, et il ne pouvait souffrir qu'on regardât comme perdu le temps que cet enfant avait passé à recevoir ses leçons. Fru Kathrina balbutia quelques mots d'excuse.

— N'en parlons plus, dit-il ; je voulais seulement vous faire comprendre que vous ne devez pas vous inquiéter sur l'avenir de votre fils.
Ce sera un homme un jour : la jeune branche sera digne du vieux
tronc.

— Sans doute, lieutenant, et l'élève sera digne du maître. Je crois,
cependant, qu'il faut que les jeunes gens voient un peu le monde, pour
achever de s'instruire.

Le vétéran, tout à fait apaisé par cette flatterie, hocha la tête en signe
d'assentiment. Pour que la réconciliation fût complète, fru Kathrina lui
tendit sa tabatière, dans laquelle il puisa une copieuse prise de tabac
qu'il parut savourer avec délices. Cette jouissance lui en rappela une
autre qui lui était encore plus chère : il chargea sa pipe, et, après
l'avoir allumée, il sembla disposé à reprendre la conversation :

— Je pense, dit-il, qu'Arvid sera bientôt de retour parmi nous?

— Demain ou après-demain, répondit fru Kathrina. La pêche du
veau marin est pour lui un si grand amusement !... Notez qu'il est fort
adroit, et que les peaux se vendent un bon prix... Mon noble enfant ! je
n'ai pas assez de mes deux yeux pour l'admirer, quand il revient de ses
expéditions de pêche.

La conversation entre fru Kathrina et le lieutenant se prolongea encore ; mais nous en ferons grâce à nos lecteurs. Nous nous contenterons
de leur apprendre que l'offre du brave Gabriel Palmquist fut acceptée
par l'un et par l'autre, et qu'Arvid ne fit aucune objection pour s'y
soumettre.

CHAPITRE X.

Le temps, qui opère des changemens si merveilleux sur les hommes
et sur les choses, avait aussi exercé son influence sur Tistelon. Cinq
années s'étaient écoulées, et cet intervalle avait suffi pour donner à l'île
un aspect tout différent, et la rendre presque méconnaissable. Par
exemple, l'endroit stérile et rocheux où les smogglers avaient fixé leur
demeure avait subi une espèce de métamorphose. A la place des anciennes constructions, dont une partie tombait en ruines, s'élevait actuellement une belle et grande maison, toute neuve, et percée de trois
fenêtres sur chaque côté, parmi lesquelles deux, plus petites que les
autres, étaient ornées de rideaux verts. Devant la porte d'entrée s'étendait une cour assez spacieuse, et une muraille solide, formant l'enceinte
garantissait la maison de toute surprise. Enfin, aux environs, le sol,

naguère stérile et inculte, offrait aux yeux d'assez riches plantations, qui témoignaient d'une persévérante industrie. Ce séjour avait cependant continué d'être celui de Haraldson et de Birger; mais les chasseurs de veaux marins, les smogglers soupçonnés de piraterie, avaient amassé de quoi réparer leur habitation, vivre dans l'aisance, payer les taxes d'usage pour les pauvres de la paroisse, et faire en outre, de temps en temps, quelques charités en nature. Par là, ils avaient conquis promptement l'estime et la considération publiques, et on les comptait parmi les habitans les plus respectables du pays.

Le mariage de Birger avec Erika avait produit ces changemens heureux.

Le capitaine Birger Haraldson avait pris le gouvernement de la famille, son père occupait une chambre séparée, où il se confinait, tantôt poursuivi par les remords du passé, tantôt, et c'était le plus souvent, regrettant de ne pouvoir plus continuer son genre de vie d'autrefois. Il employait presque tout son temps à chasser le veau marin, ou à faire sauter, par le moyen de la mine, les rochers qui hérissaient le voisinage. Anton gardait le logis. Son dérangement d'esprit avait diminué; mais, chez le pauvre enfant, toute la vivacité de la jeunesse s'était éteinte. Il était devenu apathique et taciturne. Il passait de longues heures assis sur la jetée, tenant à la main une ligne qu'il oubliait de tirer, et regardant vaguement la surface changeante de l'eau S'approchait-on de lui : il se levait à la hâte, ramassait son attirail de pêche, et allait s'établir dans un endroit plus solitaire, où personne ne pût le déranger. Sur ses joues amaigries, sur ses lèvres pâles, jamais un éclair de joie ne brillait. Son regard était terne et morne, et quand, par hasard, un faible sourire se dessinait sur sa bouche, on pouvait affirmer d'avance qu'il était causé par la présence, ou par le souvenir de sa sœur Gabrielle. Anton ne se plaisait qu'avec elle, et celle-ci, de son côté, mettait tout son bonheur à le distraire de sa mélancolie.

Erika se montrait digne de la mission qu'elle s'était donnée, celle de détourner un être coupable de la voie où il était engagé, de le pousser au bien, de le soutenir quand il faiblissait, de le ramener quand il faisait un pas en arrière, et de veiller incessamment sur lui comme un ange gardien : mission difficile et délicate, qui demandait autant de fermeté que d'adresse, autant de piété que de dévoûment! Encouragé par elle, Birger avait construit une galiote dont il avait pris le commandement, et qu'il employait à un commerce lucratif et honnête : en son absence, c'était Erika qui gouvernait la maison. Le vieux Haraldson lui-même lui obéissait tout en murmurant; car il avait pour Birger

plus de crainte que d'amour, et il n'eût point voulu entrer en lutte ouverte avec la femme bien-aimée de son fils.

Lorsque Birger, vers la fin de l'automne, revenait de ses expéditions,
Erika allait au devant de lui. C'était elle qu'il apercevait la première
sur la jetée. Elle avait toujours à lui montrer quelque nouvel arrangement intérieur, quelque amélioration qu'elle avait opérée, et dont elle
lui ménageait l'agréable surprise. Birger rendait justice à ses efforts, il
en était extrêmement touché : il aimait passionnément sa femme, et
se fût imposé les plus dures fatigues, les plus cruelles privations pour
lui épargner un chagrin, une inquiétude; cependant il n'était pas complétement heureux, son bonheur était empoisonné par le remords. Il
passait tout l'hiver auprès d'Erika ; mais cette douce société ne pouvait
lui rendre la paix du cœur, et il attendait avec impatience que le retour du printemps lui permît de reprendre le cours de ses voyages, et,
à force d'activité, d'échapper à lui-même.

Erika, soutenue qu'elle était par une solide piété, remplissait courageusement ses devoirs; mais, elle aussi, elle était en proie à un chagrin que le temps ne pouvait effacer : — elle avait un meurtrier pour
époux ! — Jusque-là leur union avait été stérile. Cette circonstance,
toujours affligeante pour une mère, Erika la supportait avec résignation.
Des enfans !... Est-ce que le crime, dont les vagues du *Pater-Noster*
avaient englouti les traces, ne pouvait pas se découvrir un jour? Erika
fémissait à cette pensée. « Mieux vaut souffrir seule, se disait-elle,
que de donner l'existence à des êtres pour qui ce serait un présent si
funeste. » Et elle cherchait à se consoler en répandant le bien autour
d'elle. Tous les trésors de tendresse maternelle que renfermait son
cœur, elle les versait sur Gabrielle. Ce n'était plus sa sœur d'adoption,
c'était sa fille ; et, pour ajouter à l'illusion, Gabrielle, reconnaissante de
toutes ses bontés, l'aimait véritablement comme une seconde mère.

Par une chaude soirée de juillet, cette maison, si paisible d'habitude, présentait une scène d'animation extraordinaire. L'indolent
Anton lui-même allait et venait du logis au rivage, chargé de divers
objets qu'il rangeait sur le bateau. Il ne s'agissait de rien moins
que d'une partie de chasse au veau marin, pour laquelle le vieux Haraldson faisait les préparatifs d'usage. Gabrielle, qui cent fois avait
demandé inutilement la permission d'accompagner son père, venait
enfin de l'obtenir, et Erika, ne voulant pas perdre de vue sa pupille,
avait résolu d'être de l'expédition. On projetait de déjeûner et de dîner
dans une île située à quelque distance.

Les apprêts du départ, que Gabrielle activait de tout son cœur, fu-

rent bientôt terminés. On s'embarqua vers la tombée de la nuit, car il
fallait que le lendemain, au point du jour, les chasseurs fussent cachés
parmi les rochers sur lesquels les veaux marins viennent se chauffer
au soleil. Gabrielle était enchantée ; elle avait eu si peu d'occasions de
quitter son île natale, que ce petit voyage était pour elle un grand événement, et faisait époque dans sa vie. Erika avait souvent songé à
étendre le cercle de leurs relations ; mais une secrète répugnance l'a-
vait toujours arrêtée dans l'exécution de ce dessein. A quoi bon chercher à Gabrielle de nouveaux amis qui, plus tard peut-être, se détour-
neraient d'elle avec horreur ? Du moins, si le mystère redoutable du
Pater-Noster venait à se découvrir, l'innocente enfant, ne connaissant
rien du monde, ignorerait ce qu'elle avait perdu, et de cruelles humi-
liations lui seraient épargnées. Il fut donc décidé, entre Birger et sa
femme, qu'on procurerait à Gabrielle toutes les distractions que com-
portaient leur condition et le lieu où ils vivaient.

La soirée était magnifique ; la mer, doucement agitée par le souffle
du vent, réfléchissait les pâles rayons de la lune qui montait à l'horizon, en jetant çà et là des clartés fantastiques et des ombres mystérieuses. On n'entendait d'autre bruit que celui de la brise qui gonflait
la voile, et celui du sillage du bateau. Toute la nature avait un air de
sérénité bien propre à écarter les images effrayantes que, sous ces latitudes septentrionales, évoque l'esprit superstitieux des marins. A le
voir si riant, et si paisible, on ne reconnaissait plus là cet océan du
nord, incessamment chargé de brouillards et de tempêtes, et que la
mythologie des anciens Scandinaves avait peuplé de monstres diffor-
mes, moitié hommes et moitié poissons. Toutefois, ces traditions se
sont fidèlement conservées parmi leurs descendans. Haraldson, qui ne
croyait à rien, ne pouvait se défendre d'y ajouter foi. Elles flattaient
l'imagination rêveuse d'Anton. Erika, elle-même, malgré sa piété et
son instruction supérieure, n'était pas entièrement exempte de la su-
perstition générale. Quant à Gabrielle, qui avait été bercée de contes et
de légendes, elle éprouvait, en y pensant, autant de terreur que de
plaisir.

La crédule enfant s'amusa d'abord du balancement de la barque, du
bruissement de la voile, et de l'écume dont se couronnaient les vagues
en se brisant ; puis, quand la nuit fut tout à fait descendue sur le sombre abîme, elle se serra toute tremblante contre sa mère adoptive.

— Mon père, dit-elle, vous qui avez passé tant de nuits en mer,
vous est-il jamais arrivé d'apercevoir quelqu'une de ces sirènes dont
parlent nos sagas ?

Cette question était faite d'un ton de plaisanterie, et pourtant Gabrielle y attachait plus d'importance qu'elle ne voulait le laisser paraître.

— Oui, oui, répondit le vieillard sur le même ton. Je les ai vues et je les ai entendues plus d'une fois : mais elles n'aiment pas qu'on s'entretienne d'elles. Le mieux est de n'en pas parler.

— Quel dommage, continua Gabrielle, quel dommage qu'elles ne se montrent pas à nous ! Fish-Kajsa, ma nourrice, m'a raconté de si merveilleuses histoires où il est question de sirènes. Son mari prétend que, pour les mettre en fuite, il suffit de battre le briquet et d'en faire jaillir des étincelles. Elles ne peuvent soutenir la vue du feu, depuis que Thor les a frappées de la foudre.

— Folle enfant ! dit Erika, j'espère que vous ne croyez à rien de pareil. C'était bien quand vous étiez toute petite ; maintenant que vous êtes une grande fille de douze ans...

— Douze ans ! s'écria Gabrielle indignée, vous voulez toujours me rajeunir, Rika ! j'en aurai bientôt treize révolus.

— Fish-Kajsa en sait long sur les sirènes ? remarqua gravement Haraldson.

— Et la chanson du Necken ! poursuivit Gabrielle en s'adressant à son frère : te la rappelles-tu, Anton ? de ce pauvre Necken, qui se lamentait de vivre seul dans sa grotte humide, et qui prit la forme d'un chevalier pour se faire aimer d'une habitante de la terre. Après l'avoir épousée, il l'entraîna, malgré ses larmes, dans les profondeurs de l'Océan, et, depuis, ses vieux parens ne la revirent plus.

Ici, Anton, cédant aux instances de Gabrielle, se mit à chanter la chanson du Necken. L'air en était plaintif et doux, et Anton qui, dans les rêves de son cerveau malade, s'était souvent figuré qu'il était le Necken en personne, donnait à son chant une impression pénétrante.

Erika et le vieux Haraldson lui-même prêtaient une oreille attentive, Gabrielle pleurait. Penchant sa tête par dessus le rebord du bateau, elle ne s'apercevait pas que de grosses larmes coulaient de ses yeux et se mêlaient aux vagues qui venaient se jouer presqu'à portée de sa main.

Tout à coup Anton s'interrompit.

— Gabrielle ! s'écria-t-il avec une émotion étrange : ne regarde donc pas ainsi ce qu'il y a sous l'eau.

— Pourquoi ? demanda la jeune fille en relevant la tête, et avec un sourire mélancolique. A défaut de sirènes, je verrai peut-être des débris de navires, peut-être aussi... mais ce doit être affreux... des cadavres de noyés.

À ce mot, Erika et Haraldson tressaillirent. Anton retomba accablé sur son banc.

— La mer engloutit tant de malheureux! continua la jeune fille. Fish-Kajsa assure que des cris sortent des abîmes de l'Océan, et que ce sont les âmes des naufragés qui gémissent... Est-il vrai, mon père, que ceux qui ont perdu la vie dans les flots se lamentent chaque nuit?... Avez-vous entendu jamais ces cris lugubres?... Écoutez!... Il me semble que j'ai distingué...

— Taisez-vous! cria Haraldson d'une voix tonnante. Fisch-Kajsa vous remplit la tête d'une foule de fadaises. Elle aura affaire à moi... Rentrez dans la cabine avec Erika. L'air fraîchit, et vous gagnerez toutes deux quelque bon rhume.

Erika se leva en silence, et, suivie de sa tremblante pupille, elle alla cacher son trouble dans la cabine, où une espèce de lit leur avait été préparé. Anton et son père demeurèrent seuls; mais les derniers mots que Gabrielle avait prononcés avaient produit sur eux une impression profonde. Vingt fois il leur sembla, pendant le reste de la nuit, que des voix gémissantes retentissaient au milieu des ténèbres, et que des murmures plaintifs couraient à la surface des eaux.

CHAPITRE XI.

Les premières lueurs du matin dissipèrent ces visions de la nuit. Conduite par Haraldson, la barque pénétra dans un enfoncement creusé entre les rochers qui bordaient la côte.

— Nous voici arrivés! dit le vieillard à sa fille et à Erika. Vous allez me suivre là-haut, en faisant le moins de bruit possible... Prends mon bras, petite, et garde-toi bien de crier si le pied te manque. Les veaux marins ont l'oreille fine : il ne faut pas qu'ils soupçonnent notre présence.

Haraldson, après avoir aidé les deux femmes à gravir les rochers, les établit avec Anton sur une haute falaise ; puis, prenant son fusil, il se glissa vers le rivage.

Ce ne fut pas sans peine que Gabrielle obéit à l'injonction qui lui avait été faite de garder un silence absolu. Heureusement son attention fut bientôt absorbée par la scène qu'elle avait sous les yeux. A quelque distance de la mer, sur une roche plate que les vagues, en se retirant, avaient laissée à sec, un veau marin de la plus grosse espèce étendait de côté et d'autre ses membres monstrueux pour ne rien perdre des rayons du soleil levant, dont la chaleur vivifiante semblait lui causer un bien-être inexprimable.

— Une fameuse pièce de gibier ! se dit Haraldson qui l'avait aperçu. Et, armant son fusil, il se mit en devoir d'ajuster l'animal amphibie ; mais, au moment où il venait de trouver son point de mire, un coup de feu partit de derrière un autre rocher, et le veau marin, atteint d'une balle, se tordit dans des convulsions de souffrance.

—De par tous les diables ! qu'est-ce ceci ? proféra Haraldson dont le désappointement fut extrême : voilà ce que c'est que d'amener avec soi des femmes qui babillent toute la nuit. Rien ne porte malheur comme de parler des sirènes... Se voir enlever une pareille tonne d'huile ! un chasseur n'est plus sûr de son gibier.

Tandis que le vieillard irrité maugréait de la sorte, un jeune homme sortit de la retraite où il se tenait caché, et, bondissant par dessus les rochers avec la légèreté d'une chèvre sauvage, il courut au veau marin. Celui-ci, en le voyant venir, se précipita aussitôt vers la mer, malgré le sang qui jaillissait de sa blessure. Avant qu'il eût disparu dans les flots, son ennemi, plus agile, le frappa d'un petit harpon avec autant d'adresse que de vigueur. Le veau marin plongea ; mais une corde était attachée au harpon, et l'étranger, après l'avoir laissé filer pendant quelque temps, la tira à lui de toutes ses forces ; alors commença une lutte sérieuse. Le jeune homme, se tenant accroché d'une main à une pointe de rocher, résistait aux secousses que lui imprimait l'amphibie. A la fin, ces secousses devinrent si violentes, que le chasseur, ne voulant point lâcher prise, fut entraîné dans les flots, au sein desquels il ne tarda pas à disparaître.

— Mon père ! s'écria Gabrielle qui avait contemplé cette scène avec un intérêt extraordinaire : n'est-ce point là ce Necken dont nous parlions cette nuit ? Si c'est un chasseur comme vous, il va se noyer et périr sous nos yeux.

Haraldson, tout entier à son dépit, ne répliqua rien.

—Mon Dieu ! continua la jeune fille, il ne reparaît pas ; est-ce qu'on ne peut pas lui venir en aide ? Anton, mon père, que ne prenez-vous le bateau pour lui porter secours ?

— Tiens-toi tranquille, petite, répondit Haraldson ; il n'y a pas de danger : regarde, l'enragé qu'il est revient sur l'eau.

En effet, le hardi jeune homme reparut à la surface de la mer sans avoir lâché la corde du harpon ; un instant après, cédant à une nouvelle secousse, il disparut encore pendant quelques secondes : on le vit ainsi plonger plusieurs fois, tant qu'enfin il regagna le rivage en nageant. Lorsqu'il l'eut atteint, il tira à lui la corde dont il ne s'était pas dessaisi, et amena sur le sable le veau marin qui ne donnait plus aucun signe de vie.

— Bien travaillé, mon garçon ! lui cria Haraldson qui, bien que très mortifié de son aventure, était lui-même trop bon chasseur pour ne pas rendre justice au courage persévérant de son jeune rival ; mais, de par tous les diables ! ajouta-t-il, ou vous n'avez pas la main bien sûre, ou votre fusil ne vaut rien du tout. Vous avez blessé l'animal au flanc. Or, chacun sait qu'un veau marin ne tombe sur le coup que lorsqu'on le frappe à la tête.

— Le voilà mort, néanmoins, répondit le jeune homme avec un fin sourire et en secouant ses habits qui dégouttaient d'eau. J'étais certain de mon affaire. Si j'avais voulu, je l'aurais tué du coup ; mais j'aurais perdu le plus grand agrément de la chasse, le plaisir de me laisser entraîner à la mer, et d'en sortir avec mon butin. Si le bain s'était un peu trop prolongé, j'étais toujours maître de lâcher la corde ; mais cela ne m'est point encore arrivé. Je vous dirai de plus, l'ami, une chose que vous ignorez peut-être ? jamais l'huile du veau marin n'est plus claire et plus pure que lorsque l'animal, en se débattant, a perdu tout son sang.

Ici le jeune chasseur regarda autour de lui pour examiner les compagnons que le hasard lui envoyait : ses yeux se fixèrent avec un plaisir manifeste sur le frais visage de Gabrielle, laquelle, de son côté, le regardait avec un naïf étonnement.

Les traits mâles et gracieux, l'air d'activité et de résolution du jeune chasseur semblèrent triompher du ressentiment qui grondait encore dans le cœur de Haraldson ; le vieillard dérida sa physionomie farouche.

— C'est bien parler ! dit-il : vous êtes un gaillard aussi avisé qu'a droit et courageux. Qui est-ce qui vous a enseigné à chasser le veau marin ?

— J'ai appris tout seul, répondit l'étranger... Cependant, non. J'ai profité des leçons de mon parrain, le lieutenant Askenberg, et de celles que mon père m'avait données. Mon pauvre père s'entendait fort bien à cette chasse ; il aurait aimé à être témoin de ma besogne d'aujourd'hui.

A ces mots, Erika, dans l'âme de laquelle divers soupçons s'étaient déjà éveillés, devint toute pâle et toute tremblante. Elle jeta un regard furtif sur son beau-père et sur Anton. Haraldson était resté impassible. Quant à Anton, il attachait sur le visage de l'inconnu un regard d'une fixité étrange. Elle espérait qu'aucune explication embarrassante n'aurait lieu ; mais elle avait compté sans la curiosité un peu indiscrète de Gabrielle.

— Vous avez donc perdu votre père ? demanda la jeune fille à l'étranger.

— Je l'ai perdu, répondit celui-ci, dont les traits animés s'étaient assombris subitement : je l'ai perdu, et Dieu seul peut savoir où reposent ses restes.

— Qu'est-ce qu'était votre père ? demanda encore Gabrielle.

— C'était l'officier de la douane, le lieutenant Arnman. Il y a cinq ans qu'il a disparu avec la pinasse qu'il montait, et ses deux hommes d'équipage.

Un cri inarticulé s'échappa des lèvres d'Anton.

— Ce n'est rien ! dit tranquillement Haraldson en s'adressant au jeune chasseur qui était resté muet de surprise. Le pauvre garçon a le cerveau détraqué... Un accès de son mal, et voilà tout !... Je vais le mener dans la cabine : quelques instans de sommeil le remettront dans son bon sens.

Et Haraldson, enlevant son fils dans ses bras nerveux, le porta, plutôt qu'il ne le conduisit au bateau. Anton se débattait faiblement, et murmurait d'une voix étouffée :

— Laissez-moi ! je ne dirai rien. Laissez-moi !... Oh ! les rochers du *Pater-Noster* !...

Bientôt son père et lui disparurent dans la cabine, et l'on ne distingua plus rien. Erika, aussi pâle qu'une morte, les y suivit. En entrant, elle trouva le malheureux Anton qui gisait inanimé, tandis que Haraldson n'essayait même pas de le rappeler à la vie.

— Donnez-moi la gourde au vin, et aidez-moi ! dit-elle à celui-ci, en lui lançant un coup d'œil impérieux.

Haraldson obéit, car sa belle-fille lui inspirait un mélange de respect et de crainte. Il ne doutait pas que Birger ne lui eût tout confié : mais il se rassurait en pensant qu'elle ne voudrait point trahir son mari.

— Ne vaudrait-il pas mieux qu'Anton restât comme il est ? murmura-t-il ; du moins il ne nuirait à personne.

Erika ne répondit rien ; mais elle regarda le vieillard d'un air qui le réduisit au silence.

Pendant que le malheureux Anton reprenait ses sens, grâce aux soins que lui prodiguait Erika, Gabrielle et l'étranger conversaient ensemble. Arvid, car c'était lui, admirait l'extérieur séduisant de la jeune fille. Il s'étonnait de n'en avoir pas encore entendu parler ; il écoutait son

babil innocent avec un charme indicible. Gabrielle, toujours prompte
à faire des questions, n'était pas moins empressée de répondre à celles
qu'on lui adressait. Elle conta à Arvid le nom de ses parens, le lieu
qu'ils habitaient, et elle allait décrire leur maison, lorsque le jeune
homme l'interrompit :

— Je la connais bien, dit-il ; je l'ai vue souvent en longeant la côte.
C'est une fort belle habitation... Eh bien ! la première fois que j'irai
chasser le veau marin, je débarquerai dans votre île, et je vous ferai
une petite visite.

— Vous serez le bien-venu ! s'écria la jeune fille d'un air radieux.
Oui, notre maison est très belle, mais si triste et si solitaire ! Les étrangers ne s'arrêtent guère à Tistelon. J'ai passé bien des journées à regarder en mer du haut des rochers, et je saluais de loin les bateaux que
j'apercevais au large ; c'était comme si j'eusse attendu quelqu'un.

— Eh ! s'écria Arvid en riant, c'était moi que vous attendiez ; mais
vous me verrez bientôt arriver chez vous.

— Tant mieux ! répondit Gabrielle. Je vous montrerai ma chambre,
dont la fenêtre donne sur la mer. Avez-vous jamais remarqué les rideaux verts dont elle est ornée? Il n'y en a pas de plus beaux à Marstrand. C'est mon père qui me les a donnés. Ils sont d'une soie aussi
épaisse que la peau de votre veau-marin.

— Oui! oui! répliqua Arvid avec un ton de légère ironie : votre père
a, dit-on, amassé d'assez belles choses.

Heureusement Gabrielle ne fit aucune attention à l'accent dont ces
mots étaient prononcés; et Arvid, qui avait souvent entendu citer,
comme des pillards, les pêcheurs de Tistelon, s'abstint par délicatesse
d'insister davantage sur ce sujet.

— Est-ce que vous ne pourriez pas nous accompagner aujourd'hui
même à la maison? demanda la jeune fille.

— Je le ferais volontiers, répondit Arvid; mais je ne dois pas y penser. J'ai quitté le logis depuis avant-hier : je suis sûr que déjà ma mère
et le lieutenant regardent par la fenêtre s'ils ne me voient pas revenir.
Ma pauvre mère compte les heures de mon absence. Je ne veux pas
qu'elle ait un chagrin que je puisse lui épargner.

— C'est penser et parler en brave jeune homme! dit Erika, qui venait
de les rejoindre, portant au bras un panier..... Du moins, ajouta-
t-elle, vous consentirez bien à partager notre collation. Votre besogne
de ce matin et votre bain de tout à l'heure ont dû vous donner de l'appétit.

Arvid accepta cette invitation avec empressement. Les apprêts du repas furent bientôt faits. Un rocher servit de table ; et de grosses pierres, roulées par le jeune homme, tinrent lieu de siéges. Ce petit groupe, ainsi placé en évidence au sommet d'une roche et éclairé par un joyeux soleil d'été, sous les rayons duquel la terre vivifiée semblait sourire, tandis que la mer, qui s'étendait au loin, unie comme une glace, étincelait de mille feux, offrait un coup d'œil vraiment pittoresque.

La joie que goûtaient Arvid et Gabrielle n'était troublée par aucune arrière-pensée. Il n'en était pas de même pour Erika. Bien qu'elle s'efforçât de se montrer calme, ce qu'elle souffrait, en s'acquittant des devoirs de l'hospitalité envers le fils du malheureux Arnman, ne saurait se rendre. Comme tous les confidens d'un crime, elle était sans cesse sur le qui-vive. Elle songeait en ce moment aux soupçons qu'Arvid pouvait avoir conçus de la scène qu'il venait d'avoir sous les yeux. Il fallait détruire cette impression, et distraire l'esprit du jeune homme à force de politesses. Elle souriait donc, mais des yeux seulement. Elle parlait, mais le son de sa voix et l'incohérence de ses discours l'effrayaient elle-même.

Quand la collation fut terminée, la femme de Birger respira comme si on lui eût ôté un poids énorme de dessus la poitrine. Impatiente de mettre fin à son supplice et d'abréger cette entrevue, elle annonça à sa pupille qu'elles devaient retourner au bateau. Il en coûtait beaucoup à Gabrielle de se séparer si tôt de sa nouvelle connaissance ; mais Erika lui fit signe de se hâter. Arvid proposa de les accompagner jusqu'au rivage. Cette offre ayant été refusée, on se dit adieu. Arvid chargea son butin sur ses épaules et se dirigea vers l'autre côté de l'île, où son bateau l'attendait. Gabrielle, avant de mettre le pied sur la barque, tourna la tête : elle vit le fils d'Arnman qui, parvenu au sommet d'une éminence, agitait sa casquette en l'air, pour lui dire adieu une dernière fois.

Gabrielle entra en soupirant dans la cabine ; mais tout y était bien changé. Anton se tenait accroupi dans un coin, il ne levait pas les yeux : il semblait ne pas s'apercevoir de ce qui se passait autour de lui. Haraldson gardait un sombre silence ; sa figure était plus renfrognée que jamais. La gaîté, qui avait signalé le commencement de cette excursion, avait disparu entièrement. Il était évident qu'elle ne devait plus renaître.

— Et où allons-nous maintenant ? demanda Gabrielle, qui subissait l'influence de la tristesse générale.

— A la maison ! répondit son père avec une brusquerie à laquelle il ne l'avait pas habituée.

— A la maison ! répéta la jeune fille ; mais vous n'avez pas même tué un seul veau marin, et nous n'avons visité ni cette île, ni aucune autre !

— C'est assez pour aujourd'hui ! répliqua le morose vieillard. Dorénavant, quand j'irai à la chasse, je n'emmènerai personne avec moi..... Deux femmes et un idiot ! excellente compagnie pour faire tout manquer ! Je vous avais dit que vos fadaises de cette nuit nous porteraient malheur. Voilà ce que c'est que de ne pas m'écouter.

Gabrielle, voyant que le retour était une chose décidée, et qu'il lui fallait renoncer à tout le plaisir qu'elle s'était promis, se plaignit d'abord amèrement ; bientôt, cependant, elle sécha ses larmes, et, d'un petit air mutin :

— C'est bon ! dit-elle. Quand Arvid Arnman viendra à Tistelon avec son bateau, j'irai en mer autant que je voudrai, et cela ne tardera pas.

— Que dit-elle là ? s'écria Haraldson : Arvid Arnman venir à Tistelon ! Qui donc l'y a invité ?

Cette dernière phrase s'adressait à Erika. Elle était accompagnée d'un regard menaçant ; mais la femme de Birger n'en fut pas effrayée.

— Je n'ai entendu dire rien de semblable, répondit-elle d'un ton ferme et digne. Si, pourtant, Arvid Arnman vient à Tistelon, nous l'accueillerons avec civilité, comme tous ceux que je reçois dans la maison de mon mari pendant son absence.

Haraldson ne répliqua rien ; mais tous ses traits étaient contractés par la colère. L'idée de subir de nouveau la présence du fils d'Arnman lui était sans doute odieuse. Toutefois, ses craintes étaient sans objet. Des semaines, des mois se passèrent, sans qu'Arvid parût à Tistelon. Vainement Gabrielle restait-elle pendant de longues heures au bord de la mer, pour tâcher d'apercevoir la voile de sa barque. Bien des voiles blanchissaient à l'horizon ; mais ce n'était jamais celle qu'elle attendait.

CHAPITRE XII.

— « Quand le vent refuse, il faut louvoyer. » C'était le dicton de votre père ; ayez-le toujours présent à la pensée, Arvid, mon enfant. Souvenez-vous que, dans la demeure d'un étranger, le fils d'un étranger ne retrouve pas la maison paternelle. Le collecteur est certainement un très digne homme ; mais enfin, vous ne serez pas chez lui comme chez nous. Vous devez apprendre à être patient envers les autres, en songeant que les autres aussi ont besoin de patience avec vous, et, comme je vous le disais, ou plutôt, comme le disait votre père : quand le vent refuse, il faut louvoyer.

— C'est une excellente maxime, répondit Arvid en pressant la main de fru Kathrina... une maxime que je veux prendre pour règle de ma conduite. Soyez sans crainte : le cœur ne me faillira pas à la première bourrasque : le plus dur pour moi, c'est de vous quitter ; cette pensée seule me remplit de tristesse. Rien ne remplacera l'excellente mère que je laisse ici.

En écoutant Arvid parler ainsi d'une voix émue, et en voyant ses yeux qui se mouillaient de larmes, fru Kathrina se sentit payée au centuple des soins que son fils lui avait coûtés.

— Allons, enfant, courage ! lui dit-elle ; Dieu soutient les faibles et console les affligés. Si j'ai assez de force, moi qui ne suis qu'une femme, pour supporter l'épreuve de notre séparation, n'en aurez-vous pas autant que moi, vous un homme, et le fils de votre père ?

— Vous avez raison ; je tâcherai de ne pas démentir mon origine. Mais vivre loin de vous est pour moi une chose si nouvelle ! Songez donc que mon expédition la plus longue est celle que j'ai faite ces jours-ci du côté de Tistelon... Tistelon ! cette île voit fleurir une rose plus belle que toutes vos fleurs. Vous savez de qui je veux parler... la jolie, la charmante Gabrielle.

— Encore ! répondit fru Kathrina avec un dépit mal dissimulé. Pouvez-vous, Arvid, vous occuper de semblables puérilités, quand une affaire aussi sérieuse que celle de votre entrée dans le monde réclame toute votre attention? Véritablement, je ne vous conçois pas.

— Est-ce donc une affaire si sérieuse que de rester assis dans le bureau de la douane pour y copier des lettres ? demanda le jeune homme en riant, vous appelez cela mon entrée dans le monde !

— Vous n'y entendez rien. Il ne s'agit pas seulement de copier des lettres. Bien d'autres embarras entraveront votre marche. Je vous dis, Arvid, qu'il n'est pas de carrière où un homme ait plus d'occasions de se faire des ennemis, que celle de la douane, soit qu'on écrive dans un bureau, à terre, soit qu'on surveille les fraudeurs en mer. Vous verrez, vous verrez si ce n'est pas la vérité.

— C'est possible ; mais pourvu que je reste fidèle aux devoirs de ma profession, je m'inquiéterai peu de me faire des amis ou des ennemis. J'irai droit devant moi, sans dévier d'une ligne à droite ou à gauche. Rien ne me décidera à fermer les yeux, quand il s'agira de les tenir ouverts.

— Ainsi pensait votre père, Dieu le bénisse ! et pourtant, dans une certaine occasion...

Ici fru Kathrina s'interrompit brusquement, et retint les mots qui allaient lui échapper. C'était une femme prudente et sensée. Elle réfléchit un moment s'il valait mieux parler que de se taire. A la fin, jugeant que la révélation qu'elle voulait faire à Arvid pourrait être pour lui, dans un temps donné, une leçon profitable, elle se décida à poursuivre.

— Oui, dit-elle, il y eut une occasion où votre père lui-même ferma les yeux. Ce qui prouve que nul ne doit compter sur sa force, et dire d'avance : Je ferai ceci, je ne ferai pas cela. Un sentiment peut dicter des faiblesses qui sont bénies de Dieu, et portent de bons fruits.

— Quel sentiment ? demanda Arvid, très étonné de tous ces préliminaires. Expliquez-vous : je ne vous comprends pas.

— L'humanité, mon cher enfant. Si une fois votre père a pu s'écarter de son devoir, il fallait que l'humanité l'y décidât.

Cette révélation affecta péniblement Arvid. Accoutumé à vénérer la mémoire de son père, il lui coûtait de trouver dans sa vie une seule action qui lui parût blâmable. Il garda le silence ; mais fru Kathrina devina la nature de ses pensées.

— Prenez garde, Arvid ! lui dit-elle avec gravité, et en levant le doigt en signe d'avertissement ; l'arrogance de la jeunesse est souvent confondue et châtiée par l'expérience.

— Se flatter que rien ne pourra vous détourner de votre devoir, est-ce donc de l'arrogance ?

— Oui : c'est une présomption coupable. Votre père avait encore un mot qu'il est bon de graver dans votre esprit : « Ne jetez pas, disait-il, de petites pierres contre la Providence, de peur qu'il n'en retombe de grosses sur vous ! » Oui, oui, mon cher Arvid, retenez cela, et ne mettez jamais en doute la loyauté des actions de votre père. Une fois seulement il n'a pas observé strictement ce que lui prescrivait le service ; s'il y avait faute, j'espère fermement que celui qui lit dans les cœurs le lui a pardonné.

— Mais, enfin, ma mère, de quoi s'agit-il ? Je trouverai peut-être que, dans la même occasion, je ne me serais pas conduit autrement que mon père.

— Maintenant c'est bien parler. Ne vous confiez pas en votre force avant de l'avoir éprouvée par la lutte. S'il y avait un homme zélé pour le service, ferme dans l'exercice de ses fonctions, ne composant ni avec lui-même, ni avec les autres, c'était votre père : or, voici ce qui lui est arrivé :

A l'époque où nous résidions à H..., un marchand, nommé Carl-mark, fit faillite. Des créanciers impitoyables l'avaient réduit au der-nier degré de la misère : sa femme et ses pauvres petits enfans mou-raient de faim. Quant à lui , on ne le plaignait pas : c'était un ivrogne et un mauvais sujet ; mais on plaignait sa famille. Fru Carlmark , surtout , inspirait le plus vif intérêt. Mon cœur saignait de pi-tié , quand elle venait nous emprunter quelques risdales. Nous ne lui refusions jamais ce qu'elle demandait , et elle s'acquittait envers nous aussitôt qu'elle avait amassé un peu d'argent. Ces infortunés subsistèrent ainsi pendant plusieurs années, au milieu des plus affreuses privations. Mais enfin quelqu'un eut compassion de leur sort, et leur avança un petit capital pour rétablir leurs affaires. Carlmark était devenu sobre et rangé. Il acheta des marchandises, en employant à cet achat tout l'argent qu'on lui avait prêté. Pour réaliser un gain plus considérable, il résolut de frauder la douane, et d'intro-duire lui-même les marchandises en contrebande. Eh bien ! votre père eut vent de la chose. Ce fut par un de ses propres agens qu'il en fut averti, en sorte qu'il ne lui était guère facile de fermer les yeux. Or, l'idée d'enlever à cette pauvre famille le peu qu'elle avait amassé, et de la replonger de nouveau dans la ruine, affligeait tellement Arnman qu'il ne put dormir de toute la nuit. Le lendemain, au point du jour, fru Carlmark vint à la maison, et demanda à lui parler. Aux premiers mots qu'elle essaya de prononcer, elle fondit en larmes. « Herr Arn-man, dit-elle enfin, je sais que vous êtes informé du projet de mon mari ; mais ayez pitié de nous ! ayez pitié de nos cinq enfans ! Si vous pratiquez une saisie, nous sommes pour jamais réduits à la mendicité. » Je ne me rappelle plus bien quelle fut la réponse de votre père ; il parla, autant que je m'en souviens, de son devoir et des obligations qui lui étaient imposées. La malheureuse fru Carlmark nous quitta, le désespoir dans le cœur ; son mari était parti pour introduire ses mar-chandises ; il ne pouvait recevoir aucun message de sa femme, et l'on avait lieu de supposer qu'il choisirait la nuit suivante pour tenter son expédition. Pendant tout le jour, Arnman fut triste et silencieux. Je lisais dans sa pensée : je voyais que s'il pouvait venir en aide à cette famille infortunée, il s'empresserait de le faire ; mais je n'osais le trou-bler dans ses méditations. Vers le soir, il mit à la voile, et, comme il me le dit depuis, il se montra extrêmement désireux de saisir les frau-deurs. Il conduisit la pinasse fort loin de la route que ceux-ci devaient suivre. Ses hommes d'équipage ne hasardèrent aucune remontrance ; car ils connaissaient trop bien la rigidité de leur chef pour le soup-

çonner. Toutefois, la chose réussit comme Arnman le voulait. Tandis
que la pinasse battait la mer dans une fausse direction, Carlmark dé-
barquait heureusement ses marchandises, et, le lendemain matin, les
hommes de la pinasse revinrent avec une mine allongée et un violent
dépit. S'ils murmurèrent contre l'obstination de leur officier, qui leur
avait fait manquer une bonne prise, ce fut tout bas. Bientôt une capture plus
importante les consola de cet échec. Arnman fut réprimandé par ses
supérieurs ; mais il se félicitait en lui-même : il était d'autant plus
heureux, que les Carlmark croyaient ne lui avoir aucune obligation ;
car vous devez bien penser que je fus la seule qui reçus ses confidences
à ce sujet….. Et, maintenant, mon cher Arvid, quelle est votre opinion? êtes-vous encore disposé à blâmer votre père?

— Non, ma mère : que Dieu détourne de moi cette idée… Seulement
je souhaite de n'être jamais placé dans une situation pareille. Quoi
qu'on fasse pour étouffer le murmure de la conscience, elle vous crie
toujours que vous avez eu tort. Le devoir passe avant toute autre considération.

Fru Kathrina rougit. Loin de regarder comme une faiblesse l'action
de son époux, elle lui en faisait un très grand mérite. Elle voyait avec
dépit qu'Arvid osât être d'un avis différent ; mais Arvid avait déjà commencé à penser par lui-même. Le devoir avant tout! c'était là sa profession de foi, et il se promettait d'y rester fidèle.

— Eh bien! reprit fru Kathrina avec une nuance de tristesse : puissiez-vous ne jamais connaître par expérience les angoisses, les doutes,
les combats qu'éprouva votre père dans cette occasion! mais, si la
Providence vous destine une épreuve semblable, souvenez-vous de
votre présomption d'aujourd'hui.

— Soit, ma mère! répliqua Arvid, dont les yeux brillaient d'enthousiasme : je suis jeune ; je ne connais rien du monde… mais, ajouta-t-il
en portant la main à sa poitrine, je sens là que, si jamais j'arbore sur
ma pinasse le drapeau du roi, je ne mettrai point le cap au sud, quand
il s'agira de le mettre au nord.

L'arrivée du vieil Askenberg termina cette discussion. L'invalide
avait aussi ses instructions à donner à son pupille, touchant la manière
dont celui-ci devait se conduire chez des étrangers.

— Cela tournera bien ou mal, dit le digne lieutenant. Ne vous montrez pas trop rétif ; mais, d'un autre côté, ne souffrez pas que la femme
du collecteur jette le grapin sur vous. J'ai entendu dire qu'il lui abandonne une autorité absolue sur les commis et sur lui-même : elle les
envoie ici et là, et les occupe aux soins du ménage, comme de vérita-

bles domestiques; or, vous ne devez point vous soumettre à cela, entendez-vous, Arvid : tel est mon avis. Consacrez la journée aux travaux de votre place, et, le soir, procurez-vous quelque amusement honnête. Si la famille du collecteur vous offre une société agréable, tant mieux! sinon, cherchez ailleurs. Lisez de bons livres; évitez la mauvaise compagnie; mais, sur toute chose, ne vous faites le domestique de personne.

Ces recommandations ne furent point du goût de fru Kathrina.

— Dieu nous bénisse, lieutenant! s'écria-t-elle avec impatience; mais c'est l'orgueil que vous prêchez à Arvid; et il n'y est que trop porté. Grâce à vos leçons mal avisées, il ne voudra agir qu'à sa tête : rappelez-vous le vieux proverbe : « Nul ne sait bien commander qui n'a point d'abord su obéir. »

— Vous prenez un peu trop mes paroles à la lettre, fru Kathrina : je suis certain qu'Arvid en a saisi l'esprit. A Dieu ne plaise que je veuille l'égarer par de mauvais conseils! Vous et moi, nous pouvons différer d'opinion sur certaines choses, mais nous sommes d'accord pour désirer le bien de l'enfant. Il profitera, je l'espère, de vos instructions et des miennes, en ce sens qu'il ne se montrera ni trop humble, ni trop orgueilleux.

— Je l'espère aussi, mon excellent ami, dit Arvid : ne discutez pas plus long-temps à mon sujet : songez que c'est la dernière soirée que nous passons ensemble. Je vous écrirai, et vous tiendrai au courant de tout ce qui m'arrivera. J'aurais voulu seulement, avant de partir, revoir ma jolie rose de Tistelon. Son image ne me quitte pas. Je l'emporterai avec moi.

— Il est vraiment temps que vous vous éloigniez, Arvid! remarqua fru Kathrina en jetant à l'invalide un coup d'œil significatif : vous avez sans cesse à la bouche le nom de cette petite Gabrielle, comme vous l'appelez, et moi, je ne puis vous l'entendre prononcer. Je hais les Haraldson. Ils m'inspirent une aversion insurmontable. Sans eux, mon pauvre Arnman vivrait peut-être encore. Ce fut pour saisir leurs marchandises... Tenez, Arvid, j'en dirais trop, si j'exprimais tout ce que j'ai sur le cœur. Brisons là, mon cher enfant.

Et fru Kathrina, dans les yeux de laquelle roulaient de grosses larmes, s'approcha de la fenêtre pour soigner, comme de coutume, ses fleurs chéries : c'étaient ses confidentes. Si elles ne la consolaient pas de tous ses chagrins, elles servaient du moins à l'en distraire.

— Allons faire un tour dans la baie, dit le lieutenant à Arvid, l'air de la mer nous aiguisera l'appetit.

Arvid comprit son dessein, et tous deux s'éloignèrent. A leur retour, ils trouvèrent fru Kathrina plus calme et plus tranquille. La soirée s'écoula dans la bonne intelligence. Le lendemain matin, Arvid, après avoir reçu la bénédiction de sa mère et celle du lieutenant, partit pour la ville de H...

CHAPITRE XIII.

Dans la nouvelle demeure que Birger s'était bâtie à Tistelon, il y avait une petite pièce située à l'un des angles de l'édifice, et dont la fenêtre donnait sur les rochers voisins. C'était la chambre d'Erika : la jeune femme y passait, chaque jour, des heures entières dans une solitude absolue, les yeux fixés sur les roches grisâtres qui s'élevaient devant elle, et presqu'à portée de sa main. Erika n'aimait point la vue de la mer, qui réveillait dans son esprit des images trop cruelles. Elle avait choisi cette pièce, un peu sombre, il est vrai, mais où rien n'ajoutait à l'amertume de ses pensées.

On n'y voyait d'autre ornement qu'un très beau tableau du Christ sur la croix, en sorte qu'on eût dit un oratoire. Erika s'y retirait pour prier, pour soulager son cœur que les larmes oppressaient, et reprendre dans la méditation une nouvelle énergie. Cette chambre avait encore un autre attrait aux yeux de la jeune femme ; tous les objets qui y étaient contenus venaient de son mari. Le tableau était un présent que Birger lui avait fait, ainsi qu'un pupitre à écrire, devant lequel Erika aimait à s'asseoir, pour confier au papier les réflexions qui l'occupaient.

C'était là son passe-temps le plus doux : isolée du monde, n'ayant personne dans sa famille à qui elle osât communiquer librement ses inquiétudes et ses craintes, elle se plaisait à les tracer sur le papier. Si, du moins, Birger eût été toujours auprès d'elle! mais à Birger lui-même elle ne disait pas tout ; tandis qu'elle ne cachait rien aux feuilles discrètes qu'elle avait prises pour confidentes.

En tête d'une page, Erika avait écrit en gros caractères ce mot : *Attendre*, et, au dessous, on lisait : « Depuis que je me connais, j'ai éprouvé un grand vide dans mon âme... J'ai attendu, j'attends encore et j'attendrai toujours ce que je ne trouverai jamais : le cœur d'une mère pour m'y réfugier. J'ai vécu seule et je mourrai seule, sans avoir reçu les caresses d'une mère, sans qu'un père m'ait bénie. Il m'a semblé souvent que j'étais une sourde et muette dont le cœur renfermait de riches pensées qu'elle ne pouvait communiquer aux autres. J'ai eu des sensations délicieuses ; mais ce que j'éprouvais, je ne savais pas le rendre. C'était comme le tintement éloigné d'une cloche que l'air vous apporte plus mélancolique et plus doux. J'attends donc ici-bas... Hélas! ce que j'attends, ne le trouverai-je qu'au ciel?... »

Sur une autre page, qui portait en tête *Liens de famille*, Erika avait écrit : — « C'est une chose bizarre, que la force des liens qui vous attachent à une famille! moi, la femme d'un... Je prie Dieu chaque jour pour celui qu'on maudirait si... mais je lui ai consacré ma vie...Le ramener au repentir, lui rouvrir la voie du salut, c'est là le grand objet de mon existence. J'espère réussir, et alors je ne me plaindrai plus de mon destin. Certes, si je n'avais pas eu cet objet en vue, je ne me serais pas ainsi sacrifiée. La mission que j'ai entreprise est importante. Je m'effraie en considérant la responsabilité qui pèse sur moi ; mais Dieu, qui m'a placée où je suis, me prêtera la force nécessaire pour achever mon œuvre... Je sens que je serais bien heureuse s'il m'accordait un *enfant*, un enfant qui m'appellerait de ce doux nom de mère que je n'ai jamais donné à personne ; un lien de plus m'unirait à Birger. Mais dois-je désirer ce bonheur? l'enfant que je mettrais au monde n'aurait-il pas un jour à rougir de *celui* que, selon les lois de la nature, il doit révérer? ne lui reprocherait-il pas sa naissance? ne nous maudirait-il pas?... Pensée horrible! perspective affreuse!... Non! ce serait acheter trop cher quelques semaines, quelques mois, quelques années peut-être de félicité! Dieu est juste, et le châtiment, pour être différé, n'en est pas moins inévitable. »

On voit, par les extraits qui précèdent, quelle était la nature des réflexions auxquelles s'abandonnait Erika dans la solitude de sa retraite. Elle trouvait une sorte de soulagement à les écrire ; mais une fois qu'elle sortait de sa petite chambre pour vaquer aux soins domestiques, elle se montrait active, industrieuse, et déployait toutes les qualités d'une excellente maîtresse de maison.

Depuis qu'Anton était revenu de cette chasse au veau marin qui s'était terminée si tristement, il était retombé dans une mélancolie plus sombre.

— Laissez-moi seul! répéta-t-il à sa sœur et à Erika qui cherchaient à le distraire, car il passait des jours entiers assis au bord du rivage, et occupé à recueillir des algues marines dont il tressait des guirlandes pour Gabrielle.

— Mais je ne veux pas vous laisser seul! lui dit Erika, un soir qu'elle le trouva accroupi sur la grève et se livrant à son amusemen favori. Vous pouvez employez vos momens d'une manière plus profitable, Anton. L'oisiveté ne vaut rien pour vous. Vous feriez mieux de lutter, par un travail quelconque, contre la mélancolie qui vous possède. Que n'accompagnez-vous Birger dans ses voyages? Il vous a souvent proposé de vous emmener avec lui. Cela vous distrairait. Vous vous rendriez utile. Songez donc que vous ne connaissez pas d'autre pays au monde que l'île de Tistelon.

— Oh! que si! répondit Anton avec un regard particulier. J'ai été jusqu'au rocher du *Pater-Noster*, et je m'en souviendrai toute ma vie.

— Ne parlons pas du passé! lui dit Erika qui désirait détourner vers un autre objet le cours de ses pensées : parlons plutôt de votre avenir. Qu'est-ce que vous voulez faire?

— Ce que je fais maintenant : rester assis au bord de la mer, tresser des guirlandes, et, parfois, essayer de la pêche; mais j'aime mieux tresser des guirlandes, car je crains toujours d'amener au bout de ma ligne des ossemens humains.

— Vous tenez sans cesse des discours mystérieux et effrayans. Pourquoi fixez-vous, avec tant d'obstination, votre esprit sur les images qui vous ont frappé dans votre enfance? Vous voilà devenu homme. Je vous assure, Anton, que vous avez grand tort de ne pas secouer votre apathie, et de ne pas donner un autre aliment à vos pensées.

— Ce n'est pas ma faute, répliqua Anton avec énergie. C'est la faute de ceux qui m'ont dérangé le cerveau.

— Mais ce malheur vous est arrivé quand vous étiez encore enfant : vous seriez guéri sans votre persistance à poursuivre les mêmes idées.

— Vous ne savez rien, Erika, répondit Anton : vous êtes heureuse d'ignorer; mais moi, je sais, ajouta-t-il, en regardant autour de lui avec précaution ; c'est ce qui fait que je souffre, et que je suis un idiot, comme mon père m'appelle quelquefois.

— Eh bien! Anton, confiez-moi ce qui vous tourmente! lui dit Erika qui désirait connaître jusqu'à quel point les souvenirs du pauvre insensé étaient précis.

— Non, répliqua-t-il : ne cherchez pas à m'arracher mon secret, vous souffririez autant que je souffre; et moi, si je parlais, je perdrais le peu de raison qui me reste. Donnez-moi plutôt votre avis sur une chose qui m'inquiète : Quand on a connaissance d'un grand crime qui a été commis, et qu'on ne le révèle pas, est-on coupable, ou non? n'en répond-on pas devant Dieu autant que les auteurs de ce crime eux-mêmes?

— Que dites-vous? s'écria la jeune femme extrêmement agitée ; car la question qu'on lui faisait réveillait tous ses doutes. Placée dans la même situation qu'Anton, elle croyait bien agir en gardant le silence : celui-ci croyait le contraire : lequel des deux avait raison?

— Je dis, répliqua Anton qui l'avait regardée attentivement, et aux yeux duquel une lumière nouvelle parut jaillir, je dis que Birger vous a tout confié. J'aurais dû m'en apercevoir depuis long-temps. Pouvez-vous le nier?

— C'est vrai, j'en conviens... mais soyez calme, et écoutez-moi : vous voyez que je porte le même fardeau que vous. C'est une chose qui doit demeurer ensevelie dans un profond secret. Ce qui s'est fait, il y a tant d'années, est fait, nous ne pouvons ni le réparer, ni y changer rien. Dieu fait et juge! quant à moi, j'ai consacré ma vie à ramener Birger dans la bonne voie. Vous êtes témoin qu'il a déjà beaucoup changé à son avantage. Il est devenu un autre homme : vous rappelez-vous avec quelle tendre sollicitude il vous a soigné pendant votre maladie?

— Oui, oui, je ne l'ai pas oublié. C'est lui qui a été cause de ma guérison. Aussi, je l'aime, quoique je ne puisse rencontrer ses yeux sans frémir de tout mon corps. C'est que ses yeux ne sont pas toujours comme quand il les fixe sur vous, Rika! si vous les aviez vus la nuit en question! ils étaient plus effrayans que ceux de mon père lui-même. Tant que Birger fut là, mon père n'eut recours qu'aux raisonnemens pour me convaincre de la nécessité de me taire ; mais lorsque mon frère se fut éloigné, alors Rika, mon père me frappa avec la dernière violence, et un coup qu'il me porta à la tête, me dérangea sans doute le cerveau. Depuis ce temps-là, j'ai toujours craint ses mains impitoyables et ses regards effrayans.

— Voilà donc la cause des cris que vous poussiez pendant que je veillais auprès de votre lit!... Mais les jolis petits anges qui venaient vous tenir compagnie, vous les rappelez-vous?

— Oui, répondit Anton avec un sourire doux et triste : plût à Dieu qu'ils revinssent me visiter! Je ne vous recommanderais plus d'écarter l'ange vêtu de blanc... Je voudrais tant mourir!

Des larmes de pitié mouillèrent les yeux d'Erika.

— Mon pauvre Anton! dit-elle, vous êtes bien à plaindre : cependant je persiste à croire que vous devriez chercher dans le travail une distraction contre toutes ces images.

— Non : je n'ai ni courage, ni force; la moindre besogne me fatigue, de plus, l'idée que je suis complice du crime ne me laisse aucun repos.

— Mais vous n'y avez pas trempé les mains. Vous n'étiez qu'un enfant. Que pouviez-vous faire?

— Ce que je pourrais faire encore, répondit Anton d'un air sombre : les dénoncer !

Erika pâlit à ce mot.

— Quelle horrible pensée ! s'écria-t-elle. Dénoncer votre père et votre frère ! Anton, vous ne seriez pas un être humain... D'ailleurs, il n'y a eu d'autre témoin que Dieu.

— Et ce témoin-là suffit. Les abîmes du *Pater - Noster* peuvent être profonds ; mais les voies de Dieu sont plus profondes encore. Tôt ou tard, tout sera découvert.

Frappée de cette prophétie, Erika laissa retomber sa tête sur sa poitrine. — Pauvre Erika ! lui dit Anton en lui prenant la main : à mon tour, je vous plains, vous que Dieu a envoyée comme un ange tutélaire, dans ce repaire de meurtriers. Sans vous, que serions-nous devenus ? que serait devenue Gabrielle ?

— Eh bien ! répondit Erika avec énergie : c'est pour elle que je vous implore : ne divulguez jamais ce terrible secret. Songez que tout espoir de bonheur lui est enlevé si...

— Voici ma sœur ! interrompit Anton dont les yeux brillèrent de plaisir en entendant la voix de Gabrielle. Erika n'eut que le temps de poser son doigt sur sa bouche pour recommander à Anton le silence. Gabrielle entra en courant dans la chambre.

— Anton ! Anton ! dit-elle : Lena et moi, nous avons amassé une grande quantité de mousse. Venez nous aider à la transporter ici. Je veux décorer ma chambre... pour le cas où nous recevrions des étrangers.

Ces derniers mots furent prononcés si bas qu'Anton ne put les entendre. Anton n'aimait pas les étrangers ; mais on voit que Gabrielle en attendait toujours un.

CHAPITRE XIV.

LETTRE D'ARVID ARNMAN A SA MÈRE.

« Voilà quinze jours que je suis installé dans mon emploi auprès du collecteur, ma bonne mère, et il me semble que j'y ai passé toute ma vie ; mais vous aimez qu'on procède par ordre :

» Le collecteur m'attendait au lieu du débarquement, et il me reconnut du premier coup d'œil qu'il jeta sur moi.

— » Soyez le bien-venu, mon cher Arvid ! me dit-il en m'accostant.

Quoique vous ne m'ayez pas dit votre nom, je jurerais que vous êtes le fils du digne Armman : me suis-je trompé ?

» Et, sans plus de façons, il m'entraîna à travers les rues. Chemin faisant, il s'informa de vos nouvelles et de celles du lieutenant Askenberg. Comme nous passions devant la maison que nous avons autrefois habitée, il me raconta combien de fois il y était venu goûter votre excellent café. Quant à moi, je m'arrêtai un moment, et je sentis mes yeux se mouiller, en remarquant à la fenêtre une belle fleur qui élevait sa tête au dessus de quelques myrtes.

— » Ah ! m'écriai-je presque involontairement, c'est sans doute une fleur que ma mère a laissée là !

— » Les fleurs ne vivent pas si long-temps, mon jeune ami, me dit le collecteur en riant ; mais il est certain que la personne qui occupe cette maison cultive celles que vous voyez, parce que votre mère les aimait. C'est une digne et respectable femme que votre mère.

» J'étais si troublé, que je ne songeai même pas à demander le nom de la personne en question : je l'ai appris depuis, et vous le saurez en temps et lieu.

» Bientôt nous arrivâmes chez le collecteur : il m'introduisit dans une grande pièce, où il me laissa seul, en m'invitant à m'asseoir. Je regardai autour de moi. Jamais je n'avais vu une chambre aussi richement meublée. Un sofa, dont les pieds étaient des lions dorés ! des chaises et des fauteuils recouverts d'une étoffe blanche, en guise de chemise ! Je n'osais m'y reposer, quoique je fusse vêtu de mes plus beaux habits.

» Comme je restais debout au milieu de l'appartement, et assez embarrassé de ma situation, la porte s'ouvrit, et je vis entrer une jeune femme qu'à ses manières et à sa mise je pris pour l'épouse du collecteur. Je la saluai avec un profond respect, et je m'acquittai de tous les complimens dont le lieutenant Askenberg et vous vous m'aviez chargé pour elle. Je me préparais en même temps à lui baiser la main, ainsi que la civilité l'ordonnait, lorsque, à mon extrême étonnement, j'entendis derrière moi un grand éclat de rire : en même temps, une autre dame, plus âgée, et d'un extérieur plus imposant, se présenta à mes yeux.

— » Que je vous surprenne, une autre fois, à faire la maîtresse de maison ! dit cette dame à la personne que j'avais d'abord saluée et qui s'esquiva lestement.

» La femme du collecteur, car c'était elle-même, me mesura du re-

gard des pieds à la tête, et partit d'un nouvel éclat de rire : puis, don=
nant à ses traits une expression hautaine et moqueuse :

— » Mon cher ami, me dit-elle, il paraît que vous n'avez jamais vu
une dame dans votre vie. La personne que vous avez prise pour moi
n'était que jungfru Stina, notre servante.

» Je m'excusai de mon mieux, et j'allais lui débiter ce que j'avais
déjà dit à jungfru Stina, lorsqu'elle m'interrompit brusquement, en
m'assurant qu'elle avait tout entendu, et que c'était fort bien. Là-dessus
je demeurai silencieux et fort décontenancé.

— » Ah ça ! reprit-elle, vous n'avez pas déjeûné : vous devez avoir
faim?

» J'avais déjeûné sur le bateau ; mais, pour faire quelque chose, je
me laissai conduire dans une autre pièce, où l'on me servit quelques
viandes froides que je dévorai jusqu'à la dernière bouchée, toujours
par manière d'occupation.

— » Maintenant, Arnman, me dit ma patronne d'un air un peu plus
bienveillant, on va vous mener à votre chambre. Pour que vous n'y
soyez pas seul, j'y ai mis le lit de mon fils, le petit Lars. C'est un
enfant charmant, très espiègle, et dont la compagnie vous amusera.

» Ici, je me rappelai les instructions du lieutenant Askenberg : mais
pouvais-je, de prime abord, refuser la compagnie du petit Lars? Cet
enfant est l'idole de sa mère. Je m'inclinai en signe de remerciement.

— » Je suis sûre qu'il vous plaira, poursuivit la dame, et vous vous
attacherez à lui. Le matin, quand il s'agit de l'habiller pour aller à
l'école, c'est une grande affaire. Les domestiques s'y prennent toujours
si mal ! vous en viendrez bien plus facilement à bout ! N'est-ce pas,
que vous veillerez à ce qu'il se débarbouille, à ce qu'il se peigne, à ce
qu'il rabatte le collet de sa chemise, et à ce qu'il n'oublie pas son mouchoir, comme cela lui arrive si souvent?

— » Quel âge a-t-il donc? demandai-je, sérieusement alarmé.

— » Douze ans seulement, répondit la dame d'un ton qui voulait
dire : « Que peut-on attendre de mieux à cet âge? »

» Évidemment elle se proposait de me charger de tous les soins que
demandait son fils. Le surveiller, passe encore ! mais être son valet de
chambre !.... Je désirais cependant effacer la mauvaise impression que
j'avais faite sur la femme du collecteur, en commettant l'erreur impar-
donnable de prendre jungfru Stina pour elle. Je lui promis donc de
veiller à la toilette du petit Lars.

— » Ce sera très bien à vous, me dit-elle avec une figure épanouie.

Nous serons bons amis, mon cher Arvid. J'aime les jeunes gens qui n'ont pas trop haute opinion d'eux-mêmes.

» Là-dessus, une servante me conduisit à ma chambre. La pièce n'était pas grande, mais propre ; elle contenait deux lits, quatre chaises, une commode et une table. Je m'y enfermai jusqu'au moment du dîner, m'occupant de ranger mes effets. A table, je pris place entre le vieux commis de la maison et le petit Lars. Celui-ci, malgré l'épithète, est un gros et grand garçon, à l'air niais et maussade. Je vis tout de suite qu'il ne me procurerait pas beaucoup d'agrément.

— » Eh bien! qu'est-ce que j'apprends? me dit le collecteur. Ma femme vous a donné Lars pour compagnon de chambre! S'il vous gêne, nous vous en débarrasserons.

— » Oh! mon ami, s'écria la dame, pouvez-vous supposer cela? Lars est extrêmement sage, tant qu'on ne le laisse pas seul.

— » Comment! répartit celui-ci en me désignant du geste, on l'a mis avec moi! Pourquoi me prend-on ma chambre?

— » J'en avais besoin, mon amour, répondit la dame d'une voix caressante : tu seras beaucoup mieux avec Arnman. Il jouera avec toi tous les soirs, il te fera réciter tes leçons le matin.

» La liste de mes diverses fonctions s'allongeait d'une manière inquiétante ; mais je me consolais en pensant que lorsque je serais établi sur un bon pied dans la maison, je me déchargerais de celles qui ne me conviendraient pas.

» Le dîner fini, le collecteur se retira, en m'annonçant que j'étais libre pour le reste de la journée. Mais sa femme fut d'avis qu'une petite occupation de ménage serait pour moi un amusement tout trouvé. Elle haïssait, dit-elle, ceux qui se renfermaient dans le rôle d'étrangers. Il fallait montrer que je voulais faire partie de la famille.

» La petite occupation de ménage consistait à casser du sucre et à le réduire en morceaux pour garnir le sucrier. C'était, me dit confidentiellement ma patronne, une besogne qu'on ne pouvait abandonner aux domestiques. Elle était sûre que, lorsque le temps me le permettrait, je l'aiderais à cela et à d'autres choses semblables.

» J'avoue que, retiré, le soir, dans ma chambre, je ne jetai pas un coup d'œil très satisfait sur l'état de servitude auquel j'étais réduit. Mais, comme vous le dites, ma mère : — Quand le vent refuse, il faut louvoyer! — En conséquence, je procédai, le lendemain matin, à mes nouvelles fonctions. Je débarbouillai et peignai maître Lars, lequel semble accoutumé à recevoir ces divers soins. Je prétends qu'il s'habitue bientôt à s'en passer. Après le tour du valet de chambre, ce fut celui du précepteur. Je voulus faire répéter à mon élève ses leçons : il n'en savait pas le premier mot.

— » Maître Lars, lui dis-je avec le ton de dignité que commandait la circonstance, il faut relire vos leçons, et tâcher de les apprendre.

— » Mais, je les sais ! me répliqua-t-il avec humeur.

» Je vis que si je ne me faisais pas respecter et craindre, mon cher élève me monterait sur le dos. Je me reculai de trois pas, et me plaçai à la distance qu'observait le lieutenant Askenberg, quand il voulait opérer sur mon esprit mutin une forte impression.

— » Maître Lars ! prononçai-je gravement, vous êtes très impoli, pour ne pas dire impertinent. Si vous ne changez pas de manières et de langage, je vous renvoie à l'instant de cette chambre. Prenez votre livre, monsieur, et étudiez vos leçons, car je le veux.

» Ma petite allocution produisit un bon effet. Lars fit la grimace, mais il obéit, et, le soir, en revenant de l'école, il montra avec orgueil à sa mère deux *bien* que le maître avait marqués sur son livret.

» La femme du collecteur me sourit d'un air radieux :

— » Je suis contente de vous, mon cher Arvid, me dit-elle tout bas. Ce matin, en traversant le corridor, j'ai tout entendu ; continuez : décidément, nous serons bons amis.

» C'était très flatteur, sans doute : néanmoins, la perte de ma liberté pendant les heures de la matinée et de la soirée, les seules que je ne passe point au bureau, est une chose assez triste. A quelques jours de là, une circonstance me fit mieux sentir la pesanteur du joug que je portais. Le collecteur avait souvent du monde à dîner, et, plusieurs fois, il était arrivé qu'il n'y avait pas place à table pour Lars et pour moi. Mais, dans la circonstance dont il s'agit, un seul de nous deux était de trop. On dressa une petite table auprès du buffet, et on m'y relégua, tandis que mon élève s'asseyait triomphalement parmi les grandes personnes. Très mortifié de cette humiliation, je tenais ma tête baissée sur mon assiette, lorsque le collecteur remarqua ce que sa femme avait fait. Il en manifesta tout haut son étonnement, et la pria de changer cette disposition et de me donner la chaise que Lars occupait. Cet ordre me remplit de joie. Je pris ma serviette, et je me levais pour opérer la substitution de personnes annoncée, quand ma patronne, lançant à son époux un regard foudroyant, déclara qu'elle ne s'était pas trompée, et que je préférais rester où j'étais. Le bon collecteur ne répliqua rien, et moi, je dus me rasseoir, tout rouge de honte et de confusion. Il me fallut endurer l'attention un peu méprisante des convives, et entendre les rires moqueurs que mon charmant élève se permit à mon sujet. Vous vous figurez quelle devait être ma contenance!

» Le lendemain, Lars revint de l'école en poussant des cris de détresse : son maître l'avait battu, pour n'avoir pas su ses leçons. Sa mère s'efforça de le consoler, en fulminant maintes menaces contre le magister.

— » Lars n'a point su ses leçons! me dit-elle d'un ton sévère : ce soir j'aurai à vous parler.

» La perspective d'une remontrance ne me plaisait que médiocrement. Je restai, autant que je pus, à mon bureau ; mais enfin, l'heure du souper arriva, et je me rendis à la maison. Le collecteur était absent. Le vieux commis, mon compagnon de travail, sortit, suivant sa coutume, aussitôt que le repas fut achevé, et je demeurai seul avec ma patronne et son fils, c'est-à-dire avec mon juge et mon accusateur.

— » Mon cher Arnman, dit la dame en s'armant de toute sa dignité, mon mari professe la plus grande estime pour vos parens ; il m'a recommandé de prendre un soin particulier de vous, et de vous traiter comme l'enfant de la maison. Je crois donc pouvoir, quand l'occasion s'en présente, vous avertir de vos défauts, et, notamment, de votre tendance à l'orgueil!

» Ici je voulus protester ; mais la dame, élevant la main, m'imposa le silence et continua :

— » Oui, à l'orgueil... Hier, j'ai remarqué que vous étiez mécontent d'être relégué à la petite table. Cependant, je n'avais en vue que votre bien. N'oubliez pas qu'un jeune homme comme vous, qui débute dans le monde et désire travailler à son avancement, ne doit négliger aucune occasion de se rendre utile et agréable à ceux qui l'emploient. Il faut qu'il se dise : « Je suis au bas de l'échelle sociale ; quelque place que » l'on m'assigne, je dois l'accepter avec reconnaissance. »

» Je m'inclinai, en signe d'assentiment, croyant que la semonce était finie ; mais je me trompais.

— » Si je n'avais pas trouvé en vous de bonnes dispositions, poursuivit la dame, je ne vous aurais adressé aucune remontrance. Réfléchissez qu'un peu de modestie de votre part, qu'un peu de déférence pour mon fils, pour le fils de votre patron, vous eût fait honneur et profit. Mais, ce n'est pas tout : est-il juste que le pauvre Lars soit victime de votre mauvaise humeur? Vous le négligez, vous ne veillez pas à ce qu'il sache ses leçons ; et, voyez la conséquence : son maître le châtie et me le renvoie tout en larmes. Est-ce bien agir, je vous le demande?.. Écoutez, Arnman, passe pour cette fois ; mais que désormais je n'aie rien de pareil à vous reprocher.

» Cette réprimande, plus dure qu'aucune de celles que vous m'avez jamais adressées, ma bonne mère, me choqua vivement ; non que ma patronne eût tort à certains égards : ses conseils ne manquaient pas de justesse ; mais la conclusion de sa harangue m'avait blessé. Je fis cependant un effort sur moi-même pour lui répondre poliment et avec calme.

— » Madame, lui dis-je, j'ai voulu, comme de coutume, faire répéter les leçons à maître Lars ; mais il ne m'a pas écouté.

— » Pas d'excuses !.. s'écria-t-elle en m'interrompant. Lars, mon amour, n'est-il pas vrai que Arvid ne s'est pas occupé de vous, ce matin ?

— » C'est vrai, maman, répondit maître Lars : il m'a dit que je le fatiguais.

— » Oui, avec vos objections et vos refus.

— » Assez ! l'affaire est claire. De plus, l'enfant est sorti avec ses cheveux en désordre, son collet de chemise non rabattu, et sans son mouchoir : tout cela par votre faute.

» A ce mot, je perdis patience, le sang me monta au visage, et, d'un ton que le lieutenant aurait approuvé :

— » Madame, répondis-je, j'ignorais, en venant ici, que je dusse être le précepteur et le valet de chambre de votre fils. Je croyais, d'après la lettre du collecteur, que mes fonctions se borneraient à celles du bureau de la douane. Je n'ai pas entendu en accepter d'autres.

— » Bien ! monsieur Arnman, très bien ! répliqua la dame irritée. Et elle nous fit signe, à Lars et à moi, de quitter le salon.

» Depuis ce moment, je me suis peu occupé de maître Lars. Je ne reprendrai les soins que je lui donnais auparavant, que lorsque sa mère m'aura adressé un mot d'excuses, chose qu'elle n'a point faite jusqu'à présent.

» Il est temps de vous tracer la physionomie des diverses personnes au milieu desquelles je suis jeté. Vous connaissez le collecteur et sa femme. Je vous ai dit ce qu'est leur fils. Après eux, la figure la plus remarquable est celle du vieux commis. Il se nomme Brostedt. C'est un de ces êtres qui peuvent vivre et mourir dans une maison sans articuler un seul mot. Il hoche la tête pour montrer qu'il vous comprend, et voilà tout. Du reste, homme assidu au travail, d'un commerce facile, aimé et respecté de tous ceux qui ont des rapports avec lui. Depuis plusieurs années, il occupe le même poste. Jamais il n'a exprimé le désir d'en changer, et d'obtenir un avancement. Il se contente de ses

émolumens, qui sont bien modiques. Quant à moi, je ne me résigne-
rais pas à vivre un seul jour ici, si je n'espérais pas, à force de travail
et de persévérance, me faire un sort indépendant.   *

» Le vieux Brostedt me témoigne beaucoup d'amitié. Dernièrement,
je lui racontais mon altercation avec notre patronne, et, à cette occasion, il a bien voulu se départir, en ma faveur, de sa taciturnité habituelle. Il m'a dit que la femme du collecteur, ayant aussi voulu l'acca-
parer, dans les premiers temps, il avait déjoué tous ses efforts. Il m'a
exhorté à ne pas trop me mettre sous le joug, car, plus tard, j'aurais
de la peine à m'en affranchir. Je l'ai remercié de ses conseils, et j'espère que j'en profiterai.

» Je dois aussi vous parler de jungfru Stina, cette servante que
j'avais prise pour la maîtresse. C'est une jeune fille très dégourdie et
très amusante. Je vais, de temps en temps, faire un bout de conversation avec elle, à la cuisine. Il faut la voir imiter l'accent du collecteur et de sa femme! Je ris aux éclats, en l'écoutant.

» Mais je m'aperçois que le papier me manque. Je termine brusquement. Adieu, ma mère : présentez mes complimens au lieutenant
Askenberg et à la vieille Annika. Répondez-moi le plus tôt que vous
pourrez, et donnez-moi votre avis sur la conduite que j'ai tenue et sur
celle que je dois tenir.

» Votre fils affectionné et respectueux,   ARVID. »

La réponse de fru Kathrina ne se fit pas long-temps attendre. La
digne femme, sans s'expliquer ouvertement sur le compte de maître
Lars et de sa mère, invitait Arvid à la patience et à la soumission.
Arvid, disait-elle, devait des égards à sa patronne : il devait excuser sa
faiblesse maternelle et sa partialité en faveur de son fils. D'ailleurs,
ajoutait-elle, il n'était pas bon de danser toujours sur des roses. Quelques petites contrariétés servaient à former le caractère d'un jeune
homme, et le préparaient aux épreuves plus sérieuses de la vie. Quant
aux conversations qu'Arvid tenait avec jungfru Stina dans la cuisine,
fru Kathrina les désapprouvait formellement. Elle insistait sur les dangers de la mauvaise compagnie, et lui représentait qu'il était indigne
de lui de former aucune intimité avec des domestiques. Enfin, fru
Kathrina demandait à Arvid les détails qu'il lui avait promis sur les
locataires actuels de leur ancienne maison à H..... La circonstance des
fleurs à la fenêtre l'avait frappée : elle désirait savoir quelle était la personne qui les cultivait pour l'amour d'elle.

La seconde lettre qu'elle reçut de son fils annonçait le rétablissement de la bonne intelligence entre lui et la femme du collecteur. On

avait eu besoin de ses services, à l'occasion d'une fête ; il s'agissait de peindre des décors pour un petit théâtre improvisé, et Arvid avait employé des jours et des nuits à cette besogne. Sa patronne, reconnaissante, lui avait fait cadeau d'une belle cravate de soie, et lui, de son côté, prodiguait les mêmes soins que jadis au petit Lars.

« Maintenant, ajoutait Arvid, il est temps de vous parler de cette maison peinte en jaune que nous occupions à H..... Par qui croyez-vous qu'elle soit aujourd'hui habitée?... par la veuve de Carlmark et sa fille. Vous vous êtes trompée, ma bonne mère, en supposant que les Carlmark ignoraient la main qui les avait sauvés d'une ruine complète. Ils la connaissaient ; mais la prudence leur défendait de le laisser paraître. Il y allait de la réputation et de l'avenir de mon père. Avec moi, la pauvre veuve ne craint pas de parler du passé : elle conserve religieusement la mémoire de son sauveur, et, chaque jour, elle prie Dieu pour lui.

» Carlmark est mort depuis quelques années : ses fils naviguent. Sa veuve reste chargée d'une fille, la plus jeune de toutes, et qui se nomme Joséphine. Elle a seize ans à peine ; mais, laborieuse et sensée, elle montre une raison au dessus de son âge. Les heures que j'ai passées auprès d'elle ont été, pour moi, une leçon de patience. Je l'ai vue, penchée sur son ouvrage, travailler pendant des journées entières sans se donner un moment de repos. Le soir, elle s'étudie à procurer à sa mère quelque distraction, ou elle l'aide dans les soins du ménage.

» Joséphine n'est pas ce qu'on appelle jolie. Elle est pâle et chétive : elle a un air de souffrance et de langueur ; mais on oublie tout cela en contemplant ses grands yeux bleus, dont l'expression est si douce et si attachante ! J'avais beaucoup entendu parler de ces dames, et je désirais vivement faire leur connaissance, lorsque ma patronne me chargea d'une commission pour elles. Je poussai donc la porte de cette petite cour, où j'avais joué tant de fois. Rien n'y était changé. Je trouvai chaque chose telle que je l'avais laissée : toute l'histoire de mon enfance se retraçait à mon souvenir. Il me semblait que j'étais moi-même encore enfant, et que nous occupions la maison. Je ne pouvais me figurer qu'elle fût habitée par des étrangers. J'entrai, plein d'une émotion que je ne saurais décrire : mon trouble était si grand, que je ne m'aperçus pas d'abord de la présence de fru Carlmark et de sa fille, lesquelles m'examinaient avec curiosité.

— » Pardon ! balbutiai-je enfin ; mes parens ont autrefois demeuré ici : mon nom est Arvid Arnman.

— » Arnman ! s'écria la veuve, dont les yeux brillèrent d'allégresse. Vous êtes le fils du lieutenant Arnman ! Soyez mille fois le bien-venu.

» Il fallut m'asseoir entre la mère et la fille, et accepter une tasse de leur café. On me montra les fleurs et les myrtes qui décorent la fenêtre, et que l'on cultive avec un soin pieux, en souvenir de fru Kathrina Arnman. Je goûtais tant de plaisir à entendre chanter vos louanges et celles de mon père, que j'oubliais la commission dont j'étais chargé de la part de ma patronne. Il s'agissait de demander à Joséphine le prix qu'elle prendrait pour broder plusieurs paires de rideaux de telle étoffe et de telle dimension. Après de longs calculs et de minutieuses supputations, ce prix fut fixé. Je retournai le dire à la femme du collecteur; mais celle-ci le trouva exorbitant, et me députa de nouveau, pour offrir à ces dames les deux tiers de ce qu'elles exigeaient. C'était bien peu pour tant d'ouvrage! Que vous dirai-je? J'avais vu la veuve et sa fille si joyeuses de la commande qu'elles avaient en perspective; elles s'étaient ménagé, d'après leurs calculs, un bénéfice si mesquin, que je n'eus pas le cœur de les en frustrer. Je leur annonçai que la veuve du collecteur acceptait le prix qu'elles avaient stipulé, et je dis à celle-ci que l'on consentait à la réduction qu'elle avait imposée. La besogne faite, je payai la différence sur mon argent. En recevant le prix de son travail, les joues pâles de Joséphine reprirent leurs vives couleurs. Pauvre enfant! elle oubliait ses longues veilles, ses fatigues : elle était heureuse..... Blâmez-moi, ma mère, si vous le pouvez; mais j'étais aussi heureux qu'elle! »

En terminant, Arvid annonçait à sa mère que, docile à ses avis, il avait cessé tout entretien avec jungfru Stina.

CHAPITRE XV.

Trois années s'étaient écoulées depuis le jour où Gabrielle, accompagnant son père à la chasse du veau marin, avait rencontré Arvid Arnman. Gabrielle avait alors près de seize ans. L'enfant rieuse et folâtre était devenue une gracieuse jeune fille, dont la beauté commençait à s'épanouir, et brillait du plus vif éclat. On était au mois de décembre. Toute la famille de l'ancien smoggler était réunie autour du poêle. Erika et sa pupille travaillaient en silence. Anton se tenait accroupi dans un coin, près du feu, et cédait à un demi-sommeil. Birger et Haraldson fumaient leurs pipes, et prêtaient l'oreille au bruit de la tempête qui hurlait au dehors. Aucun mot n'était prononcé; chacun des assistans s'abandonnait à ses propres pensées.

C'est que la lutte des élémens déchaînés était véritablement effroyable. Le vent mugissait avec fureur contre les fenêtres, et, quand il semblait s'apaiser, on entendait la pluie qui tombait par torrens. Plusieurs fois déjà, Erika s'était levée pour donner au reste de la famille le signal de la retraite, et, chaque fois, elle s'était rassise, comme si une force supérieure l'eût clouée à sa place. Birger et Haraldson eux-mêmes, tout accoutumés qu'ils étaient aux grandes convulsions de la nature, éprouvaient un malaise indéfinissable, soit que l'aspect de cette nuit fût réellement menaçant, soit qu'elle leur en rappelât une autre encore plus terrible.

Gabrielle, qui n'avait que des souvenirs innocens et aimables comme elle, fut la première à rompre le silence.

— Quelle nuit! s'écria-t-elle. Mon père, en avez-vous jamais vu de semblable!

Le vieillard, surmontant son émotion, ne répondit que par un regard dédaigneux.

— L'hiver amène toujours des tempêtes, dit Erika, en affectant une tranquillité que démentait le trouble de sa physionomie.

— Mais non pas des tempêtes aussi furieuses, répliqua la jeune fille.

— C'est vrai! remarqua Birger, d'un ton soucieux. Depuis plusieurs années, on n'a point vu un pareil ouragan sur cette côte.

Gabrielle s'approcha de la fenêtre. Ses yeux s'efforcèrent de percer les ténèbres épaisses dont le brouillard et la nuit enveloppaient la terre; mais elle ne put rien distinguer. Tout était enseveli dans une obscurité profonde. Aucune étoile ne brillait au firmament. De gros nuages noirs, fuyant avec une vitesse prodigieuse, traversaient l'espace, et se succédaient sans interruption : c'était l'obscurité du tombeau, moins le calme paisible qui y règne. Mille voix discordantes, venant de tous les points de l'horizon, formaient un tumulte étrange qui confondait l'oreille et vous remplissait d'horreur. Au milieu des sifflemens de la tempête et du bruissement sourd de l'Océan, s'élevaient de temps en temps des sons d'une éclatante harmonie : c'étaient ceux que produisaient les glaces en s'entre-choquant. La croûte épaisse dont elles étreignaient la mer s'était rompue. Fouettées par un vent impétueux et roulées par les vagues, elles se heurtaient les unes contre les autres avec un bruit retentissant, et lançaient au ciel le givre de leur masse pulvérisée.

Gabrielle, saisie de terreur, quitta sa place d'observation. Mais le vieux Haraldson, endossant sa veste, manifesta l'intention de sortir, pour voir ce que devenaient les barques qu'on avait mises à sec sur le rivage.

En ce moment, une main livide apparut derrière la fenêtre, et frappa un coup faible sur la vitre.

Haraldson et Birger coururent ouvrir la porte, tandis que les deux femmes restaient muettes de terreur. Bientôt ils rentrèrent, conduisant un pauvre jeune homme à moitié gelé, un marin qui, selon toute apparence, venait d'échapper miraculeusement à un naufrage. Erika et sa pupille s'empressèrent de lui prodiguer les secours dont il avait besoin. Il les accablait de questions incohérentes, car l'excès de la souffrance l'avait jeté dans une sorte de délire. Pendant ce temps-là, Haraldson était partagé entre la curiosité et le désir de se rendre sur le rivage. Le vieux smoggler savait qu'un naufrage amenait presque toujours des débris à la côte. Il n'avait pas oublié son ancien métier.

— Pauvre jeune homme! disait Birger. Votre vaisseau a-t-il péri? vous êtes-vous échappé seul? y a-t-il d'autres de vos compagnons qui aient été jetés sur les rochers?

A la fin, le naufragé reprit ses sens.

— Mon capitaine! murmura-t-il, mon capitaine!

— Votre capitaine! où est-il? demanda Birger.

— Oh! ne le tourmentez pas! s'écria sa femme: laissez-le revenir à lui..... Buvez! buvez! ajouta-t-elle, en présentant au jeune marin un verre de bière chaude.

— Mon capitaine! cria encore celui-ci: sauvez-le! sauvez-le! Il est sur le vaisseau naufragé.

— Et où est-il ce vaisseau? demanda Haraldson, qui se préparait à sortir. Est-il près de la côte?

— Oui, tout près: courons au secours du capitaine! il est resté sur le pont, le navire a touché sur les rochers du *Pater-Noster*. L'équipage s'est jeté dans la chaloupe. Le capitaine est demeuré seul. Je ne voulais pas l'abandonner; mais il m'a lancé par dessus bord dans la barque..... Mon pauvre capitaine! tous ceux qui l'ont quitté ont péri, excepté moi. Courons à son secours!..... N'avez-vous pas ici des hommes et des bateaux?

— Des bateaux! répliqua froidement Haraldson: aucun ne pourrait aller de Tistelon au *Pater-Noster*, par une nuit pareille. Diable! ce serait risquer la vie des hommes, pour ne rien dire des embarcations. Vous en savez déjà quelque chose, l'ami!

Le jeune marin se tordit les bras, de désespoir; puis, se tournant vers Birger, il l'implora du regard.

— C'est impossible! répondit Birger à cette muette interrogation, tout à fait impossible ; mais attendons à demain. Nous verrons alors ce qu'il nous sera permis de tenter.

— Mon Dieu ! mon Dieu ! s'écria le naufragé : pendant ce temps-là, le capitaine va périr..... Essayez ! ajouta-t-il, essayez ! Je suis fort : je manierai la rame jusqu'à ce que le sang me sorte du bout des doigts.

— Encore une fois, c'est impossible ! dit Birger. Mais quelle est la situation de votre capitaine ? il est peut-être plus en sûreté que vous ne croyez. Rester sur un navire qui a touché est souvent plus prudent que de l'abandonner.

— De quoi se compose la cargaison de votre vaisseau ? demanda de son côté Haraldson.

— De bois de charpente ; mais notre beau schooner n'était pas assez lesté.

— Alors, il restera à flot, dit Birger, à moins qu'il ne se brise contre les pointes des rochers.

— Nous avons jeté la cargaison par dessus bord, continua le jeune marin.

— Oui-dà ! murmura Haraldson, qui parut réfléchir.

Ici, Erika interposa son autorité de maîtresse de maison. Elle défendit qu'on fît parler davantage le jeune marin, et elle lui servit un repas qui devait réparer ses forces épuisées.

— Comment vous nommez-vous ? lui demanda-t-elle ensuite, quand il eut satisfait son appétit.

— Peter Lingren. C'est le premier voyage que j'entreprends sous les ordres du capitaine Rosenberg. Je ne suis que mousse ; mais on m'a promis de l'avancement..... Ah ! continua le jeune marin, en s'adressant à Birger, c'est une côte infernale que celle de ce Shargord, et cet écueil du *Pater-Noster* est bien nommé ! Il faut recommander son âme à Dieu, quand on y touche. Encore, tous ceux qui y périssent n'ont-ils pas le temps de le faire.

A ce mot, Anton et Erika tressaillirent et échangèrent un regard d'intelligence : Birger pâlit ; Haraldson fut le seul qui écouta avec indifférence.

Peter Lingren poursuivit l'histoire du naufrage de son vaisseau, en entremêlant son récit de lamentations sur le sort du capitaine Rosenberg, l'homme le plus brave, le meilleur marin qui eût jamais marché sur le pont d'un navire suédois. Il s'étendit aussi longuement sur les qualités du schooner, un fin voilier qu'on avait baptisé *les Trois Sœurs*. La chaloupe qui portait l'équipage avait sombré près de la côte. Tous ceux qui la montaient avaient été engloutis : quant à lui, Peter, il avait été entraîné par les vagues vers la côte, sans qu'il pût se rendre compte de la manière dont il avait été sauvé.

— Nous verrons demain ce qu'on pourra faire pour le capitaine, dit Birger. J'ai le ferme espoir que nous n'arriverons pas trop tard.

— Que Dieu vous entende! s'écria Peter.

— Et vous dites que le navire était chargé de bois de charpente? demanda encore Haraldson.

— Sans doute.

— Cela flottera, murmura tout bas le vieillard. Il en viendra quelque chose à la côte.

Bientôt Erika conduisit Peter à une petite chambre, où elle lui avait fait préparer un lit. Gabrielle passa une nuit très agitée. L'image des dangers et des souffrances auxquels le malheureux capitaine Rosenberg était exposé, chassa le sommeil de ses yeux. Le pauvre Anton fut aussi tourmenté par une cruelle insomnie. On avait prononcé devant lui le nom du *Pater-Noster!*

Birger et Haraldson se rendirent sur la jetée pour observer les progrès de la tempête. Elle ne diminuait pas de violence. Le vent continuait de souffler avec furie. Les vagues, en s'entre-choquant, lançaient une écume salée qui, chassée par la bise, pénétrait jusque bien avant dans l'intérieur des terres. Les deux hommes, après avoir contemplé ce spectacle horrible et sublime, regagnèrent en silence l'habitation. Aucun d'eux n'était tenté de communiquer à l'autre le sujet de ses réflexions. Vivant sous le même toit, unis par les liens de la nature, ils étaient éternellement séparés : ils n'avaient plus rien de commun. Le cœur de Birger s'était ouvert aux bonnes inspirations; mais le cœur du vieillard était encore celui d'un smoggler et d'un pirate.

L'ouragan s'apaisa un peu vers le matin; mais il était encore extrêmement dangereux de l'affronter. Erika prépara du vin, que devait emporter son mari. Gabrielle s'occupa avec la plus grande activité des autres apprêts; dès qu'il fit jour, Birger monta dans son bateau et, accompagné de Peter et de quelques vigoureux marins, il partit pour son expédition hasardeuse. Haraldson ne fut pas du voyage : il ne pouvait plus endurer les mêmes fatigues qu'autrefois. Birger se félicita de ne pas l'avoir à bord : il voulait diriger toute l'affaire. Haraldson souffrait que son fils fût le maître à la maison; mais, une fois en mer, il reprenait le commandement, et ne le partageait avec personne.

Erika et sa pupille suivirent long-temps des yeux le bateau qui s'éloignait ballotté par des vagues monstrueuses. A chaque instant, elles craignaient de le voir s'engloutir. A la fin, il se perdit dans le vague de l'horizon : elles le cherchaient encore du regard que, déjà, il avait disparu.

Cependant Birger et ses hommes d'équipage luttaient courageusement contre le vent, contre les lames, contre les glaçons qui entravaient leur marche ; ils avaient mis le cap sur l'écueil du *Pater-Noster* ; mais plusieurs fois ils furent contraints de dévier de leur route, et de céder à la force de la tourmente. A une certaine distance, ils rencontrèrent des débris, des voiles, des cordages, des mâts qui s'étaient arrêtés contre les glaces. Ils virent aussi flotter autour d'eux une grande quantité de bois de charpente. Tout annonçait que le théâtre du sinistre était proche. Assis à la poupe, Peter interrogeait l'espace avec anxiété ; à chaque débris du schooner qu'il apercevait, il soupirait tristement ; mais il ne s'agissait pas de gémir, il fallait trouver là place où le navire s'était perdu. Bientôt Peter poussa un cri de joie : il venait de découvrir un point sombre qui se détachait sur la glace. La distance était considérable : on eût cru voir un oiseau de mer ; mais Peter ne s'y trompa pas.

— C'est le capitaine ! s'écria-t-il : ce doit être lui !

— Impossible, dit Birger. Si le vaisseau a touché là, si près du *Pater-Noster*, les rochers l'auront déjà mis en pièces, et le capitaine a péri. Je ne vois que les pointes noires des écueils.

— Regardez... là... continua Peter en étendant la main : n'apercevez-vous pas quelque chose de vert sur la glace ?

— Oui, par ma foi ! dit un des matelots. Je vois comme une touffe de verdure.

— C'est le capitaine ! répéta encore Peter.

— Tournons le cap dans cette direction ! dit Birger qui avait aussi distingué le point qu'on lui désignait.

Le bateau, poussé par les efforts vigoureux de l'équipage, avança rapidement.

— Je vois le corps du navire, dit Birger, lorsque la distance eut diminué. Le pont est presque entier ; mais les vagues ont emporté les haubans : du reste, pas la moindre apparence d'un homme.

— Le capitaine doit être sur le pont, répéta l'opiniâtre Peter. Je suis sûr que nous l'y trouverons.

Malgré les brisans et l'obstacle des glaces, le bateau parvint enfin jusqu'au schooner. Le pauvre navire n'avait plus rien de ce qui fait d'un vaisseau le chef-d'œuvre de l'industrie humaine. Ses mâts avaient été coupés, ses bastingages renversés par les lames, ses rebords défoncés par la mer. Il n'offrait plus aux yeux qu'une masse inerte, un débris informe et mutilé, misérable jouet des flots qui le heurtaient en passant, comme s'ils eussent dédaigné d'achever l'œuvre de destruction. Seul, le cabestan, lequel était peint en vert, se dressait sur le pont dévasté. C'était lui que Peter avait aperçu dans l'éloignement.

Le bateau n'eut pas plus tôt élongé le navire, que Peter s'élança sur le pont.

— Le capitaine ! cria-t-il d'un ton joyeux... Il est ici !

En prononçant ces derniers mots, la voix de Peter avait perdu son accent de triomphe. Birger, qui l'avait suivi de près, en comprit aussitôt la cause. Un homme était là, en effet, mais ne donnant aucun signe de vie. Il s'était attaché par le corps au cabestan, afin de n'être pas emporté par les lames qui passaient sur le pont. C'était un jeune homme : ses traits, pâles et raidis par le froid, étaient beaux et réguliers; une abondante chevelure noire tombait en désordre sur son visage. On voyait, entre ses paupières, des gouttes d'eau congelées, soit qu'il eût pleuré en se sentant mourir, soit que ces gouttes provinssent seulement du rejaillissement des vagues.

— Tout est fini pour lui ! dit Birger avec émotion. Nous sommes arrivés trop tard.

— Hélas ! cela n'est que trop vrai ! s'écria Peter en sanglotant; mais, du moins, emportons-le avec nous, ne fût-ce que pour lui donner la sépulture.

— L'emporter ! objecta un des matelots : et comment diable le descendrons-nous dans le bateau? Il vaut mieux qu'il reste où il est.

Un regard que lui lança Birger, le réduisit au silence. Déjà Peter avait coupé les cordes qui attachaient le corps de son maître au cabestan. Sans consulter ses forces, il l'enleva entre ses bras et se dirigea avec son fardeau vers le rebord du navire. Birger vint à son aide, et, quelques minutes après, le corps fut descendu au fond de la barque.

— Maintenant, mes amis, prononça Birger avec cet accent calme et résolu qui donnait tant d'autorité à ses ordres, faites force de rames. Tout dépend de notre promptitude à regagner Tistelon. Un reste de vie peut se trouver encore dans ce corps inanimé.

En parlant ainsi, il saisit le gouvernail d'une main ferme; les matelots poussèrent au large, et le bateau, secondé par le vent et la marée, s'éloigna rapidement.

Pendant ce temps-là, le fidèle mousse, d'après les instructions de Birger, frottait le visage et les mains du capitaine avec de la neige. Bientôt le pouls, dont on ne sentait plus les mouvemens, commença à revenir, mais faible et presque imperceptible. Les muscles de la face se détendirent; les paupières remuèrent. Un peu de chaleur annonça que le sang reprenait sa circulation; et, à mesure que ces indices favorables se manifestaient, Peter éclatait en transports.

Le bateau atteignit le môle d'où il était parti. Erika et sa pupille, Anton et son père, attendaient sur le rivage, pleins d'impatience et d'anxiété. Ils avaient vu les signaux qu'on leur avait faits de la barque. Ils savaient que l'expédition avait réussi.

— Tout espoir de le sauver n'est pas perdu, leur dit Birger en leur montrant le capitaine, et en sautant au cou d'Erika. Puis, chargeant le corps sur ses épaules, il se hâta de gagner l'habitation, et déposa son fardeau dans une chambre sans feu.

Gabrielle n'avait fait qu'entrevoir les traits du pauvre naufragé. Elle éprouvait pour lui une vive sympathie. Elle avait été frappée de son courage et de sa persistance à ne pas abandonner le pont de son navire. Elle regrettait qu'on ne l'eût point déposé dans la grande chambre, afin de pouvoir le contempler à son aise. Erika dut lui expliquer qu'une chambre où il y avait du feu ne convenait point pour un malade dont les membres étaient engourdis par le froid.

Cependant Birger, Peter Lingren, et même l'indolent Anton, s'évertuaient autour de l'étranger qu'on avait débarrassé de ses habits, et continuaient les frictions si heureusement commencées par le mousse. Leurs soins eurent un plein succès. Le capitaine se ranima. Il ouvrit les yeux et murmura quelques mots.

— Il vit! s'écria Peter à qui l'excès de la joie ôtait presque la raison. Il vit! il est sauvé!

Le capitaine Rosenberg souleva sa tête avec un pénible effort. Son premier regard tomba sur le mousse.

— Où suis-je? demanda-t-il d'une voix éteinte.

— Chez des amis, répondit Birger. Restez en repos : tout ira bien.

— Ah! je me rappelle, dit le malade. J'ai fait naufrage : mon pauvre schooner...

Il se couvrit le visage de ses mains, et garda quelques instants le silence, comme s'il eût cherché à rassembler ses souvenirs.

Bientôt il se tourna vers Birger.

— C'est à vous, lui dit-il, que je dois la vie.

— Non, répondit Birger : pas à moi seul. Le brave garçon que voilà nous a conduits à votre secours, et, après Dieu, c'est lui qui vous a sauvé.

Et il désigna du doigt Peter qui pleurait d'attendrissement.

— Peter, dit le capitaine en attachant sur le mousse un regard plein d'une tendre effusion : nous réglerons cela plus tard... mais vos camarades?...

— Morts, engloutis, mon capitaine.

— C'est malheureux ! poursuivit Rosenberg : de braves gens! de dignes marins!... Et, ainsi, vous avez échappé seul!... Allons, Peter, aidez-moi à me lever. Je veux essayer si mes jambes pourront me soutenir... Doucement! doucement !.. C'est cela, mon garçon !... Eh bien! je ne suis pas tout à fait perclus, après tout!

Ici Anton, obéissant à un signe de Birger, alla chercher des vêtemens secs pour remplacer les habits mouillés du capitaine. Birger pria celui-ci d'en user sans façon. Il lui tardait, ajoutait-il, de le présenter à son père, à sa femme et à sa sœur, qui l'attendaient dans une autre chambre. Rosenberg remercia son hôte avec la franchise d'un marin : après quoi Birger et Anton le laissèrent aux soins du mousse.

— Et ainsi, Peter, dit le capitaine en s'habillant, c'est vous qui êtes cause que je me trouve ici sain et sauf! Plût à Dieu que vous eussiez pu sauver de même le schooner!... Enfin... je vois que je ferai quelque chose de vous, quand vous aurez gravé dans votre cervelle les principes de la navigation... Pourquoi diable restez-vous là planté devant moi en ouvrant de grands yeux?... Eh! Peter, nous sommes encore de ce monde.. Aidez-moi à passer cet habit, et maintenant, allons réjoindre la famille de notre hôte.

CHAPITRE XVI.

Erika s'était retirée dans sa *place de refuge* (c'est sous ce nom qu'elle désignait la petite pièce décrite plus haut), lorsque Birger vint l'y trouver. Il poussa la porte avec précaution, et montrant sa tête, il parut hésiter à avancer.

— Entrez, mon mari ! lui dit Erika : Je vois à vos yeux que vous m'apportez de bonne nouvelles.

— Oui, répondit Birger d'une voix contenue et en s'approchant. Dieu a permis qu'une de ses créatures fût par moi arrachée à la mort... Toujours vos prières, Erika !...

L'accueil que la jeune femme fit à son époux fut plus affectueux que de coutume, le regard qu'elle fixa sur lui exprimait la joie et l'espérance. Birger, au péril de sa vie, avait sauvé un de ses semblables! sa dette en était diminuée d'autant. C'était une expiation de plus... Chose remarquable! Birger, cet homme énergique, sérieux et résolu, cet homme dont la force de volonté égalait la puissance d'exécution, dont le caractère ferme et loyal inspirait à chacun autant de respect que d'amour, Birger, en tête à tête avec sa femme, se montrait timide comme un enfant, et tendre jusqu'à la faiblesse. Il lui avait voué une espèce de culte et d'adoration. Erika était en quelque sorte sa conscience, il ne voyait que par ses yeux, il n'avait rien de caché pour elle, il se soumettait à ses moindres volontés. Erika lisait dans le cœur de son mari, comme dans un livre qui lui était toujours ouvert. Connaissant les remords dont il était sans cesse tourmenté, elle ne le laissait jamais à lui-même : les fatigues et les périls des voyages qu'elle le décidait à tenter, les spéculations commerciales qu'elle lui suggérait, n'avaient point pour objet l'appât d'un gain méprisable. Non; mais il fallait que Birger donnât de l'exercice aux facultés de sa riche organisation, l'oisiveté l'eût perdu : une activité continuelle pouvait seule le sauver.

Tel était le système que poursuivait Erika; peut-être en était-elle venue à aimer son mari plus tendrement qu'elle ne le croyait. Ce jour même, quand elle l'avait vu manœuvrer son bateau d'un bras vigoureux et lutter hardiment contre tous les obstacles de la mer et du ciel, elle avait senti les craintes et l'orgueil d'une femme, elle avait admiré Birger, elle avait tremblé pour sa vie. C'était la première fois qu'elle le voyait exposé. Ce spectacle la frappa fortement. Elle cachait sous un extérieur froid et tranquille, une âme ardente, un cœur passionné ; mais, habituée depuis long-temps à maîtriser ses émotions, elle n'en laissait rien transpirer au dehors...

Cependant Birger s'en aperçut; le regard qu'elle avait jeté sur lui à son retour du *Pater Noster*, il en avait compris l'expression. Dans la joie de cette découverte, il s'était jeté au cou de sa femme, sans s'inquiéter de la présence des étrangers et des indifférens ; et maintenant qu'il était renfermé seul avec elle, il ne trouvait pas d'expression pour lui peindre l'excès de son bonheur et de sa reconnaissance.

— Erika ! lui dit-il tout bas en s'approchant par derrière et en penchant sa tête sur l'épaule de la jeune femme : Erika ! est-il vrai que tu m'aimes ? Mon Dieu ! serait-ce possible ? ne me suis-je pas trompé ?

— Oui, Birger, je t'aime ! répondit Erika en tournant vers lui des yeux humides... je t'aime autant qu'on puisse aimer... Mais, ajouta-t-elle, ce n'est pas le moment de penser à nous-mêmes... Comment va notre hôte ?

— Beaucoup mieux que je ne l'aurais espéré. Le brave Peter l'aide à changer de vêtemens ; dans un instant, je vais te l'amener. Le déjeûner est-il prêt ?

— Oui, Gabrielle s'en est occupée... Ce capitaine a-t-il l'air comme il faut ?

— C'est un jeune homme fort bien tourné et de bonne mine... un peu sévère sur son bord, je suppose.

— Et comment supporte-t-il son malheur ?

— Avec un mâle courage. Il n'en dit que quelques mots.

— Erika ! le capitaine vient de ce côté, cria derrière la porte l'impatiente Gabrielle.

— C'est bien ! répondit Erika. Birger va au devant de lui. Hâtez-vous de faire servir, ma chère Ella !

La jeune fille courut à la cuisine, et revint aussitôt.

— Faut-il monter du vin ? demanda-t-elle.

Ne recevant aucune réponse, elle prit sur sa responsabilité d'aller chercher deux bouteilles du meilleur vin de son père.

A son retour de la cave, elle rencontra le vieillard.

— Qu'est-ce que tu portes là, petite ? lui dit celui-ci.

— Du vin, mon père.

— Du vin!... Hum ! il me semble que de la bière eût suffi... Et en quel endroit as-tu pris ces deux bouteilles ?

— Près de la pièce, sur le gros tas... C'est le meilleur vin de la cave, dit-on.

— Par le diable! tu as pris de mon vin vieux ! On ne doit y toucher que le jour de ton mariage. Remporte vite ces deux bouteilles, et remets-les à leur place.

— Mon mariage ! répliqua la jeune fille : mais je n'ai pas encore d'amoureux.

— Laisse faire, tu en auras... En attendant, remporte ces deux bouteilles, et prends-en une autre à côté.

— Oui, mon père : mais c'est que la porte de la chambre bleue est ouverte, le capitaine me verra passer, et je ne voudrais pas... Mon petit père, je vous en prie : laissez-moi servir ces deux bouteilles. Il en restera assez pour mon mariage.

En ce moment, le capitaine, s'appuyant au bras de Birger et soutenu par le mousse, sortait de sa chambre.

— Dépensière ! murmura Haraldson. Et désirant sauver du moins quelque chose du pillage, il s'empara d'une des deux bouteilles, et la serra précieusement dans un placard dont il avait la clé.

Birger présenta le capitaine Rosenberg à Haraldson qui l'accueillit avec civilité, puis à Erika qui arrivait par une autre porte, puis enfin à Gabrielle dont le visage se couvrit d'une rougeur modeste. Cette dernière se hâta d'approcher un fauteuil pour que le capitaine pût s'asseoir; car il se tenait difficilement debout.

— J'étais loin de prévoir, dit-il en regardant tour à tour la femme de Birger et Gabrielle, non, je ne prévoyais pas, lorsque la nuit dernière je m'endormais du sommeil de la mort, que je me réveillerais dans un véritable paradis, et au milieu des anges... Grâce à Dieu, à ce brave garçon, et à vos bons soins, je me trouve on ne peut mieux.

Le capitaine s'énonçait avec une politesse aisée qui partait du cœur. Ce qu'il disait était rehaussé par l'expression bienveillante de son sourire, par le timbre agréable de sa voix et par un regard vif et spirituel. Son ton et ses manières indiquaient qu'il avait fréquenté la bonne société. Dans son infortune, il parut encore plus attrayant à Gabrielle, quoique les habits de Birger, dont il était revêtu, fussent trop larges pour lui.

Carl Rosenberg avait vingt-cinq ans. Doué d'un courage qui allait jusqu'à la témérité, il était habile dans sa profession. Tout ce qu'il savait, il l'avait appris lui-même. Il avait perdu ses parens alors qu'il était encore dans la première jeunesse, et il était resté pauvre, sans famille et sans protecteurs. Son penchant l'entraînait vers la mer. Il avait grandi parmi des pêcheurs et des matelots (son père appartenait à cette dernière classe) : mais sa bonne mine, sa distinction naturelle, et son goût pour les aventures lui avaient aussi ouvert l'accès de plusieurs maisons notables. C'était là qu'il avait acquis cette politesse de langage et de manières qui lui seyait si bien. Dès l'âge de vingt-trois ans, un armateur lui avait confié le commandement d'un navire. Ce navire avait fait naufrage, mais l'équipage s'était sauvé, et l'on avait pu recueillir une partie de la cargaison. Cette fois, tout avait péri. Le malheureux jeune homme voyait ses espérances de fortune renversées peut-être pour jamais.

Ce coup terrible ne l'avait point abattu. Assis à table entre la femme de Birger et Gabrielle, il faisait honneur au déjeûner, et bien que, de temps en temps, il jetât un long regard sur la mer encore agitée, comme pour lui reprocher son malheur, il ne laissait pas de rire et de plaisanter avec ses hôtes.

— Capitaine! un verre d'eau-de-vie! prononça Birger; cela vous ragaillardira le cœur; et je vais vous donner l'exemple, car j'ai besoin de me réconforter. La besogne de ce matin a été rude.

— Voilà de l'eau-de-vie excellente! répondit le capitaine, après en avoir goûté; puis, élevant son verre, il contempla la liqueur avec l'œil d'un connaisseur.

— Et le vin! dit Gabrielle : le vin vieux de mon père ! vous le trouverez meilleur encore.

Et elle servit la bouteille sur la table.

— Comment! s'écria Erika en reconnaissant le cachet : votre père a donc permis que...

— Elle fait de moi ce qu'elle veut, répondit Haraldson... Allons, capitaine ! voilà une bouteille d'un vieux vin qu'un marchand des Indes occidentales m'a vendu, il y a plusieurs années. Nous en goûterons, et vous m'en direz votre avis.

En entendant leur père mentionner le marchand des Indes occidentales, Birger et Anton échangèrent un coup d'œil furtif ; le vin fut décanté et Gabrielle présenta de sa main au capitaine le verre destiné à celui-ci.

Rosenbert ne paraissait pas mépriser les bonnes choses. Il salua la jeune fille, et vida son verre.

— Sur ma parole! dit-il ensuite, ce vin est le meilleur que j'aie jamais bu dans ce royaume et ailleurs. Je serais tenté de croire qu'il date de l'époque où nos vaillans rois de la mer mettaient à contribution toutes les autres contrées. Oui , oui , un d'entre eux l'aura rapporté dans cette île comme sa part de butin : n'est-ce pas cela?

— Ah ! le bon temps, le temps des vikings est passé ! répondit Haraldson. C'était une race d'hommes qui ne ressemble en rien à celle d'aujourd'hui. Les vikings comprenaient la vie, j'en réponds. La mer était à eux. Ils savaient se procurer par leur courage tout ce qui leur manquait ; tandis qu'à présent, un pauvre smoggler...

Haraldson n'acheva pas sa phrase : il remplit son verre, et le vida. Birger gardait un sombre silence.

Le capitaine se tourna vers lui :

— La contrebande, dont parle votre père, lui dit-il, me semble une chose naturelle et presque excusable. C'est la conséquence des droits énormes dont on a frappé l'introduction des marchandises étrangères.

— Mais, répliqua Birger, sans ces droits, qui alimentent les revenus du gouvernement, la condition de notre pays serait pire encore. Nos produits éprouveraient une baisse de prix considérable, et le producteurs en souffrirait.

— Eh bien! pour être franc avec vous, remarqua le capitaine, je suis étonné d'entendre émettre une opinion pareille dans ces îles qui paraissent si favorables aux entreprises des fraudeurs. Je respecte toutes les convictions ; mais, quant à moi, j'ai vu la florissante ville de Hambourg, et je suis pour l'abolition des douanes et pour la liberté du commerce.

— Bien dit ! s'écria Haraldson évidemment charmé ; et il choqua son verre contre celui du capitaine.

Mais Rosenberg avait trop présumé de ses forces : bientôt il se sentit gagner par le frisson de la fièvre. Il fallut le reconduire à sa chambre et le mettre au lit.

— Un digne cœur de marin ! prononça Haraldson en le suivant des yeux. Un jeune homme qui a des idées vraiment libérales !

Gabrielle ne dit rien ; mais la noble figure, le courage et le malheur du capitaine avaient produit sur sa jeune imagination l'impression la plus vive.

CHAPITRE XVII.

Pendant plusieurs jours, la fièvre, qui s'était déclarée chez le capitaine Rosenberg, ne le quitta point. Il resta confiné dans sa chambre ; mais, quoiqu'il ne parlât pas de la perte de son navire, on voyait qu'il en était péniblement affecté, et qu'il était plus malade d'esprit que de corps. Dès qu'il sentit ses forces renaître, il rédigea pour ses armateurs un récit détaillé de son naufrage : ce triste devoir rempli, il parut plus calme, et se prêta mieux aux soins qu'exigeait sa guérison.

Peu à peu la fièvre diminua : cependant il ne fut pas facile de rendre au capitaine l'usage de ses jambes. Ses pieds avaient été presque gelés ; ce ne fut qu'au bout d'une semaine qu'il put se tenir debout et marcher depuis son lit jusqu'au parloir où se réunissait la famille, encore fallait-il qu'il s'appuyât au bras d'Anton et à celui du fidèle Peter. Il s'asseyait alors sur un canapé, et insinuait ses pieds dans de larges bottes en peau de veau marin, lesquelles lui servaient comme de cavalière.

Le capitaine trouvait cette place doublement agréable. Il avait devant lui le poêle dans lequel brûlait un bon feu, à sa gauche, une espèce de dressoir où l'on disposait les pipes, et, à sa droite, la table à ouvrage de Gabrielle. De cette manière, il était toujours près de la jeune fille ; car, pour une raison ou pour une autre, il choisissait invariablement le côté gauche du canapé.

Le reste de la famille se groupait autour de lui : Haraldson s'installait dans son grand fauteuil, s'occupant à tresser un filet de pêche ;

Anton, blotti au coin du poêle, lisait quelque vieux saga scandinave; Birger façonnait un meuble pour Erika ; Erika elle-même faisait tourner son rouet. Les soirées s'écoulaient ainsi dans des conversations amicales.

Mais, pendant les matinées, Birger partait ordinairement pour la pêche; Erika surveillait les opérations de la cuisine ; Haraldson se renfermait dans sa chambre ; Anton errait parmi les rochers; le capitaine Rosenberg et Gabrielle demeuraient seuls en tête-à-tête ; seuls, ils passaient presque tout le milieu de la journée. Le convalescent ne s'en plaignait pas; au contraire, il n'éprouvait de l'ennui que lorsque sa jeune compagne, mandée par Erika pour quelques travaux de ménage, était forcée de le quitter.

Jamais l'hiver n'avait été aussi gai à Tistelon. En dépit de la pluie et des frimas, les semaines paraissaient des jours, car tous les jours semblaient des fêtes. Le capitaine se résignait à vivre renfermé dans une chambre, lui qui était accoutumé au grand air et à l'existence d'un marin. Il est vrai que ses pieds n'étaient point parfaitement guéris. Quoi qu'il en soit, il ne parlait point de départ. Une couche épaisse de neige couvrait la terre; les glaces fermaient l'Océan; Rosenberg était donc comme emprisonné à Tistelon; mais sa prison lui était douce.

Un homme de cet esprit, de ce caractère et de cette figure, devait nécessairement plaire à une jeune fille inexpérimentée, telle qu'était Gabrielle. Elle ne se lassait pas de l'écouter. Le capitaine avait vu tant de choses! il avait visité tant de pays, affronté tant de dangers! elle trouvait, dans sa conversation, non seulement un charme infini, mais encore un profit réel. Quoique Rosenberg ne cherchât nullement à faire briller son éducation supérieure, il possédait une certaine habitude du monde ; il avait beaucoup acquis dans ses voyages, et il s'exprimait avec une facilité et une élégance que Gabrielle s'étudiait à imiter. Comparé aux hommes qu'elle avait vus jusque-là, il s'élevait presque aux proportions d'un héros de roman. D'ailleurs, tout le monde l'aimait à Tistelon. Birger, Erika, Haraldson, rendaient justice à ses qualités. Anton lui-même témoignait pour lui une sympathie singulière. Le capitaine avait fait la conquête du pauvre insensé en lui racontant quelques sagas sur les mystérieux habitans de l'Océan. N'était-il pas naturel que Gabrielle suivît l'entraînement général? pouvait-elle se défendre d'aimer celui que tous aimaient? songeait-elle seulement à s'en défendre?

De son côté, Rosenberg n'était point aussi calme, aussi exempt de

soucis et de chagrins qu'il affectait de le paraître ; sa longue inaction
commençait à lui peser. Il sentait qu'il ne pouvait rester plus long-
temps chez ses hôtes. Il craignait, en attendant le retour du printemps, de manquer l'occasion d'obtenir le commandement d'un autre
navire. Jusque-là, il avait mené la vie insouciante d'un marin, content du présent, et ne se préoccupant pas de l'avenir ; mais maintenant
il regrettait, pour la première fois, d'être pauvre. Il voulait devenir
riche.

— Vous voilà parfaitement rétabli, capitaine, lui dit Gabrielle, un
matin qu'il entrait dans le parloir, chaussé avec élégance, et marchant comme si ses pieds n'eussent pas été à moitié gelés.

— Parfaitement, répondit-il, et cependant, voyez mon ingratitude
pour tous les bons soins qu'on m'a prodigués : je regrette presque
d'être guéri ; car je vais être obligé de m'éloigner de Tistelon.

— Vous éloigner! s'écria la jeune fille au comble de la surprise ;
mais je croyais que l'hiver y mettait obstacle.

— Pas absolument. La santé m'est rendue. Je n'ai plus aucun prétexte pour prolonger mon séjour. Il faut que j'emploie le reste de
l'hiver à me procurer un emploi quelconque. Un capitaine sans vaisseau n'est rien. J'irai voir si les armateurs de Gottembourg seront disposés à me confier un autre bâtiment.

Pendant les deux mois que Rosenberg avait passés à Tistelon, jamais l'idée de son départ ne s'était présentée à l'esprit de Gabrielle.
L'annonce d'une prochaine séparation lui porta un coup aussi vif
qu'inattendu. Elle rougit, elle pâlit, et perdit tout à fait contenance.
Son trouble était trop grand pour échapper à un observateur désintéressé ; mais Rosenberg était lui-même extrêmement ému, et il ne
devina rien.

— Avez-vous parlé de votre résolution à mon frère... à Birger,
voulais-je dire ? balbutia enfin la jeune fille.

— Non, pas encore, répondit le capitaine ; je me propose de l'en
informer aujourd'hui, ainsi que sa femme... Au fait, ajouta-t-il en
souriant avec effort, je suis resté ici plus long-temps que je ne le
devais.

— Je conçois, répliqua Gabrielle, Tistelon est un endroit bien monotone, pour vous, surtout, qui avez vu tant d'autres pays plus beaux !

— J'ai trouvé à Tistelon ce que nul autre pays sur la terre n'aurait
pu m'offrir, répondit Rosenberg, d'une voix animée et avec un regard
expressif ; et j'emporte, en partant...

Le regard que Rosenberg avait jeté sur la jeune fille, elle ne l'avait

si rudes fatigues. Ces taches provenaient de ses doigts blessés et sai-
gnans.... Eh bien ! je fus assez enfant pour baiser avec ferveur toutes
ces empreintes... Depuis ce jour, je n'ai pas revu Joséphine. Je la re-
verrais sans danger ; le temps d'aimer n'est pas encore arrivé pour
moi. Si jamais une jeune fille réussit à me tourner la tête, je vous consulterai, ma mère , je consulterai mon digne ami, le lieutenaut , et je
ne ferai rien sans votre avis.... »

— Que Dieu le bénisse, le cher enfant ! s'écria fru Arnman quand
elle eût achevé de lire : Arvid est aussi innocent que le jour où il nous
a quittés. Mais, quand il viendra ici , je lui dirai mon opinion sur fru
Carlmark et sa fille. Je n'aime pas beaucoup sa liaison avec elles. Ce
sont des personnes fort respectables, sans doute, et très dignes d'intérêt ; mais cela n'a pas d'idée, voyez-vous, lieutenant, cela n'a pas
d'idée. Voilà des femmes qui s'exténuent à travailler , sans que rien
leur réussisse. Elles ne savent pas mener les affaires de ce monde. Je
me souviens que la mère était très sentimentale. Sa fille lui ressemble
probablement. Je veux pour Arvid une femme plus entendue , plus
gaie, plus active , qui le seconde, et gouverne comme il faut son ménage... N'êtes-vous pas de mon avis, lieutenant ?

— Mais , oui , répondit le vieillard , un peu fatigué de cette longue
lettre , dont il avait oublié le commencement et compris à peine la fin.

Fru Kathrina s'aperçut qu'il avait besoin de repos. Elle l'aida à regagner sa chambre , et l'invalide, se laissant tomber dans un grand
fauteuil, ne tarda point à s'assoupir. Fru Kathrina , le voyant endormi
d'un sommeil paisible, revint s'asseoir devant son rouet. Tout en filant,
elle entretint sa servante Annika du retour prochain d'Arvid ; et des
belles espérances qu'il faisait concevoir.

— Comme les filles du Shargord ouvriront de grands yeux quand
elles le verront ! s'écria la fidèle domestique qui partageait le sentiment
d'orgueil maternel de sa maîtresse.

— Oui, répartit fru Kathrina : elles ouvriront de grands yeux ; mais
Arvid n'est pas pour elles. Arvid peut prétendre à une femme belle,
bonne et riche. Aucune d'elles ne réunit ces qualités.

— On dit cependant que la Rose de Tistelon, comme on l'appelle,
est une merveille de beauté. Quant à la richesse, son père.....

— Pas un mot là-dessus ! interrompit vivement fru Kathrina. Je
déteste cette famille... et, je vous prie, Annika, lorsque Arvid sera
ici, ne parlez, en sa présence , ni de lis , ni de roses. Je vous le recommande expressément.

Annika promit d'obéir à cette injonction , dont elle cherchait en vain la cause, et Fru Kathrina, demeurée seule, charma ses instans en bâtissant, pour son fils, une foule de châteaux en Espagne.....

À quelques mois de là, le petit village où résidait fru Kathrina était tiré de son calme habituel par un événement inattendu. Ce n'était rien moins que la présence de deux jeunes gens, dont l'un avait déjà atteint l'âge d'homme, et dont l'autre semblait encore appartenir à l'enfance. Les pêcheurs et leurs femmes mettaient la tête aux étroites lucarnes de leurs maisons, et échangeaient maints commentaires sur l'arrivée de ces deux étrangers.

— Est-ce que le plus grand serait le fils de fru Arnman? demanda une vieille matrone à sa voisine : il paraît qu'elle compte le voir un de ces jours.

— Le fils de fru Arnman! répliqua l'autre : laissez donc : ce ne peut être Arvid. Celui-ci a l'air d'un monsieur. M'est avis que c'est l'inspecteur de Gottembourg, ou quelque gros poisson de ce genre, un personnage important, quoi!

Pendant ce temps-là, fru Arnman vaquait tranquillement aux soins de son ménage, se doutant peu qu'en ce moment son cher Arvid fût si près d'elle. Elle l'attendait dans un délai très court ; mais le jour de son arrivée n'avait point été fixé. Aussi, quand il ouvrit la porte, ne trouva-t-il que la vieille Annika qui s'occupait à étendre une nouvelle couche de sable sur le plancher.

— Bonjour, ma chère Annika! lui dit Arvid en lui prenant cordialement la main. Toujours active et bien portante! Je suis charmé de vous revoir.

Annika, en reconnaissant son jeune maître, laissa échapper le panier qu'elle tenait, et joignant les mains :

— Seigneur! s'écria-t-elle..... Maîtresse! voici monsieur Arvid! Monsieur Arvid est ici..... Comme il est devenu grand! Ah! que ma maîtresse sera contente !

Elle allait proférer d'autres exclamations de surprise et de joie, lorsque la porte s'ouvrit brusquement. Fru Kathrina se précipita les bras tendus vers Arvid. La mère et le fils demeurèrent long-temps confondus dans une douce étreinte.

Pendant qu'ils se livraient à ces transports, maître Lars, car c'était lui qui accompagnait Arvid, jetait des regards effarés autour de lui. Il touchait du doigt les plantes balsamiques qui ornaient la fenêtre, et, ayant aperçu une belle plume de paon sur le manteau de la cheminée, il s'en empara sans façon et en décora sa casquette. Ce fut le premier objet que vit fru Kathrina en se retournant. Elle porta aussitôt les yeux à la place qu'occupait de temps immémorial la plume en question, et ne l'y trouvant pas, elle ramena son regard sur l'intrus qui s'en était saisi. Maître Lars, un peu embarrassé, salua la matrone, et pria Arvid de le présenter.

— Lars s'est déjà installé chez vous, comme s'il était chez lui, ma mère, dit Arvid. Excusez-le... C'est le fils du collecteur. Ses parens me l'ont confié pour quelques semaines. Je suis sûr que vous lui direz qu'il est le bien-venu.

— Le fils du collecteur ! s'écria fru Kathrina. Oui, certainement, il est le bien-venu ! Tout ce qui est ici est à sa disposition. J'espère qu'il s'habituera à notre genre de vie... Mais vous devez avoir faim, et, dans l'excès de mon bonheur, j'oublie de faire servir le dîner... Arvid, le lieutenant dort encore. Je crois qu'il vaut mieux ne pas l'éveiller, et différer pour lui l'émotion de la surprise jusqu'au moment où il viendra pour le café.

Arvid ayant approuvé cette sage mesure, fru Kathrina sortit pour presser les apprêts du repas, laissant son fils seul avec maître Lars. Arvid s'assit sur un canapé antique, à la place que son père aimait à occuper, quand il l'attirait sur ses genoux, et lui contait quelques histoires de voyages. Ce souvenir lui arracha quelques larmes, et il allait poursuivre ses rêveries, lorsque maître Lars l'interpella d'une voix dolente.

Il est bon de dire ici que la femme du collecteur avait cru devoir utiliser, en faveur de son fils, le congé accordé à Arnman, en priant celui-ci de vouloir bien se charger de l'enfant. Lars, disait-elle, était d'une santé délicate. Une excursion au bord de la mer lui ferait beaucoup de bien. D'ailleurs, c'était un compagnon si amusant ! Arvid n'avait pu, par bienséance, se soustraire à cette corvée, quelque désagréable qu'elle lui fût d'ailleurs.

— Mais, au nom du ciel ! s'écria maître Lars avec un accent marqué de détresse, qu'allons-nous devenir ici ? A quoi emploierons-nous notre temps ?

— Nous pêcherons ; nous donnerons la chasse aux veaux marins ; nous nous promènerons sur les rochers. Soyez tranquille, vous ne manquerez pas d'amusemens.

— Mais tout ce que je vois est si étrange ! Ce mobilier, cette maison, ce village !...

— Vous vous y habituerez.

— C'est que je suis venu ici pour m'amuser : vous avez promis à maman de faire tout votre possible pour me procurer du plaisir...

— Certainement, et j'ai promis à votre père de vous corriger quand il vous arriverait d'être impertinent... Je tiendrai ma double promesse, entendez-vous?

Maître Lars, qui comprit la menace, commençait à regretter d'avoir quitté la protection de sa mère et de s'être livré à la merci d'une famille étrangère, chez laquelle il mourrait probablement d'ennui et de faim ; car cette vieille maison et ces vieux meubles ne lui semblaient pas présager un ordinaire bien confortable. Il fut donc très agréablement surpris, lorsque fru Arnman reparut chargée d'un plat où figuraient deux beaux canards sauvages, lesquels répandaient une odeur tout à fait appétissante. Les canards étaient accompagnés d'un plat de pommes de terre bien cuites à point. Le tout était servi avec une propreté qui en relevait la saveur, et qui charmait d'abord les yeux en provoquant l'appétit. Maître Lars s'était attendu à manger de la raie séchée, des crabes et autres mets du même genre. Ses yeux brillèrent de joie et d'impatience, et il se montra très poli pour fru Kathrina.

Son étonnement augmenta encore lorsque vinrent les crêpes et le café. Les crêpes et le café étaient le triomphe de fru Kathrina, le café surtout, ce nectar des vieilles femmes, et à la confection duquel elle mettait tous ses soins, pour l'amour de l'art d'abord, et ensuite pour l'amour de la chose ; car la digne matrone était folle de cette liqueur. Majestueusement assise dans son grand fauteuil, elle versa à ses convives ce glorieux produit de son industrie, et but une pleine tasse à l'heureux retour d'Arvid. Arvid était assis en face d'elle. Avec quelle complaisance elle reposait sur lui ses yeux! Comme elle le trouvait grandi et embelli! Comme elle jouissait d'avance de la surprise qu'allait éprouver le lieutenant!

Askenberg arriva à son heure accoutumée. Il entra faible et chancelant, ayant à peine la force de s'étonner et de s'émouvoir de rien. Arvid courut à sa rencontre, et il le conduisit doucement vers le canapé. Quand le vieillard se fut assis, il considéra en silence, et avec attendrissement, le visage de son pupille. Arvid, de son côté, remarquait avec chagrin les ravages que le temps avait opérés chez cet excellent homme. Il comparait son air de décrépitude avec la florissante santé de fru Kathrina, et il ne pouvait s'expliquer cette différence entre deux personnes du même âge.

— Je devine à quoi vous pensez, mon garçon, lui dit enfin l'invalide ; je vous fais l'effet d'un vieux mât que la foudre a cassé, et qu'on a dépouillé de ses agrès, en attendant qu'on le jette par dessus bord..... Que voulez-vous? chaque chose a son temps. J'ai eu le mien.....

Mais , que dites-vous de votre mère? N'est-il pas vrai qu'elle rajeunit?

— C'est vrai ! répondit Arvid, et que le ciel en soit loué !..... Mais vous, mon digne ami....

— Moi, Arvid? mes vieux yeux se réjouissent de vous voir, et je crois que cela me rajeunira aussi.

Après le café, Arvid prit place sur le canapé, entre le lieutenant et sa mère, et il leur donna, sur sa vie passée et sur sa position actuelle, tous les détails qu'ils désiraient savoir ; puis il commença lui-même une longue série de questions, s'informant des divers événemens qui s'étaient accomplis dans le voisinage pendant son absence, des morts, des naissances et des mariages qui avaient eu lieu.

— Et ma jolie petite Rose! s'écria-t-il comme frappé d'une idée soudaine, ma Rose de Tistelon , qu'est-elle devenue? Il faut pourtant que je lui fasse la visite que je lui ai promise. Comme elle doit être jolie à présent !

La figure épanouie de fru Kathrina s'était rembrunie aussitôt.

— Quoi, Arvid! dit-elle d'un ton sérieux , vous pensez encore à vos enfantillages d'autrefois? Je croyais que depuis long-temps cela vous était sorti de la tête.

Ecoutez donc, mère ! répliqua Arvid avec enjouement , on n'oublie pas si vite une jolie fille... Mais je vois que vos dispositions à l'égard de cette famille n'ont pas changé.

— Non. C'est à l'occasion de ces smogglers que votre brave père a péri. Quant au reste, Dieu sait et juge... Mais je n'oublierai jamais le regard de méchanceté et de triomphe que me lança ce vieux requin de Haraldson, le jour où j'allai lui demander des nouvelles de la pinasse.

— Mais, objecta Arvid d'un ton de déférence, il paraît que les gens de Tistelon se sont amendés. On n'entend dire que du bien d'eux.

— Sans doute! répondit la matrone inflexible. Depuis leur grande expédition de contrebande , celle qui a coûté la vie à votre père , ils vivent en honnêtes gens... Dieu sait comment et pourquoi!

— Le mariage de Birger aura produit cette amélioration. Birger a épousé une excellente femme qui l'a ramené dans la bonne voie.

— Elle avait beaucoup à faire pour cela ! Maintenant , comment une telle femme s'est-elle alliée à un tel homme?

— Ne parlez-vous pas de Birger Haraldson ? interrompit Askenberg qui se réveilla de l'assoupissement où il s'était laissé tomber... Birger Haraldson !... mais c'est un brave garçon , un bon marin... et qui sait hasarder sa vie pour secourir les marins en détresse... témoin le capitaine de ce schooner naufragé... Était-ce un schooner ou un brick ?...

Quoi qu'il en soit, Birger a sauvé le capitaine... et le capitaine va, dit-on, épouser sa sœur... là... la... n'importe comment on la nomme; mais, c'est un joli nom, après tout...

Et le bon lieutenant s'assoupit de nouveau.

Arvid avait écouté ces phrases incohérentes avec le plus vif intérêt. Il pressa sa mère de questions, et, à force d'instances, il arracha d'elle l'histoire du naufrage de Rosenberg, l'histoire de ses amours avec Gabrielle, enfin, l'histoire du mariage projeté entre les deux jeunes gens.

— Au surplus, ajouta fru Arnman, qui semblait vouloir rejeter pour Gabrielle la possibilité d'une alliace honorable, ce mariage n'est pas fait. La fille n'est qu'une enfant. Ce capitaine n'a rien, dit-on : s'il l'épouse, c'est sans doute pour la dot... En un mot, ils ne sont pas encore mariés.

La conversation en resta là sur ce sujet ; mais, le soir, lorsqu'Arvid se fut retiré dans sa chambre, il ne put penser à autre chose, et l'image de Gabrielle ne cessa de le poursuivre.

La journée du lendemain se passa en visites qu'Arvid rendit à ses voisins et à ses anciennes connaissances. Maître Lars, qui l'accompagnait dans ces courses, s'émerveillait de le voir rester assis pendant des heures entières dans de pauvres cabanes, causant avec les pêcheurs, leurs femmes et leurs enfans, grave et sérieux avec les uns, affable et caressant avec les autres. Aux vieillards et aux femmes, Arvid donnait quelques rouleaux de tabac, quelques pièces d'étoffes : il avait pour les enfans des figues, des noix, des sucreries, et ces petits sauvages, après avoir reçu la part qu'il leur avait destinée, parcouraient le village en poussant des cris de joie et en bondissant.

Maître Lars s'amusa fort peu ce jour-là ; mais, le jour suivant, Arvid l'emmena avec lui pour pêcher et chasser le veau marin. Le fils du collecteur prit goût à ces exercices, et il commença à croire que la vie qu'on menait sur la côte du Shargord n'était pas si ennuyeuse. Elle était, de plus, extrêmement confortable. En revenant de leurs expéditions, Arvid et maître Lars trouvaient toujours un repas substantiel que leur servait Annika, du café excellent préparé par les mains de fru Arnman, et quelques bonnes histoires que leur racontait Askenberg. Maître Lars ne regrettait plus le séjour de la maison paternelle.

Il arriva qu'Arvid eut occasion de faire un petit voyage à Marstrand, toujours en compagnie de son élève. Au retour, il passa en vue de l'île de Tistelön. Il distingua la maison qu'habitait Gabrielle, et, même, les rideaux verts qui ornaient les fenêtres de sa chambre... Il lui prit un furieux désir de s'acquitter enfin de cette visite qu'il avait promise quel-

ques années auparavant... L'occasion était favorable. Se représenterait-
elle une seconde fois? ne fallait-il pas la saisir?... — Fru Kathrina n'en
serait point informée... Maître Lars ne songerait pas à en parler : d'ailleurs, on pourrait lui recommander le secret... Arvid était violemment tenté de mettre le cap sur l'île de Tistelon ; mais bientôt il réfléchit que ce serait donner un mauvais exemple à maître Lars, qu'on
ne pouvait compter sur la discrétion de cet enfant, et qu'il ne devait pas,
lui, former aucune intimité avec une famille que détestait sa mère.

Pendant qu'Arvid se livrait à ces réflexions, la barque, poussée par un
vent frais, continuait sa course. L'île de Tistelon s'effaçait dans l'éloignement. Arvid n'en détachait pas les yeux.

— Non, dit-il avec un soupir, je ne conçois pas pourquoi ma mère,
si judicieuse et si bonne, nourrit de telles préventions. C'est une injus-
tice ! c'est une cruauté !

En débarquant à la jetée, Arvid et maître Lars furent reçus par fru
Kathrina... Si fru Kathrina avait su que, dans cette circonstance, maître
Lars avait joué le rôle d'un ange gardien, elle aurait certainement
remercié la femme du collecteur de l'avoir donné pour compagnon à
Arvid.

Il y avait un sujet de conservation que la mère et le fils semblaient
craindre d'aborder, bien qu'il fût souvent présent à leur pensée: c'était
Joséphine. Fru Carlmark était morte. Fru Arnman l'avait appris par
une lettre d'Arvid. Mais il ne lui avait pas mandé que, touché de
l'abandon où la pauvre orpheline allait se trouver, il avait fait espérer
à celle-ci que leur maison lui servirait de refuge. C'était une négocia-
tion délicate qu'il s'agissait d'entamer, d'autant plus que fru Kathrina,
dans sa correspondance, ne s'était jamais montrée bien disposée en
faveur de fru Carlmark et de sa fille.

Aux premiers mots qu'il hasarda sur ce sujet, la matrone se récria
vivement :

— Dieu me bénisse ! mon enfant, lui dit-elle, à quoi songez-vous?
Prendre avec moi cette Joséphine ! en ai-je les moyens? Sommes-nous
assez riches pour cela? Dieu sait que, si je le pouvais, je ne demanderais pas mieux que de venir en aide aux affligés, mais...

— Mais, nous ne sommes pas si pauvres ! interrompit Arvid en
s'enhardissant. Joséphine est une excellente ouvrière. Lorsque vous
n'aurez pas d'autre besogne à lui donner, elle confectionnera des vêtemens pour toutes les pauvres femmes du village : sur le profit que vous
en tirerez, elle fournira à son entretien. Joséphine est habituée aux

privations. Le peu qu'elle trouvera ici lui semblera du luxe en comparaison de son genre de vie ordinaire.

— Tout cela peut être vrai! répliqua la veuve; mais il y a d'autres considérations, et, pour être franche avec vous, Arvid...

Fru Kathrina n'osait pas, ou ne voulait pas être franche, car elle s'interrompit, comme pour se donner le temps de réfléchir. Arvid comprit ce qui l'occupait, et il alla résolument au devant d'une explication devenue inévitable.

— Voyons, mère, lui dit-il, vous me croyez amoureux de Joséphine, et vous redoutez sa présence ici. Vous vous refusez à une bonne action que vous feriez sans cela.

— Eh bien! répondit fru Kathrina, quand j'aurais, en effet, cette idée, n'est-ce pas mon devoir de vous détourner d'un mauvais mariage?

D'un mauvais mariage! Vous ne connaissez pas seulement la jeune fille dont il s'agit!... Si je l'aimais d'amour, sa pauvreté lui ôterait-elle toutes ses bonnes qualités? m'empêcherait-elle de l'épouser? Ne serais-je pas heureux avec une telle femme?... Songez donc que, dans le poste que j'ambitionne, il n'est pas besoin de richesses; mais il n'est pas question d'amour ni de mariage entre Joséphine et moi; nous sommes comme frère et sœur, et voilà tout.

Fru Kathrina ne semblait pas encore convaincue; elle hocha la tête en signe de doute. Arvid lui prit la main, et la regardant tendrement:

— Allons, mère, dit-il, faites cela pour l'amour de moi. Accordez-moi ma demande, parce que j'ai cédé à vos désirs et qu'en passant près de Tistelon je me suis défendu de la tentation d'y aborder.

— Eh bien! proféra la matrone entièrement subjuguée par cet appel: il en sera ce que vous voudrez, mon enfant. Envoyez-moi Joséphine; cette maison sera la sienne.

— Vous êtes la meilleure des mères! s'écria Arvid au comble de la joie..... Un autre raison que j'oubliais: notre bon Askenberg décline rapidement. Si sa vie se prolonge, sa lucidité d'esprit ne lui sera pas long-temps conservée: eh bien! Joséphine vous tiendra compagnie en attendant que je revienne auprès de vous.

Fru Kathrina, dans le fond de son cœur, reconnut que son fils était aussi tendre que sensé. Et pourtant, cette conversation l'avait attristée. Tous les châteaux en Espagne qu'elle avait bâtis se trouvaient renversés! Arvid, dans le choix d'une femme, n'avait que des prétentions modestes. Pauvre fru Kathrina! elle avait rêvé tant de belles choses pour lui, et il se contentait de si peu!

Le mois de congé qui avait été accordé à Arvid s'écoula rapidement. Bientôt il fallut se séparer de nouveau.

— Nous ne nous reverrons sans doute plus dans ce monde, mon enfant! dit Askenberg en prenant dans ses mains tremblantes les mains de son pupille. Que la volonté de Dieu soit faite!

— Nous nous reverrons encore, mon digne et excellent ami! répondit Arvid avec émotion : Dieu ne me privera pas si tôt de celui qui a été un second père pour moi.

Pendant ces adieux, maître Lars avait pris les devans; arrivé au bateau, il contemplait de loin la contenance d'Arvid, de sa mère et du lieutenant; il observait l'expression de leurs visages, et les regards pleins de tendresse qu'ils échangeaient. Maître Lars, fort peu sensible de son naturel, fut touché de ce qu'il voyait. Il revint sur ses pas et se jeta au cou de fru Kathrina.

— Dieu vous bénisse, mon cher monsieur Lars! lui dit la matrone, surprise et attendrie de cette démonstration. Puissiez-vous être pour votre mère ce que mon Arvid est pour moi!

Je tâcherai! répondit maître Lars, et il courut prendre sa place dans le bateau. Arvid ne tarda pas à le joindre. Quelques minutes après, ils voguaient sur les eaux profondes de l'Océan.

CHAPITRE XX.

Par une belle soirée du mois d'août, Gabrielle se tenait assise à sa fenêtre, contemplant les rayons de la lune qui se jouaient sur la surface tranquille des eaux. On n'entendait d'autre bruit que le bruit monotone du ressac, et, parfois, quelques sons plaintifs qui se mêlaient à la voix solennelle de l'Océan. La jeune fille, prêtant l'oreille, reconnut la chanson favorite d'Anton. Bientôt, en effet, les sons devinrent plus distincts, et elle aperçut l'idiot qui manœuvrait une petite barque à l'extrémité de la jetée. Il chantait, comme d'ordinaire, la chanson du Necken :

> Je ne suis pas un chevalier,
> Un chevalier de cette terre, etc.

— Je ne sais pas comment j'ai pu aimer cet air-là, se dit à elle-même Gabrielle, tandis que les sons s'affaiblissaient de nouveau et se perdaient dans le lointain... Maintenant il m'attriste, et mon frère, avec ses hallucinations, me fait peur.

Les idées de Gabrielle ne tardèrent pas à prendre un autre cours. Birger et sa femme, qui s'étaient rendus à la foire de Gottembourg, pour leurs emplettes de l'année, étaient attendus cette nuit même, ou le lendemain au matin. Gabrielle se faisait jadis une fête de les accompagner, et, long-temps d'avance, elle se préparait à ce voyage. Mais, cette fois, elle s'était obstinée à garder le logis. Elle eut le loisir de regretter son opiniâtreté, et elle en était cruellement punie par l'impatience et l'anxiété qu'elle éprouvait. C'est que Birger, avant de partir, avait reçu du capitaine Rosenberg une lettre annonçant qu'il arriverait probablement à Gottembourg vers cette époque, et qu'il en repartirait au bout d'une quinzaine, cet intervalle de temps lui étant nécessaire pour effectuer le chargement du vaisseau qu'une maison de commerce lui avait confié. Rosenberg était-il arrivé à Gottembourg, suivant sa promesse? Birger et Erika l'avaient-ils vu? Apportaient-ils de ses nouvelles? Voilà ce que Gabrielle brûlait d'apprendre.

Certes, le meilleur et le plus court moyen eût été, pour la jeune fille, d'accompagner ses amis à Gottembourg. Elle en avait eu d'abord la pensée. L'idée de revoir Rosenberg et de passer avec lui quelques jours la remplissait d'allégresse: elle ne songeait plus, comme les années précédentes, aux merveilles des boutiques, aux richesses des magasins, à la toilette brillante des dames, etc., toutes choses qui captivaient son imagination: elle ne songeait qu'au bonheur de se retrouver avec le capitaine, et elle ne cessait de presser les préparatifs du voyage; mais, la veille du départ, comme elle s'occupait avec Lena à fermer ses malles et ses cartons, Lena lui dit sans malice apparente:

— Dieu me bénisse, Ella! comme le capitaine sera content de ce que vous allez le voir!

— Que dis-tu? s'écria la jeune fille en se redressant et le visage en feu: quelle est cette idée? T'imagines-tu que je vais à Gottembourg uniquement pour l'amour du capitaine?

— Dieu me bénisse, mamselle Ella! répondit Lena avec la même franchise: il n'y aurait pas de mal à cela, et, puisque vous aimez le capitaine...

— Il n'y aurait pas de mal! interrompit Gabrielle: non: mais il n'y aurait pas assez de fierté de ma part... Aller à Gottembourg pour le voir!... Je n'irai pas.

— C'est impossible, Ella, vous n'aurez pas le cœur d'exécuter cette résolution..... Là! voyez comme elle se monte la tête pour un mot! Si j'avais un amoureux, et Dieu sait que Peter...

— Assez, Lena! laisse-moi: demain nous déferons mes malles; car je suis très décidée à rester à la maison. Maintenant, je n'ai plus besoin de toi.

— Mon Dieu! mon Dieu! dit Lena en se lamentant, a-t-on jamais ouï parler d'une chose pareille! Pour un seul mot que j'ai prononcé... et je n'y entendais pas malice!... Que maudite soit ma langue!

— Folle! répondit Gabrielle en la poussant doucement vers la porte, je ne t'en veux pas : au contraire, tu m'as rendu service en m'ouvrant les yeux.

Lena sortit désolée, et Gabrielle se mit à réfléchir. Quoi! on interprétait ainsi l'objet de son voyage! On se disait que, pour l'amour seul du capitaine... Mais le capitaine aurait peut-être la même idée!... Lui qui avait refusé de passer l'hiver à Tistelon, et dédaigné la galiote comme trop au dessous de ses prétentions, il s'imaginerait que la fille de Haraldson venait exprès pour le voir!...

— Non, non, capitaine! s'écria Gabrielle en parcourant sa chambre à grands pas, je ne vous donnerai pas sur moi cet avantage : j'ai autant de fierté que vous, et je vous le prouverai...

Et, le lendemain, Gabrielle avait annoncé sa détermination à Birger et à Erika. Ceux-ci, fort étonnés d'un tel caprice, s'étaient efforcés de le vaincre par les plus vives instances et les meilleures raisons. Mais Gabrielle était demeurée inébranlable. Son courage n'avait fléchi qu'en voyant la barque, qui devait la transporter à Gottembourg, s'éloigner d'un sillage rapide, en présentant à la brise sa voile blanchissante. Alors, Gabrielle avait poussé un soupir de regret; mais il était trop tard. Elle était seule.

La semaine qui suivit lui parut d'une longueur mortelle. A la fin, une barque de pêche, arrivant de Marstrand, lui apporta une lettre de Birger, annonçant son prochain retour. L'heure qu'il avait fixée était venue; dès le commencement de la soirée, Gabrielle, dévorée par une fièvre d'impatience, s'installa à sa fenêtre, promenant des regards avides sur tous les points de l'horizon; mais l'horizon se rétrécissait peu à peu; la nuit s'avançait avec son cortége d'ombres mystérieuses. Vainement la jeune fille cherchait-elle à percer les ténèbres épaisses qui enveloppaient l'Océan... elle ne voyait rien.

Vers minuit, un bruit de rames la tira de sa rêverie. Une petite barque parut tout à coup sortir du sein des flots et s'arrêta devant la jetée. C'était la barque d'Anton. L'idiot revenait de faire sa promenade accoutumée parmi les roches qui hérissaient la côte.

— Rentre dans ta chambre, Ella! cria-t-il à sa sœur. Ne les attends plus cette nuit, la mer est trop calme : nous ne les reverrons que demain à l'instant de la marée.

— Pourquoi es-tu resté si tard dehors ? lui demanda Gabrielle.

— Je suis allé visiter ceux qui sont sous l'eau, répondit Anton en lui montrant la mer.

— Écoute-moi, frère, j'ai à t'avertir d'une chose : tu n'es pas Necken. Necken n'a jamais existé. D'ailleurs, on supposait qu'il habitait les fleuves, et non pas l'Océan ; ainsi ta légende et ta chanson n'ont pas le sens commun... Adieu et bonsoir !

Laissant Anton tout étourdi de cette brusque déclaration qu'elle lui avait faite dans l'excès de son désappointement, Gabrielle se mit au lit. La fatigue d'esprit et de corps qu'elle avait éprouvée pendant tout le jour ne tarda pas à la plonger dans un sommeil profond. Quand elle se réveilla, la matinée était déjà avancée. En ouvrant les yeux, elle aperçut, au pied de son lit, Erika qui la regardait en souriant.

— Quoi ! c'est vous ! s'écria la jeune fille étonnée et ravie : vous êtes de retour !

— Oui, répondit Erika : mais vite, debout ! voici l'instant du déjeûner. Je vous quitte.

— Une minute ! s'écria Gabrielle en la retenant par la robe. Mon Dieu ! que vous êtes pressée ! J'ai tant de choses à vous dire !... Vous êtes-vous bien amusée à Gottembourg ?... et... avez-vous...

— Je vous conterai tout cela plus tard ! répliqua la jeune femme en s'échappant : hâtez-vous de vous habiller.

Jamais Gabrielle ne s'était acquittée plus à contre-cœur et plus maladroitement des soins de sa toilette. Sa longue chevelure, surtout, s'embarrassait dans le peigne et refusait d'obéir aux mains impatientes qui la tordaient avec une précipitation par trop négligée. Enfin, la jeune fille en vint à bout. Jetant un petit mouchoir de coton sur ses épaules, en trois bonds elle franchit l'escalier et entra dans le salon.

Le capitaine Rosenberg la reçut dans ses bras.

Il serait impossible d'exprimer la joie et le ravissement de Gabrielle. Rosenberg avait, en effet, obtenu le commandement d'un navire : mais ce navire ne devait mettre à la voile que dans les premiers jours de l'hiver. Le capitaine pouvait disposer de son temps jusqu'à cette époque, et il venait le passer à Tistelon, auprès de celle qu'il regardait comme sa fiancée. Déjà un premier voyage, dont l'issue avait été très avantageuse, avait relevé ses espérances de fortune : l'absence n'avait point diminué son amour. Ses yeux le disaient clairement à Gabrielle, et celle-ci ne demandait pas mieux que d'entendre leur lan-

gage et d'y répondre. Quelques promenades maritimes, faites en tête
à tête, augmentèrent encore l'intimité qui régnait entre les deux amans.
Le capitaine reprit sa place sur le canapé, et les longues causeries
recommencèrent. Ce furent d'heureux jours que ceux qui s'écoulèrent
ainsi jusqu'à Noël. Rosenberg, certain d'être aimé, partit de nouveau
pour Gottembourg ; mais il emportait du bonheur pour toute sa traversée. Gabrielle le vit s'éloigner sans répandre des larmes trop amères.
Ne devait-il pas revenir bientôt ? ne devait-il pas lui écrire ? l'époque
de leur mariage n'était-elle pas fixée ? dans deux ans, au plus, ne devait-elle pas être à lui ?

— Dans deux ans ! pensait-elle ; dans deux ans je serai sa femme !..,
Hélas ! il peut arriver tant de choses en deux ans !

CHAPITRE XXI.

« Mon cher Arvid, écrivait fru Kathrina à son fils, je vous souhaite
de joyeuses fêtes de Noël, et une bonne année remplie des bénédictions
du Seigneur. J'ai fait, comme d'ordinaire, une petite distribution de
pain aux plus pauvres habitans du village, et me voilà tranquillement
assise dans ma chambre et occupée à vous écrire.

» Notre bon lieutenant est tel que vous l'avez laissé. Sa santé n'empire point, mais son esprit baisse de jour en jour. Je me réjouis d'avoir
la compagnie de Joséphine. Elle s'entend mieux que moi à distraire le
pauvre vieillard. C'est une excellente fille, et je m'applaudis de l'avoir
retirée chez nous. Sa présence ne m'est point à charge : j'y étais préparée, et j'avais fait cuire une plus grande provision de pain pour la
recevoir (1).

» Je vous dirai, entre nous, Arvid, que ce n'est point là la femme
qui vous convient. A Dieu ne plaise que je lui reproche sa pauvreté !
non : cette considération mondaine n'est cependant pas à négliger ;
mais j'ai remarqué que Joséphine n'a pas assez d'idées : cela n'est pas
assez vif, pas assez éveillé. Il vous faut une autre femme. Vous m'ob-
jecterez que je me précautionne de trop loin contre l'avenir. Très bien,
Arvid ! j'ai mes raisons pour cela. Quand vous vivrez sous le même
toit que la jeune fille, et que vous la verrez tous les jours, vous aurez
besoin de vous rappeler mes avis, et c'est pourquoi je vous les donne
d'avance.

(1) Le pain qu'on mange chez les paysans suédois est du pain de seigle. On
le fait très épais et très dur : cette provision se renouvelle trois fois par an.

» Dès sa plus tendre enfance, Joséphine a été en butte au malheur, et le malheur a amorti ses facultés, abattu son esprit et son corps. De là cette tristesse et cette pâleur dont elle ne se guérira point. Elle parle peu et ne rit jamais. Quoi que nous fassions, Annika et moi, pour l'égayer, nous perdons notre peine. Quand je lui demande si elle n'est pas malade, elle me répond qu'elle se porte bien, qu'elle est heureuse et contente : heureuse et contente ! Si je n'avais pas plus de force de caractère, je deviendrais triste, rien qu'à la regarder.

» Mais en voilà assez sur nos affaires domestiques. J'arrive au nouvelles que j'ai à vous mander.

» Mon cher enfant, l'homme propose et Dieu dispose. Vous savez que je n'ai jamais aimé cette famille de Tistelon : je vous l'ai manifesté souvent. Je craignais que vous ne prissiez de l'inclination pour la fille du vieux smoggler, et, je vous le dis, Arvid, c'eût été un véritable crève-cœur pour moi. Maintenant que votre mariage avec elle est impossible, car elle est fiancée, je dois vous expliquer la cause de mon aversion.

» Vous vous souvenez du jour où, en chassant le veau marin, le hasard vous fit rencontrer cette rose de Tistelon, comme on l'appelait dès cette époque : ce jour-là, je me tourmentai beaucoup de penser que vous l'aviez vue, qu'elle vous plaisait, que vous l'aimeriez peut-être : et la nuit, je ne pus dormir, j'entendais le mugissement des vagues ; je me retraçais cette tempête horrible, au milieu de laquelle avait péri votre père ; quoique éveillée, il me semblait voir le pauvre Arnman lutter sur sa pinasse, et disputer sa vie aux hommes et aux élémens conjurés.

» Deux heures s'écoulèrent de la sorte ; deux heures d'angoisses où je souffris tout ce que mon brave Arnman avait dû souffrir. A la fin, un lourd sommeil s'appesantit sur mes yeux, et, pour la première fois, mon mari m'apparut en rêve. Oui, c'était lui-même. Je le reconnus à l'instant. Il s'approcha de moi, me prit la main et me dit : — « Regarde, Kathrina, et pleure ! » — Je tournai la tête dans la direction qu'il m'indiquait ; mais, aussitôt, il se fit un grand changement. Vous et moi, Arvid, nous étions sur un bateau : nous nous rendions à votre noce. L'île de Tistelon était devant nous : une maison s'élevait près du rivage, à une fenêtre de cette maison était placée votre fiancée, la fille du smoggler ! Elle se tenait froide et immobile comme une statue. Elle ne semblait pas nous apercevoir ; elle ne nous adressait aucun signe. Mais de grosses larmes tombaient de ses yeux ; et, en m'approchant, je reconnus que ce n'étaient pas des larmes : c'étaient des gouttes de sang !

» Tremblante, hors de moi, je détournai la tête avec horreur ; votre père avait disparu. J'entendis sa voix qui murmurait à mon oreille : — Thrina, ce sang que tu vois, c'est le mien ! » — Là-dessus je me réveillai en sursaut.

« Arvid, je me suis dit souvent qu'un rêve, une vision, ne signifie rien. Pensez, cependant, aux liens sacrés qui subsistent, même après la mort, entre une femme et son mari. N'était-ce point là un avertissement, que me donnait votre père, d'empêcher votre mariage avec la fille de Haraldson ? Je l'ai interprété ainsi, et maintenant je remercie le ciel d'avoir conduit les choses de manière à m'ôter toute inquiétude à cet égard.

« Le capitaine Rosenberg est revenu à Tistelon. Gabrielle est décidément sa fiancée. A son retour, il doit l'épouser.

« J'ai encore une nouvelle importante à vous apprendre. Dieu me pardonne la joie coupable avec laquelle je vous l'écris. Mais je ne prétends pas me faire meilleure que je ne suis. Sachez donc que l'officier des gardes de la côte, le successeur de votre père, est sérieusement malade. On désespère de le sauver. C'était un homme de bien, quoique peu capable d'occuper un poste si difficile. Il ne laisse ni femme ni enfans, ce qui rend ma faiblesse un peu plus excusable. Maintenant, Arvid, si le collecteur remplit sa promesse, ce poste ne sera pas longtemps vacant. Que Dieu vous protége, mon enfant, et puissé-je vous revoir bientôt ! »

Post-scriptum. — « Je rouvre ma lettre pour vous annoncer que l'officier est mort cette nuit. »

CHAPITRE XXII.

Au nord-ouest de Tistelon, par une sombre soirée du mois d'octobre, on pouvait distinguer, à une assez grande distance en mer, un petit navire qui semblait reposer sur ses ancres. Autant qu'un épais brouillard d'automne permettait d'en juger, la forme de ce navire était celle d'un schooner. Sa haute mâture, ses espars légers, son bau qui s'élevait peu au dessus de l'eau et la courbe effilée de son avant annonçaient, à l'œil exercé d'un marin, un de ces bâtimens fins voiliers qui sont taillés exprès pour la course, et qui étaient à cette époque beaucoup plus rares qu'aujourd'hui. Si l'on s'en fût approché de plus près, on aurait reconnu, à l'arrangement symétrique des voiles et des cordages, et au silence qui régnait à bord, que tout y était tenu dans l'ordre le plus parfait et la plus stricte discipline. Un homme jeune et fortement constitué se promenait sur le pont en marchant à grands pas. Malgré la violence du roulis, son pied était ferme et assuré. De temps en temps il s'arrêtait, et, s'appuyant aux bastingages, il cherchait à percer les ombres toujours croissantes de la nuit, comme s'il eût attendu quelque signal, ou quelque bateau venant du rivage. Puis, après un examen infructueux, il recommençait sa promenade en murmurant des imprécations.

— Que Dieu confonde ces misérables douaniers! s'écria-t-il à la fin: m'obliger à rester ici, sur mes ancres, par une soirée et un roulis pareils!... J'espère cependant que le vieux loup de mer ne s'est pas endormi et qu'il m'aidera à tromper le flair de ces fins limiers... Peter!

À cet appel, un jeune matelot de haute taille et d'une apparence robuste monta sur le pont, et attendit les ordres de son supérieur.

— Ma pipe! prononça celui-ci: qu'elle soit chargée et allumée!

— Oui, capitaine! répondit Peter; et il avait déjà franchi la moitié de l'escalier qui conduit à la cabine, lorsque le capitaine le rappela.

— Peter, lui dit-il, apportez-moi le livre qui est sur les tablettes, à côté de la porte: un livre avec une couverture de toile... Allumez une chandelle, et mettez-la dans l'habitacle, dont vous fermerez l'abat-jour.

— Oui, capitaine, répondit encore le docile Peter.

Quand ces divers ordres eurent été exécutés, le capitaine recommença à parcourir le pont de son navire en manifestant une vive impatience, et les yeux toujours tournés vers la côte.

Ce personnage n'était autre que Rosenberg. Après avoir touché à plusieurs ports de France, et transporté au Brésil une cargaison qu'il avait avantageusement vendue, il revenait en Suède avec un vaisseau richement chargé. Pressé de faire fortune, et voulant accélérer son mariage, il avait projeté de débarquer en fraude ses marchandises. Il s'était concerté d'avance, à ce sujet, avec Haraldson, et le vieux smoggler avait promis de le seconder dans une tentative qui s'accordait si bien avec ses habitudes et ses goûts.

Cependant le signal que le capitaine attendait avec tant d'anxiété ne lui était pas donné. Le temps s'écoulait: le navire avait échappé heureusement, jusque-là, à la visite des douaniers; mais, d'un moment à l'autre, ils pouvaient l'apercevoir, et alors c'en était fait des espérances de Rosenberg; car il avait engagé dans cette expédition tout ce qu'il avait gagné précédemment. À la fin, il distingua sur le rivage une lueur vacillante qui, après avoir brillé pendant moins d'une minute, s'éteignit aussitôt.

— Ah! ah! dit-il en posant sa pipe à côté de lui, et en prenant le livre qu'il avait envoyé chercher : nous allons savoir ce qui se passe là-bas.

Et il s'avança vers l'habitacle, afin de lire l'explication des divers signaux dont il était convenu avec Haraldson. Son contre-maître, qui, pendant ce temps-là, était monté sur le pont, s'approcha de lui.

— Cette lueur que vous voyez, lui dit Rosenberg, part de la maison de Haraldson. Maintenant, fixez vos yeux dans cette direction et observez avec soin. Si vous distinguez une lumière à deux des fenêtres, abaissez la toile sur l'habitacle, afin de ne pas donner l'éveil aux douaniers.

Quelques minutes s'écoulèrent ainsi, le contre-maître se tenant aux aguets, et Rosenberg consultant son livre de signaux.

— Ne voyez-vous rien, contre-maître? demanda ce dernier.

— Une lumière aux quatre angles d'une fenêtre.

— Au diable! c'est ce que je craignais... la pinasse de la douane est devant la jetée..... Regardez encore. Les lumières changent-elles de place?

— Ah! on abaisse les deux de dessus, et on les retire toutes.

— Bien! il nous faut rester où nous sommes et attendre qu'on nous avertisse... Que nos hommes descendent dans l'entrepont, à l'exception de Peter et du vieux Lutter qui demeureront à côté de moi pour exécuter mes ordres. Faites mettre en mer la grande chaloupe, et qu'on en garnisse les avirons. Enfin, qu'on monte ici les ballots, et qu'on les attache avec des cordes, de manière qu'ils puissent être chargés en un instant sur la chaloupe!

Le contre-maître s'éloigna, et Rosenberg, s'appuyant sur le cabestan, continua de surveiller l'endroit du rivage où les lumières avaient paru. Mais, malgré l'importance de l'affaire qui, en ce moment, réclamait toute son attention, ses regards et ses pensées ne laissaient pas de s'égarer par moment vers la place où devait se trouver certaine fenêtre dont la nuit et l'éloignement ne lui permettaient pas de distinguer les rideaux verts. Là, songeait-il, il y avait un cœur qui battait pour lui d'anxiété et d'amour : et il se représentait la chambre de sa fiancée, et sa fiancée elle-même attendant avec une inquiétude mortelle le résultat de son entreprise.

Il fut tiré de ses rêveries par le retour de son second qui vint lui annoncer que tout était prêt.

— Voilà encore les lumières qui paraissent, capitaine, ajouta le contre-maître.

— Eh bien ! voyons ce que nous dit le vieux loup de mer.

— Trois lumières en triangle.

— Bravo ! la pinasse de la douane a quitté la jetée..... Quoi encore?

— Quatre lumières placées ensemble.

— On ne peut mieux !... Qu'on descende les marchandises dans le bateau... regardez toujours : il s'agit de savoir sur quel point nous les débarquerons.

— Trois lumières à l'angle du sud !

— C'est à l'extrémité méridionale de l'île... A l'ouvrage et vivement ! Peter, apportez-moi ma peau d'ours et deux bouteilles de sherry, pour le cas où nous serions obligés de passer la nuit sur le bateau, ou au milieu des rochers... Contre-maître, soyez sur vos gardes pendant mon absence. Il se passe quelque chose là-bas, du côté de l'ouest. Si je ne me trompe, nous aurons une bourrasque dans le courant de la nuit. Dans ce cas, il faudra mouiller une seconde ancre à l'avant, et vous filerez autant de câble que vous pourrez, de manière que le schooner ait ses coudées franches.

Après avoir donné ces instructions à celui qui devait le remplacer, le capitaine saisit un bout de cordage et se laissa couler dans la chaloupe. Il s'assit au gouvernail et commanda de pousser au large.

La chaloupe, sous le jeu régulier de ses avirons, commença à glisser rapidement sur les longues vagues de l'Océan. L'obscurité était profonde ; mais le capitaine connaissait tous les gisemens de la côte ; il avait, tracée dans sa tête, la carte de l'île, et il se dirigea en droite ligne vers la pointe méridionale que lui avait désignée Haraldson.

Néanmoins, lorsqu'on eut ramé pendant près d'une heure, il craignit de s'être trompé et il interpella le vieux Lutter dont l'expérience était consommée.

— Lutter, lui dit-il, nous devrions, il me semble, distinguer déjà le bruit du ressac. Aurais-je gouverné trop au sud ?

— Non, capitaine, répondit le vieux matelot en détournant légèrement la tête et en appuyant avec vigueur sur son coup de rame, nous ne faisons pas fausse route ; mais, voyez-vous, la distance était considérable.

On continua de ramer en silence. Bientôt on put distinguer le bruit des lames qui se brisaient contre les rochers, et, au même instant, un cri perçant et mélancolique, semblable à celui d'un plongeon, retentit au milieu des ténèbres, et fut apporté par le vent jusqu'à l'oreille des marins.

— C'est Haraldson! murmura Rosenberg : voilà le signal dont nous sommes convenus.

— Eh bien! répliqua le vieux Lutter, dirigeons-nous vers le point d'où est parti le son.

Et, plaçant deux de ses doigts dans la bouche, il répondit par un cri pareil à celui qu'on avait entendu.

Ce signal se répéta plusieurs fois, tant du rivage que de la chaloupe.

— Ah ça! vieux Lutter, prononça Peter Lindgren qui ne comprenait rien à une pareille musique, voulez-vous me faire l'amitié de me dire pourquoi vous vous amusez de la sorte à dialoguer avec les plongeons, et pourquoi ils s'amusent à vous répondre, au lieu de dormir tranquillement dans leurs nids comme des oiseaux honnêtes et rangés? Tous ces cris-là ne présagent rien de bon pour des marins.

— Silence! répliqua vivement Lutter, sinon un bout de corde te fera crier toi-même plus fort que tous les plongeons de cette île.

— Silence, Peter! ajouta le capitaine... Ramez avec précaution, mes enfans: nous voici arrivés... Peter, sautez sur le rivage, et empêchez que la chaloupe ne se heurte contre quelque rocher.

En effet, la terre se dressait à quelques pas devant eux: mais des ombres épaisses y régnaient, et ne permettaient pas à la vue de s'étendre.

— C'est inutile! murmura une voix d'un timbre plein et sonore qui partait de la côte.

En même temps, un homme à la taille athlétique sortit du milieu des ténèbres; d'une main puissante il saisit le rebord de la chaloupe, et, l'ayant tirée à lui, il l'amarra entre deux pointes de rochers qui lui servaient de cachette et de rempart.

— Ah! c'est vous, Birger! dit le capitaine. Je vous ai reconnu à la vigueur de votre bras... Sur ma parole, l'heure et le lieu de notre rencontre sont tout ce qu'il y a de plus romantique... La côte est-elle libre enfin?

— Oui, pour le moment, répondit Birger à voix basse: mais, hâtez-vous. Je crains que les douaniers n'aient éventé votre piste. Passez-moi vite deux ou trois de ces ballots, et chargez-vous du reste.

— Et Haraldson! où est-il?

— Ici près... vite! vite! ne perdez pas un instant.

Grâce à la force peu commune de Birger et à l'activité des deux matelots et de leur chef, les marchandises du capitaine furent promptement débarquées. Après quoi, Birger tira la chaloupe encore plus avant sur le rivage, de manière à ce qu'elle fût entièrement à sec.

— Maintenant, ajouta-t-il, suivez-moi.

Il prit les ballots les plus lourds, les jeta sur ses robustes épaules et s'enfonça dans l'île suivi de Rosenberg et de ses deux hommes. Ce trajet ne fut pas considérable. Vingt ou trente pas plus loin, Birger se débarrassa de son fardeau ; ses compagnons en firent autant. A l'endroit où ils s'étaient arrêtés, ils trouvèrent Haraldson debout, près d'une large pierre, de forme oblongue et d'un poids énorme.

— Pas de bruit ! pas de bruit ! leur dit le vieillard, dont les yeux brillaient dans l'obscurité comme deux escarboucles : la pinasse de la douane, en quittant la jetée, a gouverné du côté du sud ; elle n'est peut-être pas loin d'ici : nos signaux peuvent l'avoir attirée. Les plongeons ne crient pas à cette heure, et ces coquins de douaniers le savent bien, mais ils n'ont aucun soupçon. Le jeune drôle qui les commande aura la vue bonne, s'il nous aperçoit par une nuit pareille... Marchez avec précaution. Un seul caillou qui roulerait du haut d'un rocher leur donnerait l'éveil... Birger, écarte la pierre et débouche l'ouverture.

Birger se mit en devoir d'obéir. Secondé par Haraldson, et après de pénibles efforts, il souleva la masse pesante. Elle laissa voir, en s'écartant, une de ces cavités qui sont si nombreuses sur cette côte, et dont la formation doit être attribuée à l'action de la mer ; celle-ci était très spacieuse. Elle aurait pu contenir toutes les marchandises ; mais, sur le conseil de Haraldson, on n'y déposa que les ballots les moins précieux et du plus gros volume, et l'on réserva quelques paquets remplis de soieries et d'autres riches étoffes.

— Il faut de la prudence ! remarqua le vieux smoggler : je connais, un peu plus loin, une seconde cachette encore très sûre où nous mettrons tout ceci.

Rosenberg ne demandait pas mieux que de suivre aveuglément les instructions d'un homme aussi expérimenté. Bientôt ce qui restait des marchandises fut déposé avec autant de succès dans ce que Haraldson appelait sa seconde cachette. Toute la cargaison était en lieu de sûreté. L'expédition des fraudeurs avait pleinement réussi. Ils n'avaient plus qu'à se séparer, et à regagner, les uns leur habitation, les autres leur chaloupe et leur navire.

Birger insista fortement sur la nécessité de cette mesure. On pourrait s'étonner que Birger, homme bien posé et jouissant d'une grande considération, fût revenu à ces pratiques criminelles dont Erika l'avait détourné si heureusement, et qu'il avait prises lui-même en horreur. Mais dans cette occasion il ne s'agissait pas de ses propres intérêts. Il s'agissait de la fortune de son futur beau-frère ; il s'agissait du mariage de Gabrielle... Gabrielle l'avait supplié en pleurant. Erika n'avait osé élever aucune objection, et Birger avait étouffé ses scrupules.

— Séparons-nous, dit-il à ses compagnons, lorsque tout fut terminé. Pour écarter la pierre qui ferme l'orifice de chacune des deux cavernes, il faut en avoir l'habitude. Cependant on peut nous avoir épiés, et je dis comme mon père : de la prudence !

Mais Haraldson était exalté par le succès : cette expédition lui avait rendu toute la verve de sa jeunesse. Après avoir été privé pendant si long-temps des jouissances de son ancien métier, il les savourait avec délices. Il montrait la gaîté et l'activité d'un jeune homme.

— Bah ! s'écria-t-il, que les drôles de la pinasse viennent ici, s'il leur en prend fantaisie ! leur commandant imberbe n'y verra pas plus loin que le bout de son nez. Un excellent tour, ce serait de l'attirer nous-mêmes sur notre piste... Qu'en dites-vous, capitaine ?

— Y songez-vous, mon père ? objecta Birger d'un ton sérieux, le risque serait beaucoup trop grand : et que nous rapporterait-il ?

— Le plaisir de mystifier la douane, répliqua le vieillard : comptes-tu cela pour rien ?

— C'est quelque chose, dit Rosenberg... Cependant la prudence... Au surplus, faites comme vous le jugerez à propos... Peter, passez-moi les bouteilles... Voyons un peu si ce xérès sera de votre goût. Par le ciel ! nous allons boire à la confusion des douaniers.

Le xérès n'était pas ce qui tentait le plus Haraldson en ce moment. Tout occupé de son idée, il battit le briquet et fit prendre feu à une touffe de mousse et d'algues marines desséchées ; après quoi, il alluma une torche de pin qu'il avait apportée avec lui, et qui jeta une flamme brillante.

— Maintenant, ajouta-t-il, retournons à la chaloupe ; plantons-y ce fanal ! Si les hommes de la pinasse ne dorment pas, ils l'apercevront. Dans quelques minutes ils seront sur nous en se promettant une belle capture : mais courir et tenir sont deux.

Tout s'exécuta selon le désir du vieux contrebandier. L'embarcation poussa au large.

— Eh bien ! papa Haraldson ! s'écria Rosenberg, vous voilà content. Le fait est que tout a été à merveille... A votre santé !

— A votre santé, capitaine ! mais gardons l'autre bouteille pour trinquer avec le lieutenant de la douane : nous lui devons bien cette politesse.

— Comment donc ! c'est le moins que nous puissions faire... Ah ça ! le digne jeune homme a donc opéré une perquisition chez vous ?

— Une façon de reconnaissance. Il a vu tout de suite qu'il n'y avait rien à capturer de ce côté-là, et il a cherché fortune ailleurs.

— Et Gabrielle, a-t-elle eu peur de cette visite?

— Peur! et pourquoi, diable, aurait-elle eu peur? N'est-elle pas là fille d'un vieux loup de mer? Comme elle a autant de curiosité qu'aucune autre femme, elle serait sans doute descendue; mais Anton, s'imaginant que la visite du lieutenant était pour elle, l'avait enfermée dans sa chambre... A la santé du lieutenant!

— Et à celle d'Anton! Pour quelqu'un qui n'a pas la tête très saine, il a eu là une excellente idée.

La bouteille de xerès passait ainsi de main en main. Au moment où le vieux Lutter en humait la dernière goutte, un bruit de rames retentit à peu de distance, et, avant qu'on eût eu le temps de se reconnaître, la pinasse se montra par le travers de la chaloupe. Un des douaniers sauta au milieu des fraudeurs, et leur demanda brusquement ce qu'ils faisaient à cette heure de la nuit.

— Et vous-même, vieux marsouin, répliqua Haraldson d'un air ironique, qu'est-ce que vous cherchez au milieu des ténèbres? Votre voix harmonieuse a effrayé une superbe anguille que j'allais prendre... Ce que nous faisons, mon bijou! vous avez donc des yeux de taupe et une cervelle d'âne que vous ne devinez pas? Nous pêchons à la lumière, ne vous déplaise, et votre maudite arrivée a chassé tout le poisson... Eh mais! ajouta-t-il en changeant de ton et avec une surprise simulée: qui est-ce que nous avons là? Ne vois-je pas Simon, le douanier? Par la barbe de mon père! c'est lui-même en personne... Bonsoir, Simon! vous voilà donc de ce côté? je croyais que vous aviez tourné plus au sud? Vous aurez eu vent de quelque chose, j'en réponds. Oui, oui, quelque capture d'importance!... Vous vous donnez souvent tant de mal pour rien! il faut bien que, par-ci par-là, vous ayez la main plus heureuse. Votre pêche de ce soir a-t-elle été bonne?

— J'ai dans l'idée que, si nous avons fait fuir votre poisson, vous avez fait fuir le nôtre, répondit le douanier en branlant la tête d'un air de doute; mais, comme dit le proverbe: tant va la cruche à l'eau...

— C'est un proverbe de cruche, ami Simon, interrompit le vieux smoggler en riant.

Cette saillie aurait probablement amené une querelle; mais la pinasse venait d'élonger la chaloupe. L'officier de la douane ordonna à ses deux matelots d'allumer une lanterne au fanal que Haraldson avait imaginé. Sa voix était en même temps douce et mâle; son accent annonçait de la fermeté et de l'énergie sans présomption. Lorsqu'à la clarté de la lanterne qu'il portait, il mit le pied sur la chaloupe, Rosenberg et ses compagnons virent un beau jeune homme dont l'air grave et sérieux contrastait avec ses traits aimables. Évitant de manifester aucun soupçon, il se présenta avec aisance et dignité, en homme qui sait ce qu'il doit aux autres et ce qu'il doit au service : ses manières convenaient parfaitement aux fonctions difficiles dont il était investi. D'un côté, elles ne menaçaient d'aucun abus de pouvoir, d'aucun procédé tyrannique ; de l'autre, elles ne promettaient, de sa part, ni faiblesse, ni négligence. Il était suivi de son second matelot, auquel il adressa quelques mots à voix basse. Ce dernier, petit de taille, mais nerveux et agile, avait des yeux vifs et perçans, et un air de sagacité singulière.

Arvid, car c'était lui, fit quelques pas en avant, et tourna successivement la lueur de sa lanterne vers chacun de ceux qui montaient la chaloupe. Son premier regard tomba sur le capitaine Rosenberg.

— Puis-je vous demander, dit-il, qui j'ai l'honneur de rencontrer dans ce lieu et à cette heure?

— Je me nomme Rosenberg, répondit le capitaine avec un air de hauteur qu'il ne manquait jamais de prendre lorsqu'il parlait aux employés de la douane. Je commande le schooner que vous apercevez là-bas, au large, et ce schooner appartient au capitaine Birger Haraldson, ici présent. Nous nous amusons à la pêche, et nous sommes fort étonnés d'être interrompus d'une manière aussi étrange. Si je devais recevoir la visite des douaniers, c'était sur mon bord, en plein jour, et non point dans ce lieu et à cette heure, pour me servir de vos expressions.

— Capitaine, répliqua Arvid, je visiterai votre navire, comme c'est mon devoir, lorsqu'il sera arrivé à son lieu de débarquement. Je ne prétends point troubler vos plaisirs; mais, rencontrant une chaloupe en mer, j'ai dû m'assurer de ce qu'elle portait... Vous pêchez, messieurs, et nous, nous chassons. On a entendu, toute la soirée, des cris d'oiseaux sur la côte. Mes hommes et moi, nous allons essayer d'attraper quelques plongeons, ou quelques canards sauvages.

— Le moment me paraît assez mal choisi, répartit Rosenberg avec un sourire forcé, mais non pas sans un certain battement de cœur.

— Pourquoi cela? remarqua le vieux Haraldson, toutes les heures sont bonnes quand on sait s'y prendre. Mais il faut savoir s'y prendre. Les oiseaux, par exemple, il faut les voir pour les attraper... Si vous voulez, monsieur Arnman, et si le capitaine le permet, je porterai la torche devant vous. Autrement, vous vous en retournerez les mains vides. Ce qui serait fâcheux.

Et il jeta un coup d'œil malin sur Rosenberg.

— Je n'aurais pas osé solliciter de vous une pareille obligeance, répondit Arvid ; mais si monsieur Haraldson, que j'ai le plaisir de reconnaître, a cette bonté, j'accepte son offre, et je l'en remercie.

— Il n'y a pas de quoi, répliqua le vieux smoggler. C'est moi qui suis charmé d'être témoin de votre chasse aux canards.

Pendant toute cette scène, Birger avait gardé un sombre silence. Les deux embarcations gagnèrent de conserve le rivage. Birger sauta le premier à terre, et, parvenu au sommet d'un rocher, il se retourna pour contempler ceux qui le suivaient. Une pâleur livide couvrait ses joues. Pensif et soucieux, il tenait ses regards fixés sur ce matelot aux mouvemens si agiles et aux traits si expressifs qui, tenant en laisse un énorme dogue, marchait avec le vieux Simon derrière l'officier de la douane. Les traits de cet homme, que la nuit moins obscure lui permettait de distinguer, rappelaient à Birger le moment le plus affreux de sa vie. En les voyant, il croyait voir une face décomposée par les angoisses de la mort, des yeux voilés par l'agonie, et qui lui adressaient un dernier reproche. Il croyait entendre une voix expirante qui le chargeait, devant Dieu, du malheur de deux orphelins : souvenirs horribles, qu'il avait vainement refoulés au fond de son âme, et qui, à cette heure, se dressaient devant lui plus menaçans que jamais !...

L'arrivée de Rosenberg le tira de ces sombres réflexions. Lutter et Peter Lindgren se joignirent à eux. Le petit groupe, du haut de l'éminence où il était placé, dans l'ombre, contemplait avec un intérêt palpitant tous les mouvemens de l'officier et de ses deux hommes. La torche que portait Haraldson mettait ceux-ci en lumière. Cet intérêt s'augmenta encore, lorsque l'on distingua le bruit que des pierres faisaient en roulant, et lorsque l'on vit le dogue courir çà et là, comme s'il eût éventé une piste. Haraldson, dans l'aveuglement de son triomphe, n'avait pas compté sur la présence de ce chien que les douaniers conduisaient toujours avec eux. Cependant c'était un ennemi redoutable. Il commença à flairer la terre, à gratter avec ses pattes en plusieurs endroits, et, enfin, après maints circuits, il s'arrêta sur la première des deux cavernes et à l'angle de la pierre qui en bouchait l'orifice. Qu'on juge de l'inquiétude du capitaine et de Birger ! Haraldson lui-même perdit quelque chose de son assurance.

Cependant le dogue se mit à aboyer pour mieux appeler l'attention de son maître sur ce qu'il avait découvert. Arvid se dirigea vers la pierre qui lui était ainsi désignée. Ses deux hommes se réunirent à lui. L'instant devenait critique. Birger quitta la place qu'il avait jusque-là occupée, et il alla se poster à côté de son père. Haraldson, s'efforçant de garder un air d'indifférence, se rapprocha des douaniers. Le plus jeune de ceux-ci était chargé de la lanterne. Il la baissa vers la pierre, et, après un rapide examen, il échangea avec son officier un regard significatif.

Aussitôt Arvid essaya d'écarter cette pierre autour de laquelle le dogue ne cessait de courir en aboyant. Ses premiers efforts ne furent pas heureux, et déjà le vieux smoggler triomphait en lui-même; mais Arvid ne se rebuta point : la lourde masse s'ébranla. Haraldson pâlit à cette vue.

— Attention, Birger! murmura-t-il sourdement à l'oreille de son fils.

— Pas de violence! répliqua celui-ci sur le même ton : je n'en veux pas.

— Poule mouillée!... Eh bien! dis à Lutter d'éteindre la lanterne et, sur le premier signe de moi, de courir démonter le gouvernail de la pinasse. Cela fait, embarquons!.... Eh bien! mon jeune officier, ajouta-t-il tout haut en s'adressant à Arvid, trouvons-nous des œufs d'oiseaux autour de cette pierre?

— Mêlez-vous de votre pêche, monsieur Haraldson, répondit Arvid, et laissez-moi gouverner ma chasse à ma façon.

Ces mots furent prononcés d'un ton très résolu qui n'excluait pourtant pas la politesse.

Haraldson regarda autour de lui; Birger et le capitaine étaient en conférence, Lutter n'avait pas encore reçu ses instructions. Cependant le temps pressait; la pierre s'écartait lentement, mais elle s'écartait. Arvid redoublait ses efforts.... Soudain, une idée se présente à l'esprit inventif du vieux smoggler : il se baisse comme s'il eût voulu seconder le lieutenant dans ses recherches, et se laisse tomber sur la lanterne qui se brise du coup et s'éteint.

La torche que tenait le vieillard, et qu'il avait eu soin de lâcher dans sa chute, s'était éteinte en même temps. Tout se trouva replongé dans une obscurité profonde.

— A moi! à moi! criait Haraldson, d'une voix lamentable, j'ai la jambe cassée. A moi, Birger! ne m'entends-tu pas?

Birger avait saisi l'instant favorable. Déjà l'énorme pierre était replacée dans sa première position et assise plus solidement encore qu'auparavant. Désormais les forces d'Arvid ne suffisaient plus à la remuer.

Birger se hâta d'informer son père de ce qu'il venait de faire, espérant, par cette bonne nouvelle, soulager un peu ses souffrances. En effet, le vieillard déclara qu'il se sentait mieux. Mais, disait-il, sa jambe cassée lui causait encore un vrai supplice; il suppliait qu'on le transportât sur la chaloupe, et, surtout, qu'on le touchât avec la plus grande précaution, car, au moindre mouvement, les élancemens de son mal étaient affreux.

Birger le chargea sur ses épaules. Il était déjà au courant de la ruse que son père avait imaginée, et il s'y prêtait comme le voulait le besoin du moment. Le vieux smoggler ne tarda pas à se trouver couché au fond de sa barque. Ses plaintes douloureuses avaient attiré auprès de lui Rosenberg, Lutter, Lindgren et même les deux hommes de la douane; mais Arnman, qui était resté à l'écart, rappela les deux derniers. Il leur ordonna d'amarrer plus solidement la pinasse au rivage, attendu, ajouta-t-il, qu'il avait dessein de passer la nuit en cet endroit et de continuer sa chasse.

A cette déclaration, le blessé poussa des cris plus aigus et parut éprouver de plus vives souffrances; mais le jeune lieutenant n'en tint pas compte. Il se tourna vers Rosenberg, et il l'invita poliment à vouloir bien demeurer avec lui jusqu'au matin.

— Honorez, pendant cette nuit, mon bateau de votre présence, lui dit-il; au point du jour nous nous mettrons tous deux en chasse, et s'il y a quelques captures à faire sous la grosse pierre que j'avais essayé de déranger, nous le saurons.

Rosenberg accepta l'invitation; mais, si les ténèbres eussent été moins épaisses, on eût vu sa bouche se contracter par un sourire moqueur, tandis qu'il murmurait entre ses dents :

— Au point du jour! il sera trop tard, et les oiseaux seront dénichés.

Ici Haraldson manifesta le désir d'adresser ses adieux au capitaine, et comme celui-ci se penchait vers lui pour les recevoir :

— Je n'ai rien à la jambe, lui dit le vieillard; c'est une ruse de ma façon pour donner le change à cet étourneau. Soyez civil avec lui; buvez son vin; excitez-le lui-même à boire; racontez-lui vos histoires les plus longues, et ne vous inquiétez pas de vos marchandises; Birger et moi nous sommes là.

Un moment après, la barque où il était étendu, et que manœuvrait Birger, s'éloigna dans la direction de Tistelon. Le capitaine suivit le jeune lieutenant de la douane. Ses deux matelots l'accompagnaient. En entrant dans la petite cabine de la pinasse, Rosenberg, malgré son assurance, avait assez l'air d'un rat qu'une trappe retient prisonnier.

— Où me suis-je fourré? pensait-il en regardant autour de lui et en s'asseyant... peut-être dans la gueule du loup?

Arvid ne semblait pas s'apercevoir de la préoccupation de son hôte.

— La nuit est humide et froide, dit-il avant de s'asseoir. Martin, apportez des verres et de l'eau chaude. Un pot de grog nous réchauffera.

Il ajouta ensuite, à voix basse, quelques mots que Martin seul put entendre. Le matelot sortit et ferma la porte de la cabine.

CHAPITRE XXIII.

Dès que la chaloupe eut perdu de vue la côte, c'est-à-dire, à une distance de quelques brasses, Haraldson se redressa sur ses pieds, et, saisissant une rame :

— Maintenant, Birger, s'écria-t-il, il faut jouer de l'aviron, si nous voulons sauver notre honneur et les marchandises du capitaine... Ramons de toutes vos forces. Demain, nous rirons aux dépens des douaniers. Gagnons d'abord la maison, ensuite nous prendrons une autre barque : celle-ci est trop lourde ; elle fait trop de bruit en avançant. Non, non : parlez-moi d'une barque de smoggler pour des smogglers !

Birger ne répliqua rien. Il appuya sur son aviron, et, grâce à l'impulsion puissante qu'il donna à la chaloupe, elle fendit les vagues avec rapidité.

Haraldson lisait clairement dans l'âme de son fils. Il voyait que cette expédition, à laquelle Birger avait participé à regret, avait réveillé chez lui de tristes souvenirs, des remords cuisants. Mais qu'importait au vieillard ! il s'était débarrassé de toute idée importune. Les souvenirs et les remords n'avaient plus de prise sur son cœur. Une seule crainte le préoccupait.

— Si nous pouvions, pensait-il, échapper aux questions des femelles ! Nous n'avons pas de temps à perdre, et leur curiosité insatiable voudra tout savoir.

Au bout d'une demi-heure, la chaloupe arriva devant la jetée. Les smogglers se hâtèrent de gagner l'habitation. Gabrielle les attendait sur le seuil de la porte.

— Qu'y a-t-il, mon père ? demanda-t-elle : pourquoi cette précipitation ?... Je ne vois pas avec vous Rosenberg. Serait-il malade ? Ou bien la pinasse ?...

Birger passa devant elle sans répondre un mot. Il entra chez sa femme, et, après lui avoir brièvement expliqué où en étaient les choses, et de quoi il s'agissait, il changea de vêtemens et se prépara pour une nouvelle expédition. Erika, qui vit son air soucieux, ne lui demanda aucun détail.

Haraldson n'en fut pas quitte à si bon marché. Comme Birger, il voulut écarter Gabrielle qui lui barrait le passage; mais elle le saisit par un pan de sa veste.

— Lâche-moi, petite! murmura le vieillard: tout va bien. Rosenberg te fait ses complimens. Tu vois que nous sommes pressés.

— Vous m'effrayez! s'écria Gabrielle sans lâcher prise: qu'est-il arrivé à Rosenberg? Je mourrai d'inquiétude, si vous ne me le dites pas.

— Encore une fois, laisse-moi passer. Tu n'es qu'une folle. Les marchandises sont en sûreté... Apporte-moi mes souliers de feutre... Rosenberg est à bord de la pinasse où il amuse l'officier par des histoires, pendant ce temps-là nous enlèverons les ballots. Tu sais tout maintenant.

Gabrielle aurait bien désiré en apprendre davantage. A toute force, pourtant, elle se contenta de cette communication. Rosenberg n'était pas malade: il ne courait aucun risque! Rassurée sur ce point, elle lâcha la veste de Haraldson, et le vieillard fut enfin libre d'entrer chez lui.

En quelques minutes, Birger et son père eurent endossé un costume plus sombre et chaussé des souliers destinés à amortir le bruit de leurs pas. Quand ils eurent complété leur déguisement, Haraldson prit son fusil. Le canon en était très court et la bouche très étroite. Le vieux smogler y fit couler deux balles qui n'étaient guère plus grosses que des pois; il examina avec soin l'état de la batterie, remplit le bassinet d'une poudre extrêmement fine, et jeta l'arme sur son épaule.

— Qu'avez-vous besoin de votre fusil? demanda Birger, tandis qu'ils se dirigeaient vers la barque plus légère qu'ils avaient choisie.

— Oh! pour rien, répondit Haraldson. Je l'emporte, parce que c'est mon habitude... Si l'on nous rencontre, on croira que nous allons chasser le veau marin.

— Chasser le veau marin au milieu de la nuit! remarqua Birger.

— Pourquoi non? répliqua le vieillard. D'ailleurs, si nous ne chassons pas, on peut nous donner la chasse, et, alors, ce fusil ne nous sera pas inutile. En tout cas, il n'y a pas de mal à l'emporter.

Cette fois, les smogglers firent le tour de l'île par la pointe du nord, et débarquèrent sur la côte opposée à celle où se tenait la pinasse. Le père et le fils s'enfoncèrent dans l'intérieur des terres en suivant des sentiers qui leur étaient bien connus. Ils gardaient un profond silence et marchaient avec précaution. Bientôt ils furent dans le voisinage de la grande caverne, celle qui recélait la majeure partie des marchandisesdu capitaine ; là ils s'arrêtèrent et prêtèrent l'oreille.

Contrairement aux prévisions de Rosenberg, la nuit était calme, bien que très obscure. L'Océan roulait pesamment sur lui-même. Les longues vagues, qui venaient du large, se choquaient contre les rochers avec ce bruit sourd, monotone et régulier du ressac. Tout le reste de la nature semblait plongé dans le repos.

— Ne vois-tu rien? n'entends-tu rien? murmura le vieux smoggler à l'oreille de son fils.

— Je vois la pinasse... là-bas... son mât se dessine dans cette traînée de lumière... et j'entends comme un bruit de voix... c'est le vieux Lutter qui conte ses histoires aux douaniers.

— C'est bon! il finira par endormir les coquins. A notre besogne, maintenant! Aie bien soin de ne pas trébucher sur quelque pierre.

— Et vous, de ne pas heurter votre fusil contre les rochers... Je m'étonne que le chien des douaniers ne donne point l'alarme.

— C'est qu'il écoute aussi les histoires de Lutter... Avançons hardiment.

Et Haraldson, enchanté de sa plaisanterie, ne put s'empêcher de rire.

Mais voyons ce qui se passait à bord de la pinasse.

Assis dans la cabine, autour d'une petite table solidement fixée sur ses pieds, Arvid et Rosenberg semblaient charmés l'un de l'autre. Ils fêtaient le pot de grog et conversaient le plus amicalement du monde.

Quoiqu'ils fussent tous les deux d'un caractère franc et ouvert, chacun avait son plan particulier, ses intentions secrètes. Ils cherchaient mutuellement à se tromper, et dissimulaient à qui mieux. Arnman parlait de toutes choses, excepté de ce qui avait rapport à sa profession. On eût dit qu'il l'avait oubliée, et jamais il ne s'en était occupé plus qu'en ce moment. Il faisait à Rosenberg l'effet d'un bon vivant, d'un excellent jeune homme qui ne convenait guère à son emploi. Rosenberg s'imaginait que les vieillards seuls étaient propres au métier de douaniers. Il se félicitait donc d'être tombé entre les mains d'un ennemi aussi peu redoutable. Très présomptueux de son naturel, il croyait que le jeune officier, flatté de l'honneur de sa compagnie, ne songerait plus à la chasse et aux œufs d'oiseaux, et il méditait de l'inviter à venir déjeûner à bord du schooner.

De son côté, Arvid s'efforçait de se rendre agréable à son hôte et de le retenir le plus long-temps possible sur la pinasse. Mais, tout en lui faisant les honneurs de sa table, et en écoutant avec complaisance les récits un peu exagérés dont le régalait celui-ci, il ne laissait pas de prêter une oreille attentive aux moindres bruits qu'il distinguait sur le pont, où les deux matelots du schooner et les deux hommes de la pinasse se livraient, de leur côté, à des libations copieuses. De temps en temps même, il détournait un regard d'anxiété vers la porte de la cabine. Enfin, au moment où la gaîté des quatre matelots semblait parvenue à son comble, cette porte s'ouvrit et l'on vit entrer le dogue de Martin.

— Une magnifique bête ! dit Arvid en caressant le chien : et si fidèle, si intelligente !... N'en avez-vous pas un pareil, capitaine Rosenberg ?

— Non, à quoi me servirait-il ? C'est bon pour vous autres de la douane.

— Vous avez raison. Un bon chien est quelquefois un excellent douanier. Vous avez vu comme celui-ci chassait tantôt ; mais, ma foi ! je laisserai les oiseaux tranquilles. Voilà plusieurs jours que je suis absent de chez moi. J'y retournerai demain matin.

— Vous menez là une vie fatigante et ennuyeuse ! lui dit le capitaine en vidant son verre. Si vous avez dessein de partir d'ici demain matin, nous naviguerons de conserve ; et je vous prierai de me faire la grâce d'accepter un pauvre déjeûner à bord de l'*Aigle*, c'est le nom de mon schooner.

— J'accepte, capitaine, et de grand cœur.

— Pardieu, vous me faites plaisir ! s'écria Rosenberg en échangeant une cordiale poignée de main avec Arvid. Savez-vous une chose, lieutenant ? vous êtes un trop brave jeune homme pour votre métier... Oui, c'est mon opinion. Ce service-là ne convient pas à un honnête garçon comme vous, et qui a le cœur bien placé.

— Comment l'entendez-vous, je vous prie, capitaine ? demanda Arvid avec fierté. Apprenez une chose à votre tour. L'homme peut déshonorer l'état, mais l'état, un état d'accord avec les lois, ne peut déshonorer l'homme qui s'en acquitte avec conscience et probité. Le service de la douane me paraît dans ce cas. J'attends que vous me démontriez le contraire.

Rosenberg s'aperçut alors que sa franchise l'avait emporté sur sa prudence. Il protesta à Arvid qu'il n'avait point eu l'intention de l'offenser ; qu'à la vérité il aimerait mieux le voir dans un autre poste, mais qu'il savait estimer un homme indépendamment de sa profession.

— A votre santé, monsieur Arvid ! ajouta-t-il en levant son verre, et faites-moi raison. Noyons ce léger différend dans une rasade. Il n'y a rien de tel que le bon grog. En cela, du moins, nous sommes du même avis.

Arvid ne jugea point nécessaire de pousser plus loin la querelle, et les libations continuèrent comme auparavant.

Pendant ce temps-là, une autre scène se passait sur le pont de la pinasse. Le vieux Lutter et le vieux Simon charmaient la fuite des heures en se racontant une foule d'histoires, où chacun d'eux figurait de la manière la plus dramatique. Pour se donner haleine, ils avaient placé entre eux une colossale bouteille d'eau-de-vie, que le lieutenant leur avait abandonnée, et ces vénérables personnages y puisaient une éloquence et une hilarité toujours croissantes. Peter Lindgren s'efforçait de les suivre dans leurs exploits bachiques, mais de loin seulement. Il poussait de bruyans éclats de rire, et, d'une voix que l'ivresse avait déjà épaissie, il commençait maints discours qu'il n'achevait pas. Seul, Martin ne prenait aucune part à la gaîté générale. En arrivant à bord, il s'était plaint d'un violent mal de tête ; le vieux Lutter, en homme expérimenté qu'il était, lui avait aussitôt conseillé un certain breuvage composé d'eau-de-vie, de poivre et autres ingrédiens ; mais le jeune douanier n'avait point eu égard à cette prescription. Son mal augmentant, il annonça qu'il allait descendre dans l'entrepont pour se coucher.

— Que ne vous couchez-vous ici ? lui dit Peter : j'étendrai sur vous mon paletot, et vous dormirez à votre aise pendant que nous boirons.

— Merci ! répondit Martin. J'ai là-dessous une petite niche où mon camarade Castor me tiendra chaud.

Et il les quitta, fort peu regretté de Lutter et de Simon, lesquels lui reprochaient d'attrister leur gaîté par sa présence. Personne ne songea plus à lui, jusqu'à ce qu'il reparut après un temps considérable, en disant qu'il se sentait mieux. Il ouvrit à Castor la porte de la cabine, s'assit à côté du vieux Lutter, et sembla lui prêter une attention dont celui-ci fut extrêmement flatté.

Mais revenons à Haraldson et à Birger.

Après plusieurs tentatives infructueuses, la pierre qui bouchait l'ouverture de la caverne fut enfin écartée ; puis, lorsque les smogglers eurent retiré les ballots, ils la replacèrent avec soin. Les marchandises furent aussitôt transportées dans la barque. Haraldson, qui ne doutait plus de rien, se dirigeait déjà vers la seconde cachette ; mais en ce moment, la voix de Simon retentit dans les airs.

— Holà ! oh ! criait Simon. Il y a quelque chose sous le vent. Le chien ne peut demeurer tranquille.

En effet, Castor joignit aussitôt ses aboiemens aux cris de Simon.

Haraldson et Birger regagnèrent leur barque en toute hâte, contens d'avoir sauvé la portion de marchandises qui courait le plus de risques. Quant à l'autre portion, elle était en sûreté, du moins pour l'instant. Ils mirent le cap sur Marstrand, et, après une traversée heureuse, ils y arrivèrent avec leur cargaison.

Il ne s'agissait plus que de débarquer les ballots. Haraldson en souleva un des plus lourds dont il méditait de se charger.

— Hé! hé! dit-il, cela ne vaut pas tout à fait son pesant d'or ; mais c'eût été dommage de le laisser à ces coquins de douaniers. Qu'ils cherchent à présent! qu'ils...

Haraldson s'interrompit. Une des extrémités du ballot qu'il tenait avait crevé : il en sortit des flots de sable encore humide, et le vieux smoggler demeura debout, avec un sac vide entre les mains...

Nous n'essaierons pas de peindre la fureur qui s'empara de lui à cette vue. Il suffit de dire qu'il vomit des imprécations presque aussi nombreuses que les grains de sable dont le fond de la barque était rempli. Examen fait, il se trouva que les prétendus ballots de marchandises étaient tous des sacs de sable : la précipitation du chargement et les ténèbres de la nuit avaient empêché de reconnaître la substitution.

Elle avait été effectuée cependant, mais quand, et par qui?

Birger et Haraldson, extrêmement désappointés, retournèrent à Tistelon. Le lendemain matin, la chaloupe et la pinasse quittèrent la pointe de l'île. Rosenberg reçut Arvid sur son bord. Il lui servit un déjeûner presque somptueux, et lui fit présent, au départ, de deux douzaines de bouteilles de sherry, outre une quantité d'oranges, de raisins secs, de figues, etc. Les deux jeunes gens se séparèrent dans les meilleurs termes, en se prodiguant toutes les marques possibles d'une mutuelle bienveillance.

CHAPITRE XXIV.

— Eh bien!... Rosenberg! disait Gabrielle, quelques heures après, en s'arrachant des bras de son fiancé, et en jetant sur lui un regard de commisération.

— Eh bien!... Gabrielle! répliqua celui-ci, qui n'avait pas encore remarqué l'air de tristesse de la jeune fille, et qui imita plaisamment son accent lugubre.

— Je sais tout.

— Ah!... vous savez tout!

— Mon Dieu, oui... Mon père m'a tout confié. Il vient de rentrer avec Birger. Ils se sont mis au lit, mais je ne crois pas que le sommeil approche de leurs yeux. Jamais je n'avais vu mon père dans une fureur aussi grande... Le fait est qu'il y a là quelque chose de très mortifiant. Ces douaniers sont terribles!... Capturer d'un seul coup presque toute une cargaison !... Combien je prends part à votre malheur !

— Ah ça ! Gabrielle, prononça Rosenberg, je n'entends absolument rien à ce que vous me dites... Que me parlez-vous de douaniers, de malheur, de cargaison ?... Ma cargaison est en sûreté. Les douaniers n'ont rien capturé du tout. Leur officier, un honnête jeune homme, a déjeûné avec moi ce matin. Il a visité, pour la forme, mon navire, et nous nous sommes quittés bons amis.

— Eh quoi ! il ne vous a pas informé de la chasse qu'il avait faite ? Mon père déclare que ce ne peut être un autre que lui.

— Quelle chasse ? Est-ce sa poursuite aux œufs d'oiseaux ?... Il n'en a pas attrapé beaucoup, je suppose, et il a laissé échapper une proie bien plus digne de l'attention d'un chasseur.

— Plût à Dieu !..... Malheureusement, le jeune officier a été plus habile que vous ne croyez ; il n'a point laissé échapper sa proie, et vos marchandises.....

— Mes marchandises ?... Eh bien ! achevez ! s'écria Rosenberg, qui commençait à prendre l'alarme.

— Sont tombées entre ses mains. On n'a plus trouvé que des sacs de sable, à la place.

— C'est impossible ! proféra Rosenberg : je ne l'ai pas quitté d'une seconde.

— Mon père ne devine pas comment cela s'est fait ; mais la chose n'est que trop certaine.

Rosenberg demeura atterré de cette nouvelle. Gabrielle lui raconta brièvement ce qu'elle avait appris de la bouche d'Haraldson. Pendant ce récit, le capitaine éclatait en imprécations et en menaces. La perte matérielle l'affectait moins que la honte d'avoir été ainsi mystifié, mystifié par un officier de la douane, par un candide jeune homme, auquel il se croyait si supérieur ! C'était plus que la chair et le sang ne pouvaient supporter.

Gabrielle fut effrayée de la fureur qui enflammait les yeux de son fiancé. Elle chercha à le calmer par quelques mots de consolation ; mais il ne l'écouta pas, et, sans lui répondre, il se dirigea vers la jetée.

— Où allez-vous, Rosenberg ? lui demanda la jeune fille, qui s'attachait à ses pas : par pitié, dites-moi quel est votre dessein ?

— Où je vais? répliqua le capitaine d'une voix sourde : chercher le jeune drôle qui m'a joué ce tour abominable... Mon dessein? c'est de lui dire vertement ma façon de penser sur sa conduite.

— Allons! allons! dit Gabrielle, en saisissant le bras de Rosenberg : le lieutenant était dans son droit, après tout.

— Son droit, c'est de saisir les marchandises de contrebande, quand il les découvre, et non pas de mystifier les gens.

— Mais, cher Rosenberg, n'aviez-vous pas l'intention de le mystifier lui-même?

— Oh! nous, c'est différent.

— C'est la même chose, et vous êtes quittes. Pourquoi l'aviez-vous attiré sur vos traces?

— Une malheureuse idée qui est venue à Haraldson!... Quittes, dites-vous!... Et le déjeûner qu'il a pris à bord de l'*Aigle!* et nos bouteilles de xerès qu'il a emportées, sans compter une masse de provisions dont j'ai eu la simplicité de lui faire cadeau!... Fou! idiot que je suis!

— Et la collation dont il vous a régalé à bord de la pinasse! et les liqueurs qu'il vous a sans doute prodiguées, et auxquelles vous avez probablement fait honnneur!... Oui, oui : vous êtes quittes... Surmontez cette contrariété, cher Rosenberg. Une partie de vos marchandises vous reste. Vous voilà de retour parmi nous... Êtes-vous donc tant à plaindre?

Cette dernière phrase fut prononcée avec une coquetterie adorable, qui désarma tout à fait le capitaine. Il se laissa reconduire à l'habitation, et, au bout d'une heure, il riait le premier de sa mésaventure. En dépit de lui, il ne pouvait s'empêcher d'admirer la pénétration qu'avait montrée le jeune lieutenant dans cette affaire; mais cette pénétration même lui donnait de sérieuses inquiétudes sur le sort des ballots que renfermait la seconde caverne. Il importait de les soustraire promptement aux recherches des douaniers.

Ici, Gabrielle, avec un petit air résolu qui la rendait plus jolie, déclara qu'elle se chargeait de l'entreprise.

— Ne riez pas! dit-elle, j'ai mon plan, et je réussirai mieux que vous autres hommes, qui avez si peu réussi.

— Vraiment! répondit Rosenberg d'un ton moqueur. Voyons donc ce plan que, nous autres hommes, nous n'aurions pu imaginer.

— Le voici. Demain, dans la journée, Birger, Erika, vous et moi, nous nous rendrons à Marstrand, pour savoir si la pinasse ne s'y trouve pas. Si nous l'y voyons, nous reviendrons tranquillement ici. Dans le cas contraire, nous aborderons à la petite île qui est sur notre route, et nous y ferons collation, comme si nous étions en partie de plaisir. Pendant qu'on allumera du feu pour le café, Peter et vous, vous gagnerez, sans être aperçus, la caverne qui recèle vos ballots. Elle est située, dit-on, assez avant dans l'intérieur de l'île, et cette circonstance vous protégera. Erika et moi, nous coudrons les marchandises dans une grande pièce de futaine, qui, au retour, nous servira de coussin. On ne saurait nous surprendre, car Birger fera le guet pendant notre opération ; quand même le lieutenant, si matin, rencontrerait notre barque et voudrait la visiter, il n'oserait pas déranger deux femmes de la place où elles seraient assises. Un jeune homme qui a tant d'esprit doit être galant.

Lorsque Gabrielle eut fini d'exposer son plan, Rosenberg sourit de cet air de supériorité dédaigneuse, que les femmes ne pardonnent pas chez un homme.

— Petite étourdie ! dit-il, qui donc pourrait penser que nous choisissons la saison brumeuse de l'automne pour une partie de plaisir ? Cela seul nous trahirait. Laissez aux hommes ces sortes d'affaires, Gabrielle : votre plan est déraisonnable ; mais je vous dévorerais de caresses pour l'avoir imaginé.

— Non, monsieur, pas de caresses ! mais adoptez mon idée, car elle est excellente. Je suis résolue à l'exécuter, ne fût-ce que pour vous apprendre à avoir meilleure opinion de mon jugement.

— Je sais que vous en avez vous-même une assez haute opinion. Quoi qu'il en soit, je ne puis adopter votre idée ; et, quant à ce mot de *résolue* que vous avez employé, il ne devrait jamais sortir de la bouche d'une femme qui veut ne pas cesser de plaire.

Jamais Gabrielle n'avait encore ouï un pareil langage. Vive et fière, elle en fut profondément blessée. Pour un moment, Rosenberg perdit à ses yeux le prestige d'un amant, et ne lui apparut plus que sous l'aspect d'un mari grondeur et tyrannique. Mais ce moment fut court. La bonté naturelle de la jeune fille l'emporta sur son orgueil.

— Ne soyez pas si dur pour moi, cher Rosenberg, dit-elle d'une voix suppliante. Je ne suis qu'une enfant, et les folies qui m'échappent ne doivent pas être prises au sérieux.

— Vous êtes un ange ! s'écria le capitaine, et moi, je suis un brutal. C'est moi qui ai tort, et j'implore mon pardon.

Ce pardon fut facilement obtenu ; mais Gabrielle n'était pas fille à négliger ses avantages. Elle insista pour que son plan fût communiqué à Birger et à Erika. On éveilla Birger, et lorsque celui-ci eut écouté les explications de sa sœur, il approuva complétement son idée. Erika fut du même avis. Rosenberg avait perdu sa cause.

— Eh bien! lui dit Gabrielle, vous voilà battu!... Si je ramène ici vos marchandises en sûreté, le plus beau châle de la cargaison sera pour moi.

— Il vous était destiné d'avance; mais cette affaire de contrebande, conduite par des femmes, me semble toujours une folie. Pourtant, je voudrais bien rendre la pareille à ce mauvais plaisant d'officier.

— C'est moi qui vous vengerai, capitaine; et, cela, pas plus tard que demain.

— A demain, donc!

Le lendemain arriva : la journée promettait d'être magnifique. Gabrielle, tirant de cette circonstance un augure favorable, était pleine d'ardeur et d'espérance; suivant elle, le succès de l'expédition n'était pas douteux. Elle ne craignait qu'une chose : c'était de ne pas rencontrer la barque de la douane, et de perdre l'occasion de déployer son courage et son sang-froid.

Sur les neuf heures du matin, le petit sloop fut en état d'appareiller. Peter Lindgren, debout sur le pont, recevait les paniers que lui faisait passer Lena.

— Quel dommage que je ne sois pas de ce joli voyage! s'écria la jeune fille. Je suis certaine qu'on s'amusera infiniment.

— N'est-ce pas assez de deux femmes à bord? répondit Peter, qui avait plus étudié les principes de la navigation que les lois de la galanterie : il ferait beau en voir trois! Je m'étonne déjà que le capitaine en ait admis une seule. Quant à moi, si je commandais un navire, je n'y souffrirais jamais de cotillons.

— Fi, monsieur Peter! répartit Lena : vous n'avez pas de honte?... Fi! c'est fort mal. Apprenez que les femmes peuvent faire d'aussi bonne besogne que vous tous. Il y avait ma mère qui avait pratiqué la contrebande pendant cinquante ans de sa vie. Elle connaissait tous les secrets du métier, et, moi, je les tiens d'elle. Si j'avais été là, avant-hier, je ne me serais pas laissé jouer par les hommes de la pinasse. Les femmes ont de la tête, monsieur Peter.

— Et de la langue aussi, mamselle Lena!

— Certainement! Et pourquoi non? Ne faut-il pas qu'elles se défendent quand on les attaque? Si jamais je me marie, chose qui n'est pas bien décidée, je prétends seconder mon homme dans tous ses travaux, et avoir avec lui mon franc-parler... Entendez-vous, monsieur Peter?

— Et moi, répliqua Peter en se redressant d'un air de dignité, si

jamais je me marie, chose dont je doute, je prétends que ma femme
garde sa langue dans sa poche, et qu'elle ne veuille pas avoir avec moi
le dernier mot. Sinon.....

— Et que ferez-vous, monsieur Peter? demanda la jeune fille, en
mettant ses poings sur ses hanches.

— Ce que je ferai? Je prendrai un bout de corde, et j'inculquerai proprement à mon épouse la manœuvre de l'obéissance et du respect.....
Voilà!

— Oui-da, monsieur Peter! c'est ainsi que vous parlez! Eh bien!
pas une seule fille, sur toute la côte, n'acceptera pour mari un jeune
homme qui a de pareils principes. Je réponds d'une, pour le moins, et
celle-là n'est pas loin d'ici.

— Je voudrais bien que la petite pacotille, que j'ai parmi les ballots
du capitaine, fût en sûreté à la maison! dit Peter, comme si rien ne
fût arrivé entre lui et Lena.

— Quelle pacotille? demanda aussitôt la suivante, d'un ton radouci.

— Oh! presque rien, répondit Peter; une bagatelle.

— Mais encore?

— Une pièce de coton pour faire une robe, et un châle de laine. Ce
diable de châle n'est vraiment pas laid. Aucune fille du Shargord n'en
possède un aussi joli.

— Tâchez de le sauver des griffes des douaniers, mon cher monsieur
Peter... et la pièce de coton aussi! Oh! je vous en prie, faites en sorte
de les rapporter.

— Bah! répliqua Peter, à quoi bon? puisque les filles du Shargord
ne voudront jamais de moi...

L'arrivée du capitaine empêcha Lena de répondre autrement que par
un regard, peu fait pour décourager Peter.

A dix heures et demie, le sloop arriva devant Marstrand. La pinasse
ne se trouvait point dans le port. On ne l'avait point signalée au large.

Pour donner à cette excursion un air de vraisemblance et de naturel,
on fit quelques achats dans la ville; après quoi, l'on repartit. Il était
près de deux heures lorsque l'embarcation s'arrêta devant le petit îlot
où l'on avait projeté de dîner.

Sur l'ordre de Birger, Peter Lindgren alluma aussitôt un grand feu
entre deux rochers. Le groupe qui se forma à l'entour était d'un effet
assez pittoresque. Dans ces latitudes septentrionales, une après-dînée
du mois de novembre n'est, à proprement parler, qu'une espèce de
long crépuscule. Ce jour-là, grâce aux flammes et à la fumée qui remplissaient l'atmosphère, on eût dit que la nuit était déjà arrivée.

Gabrielle avait pour siège une grosse pierre, sur laquelle Rosenberg avait étendu son manteau; son visage gracieux, éclairé par les vifs reflets de la lumière, se détachait du reste du groupe. Rosenberg se tenait assis à ses pieds, élevant vers elle des regards où brillait la passion. Erika donnait au brave Peter les instructions nécessaires pour préparer le café. Birger se promenait un peu à l'écart.

Selon le plan qui avait été tracé d'avance, le capitaine et le moussé se rendirent à la caverne où l'on avait déposé les ballots les plus précieux. Les douaniers, qui avaient éventé l'autre, n'avaient point su découvrir celle-ci. Tout s'y trouvait dans le même ordre. Les marchandises furent transportées auprès du feu avec une rapidité merveilleuse. Les doigts agiles de Gabrielle et d'Erika en eurent bientôt fait un gros coussin bien rembourré, solidement cousu sur tous ses bords, ayant la mine la plus respectable, et la plus confortable du monde.

Il ne s'agissait plus que de regagner le logis en toute hâte. Birger disposa le coussin à la poupe de son navire en guise de carreau : Gabrielle s'y assit fièrement, déterminée à ne point quitter sa place, quoi qu'il pût arriver.

Quelques minutes après, le sloop, poussé par une bonne brise, fendait légèrement les vagues.

— C'est cela, mes amis! disait Rosenberg aux deux rameurs qui secondaient par leurs efforts l'action puissante du vent : voilà ce qui s'appelle ramer!... Soufflez dans vos petites mains, Gabrielle, afin que la brise nous soit favorable... Par le ciel! elle s'est déjà levée!...

Et le capitaine, animé par le succès, but à l'heureuse issue de l'expédition. Sa confiance se propagea parmi ses compagnons; ils commencèrent à oublier que le pavillon de la douane eût jamais flotté le long de la côte du Shargord.

Seule, Gabrielle n'était point entièrement satisfaite de la besogne de la journée. Elle trouvait que l'on avait pris une foule de précautions inutiles. Ses regards interrogeaient tous les points de l'horizon pour y chercher quelque chose de suspect ou de menaçant, qui justifiât, du moins, tant de peines et tant de craintes; mais rien ne se montrait : l'horizon était désert. La jeune fille aventureuse pensait que c'était trop de sécurité, et qu'elle aurait pu déployer sur le pont les pièces de soie et les châles, aussi à l'aise que dans sa chambre.

— Voyez comme ces messieurs de la douane sont vigilans! s'écriat-elle d'un ton qui exprimait à la fois le triomphe et le regret : on introduirait en fraude toute une cargaison sans leur donner l'éveil.

— Pas tant de jactance, ma jolie petite héroïne! répondit le capitaine : nous ne sommes qu'à moitié chemin.

— Et, si je ne me trompe, pas très loin de la pinasse, ajouta Birger, qui se tenait debout, afin d'embrasser un espace plus considérable... Regardez là-bas, du côté de ce promontoire.

Rosenberg jeta les yeux dans la direction que Birger lui indiquait, et bientôt il se convainquit par lui-même que ce dernier avait raison. On apercevait au large une voile qui s'élevait rapidement. Quoique les ombres de la nuit eussent déjà commencé à s'étendre sur la surface de la mer, on ne tarda pas à distinguer le pavillon de la douane.

— C'est la pinasse! murmura Rosenberg, qui rougit à cette découverte inattendue; puis, recouvrant son sang-froid, qui l'avait un instant abandonné : Peter, dit-il, ne ramez pas si vite; si les coquins croient que nous avons peur, ils arriveront droit sur nous.

Le sourire qui animait la physionomie de Gabrielle s'était évanoui. Son maintien était devenu grave et sérieux. Il n'exprimait plus l'orgueil du triomphe, mais on n'y lisait pas la crainte.

— Attention, Gabrielle! lui dit tout bas Erika. Voici le moment qui va décider du sort de Rosenberg. Votre fiancé vous a vue présomptueuse; qu'il ne vous voie pas faible et pusillanime.

— Soyez tranquille, Erika! répondit la jeune fille sur le même ton, vous n'aurez point à rougir de moi.

Tandis que les deux femmes échangeaient ce peu de mots, Rosenberg, debout et les bras croisés sur sa poitrine, suivait des yeux les mouvemens de la pinasse. Naturellement vif et impétueux, il ne pouvait jamais songer, sans des transports de colère, à la mystification dont il avait été l'objet, de la part du lieutenant de la douane. Dans cette occasion, pourtant, il sentait la nécessité de la prudence, et il s'efforçait de conserver tout le calme que la situation exigeait. Quant à Birger, la tranquillité qu'il montrait n'était pas feinte : il avait affronté bien d'autres hasards dans sa vie! Celui-ci n'était, à ses yeux, qu'un jeu d'enfans.

Jusque-là, cependant, les manœuvres de la pinasse ne permettaient pas de deviner les intentions de ceux qui la montaient : elle suivait le lit du vent, et semblait se diriger entre la terre et le sloop. Tout à coup, elle obliqua du côté de ce dernier, et, après l'avoir hêlé dans les termes ordinaires, elle l'élongea.

— Votre serviteur, capitaine! cria le lieutenant à Rosenberg. Vous m'excuserez de vous arrêter un moment dans votre course.

— Le beau jeune homme! pensa Gabrielle, qui avait tenu ses yeux fixés sur lui tandis que les deux embarcations se rapprochaient..... Et comme il a grandi, depuis que je l'ai rencontré à la chasse du veau marin!

Birger et le capitaine rendirent à Arvid son salut.

— Monsieur le lieutenant! ajouta Rosenberg, si vous avez dessein de visiter le sloop, faites, je vous prie, que cela ait lieu le plus promptement possible : ces dames sont à moitié mortes de froid. Nous avons poussé notre excursion jusqu'à Marstrand.

— Je conçois! répartit Arvid, avec un fin sourire. Le temps est si beau! La saison est si propice pour les promenades en mer!

En parlant ainsi, il sauta sur le sloop, et salua poliment les deux dames.

Gabrielle, en ce moment, avait un air d'assurance parfaite. Toutefois, on remarquait sur son front deux petits points rouges, indices de l'émotion dont elle était intérieurement agitée. Erika les avait observés souvent : elle savait qu'ils annonçaient, chez la jeune fille, la joie, le chagrin, ou la colère, et elle s'inquiétait de les voir apparaître. Gabrielle n'était pourtant pas livrée à une anxiété trop poignante. Le regard d'admiration qu'Arvid avait jeté sur elle l'avait remplie de confiance. Ce regard disait éloquemment qu'il la trouvait jolie. Gabrielle ne s'y était pas méprise, et elle comptait sur sa beauté.

La visite du sloop commença. Chacun des objets qu'il contenait fut examiné avec soin. On fouilla dans les paniers. On chercha sous les manteaux et sous les bancs des rameurs. Plus Arvid s'approchait de la place où les deux dames se tenaient assises, plus le cœur de Gabrielle battait avec force, et plus les deux taches rouges qui marquaient son front devenaient distinctes. Tout en affectant de causer gaîment avec Erika, elle étendait autour d'elle les plis d'un grand châle dont ses épaules étaient couvertes, de manière à cacher les bords du coussin qui leur servait de siége.

— Je crois, monsieur, qu'il ne vous reste plus rien à inspecter, dit Rosenberg au lieutenant, d'un ton qui trahissait quelque impatience. Voilà déjà long-temps que vous nous retenez ici, et il se fait tard.

— J'aurai fini dans un instant, répliqua Arvid.

Alors, paraissant faire un violent effort sur lui-même, il franchit le dernier banc qui le séparait des deux dames, et il s'arrêta devant Gabrielle. Il la regarda fixement. La jeune fille ne put soutenir ses regards, et elle baissa les yeux. Il se fit un moment de silence. Gabrielle sentait sa résolution l'abandonner. Erika, Birger et le capitaine avaient pâli : Arvid lui-même manifestait du trouble et de l'embarras.

— Je prierai ces dames d'avoir la bonté de se lever, dit-il ; elles m'ex-cuseront d'être si importun : le service m'y oblige.

Erika fut aussitôt debout ; Gabrielle l'imita, mais avec plus de len-teur. Déployant une présence d'esprit merveilleuse, et une vigueur qu'on n'aurait pas attendu de ses bras délicats et potelés, elle souleva le coussin supérieur sur lequel elle était placée, et le tint en l'air, comme pour permettre à Arvid de visiter celui de dessous.

Cette visite sembla bien longue à la jeune fille. Sa main fléchissait sous le fardeau dont elle s'était chargée : et pourtant, le laisser échap-per, faire soupçonner la fatigue qu'il lui causait, c'était tout perdre ! Elle souriait donc : elle appelait à son secours tout ce qu'il lui restait de forces et d'énergie ; mais bientôt ses forces, épuisées, allaient la trahir.

— Nous est-il permis de nous rasseoir ? demanda-t-elle enfin, d'une voix altérée.

— Oui, mesdames ! répondit Arvid... Souffrez, ajouta-t-il, en s'a-dressant à Gabrielle, souffrez que je replace ce coussin. Il paraît extrê-mement lourd.

— Je vous remercie ; ce n'est point la peine, répliqua Gabrielle à la hâte, et en déposant son fardeau aussi doucement qu'elle le put.

Mais, malgré son refus, Arvid étendit le bras pour l'aider, et tou-cha légèrement le bord du coussin.

— Il est rembourré d'une façon singulière, remarqua-t-il, avec un air expressif. J'ose dire que celui qui est dessous mérite mieux le nom de coussin. Vous y seriez plus confortablement assise..... Mais je crains d'être indiscret et je vous quitte, en vous souhaitant à tous une heu-reuse traversée.

Quelques minutes après, Arvid était rendu à son bord, et la pinasse, ouvrant ses voiles à la brise, comme un oiseau qui déploie ses ailes, s'éloignait d'un sillage rapide.

— Herr Arnman, cria Gabrielle au jeune lieutenant, n'oubliez pas votre ancienne promesse de venir à Tistelon !

Arvid l'entendit, et il la salua du regard et du geste.

On respirait à bord du sloop ! Rosenberg pressait les mains de sa fiancée. Il la remerciait et la félicitait de la manière dont elle avait joué son rôle.

— Mon Dieu ! répondit la jeune fille, je n'ai pas sujet d'être si fière ; car, pour dire la vérité, le lieutenant savait à merveille ce que renferme le coussin. Je m'en suis bien aperçue.

— Peu importe! dit Birger. S'il a eu l'air de ne pas le savoir, c'est qu'il a cédé à l'ascendant de votre présence d'esprit.

— Ou, peut-être, à l'éclat de vos beaux yeux, ajouta Rosenberg en riant.

— Dites plutôt qu'il a agi ainsi par égard pour notre ancienne connaissance, observa gravement Erika.

— Quoi qu'il en soit, poursuivit Gabrielle, nous revenons avec notre butin, et le lieutenant s'en va les mains vides. Houra donc!..... Mais, Rika, comme ce jeune homme s'est formé, et comme son uniforme d'officier de la douane lui sied bien!

— Pas un mot de plus sur ce sujet! s'écria gaîment Rosenberg, sinon je serai jaloux.

Gabrielle sourit à son fiancé. Erika, pendant cette conversation, paraissait mal à son aise. Birger remarqua son air de souffrance, et il lui en demanda la cause.

— C'est l'humidité de la nuit, répondit-elle.

Mais ce n'était pas l'humidité de la nuit!

CHAPITRE XXV.

Que le lecteur se transporte maintenant avec nous dans la maison de fru Kathrina. Quoiqu'il se fût écoulé des années depuis l'époque de notre dernière visite, l'humble habitation n'avait pas changé d'aspect. Tout y était à la même place : les plantes balsamiques, l'horloge à coucou, le canapé bleu avec ses coussins en cuir noir, et l'antique fauteuil où s'asseyait autrefois Arnman. Les seuls embellissemens qui se fussent opérés étaient ceux-ci : les murs du salon avaient été reblanchis, on avait placé de jolis rideaux aux fenêtres, deux ou trois petites estampes étaient venues tenir compagnie à celle qui représentait S. M. le roi Charles; et, sous cette dernière, un sabre était appendu avec son fourreau, comme pour garder la royale image.

Il était de six à sept heures du soir. Assis devant une table, en face de fru Kathrina qui découpait des figures de papier, le lieutenant Askenberg les recevait d'une main tremblante de joie, à mesure qu'elles étaient taillées; puis il les rangeait en ordre, et les contemplait d'un œil ravi : et fru Kathrina soupirait tristement, en remarquant que son vieil ami tombait dans l'enfance.

— Ce que c'est que de nous! songeait-elle. Voilà un homme qui ne manquait ni de sens, ni d'énergie : il me tenait tête sur bien des points.

et souvent c'était lui qui avait raison ; aujourd'hui, voyez à quoi il s'amuse! Heureusement que j'ai assez de temps et de papier pour lui découper des silhouettes. Tant que je pourrai manier mes ciseaux, il ne s'ennuiera pas.

Et l'excellente femme continuait son œuvre, à la fois pieuse et mélancolique ; car s'il est un spectacle affligeant, c'est celui d'un homme que ses facultés abandonnent, et qui, n'offrant plus qu'un corps affaibli par les ans, d'où l'intelligence s'est déjà retirée, se survit en quelque sorte à lui-même.

Joséphine se tenait assise près de la fenêtre et travaillait à un ouvrage d'aiguille. Une pièce de soie noire, qui lui passait sous le menton, venait se nouer sur le sommet de sa tête : la jeune fille paraissait souffrante. L'air vif de la mer n'avait point rendu à ses joues leurs couleurs d'autrefois : son regard était morne, son attitude exprimait l'abattement.

Un léger soupir qu'elle poussa excita l'attention de fru Arnman.

— Et votre mal de dents? demanda la matrone ; en souffrez-vous toujours?

— Toujours, répondit Joséphine ; mais ce n'est pas cela qui me fait soupirer. Je songeais que c'était aujourd'hui la fête de ma pauvre mère..... Que serais-je devenue, si vous n'aviez pas consenti à la remplacer?...

— Dieu est le protecteur des orphelins, et il a étendu sa main sur vous... Laissez là ces pensées chagrines. Il faut, dans la vie, plus de fermeté. Je voudrais vous voir gaie et contente ; mais, au lieu de diminuer, votre tristesse augmente chaque jour, et, depuis qu'Arvid est revenu, elle semble redoubler. Il vous aime pourtant comme une sœur.

— Il est si bon, si généreux ! Croyez, chère fru Kathrina, que j'ai été bien heureuse de son retour... Seulement, sa vue a réveillé en moi de tristes souvenirs..... Et puis, ce mal de dents qui ne me quitte pas, et qui m'empêche de dormir...

— Le fait est qu'on est pâle quand on ne dort pas... Mais, bah ! cela n'aura qu'un temps, et j'espère qu'alors on ne vous entendra plus soupirer... Allez voir si Annika ne laisse pas brûler son poisson.

Joséphine obéit et se rendit à la cuisine, où la vieille domestique faisait cuire des carrelets.

— Herr Arvid rentrera-t-il bientôt? demanda celle-ci.

— On l'attend pour le souper, répondit la jeune fille.

— Chère mamselle Joséphine, ayez donc la bonté de jeter un coup d'œil dans sa chambre : le poêle est peut-être éteint, et je suis si occupée après ce poisson ! Seigneur ! si je le laissais brûler, ma maîtresse ne me le pardonnerait pas.

Joséphine, toujours obligeante, fit ce qu'on lui demandait. Un petit escalier conduisait de la cuisine à la chambre d'Arvid : elle y monta, ranima le feu du poêle, et mit la lampe en état de brûler. Après s'être acquittée de ces divers soins, elle s'assit, et bientôt elle s'abandonna à une de ces rêveries où elle aimait à se plonger.

Elle en fut tirée brusquement par un bruit de pas qui retentit sur l'escalier. Avant qu'elle eût eu le temps de se lever, la porte s'ouvrit, et Arvid se montra à ses yeux.

— C'est vous, chère Joséphine ! dit-il : toujours tendre et attentive... Comment se portent ma mère et le lieutenant ?... Je suis monté par l'escalier de la cuisine, afin de les surprendre au moment du souper. Ils ne m'attendent pas encore ?

— Non ! répondit la jeune fille, toute confuse. J'étais venue ici, parce que Annika... Mais je vais lui dire de vous apporter une lumière.

Et elle sortit précipitamment. Lorsqu'Arvid fut demeuré seul, il se dépouilla de son habit d'uniforme, et endossa son costume de tous les jours. Puis il se mit à parcourir sa chambre à grands pas ; l'arrivée d'Annika put à peine le distraire un moment de ses réflexions. Des idées confuses se heurtaient dans sa tête. S'il s'était glissé furtivement dans sa chambre, s'il retardait l'instant de paraître devant fru Kathrina, c'est qu'il redoutait sa présence, et n'osait soutenir ses regards inquisiteurs. Depuis quelques mois seulement il était au service de la douane, et déjà il avait manqué à ses devoirs ! Sa faute était loin d'être excusable, comme celle de son père. L'humanité avait dicté la conduite d'Arnman : quel sentiment avait dicté la sienne ? Rosenberg avait-il, comme Carlmark, une femme malade et quatre enfans qui se mouraient de faim ? n'était-il pas l'heureux fiancé d'une femme jeune et belle ?... Hélas ! la beauté de cette femme l'avait protégé, et, pour elle, Arvid s'était rendu coupable de négligence.

Il se dépitait contre lui-même : il se faisait les plus graves reproches ; puis, dominé par ses souvenirs, il se demandait s'il avait pu agir autrement. Cette rose de Tistelon méritait si bien le surnom qu'on lui avait donné ! sa voix avait tant de mélodie ! ses yeux brillaient d'un si doux éclat ! toute sa personne était si attrayante !...

Fallait-il révéler à fru Kathrina que sa prédiction s'était déjà réalisée ? Cette idée effrayait Arvid.

— J'aurai à endurer un sermon interminable, pensait-il. A quoi bon parler ? les hommes de la pinasse ne me trahiront pas. D'ailleurs, je

puis leur recommander le silence... Oui , mais alors il soupçonneront
ce qui a eu lieu... Maudite barque! Je voudrais être devenu aveugle
au moment où j'y ai posé le pied... De quel air *elle* m'a souri! avec quel
accent elle m'a invité à lui rendre visite? avec quelle adresse elle a
soulevé le coussin qui renfermait les marchandises!... Pouvais-je le
lui arracher des mains? Non! un vieux douanier, endurci dans la profession, n'aurait pas eu ce courage... Ah! si Joséphine était seulement
la moitié aussi jolie! Mais la pauvre Joséphine ne ressemble pas à la
rose de Tistelon, et la rose de Tistelon est fiancée!

Et, à cette dernière pensée, Arvid soupira. En ce moment, la grosse
horloge du salon sonna huit heures. C'était le signal du souper. Le
jeune homme sortit de sa chambre, déterminé à parler ou à se taire,
suivant les circonstances.

— Vous voilà , mon cher enfant! s'écria sa mère : eh! comment se
fait-il que je ne vous aie pas vu rentrer? vous êtes donc monté par
l'escalier de la cuisine?

— Justement , ma mère: j'ai beaucoup de choses à vous conter au
sujet de certaines marchandises que j'ai capturées... Mais laissez-moi
dire bonsoir au lieutenant.

Il alla serrer les mains du vieillard. Celui-ci le reconnut, et, en lui
souriant, son regard terne et vitreux s'éclaira d'un rayon d'intelligence.

Pendant ce temps-là, Joséphine arrangeait la table. Bientôt toute la
famille y prit place. Le poisson , préparé par Annika , reçut le tribut
d'éloges qu'il méritait. Mais, la première faim apaisée , fru Kathrina
commença le cours de ses questions : quelles étaient ces marchandises
qu'Arvid avait saisies? à qui appartenaient-elles? quelles circonstances
avaient accompagné cette capture?

— Les marchandises appartenaient au capitaine Rosenberg, qui est
de retour sur nos côtes, répondit Arvid. C'était une affaire d'importance. J'en avais eu vent, et, d'abord, j'opérai une perquisition à Tistelon ; mais l'empressement avec lequel le vieux Haraldson secondait mes
recherches m'apprit bien vite que je ne trouverais rien chez lui, et
que la cargaison n'était pas encore débarquée. Là-dessus, j'observai aux
fenêtres des lumières disposées d'une façon particulière et qu'on changeait de place. C'était évidemment un signal pour le schooner du capitaine ; quoique je ne pusse le comprendre, je résolus de faire en sorte
qu'il ne fût pas perdu pour moi.

Je quittai la demeure des Haraldson en affectant les manières d'un
homme qui ne soupçonne rien. Je poussai au large, et me dirigeai vers la
pointe méridionale de l'île ; cet endroit me semblait le mieux convenir au

dessein des contrebandiers. Je ne me trompais pas. Bientôt nous dis-
tinguâmes, dans l'obscurité, un bruit de rames, puis le cri d'un plongeon auquel on répondit par un cri pareil. Plus de doute! Rosenberg,
avec l'aide de Haraldson, méditait de frauder la douane. La pinasse fila
dans la direction d'où les cris étaient partis. Une torche qu'on alluma,
probablement pour nous braver, éclaira notre marche, et nous élon-
geâmes la chaloupe des smogglers. Ils feignaient de s'amuser à la pêche.
Rosenberg avait l'air de défier toute la pénétration dont j'étais capable.
Le vieux Haraldson riait dans sa barbe; mais, comme le dit un de vos
proverbes: devait bien rire qui rirait le dernier. Suivi de mes deux
hommes et du chien, je descendis à terre.

Castor s'arrêta auprès d'une grosse pierre autour de laquelle il se
mit à aboyer. En même temps, Martin, qui, pour flairer une capture,
est doué d'un instinct merveilleux, me fit remarquer que le vieux
Haraldson donnait quelques signes d'inquiétude. Nous étions sur la
trace des marchandises: on les avait cachées en ce lieu : la pierre en
question les recouvrait.

Cette pierre, j'essayai de l'écarter : j'y avais presque réussi, lorsque
le vieux smoggler imagina de se laisser tomber sur la lanterne que
portait Martin. La ruse n'était pas mauvaise, malheureusement pour
lui, Martin avait déjà dardé un de ses regards perçans à travers l'ouverture de la caverne et distingué ce qu'elle renfermait ; il me demanda
tout bas la permission d'achever ce que j'avais commencé ; mais j'avais
conçu un autre plan , et je prescrivis à mon zélé compagnon de garder
le silence.

Ce fut alors que le vieux Haraldson nous donna la scène la plus
amusante du monde. Feignant de s'être cassé la jambe en tombant, il
poussait des cris lamentables : le tout pour distraire mon attention.
Birger profita de cet instant, et, de ses puissantes mains, il replaça la
pierre que j'avais écartée à moitié. Le capitaine Rosenberg paraissait
triomphant. Ce capitaine m'avait traité du haut de sa grandeur; je
résolus de le punir de son arrogance.

Je l'invitai donc à passer la nuit avec moi à bord de la pinasse. Les
deux Haraldson le pressèrent fort d'accepter mon invitation. Je les vis
se concerter ensemble, et, de mon côté, je donnai mes instructions
à Martin. Tandis que j'amuserais le capitaine, et que le vieux Simon
enivrerait les deux matelots qu'il avait à sa suite, Martin devait s'es-
quiver, enlever les marchandises du lieu où elles étaient déposées, et,
pour m'avertir qu'il avait réussi, introduire Castor dans la cabine. Tout
cela s'exécuta à merveille. Mais, le meilleur de l'affaire, c'est que Mar-

tin s'avisa de remplir de sable des ballots qu'il substitua à ceux du capitaine. Les Haraldson, ainsi que je l'avais prévu, revinrent pendant la nuit, et transportèrent ce sable à leur habitation ou dans quelque localité du voisinage. Vous les représentez-vous s'applaudissant de m'avoir dupé? Vous figurez-vous quel a dû être leur désappointement lorsqu'ils ont reconnu qu'ils étaient pris dans leurs propres piéges?... Ah! ah! ah! par ma foi, mère! c'est à mourir de rire.

— En effet, dit fru Kathrina, le tour est excellent. Je suis enchantée que ces Haraldson vous aient trouvé plus fin qu'eux.

— Et, pour couronner l'œuvre, le capitaine Rosenberg m'a invité le lendemain à déjeûner à son bord.

— Vous n'avez pas accepté, j'espère?

— Si fait, j'ai accepté; son déjeûner, qui était fort bon, ses figues, ses raisins, ses oranges, son xerès, je n'ai rien refusé : je vous en rapporte une cargaison entière : la mystification a été complète. A cette heure, il doit être furieux contre moi.

— Il me semble que vous avez poussé la chose un peu loin. Votre digne père, dans un cas pareil, n'aurait pas...

— Ah! ne me reprochez point de m'être un peu amusé aux dépens de ces gens-là! interrompit Arvid. Ne voulaient-ils pas s'amuser aux miens?... D'ailleurs, ajouta-t-il, il y a tant de circonstances où je ne pourrais agir comme mon père l'aurait fait!

— Comment cela? vous juriez jadis de ne jamais dévier de la ligne du devoir; je compte que vous serez fidèle à votre promesse.

— Sans doute, sans doute... autant, du moins, que cela me sera possible.

Fru Kathrina jeta sur son fils un coup d'œil observateur. Elle remarqua chez lui de l'hésitation, de l'embarras. Elle s'aperçut qu'il ne parlait plus avec la même assurance qu'autrefois, et cet examen fit naître en elle de vagues soupçons.

— Avez-vous vu la fille de Haraldson? lui demanda-t-elle brusquement.

A cette question inattendue, Arvid rougit et balbutia.

— Non, dit-il, je ne l'ai pas vue à Tistelon... et sa conscience le força d'ajouter: mais, aujourd'hui je l'ai rencontrée avec son fiancé et son père.

— Ah! dit fru Kathrina dont les soupçons allaient toujours en augmentant... et, sans doute, ces smogglers vaquaient à leurs anciennes pratiques?

— Je l'ai d'abord pensé, répondit Arvid qui laissait lentement tomber ses mots les uns après les autres. J'ai abordé leur chaloupe, et je l'ai visitée ; mais je n'y ai rien trouvé. Ils revenaient de Marstrand, et paraissaient en partie de plaisir.

— En partie de plaisir ! c'est bien étrange.

Fru Kathrina resta un moment silencieuse ; mais son regard interrogeait le visage d'Arvid, et, sous ce regard fixe et pénétrant, le jeune homme baissa les yeux.

— Et ainsi, reprit-elle, vous n'avez rien trouvé, cette fois ?

— Rien ! répondit Arvid, et, se hâtant de vider son verre, il se leva de table.

Joséphine et Askenberg en firent autant. La jeune fille aida le vieillard à gagner sa chambre : la mère et le fils demeurèrent seuls.

— Bonsoir, ma mère, dit Arvid.

— Bonsoir, mon enfant. Dormez bien, en homme qui a scrupuleusement rempli ses devoirs.

L'accent avec lequel ces mots étaient prononcés indiquait clairement que fru Kathrina avait deviné toute la vérité. Arvid ne pouvait s'y méprendre.

— Ma mère ! balbutia-t-il d'une voix étouffée.

Mais elle l'interrompit, et, avec un mélange de tristesse et d'affection :

— Arvid, lui dit-elle, vous rappelez-vous notre conversation au sujet de Carlmark?... Vous voyez maintenant si un homme doit toujours compter sur sa force : comparez la faute de votre père avec la vôtre, et jugez !... Bonsoir, mon cher enfant. Que Dieu vous protège, et qu'il écarte désormais de vous la tentation !

Arvid se retira humilié et repentant. Mais, le lendemain, quand il vit que sa mère redoublait pour lui de soins et de tendresse, il reprit courage, et il se promit de reparer ses torts en remplissant, dans toute leur étendue, les obligations de son état.

Après le déjeûner, il sortit pour faire sa ronde accoutumée dans le village. On a dit plus haut que les habitans de cette localité étaient de pauvres pêcheurs ; Arvid entrait dans leurs maisons, donnant à ceux-ci quelques secours en argent, à ceux-là un bon avis, à tous des paroles de consolation. Il écoutait patiemment leurs plaintes, et les griefs qu'ils articulaient contre le *patron* ou propriétaire de Groby. Ce patron de Groby était une espèce de sangsue publique, moitié marchand et moitié usurier, qui, vendant fort cher et achetant à bas prix, s'engraissait aux dépens de plusieurs centaines de malheureux.

Pendant l'été et le commencement de l'automne, le produit de leur pêche subvenait à leurs besoins ; mais quand l'hiver déchaînait les tempêtes, quand le froid emprisonnait l'Océan sous une croûte épaisse de glace, alors arrivaient la misère et la faim. Jetées sur une côte inhospitalière et comme séparées du monde, n'ayant ni les ressources du commerce ni celles de l'industrie, ces populations passaient de longs mois dans les privations et les souffrances de toute sorte. C'était le temps de l'année où le patron de Groby réalisait les plus gros bénéfices. Il prêtait son argent : mais à quel taux! Il vendait sa provision de viandes salées et de pommes de terre : mais à quel prix! Au retour de la belle saison, les pêcheurs se trouvaient considérablement endettés, et, d'avance, le produit de leur pêche ne leur appartenait plus.

Arvid, ayant achevé sa tournée, rentra chez lui tout soucieux et tout préoccupé. Il songeait aux moyens d'améliorer le sort de ces pauvres gens. Divers plans se présentaient à son esprit ; mais il fallait donner à ses idées le temps de mûrir.

CHAPITRE XXVI.

Plusieurs semaines s'écoulèrent. Le jeune lieutenant surveillait la côte avec un zèle infatigable. Rosenberg avait pris ses quartiers d'hiver à Tistelon. Le succès de l'expédition où Gabrielle avait joué un si beau rôle fournissait une ample matière aux entretiens de la famille ; mais de celle que Haraldson avait dirigée, et qui avait tourné si mal, on ne disait pas un mot.

C'est que le vieux contrebandier était redevenu plus sombre et plus morose que jamais. Gabrielle et le capitaine Rosenberg se hasardaient seuls à lui parler ; encore ne le faisaient-ils qu'avec de grands ménagemens.

— Père Haraldson, lui dit le capitaine un soir qu'ils fumaient leur pipe après dîner, expliquez-moi, je vous prie, pourquoi, lorsque vous avez posé le pied sur votre barque, vous montrez la gaîté et l'enjouement d'un véritable marin, et pourquoi, à terre, je vous vois triste et taciturne?

— Pourquoi? répondit le vieillard : c'est que la mer est mon élément ; c'est que j'y ai passé les plus heureux instans de ma vie... Mais les temps sont bien changés. On ne fait plus à Tistelon ce qu'on y faisait autrefois ; j'étais jeune alors, et me voilà comme une vieille carcasse de navire qui n'est bonne qu'à être dépecée ; ainsi va le monde, et du diable si je m'en plains.

— Mais le navire est encore en état et peut courir des bordées, répliqua Rosenberg.

— Je vous dis que c'est fini pour moi, entièrement fini. Cette chienne d'expédition a terminé ma carrière de smoggler... J'aurais pourtant voulu dire adieu à la contrebande autrement que par un échec, et un échec comme celui-là... Dupé et mystifié par un blanc-bec! c'est dur. Après une aventure pareille, on ne se mêle plus du métier... Eh bien! vous aurez de la peine à croire que je sens une sorte d'estime pour le jeune drôle. Maintenant que ma colère est apaisée, je rends justice à son adresse. Par le ciel! il a été mon maître, et un bon tour me fait toujours plaisir, quel qu'en soit l'auteur.

Comme depuis long-temps le vieillard ne s'était pas montré d'humeur aussi communicative, Rosenberg crut devoir profiter de cette bonne disposition.

— Allons, dit-il, c'est une revanche à prendre, voilà tout... et nous la prendrons l'année prochaine. Du courage, père Haraldson! Je vous amènerai, vers l'automne, un navire richement chargé, et, cette fois, nous introduirons nos marchandises à la barbe du lieutenant et de ses hommes.

A cette perspective qu'on lui présentait, les yeux du vieux fraudeur brillèrent d'un feu étrange. Il rapprocha sa chaise de celle du capitaine en signe de confiance toujours croissante.

— Sommes-nous seuls? lui demanda-t-il; personne n'est-il à portée de nous entendre?

— Personne. Gabrielle se promène avec Anton; Erika s'est retirée dans sa chambre, et Birger est allé sur la jetée.

— Birger! c'est justement de lui que je voulais vous parler, capitaine. Il n'aime pas le métier de smoggler, celui-là. S'il a pris part à notre expédition, c'est uniquement par amitié pour vous; et pourtant, quel dommage! mon cœur saigne rien que d'y songer. Jamais le Shargord n'aurait vu un contrebandier aussi accompli. Il réunissait toutes les qualités. On a perdu en lui un homme!... Mais c'est la faute de sa femme. Sans les maudits sermons qu'elle lui a débités, il aurait pu vivre ici comme un roi, et il végète misérablement... Je vous dis que le bon temps est passé.

— Ah ça! père Haraldson, vous m'étonnez, sur mon âme! Je ne vous comprends nullement. Birger est un gaillard aussi actif que quiconque ait jamais foulé le pont d'un navire. Il entreprend des voyages, bâtit des vaisseaux, s'occupe d'un négoce considérable, donne de l'ouvrage

et des secours à ses pauvres voisins , et vous dites qu'il végète misérablement ? Diable ! vous devriez être fier d'un tel fils.

— J'ai été fier de lui, quand il était jeune. Oui, j'avais mis en Birger
mon orgueil et mon espoir... Mais tout est dit : le voilà devenu un
monsieur, une espèce d'homme comme il faut ! Sa femme l'a dressé
aux belle manières, au beau langage !... Sottises, fadaises que je méprise et que j'ai en horreur !

— Sa femme est cependant le modèle de son sexe, observa Rosenberg : c'est elle qui a élevé ma jolie petite fiancée , et cela seul en dit
beaucoup en sa faveur.

— D'accord ! Je ne nie pas qu'elle n'ait quelque mérite ; mais elle
avait peu de chose à faire avec Gabrielle. L'enfant, Dieu la bénisse ! se
serait presque élevée toute seule : elle ressemble à sa mère, qui était
une femme docile et patiente, ne me fatiguant jamais de remontrances
au nom de la légalité , voyant tout , et ne soufflant mot. Gabrielle a
hérité de sa douceur de caractère, et elle tient de moi ce courage et
cette résolution qu'elle a déployés dernièrement.

Rosenberg ne partageait pas complétement cette opinion. Il ne trouvait pas que Gabrielle brillât précisément par son humeur douce et
patiente ; mais il s'abstint prudemment de toute réflexion à cet égard.
Quoiqu'il eût toujours professé une grande tolérance en matière de
contrebande , il commençait à soupçonner que son futur beau-père
allait bien plus loin que lui , et attachait à ce mot un sens beaucoup
plus étendu. Il ne doutait même pas que Haraldson n'eût joint autrefois la pratique à la théorie, et il en était venu au point de redouter
les confidences que le vieillard semblait disposé à lui faire, lorsque
l'arrivée de Birger dérangea leur tête-à-tête.

Pendant ce temps-là, Gabrielle tenait compagnie à Anton qui, depuis
trois jours , gardait le lit. Elle l'entretenait de son prochain mariage,
des voyages où elle suivrait son mari , des belles emplettes qu'elle
projetait pour sa parure. La jeune fille insistait longuement sur ce
dernier point : elle fut même si prolixe , que le malade s'assoupit en
l'écoutant.

Gabrielle s'apprêta à descendre pour préparer le café. Elle s'approcha un moment de la fenêtre et promena des yeux distraits sur la surface de l'Océan. Tout à coup son regard devint fixe... elle étouffa une
exclamation de surprise qui allait lui échapper, rougit excessivement ,
et se retira aussitôt de la fenêtre. Mais, au lieu de descendre dans la
pièce commune , elle gagna précipitamment sa chambre , et, ouvrant

les tiroirs d'une commode, elle y chercha divers ajustemens qu'elle essayait ensuite devant son miroir.

Elle était occupée à cet examen, lorsque Lena entra d'un air effaré.

— Grande nouvelle ! mamselle Ella ! s'écria la servante.

— Je sais, je sais, répondit Gabrielle. Puis, laissant Lena tout ébahie, elle passa devant elle, et s'élança sur l'escalier qu'elle franchit en quelques bonds.

Presque au même instant, Peter Lindgren, entr'ouvrant la porte du salon, adressait au capitaine Rosenberg maintes grimaces et maints clignemens d'yeux significatifs qui n'étaient que pour lui.

— Que diable avez-vous donc, maître Peter ? lui demanda le capitaine à haute voix, et sans s'inquiéter s'il déconcertait ce petit manége.

— Moi ! répondit Peter, je n'ai rien... seulement...

Et il recommença ses signaux télégraphiques.

— Eh bien ! voyons, poursuivit le capitaine, est-ce que vous n'avez pas la langue d'un marin, pour me dire ce qu'il y a sous le vent ?

— Il y a, capitaine, répliqua Peter, vexé d'être si mal compris, il y a... Préparez une autre cargaison d'oranges, de raisins et de xerès : car le malin drôle qui vous a soutiré la première vient savoir s'il n'y en a pas une seconde... Regardez !...

Et il étendit le bras dans la direction de l'Océan.

— Que veut dire ce fou ? s'écria Rosenberg en se levant et en courant à la fenêtre.

Mais déjà Birger l'y avait précédé.

— La pinasse de la douane ! dit-il en lui montrant du doigt le pavillon bien connu qui flottait à la poupe de l'embarcation.

— La pinasse ! répéta Haraldson. Que l'enfer la confonde ! Qu'est-ce qu'elle vient chercher ici !

— C'est sans doute quelque visite de politesse que nous rend le lieutenant pour nous consoler de notre mystification, dit Rosenberg avec un sourire forcé. Ce jeune homme sait les égards que le vainqueur doit aux vaincus.

— Il est heureux, alors, qu'Anton soit confiné dans son lit ! grommela tout bas Haraldson.

Birger sortit pour aller recevoir l'hôte inattendu qui leur arrivait.

Bientôt il reparut accompagné d'Arvid. Celui-ci se présenta avec cette urbanité de manières et de langage qu'il avait acquise dans la maison du collecteur. Il salua poliment Haraldson et le capitaine, et il ajouta que, se trouvant dans ces parages, il avait pris la liberté de débarquer à Tistelon, afin de faire une connaissance plus intime avec ses voisins.

Le vieux smoggler ne put s'empêcher de murmurer quelques mots de bien-venue. Quant au capitaine, il rendit d'un air cérémonieux son salut à Arvid.

— Monsieur le lieutenant, poursuivit-il avec un sourire ironique, vous ne m'avez pas encore remercié du déjeûner que je vous ai offert à bord de l'*Aigle*. Il me semble cependant que, vu certaines circonstances, la chose en valait la peine.

— Eh! mais, monsieur le capitaine, répondit gaîment Arvid, ce n'était qu'un rendu pour un prêté. J'avais eu, le premier, le plaisir de vous recevoir à bord de la pinasse, et si vous vous rappelez certain souper...

— Pardieu, monsieur le lieutenant, vous avez eu soin qu'il ne s'effaçât pas si tôt de ma mémoire.

Ici Arvid se tourna vers le vieux smoggler, et le saluant avec grâce :

— J'espère, dit-il, que herr Haraldson n'a point conservé de ressentiment contre un officier de la douane qui a exécuté son devoir. C'était mon coup d'essai, et, ayant en tête un homme aussi renommé pour son expérience et son adresse supérieure, j'ai tâché de soutenir la lutte sans trop de désavantage.

— Et, de par tous les diables! vous y avez réussi! s'écria Haraldson très flatté de ce compliment. Touchez là, jeune homme, et sans rancune. Encore une fois, vous êtes le bien-venu à Tistelon. Il me reste quelques bouteilles d'un vin comme on n'en boit pas tous les jours dans nos îles. Je prétends que vous en goûtiez.

— Du vin de contrebande, n'est-ce pas, herr Haraldson?

— Certainement, du vin introduit à la barbe des douaniers. C'était plus facile autrefois qu'aujourd'hui : vous nous l'avez prouvé ; mais nous avons renoncé à ce métier-là.

La conversation se maintint sur ce ton de cordialité. Bientôt Erika et Gabrielle entrèrent dans le salon. Toutes deux firent l'accueil le plus distingué au jeune lieutenant; mais un observateur eût remarqué que les joues de la première étaient un peu pâles, tandis que celles de la seconde étaient couvertes d'une rougeur brûlante.

Sur un signe de son père, Gabrielle présenta à Arvid une tasse de café et une pipe. Lorsque la soirée fut plus avancée, on alluma les lumières, et cette même bouteille de vin que Haraldson avait jadis arrachée des mains de sa fille, fut par lui servie sur la table. On a vu qu'il n'en était pas prodigue : il le gardait précieusement pour les grandes occasions ; mais Arvid semblait avoir fait sa conquête. C'était le premier officier de la douane qui eût mis en défaut son adresse consommée, et le vieux smoggler trouvait un charme étrange à trinquer avec lui. Il savait qu'il n'avait pas à redouter la présence d'Anton : il déridait son front morose et faisait d'une façon hospitalière les honneurs de sa table. Birger et le capitaine ne prenaient qu'une faible part à la conversation. L'un songeait aux rochers du *Pater Noster* ; l'autre, à ses marchandises capturées.

Arvid, en contemplant les traits gracieux, la physionomie animée de Gabrielle, portait secrètement envie à Rosenberg, à qui un tel trésor était destiné. Il la comparait, dans sa pensée, avec Joséphine : hélas ! la comparaison n'était jamais en faveur de cette dernière.

En ce moment, la porte du salon s'ouvrit sans bruit, et Anton montra sur le seuil sa figure livide et décharnée. Il fit quelques pas en avant et jeta autour de lui des yeux hagards. Haraldson l'aperçut, et il pâlit à son aspect ; car Anton était comme son mauvais génie.

— Qui est là... assis à cette place ? demanda l'idiot d'une voix creuse et en désignant Arvid du doigt.

Erika, tremblante d'inquiétude, se précipita au devant de lui ; elle lui prit la main et d'un ton caressant qu'elle accompagna d'un regard expressif :

— C'est le lieutenant de la pinasse, lui dit-elle : il est venu nous faire une visite d'amitié.

Anton ne répliqua rien ; il se dirigea vers Arvid qui se leva à son approche : il le salua humblement et le contempla avec curiosité ; puis il se retourna vers Haraldson, et lui touchant l'épaule :

— Vous n'avez pas de honte, lui dit-il tout bas, de vous asseoir à la même table que le fils de...

Haraldson lui lança un regard effroyable, un regard d'hyène qui le réduisit au silence. L'idiot se retira dans un coin de la salle.

— Judas assis à côté du Christ ! murmura-t-il ; assassiner un homme et boire avec le fils de sa victime !

Birger et Haraldson furent les seuls dont l'oreille put distinguer ces paroles sinistres. Rosenberg riait et plaisantait avec sa fiancée. Erika avait appelé l'attention d'Arvid sur un coquillage d'une forme extraordinaire dont on lui avait fait cadeau, et elle s'empressa d'expliquer au jeune lieutenant que le pauvre Anton était retombé dans les accès de folie auxquels il était malheureusement sujet.

Mais la gaîté qui régnait auparavant dans la petite réunion avait disparu. Elle avait fait place à la contrainte et à la gêne. Vainement Birger et le capitaine s'efforcèrent-ils de ranimer la conversation. Vainement Gabrielle invita-t-elle son frère à venir s'asseoir parmi eux.

— Non, répondit-il brusquement; je ne suis point un Judas.

Et il sortit du parloir.

Haraldson ne tarda point à le suivre : les mots prononcés par Anton l'avaient affecté plus fortement qu'il ne voulait le laisser paraître.

Quelque temps après, Arvid fut conduit à la chambre qu'on lui avait destinée. Il passa la nuit sous le même toit que Gabrielle. Son sommeil fut sans doute agité, car le lendemain il se leva avec un violent mal de tête; quoi qu'il en soit, il mit à la voile dans la matinée. — Il emportait de Tistelon d'aimables souvenirs, et il y en laissait lui-même de plus d'une espèce.

CHAPITRE XXVII.

Le bonheur que goûtaient ensemble Gabrielle et Rosenberg ressembla à une de ces étoiles filantes qui brillent un moment aux cieux et s'évanouissent aussitôt. Dès le mois de mars, la mer, qui était emprisonnée sous les glaces, redevint libre, et le schooner fut frété pour un nouveau voyage. Mais Rosenberg et Gabrielle n'étaient pas les seuls que menaçât le chagrin d'une séparation prochaine, Peter Lindgren et Lena, malgré leurs fréquentes altercations, s'aimaient d'un amour véritable. Seulement ils s'appliquaient à le cacher, un peu par orgueil, un peu par esprit de contradiction.

— Eh bien ! mamselle Lena, disait Peter avec une nuance de tristesse, un jour qu'ils s'occupaient l'un et l'autre de mettre en ordre la cabine du schooner, nous allons donc quitter cette île de Tistelon et les jolies filles du Shargord !

— C'est très aimable à vous de regretter les jolies filles du Shargord , répondit Lena d'un ton moqueur ; mais je doute qu'elles vous rendent la pareille.

— Ce n'est pas l'embarras, répliqua le glorieux Peter, il ne manque pas de jolies filles dans le monde : on en trouve partout et à chaque point de relâche, en France, en Espagne...

— De même que chaque bâtiment qui arrive ici, interrompit vivement Lena, nous amène de jeunes marins; les derniers font toujours oublier les premiers.

— Je croyais pourtant, reprit Peter un peu déconcerté de cette répartie, oui, je croyais... que lorsqu'un ami s'éloignait... peut-être pour ne jamais revenir... car c'est une longue expédition que celle où nous allons nous embarquer : il ne s'agit pas d'un petit voyage à Mars-

trand ou à Hambourg... Traverser l'Atlantique et passer la ligne, rien
que cela!... Et les tempêtes de l'équateur, mamselle Lena! des tempêtes dont celles de ces parages ne donnent qu'une faible idée! Je ne
vous parle pas d'autres dangers de toute espèce, des monstres marins,
des sauvages ou Caraïbes, entre les mains desquels un pauvre matelot
peut tomber, et, alors...

— Bon Dieu, monsieur Peter! s'écria la jeune fille émue à son tour,
que c'est mal à vous de m'effrayer ainsi!

Peter comprit son avantage, et il en profita.

— Vous effrayer! dit-il: chère Lena, il est donc vrai? vous avez peur
pour...

— Pour vous, monsieur Peter... Là, voyez! s'il allait être dévoré par
les sauvages!

Et la pauvre Lena, ne pouvant soutenir cette image affreuse qu'elle
venait d'évoquer, fondit en pleurs et se couvrit le visage de ses deux
mains.

Peter les écarta en usant d'une douce violence.

— Ma chère Lena, dit-il, vous pleurez, et c'est pour moi! Ne me
cachez pas vos larmes. Si vous saviez combien elles vous rendent plus
jolie à mes yeux!... Cependant il ne faut pas vous désoler de la sorte!
Allons, rassurez-vous, je ne suis pas encore mort. J'espère, au contraire,
que j'échapperai heureusement à tous les dangers et que je vous reviendrai sain et sauf.

En parlant ainsi, il tourna vers lui la figure de Lena, et il ravit à
la jeune fille un premier baiser.

— Seigneur! s'écria-t-elle, sans se montrer trop courroucée d'un
pareil larcin, que faites-vous, monsieur Peter?... et que dirait le capitaine s'il vous voyait?

— Il dirait, répliqua Peter d'un air triomphant, il dirait... ou plutôt
je lui expliquerais que j'embrasse ma fiancée, afin de me donner du
cœur pour ce long voyage.

— Votre fiancée, monsieur Peter! est-ce que réellement...

— Oui, ma fiancée... Je l'entends et le veux ainsi, à moins que vous
n'ayez quelque objection à la chose... Mais vous n'en avez point: c'est
pourquoi tout est dit. A mon retour, je vous apporterai une jolie bague
en or; ce sera le gage de ma foi, mamselle Lena... Et, maintenant que
nous sommes comme mari et femme, il me semble qu'un autre baiser...
en guise d'à-compte...

— Peter! cria en ce moment le capitaine qui venait inspecter les
préparatifs du départ, avez-vous bientôt fini d'arranger la cabine?

A cette voix bien connue, les bras que l'amoureux Peter tendait à sa fiancée retombèrent soudainement. Lena s'esquiva au plus vite, peut-être contente, peut-être fâchée de cette brusque interruption.

Le jour où le schooner devait appareiller arriva enfin ; mais Rosenberg et Gabrielle supportèrent cette nouvelle séparation avec plus de fermeté que les précédentes. Tous deux étaient pleins de confiance dans l'avenir. Dans huit mois, le capitaine devait être de retour. Dans huit mois, leur mariage aurait lieu. Cet espace de temps n'était pas une éternité : ils n'en voyaient que le terme, et ils fermaient les yeux sur tout le reste.

Cependant Rosenberg, à diverses reprises, fut agité de pressentimens fâcheux ; il se reprochait quelquefois son excès de sécurité.

— Huit mois ! pensait-il, c'est encore un intervalle bien long ; que n'est-il déjà écoulé ?

A l'instant du départ, ces pressentimens l'assaillirent avec plus de force : trois fois il s'éloigna de sa fiancée, et trois fois il retourna la presser sur son cœur.

— Gabrielle ! lui dit-il, ô ma Gabrielle adorée, me serez-vous fidèle?

— Fidèle ! répéta la jeune fille étonnée d'entendre Rosenberg exprimer ce doute: oui, je le serai.

— Je pars, donc ; puisse Dieu me conduire et me ramener !

Et il donna le signal d'appareiller. Gabrielle passa dans la solitude et les larmes les jours qui suivirent le départ de son amant. Mais, au bout d'une semaine, cédant aux exhortations d'Erika, elle reprit son genre de vie accoutumé. Une lettre qu'elle reçut de Rosenberg acheva de lui rendre son enjouement. D'ailleurs, elle n'avait pas de temps à perdre. Ne fallait-il pas qu'elle apprêtât son trousseau et sa parure de noce? Une jeune fille, en s'occupant de toilette, se console de bien des chagrins et oublie bien des choses !

CHAPITRE XXVIII.

Il faisait une belle soirée du mois d'août. Assise devant la fenêtre, Joséphine travaillait à un ouvrage de couture. Les derniers rayons du soleil couchant coloraient ses joues pâles d'une teinte plus vive, et elle écoutait avec une apparence d'intérêt la lecture que lui faisait Arvid d'une lettre qu'il avait reçue de maître Lars. Maître Lars était alors étudiant au collége de Gottenbourg; il priait Arvid de lui prêter une certaine somme dont il avait besoin, et qu'il n'osait demander à sa mère.

La lecture finie, une discussion s'engagea entre les deux jeunes gens sur le point de savoir si Arvid devait prêter cette somme à son ancien élève, ou informer le collecteur de la dissipation à laquelle s'abandonnait son fils. Arvid se décida pour le premier parti; mais il demanda le secret à sa confidente : celle-ci le lui promit volontiers.

— Je compte sur votre discrétion, lui dit Arvid : vous savez vous taire quand il le faut.

— C'est plutôt quand il ne le faudrait pas, repliqua Joséphine avec un sourire languissant. Fru Kathrina me reproche d'être trop taciturne.

— Et elle a raison ; mais, quoiqu'elle vous fasse la guerre à ce sujet, elle vous rend justice sous tous les rapports, et elle vous aime comme si vous étiez sa fille.

Ici, la jeune fille baissa la tête sur son ouvrage et soupira.

Arvid la regarda avec une tendre pitié.

— Pauvre Joséphine ! reprit-il, vous n'êtes pas heureuse au milieu de nous !

— Ne croyez pas cela, monsieur Arvid ! répondit-elle, sans toutefois oser lever les yeux. Je suis heureuse... aussi heureuse, du moins, que je puisse l'être.

— Non, vous ne l'êtes pas. Ce don de clairvoyance qu'a reçu ma mère, je le possède aussi, et je distingue la réalité de l'apparence.

Joséphine n'essaya plus de protester ; elle demeura muette. Arvid poursuivit avec une agitation toujours croissante.

— Ainsi donc, lui dit-il, tous nos efforts pour vous réconcilier avec votre position n'ont abouti à rien : vous vous déplaisez ici; votre cœur s'est détourné de nous !

A cette accusation, Joséphine tressaillit douloureusement. Sa tête était tellement baissée qu'on ne pouvait voir l'expression de ses traits ; mais une larme qui tomba silencieusement sur l'étoffe qu'elle tenait en dit plus que n'auraient fait des paroles.

Arvid s'aperçut qu'il avait été dur et injuste. Il s'approcha encore plus près de la jeune fille, et, d'une voix émue :

— Songez, lui dit-il, chère Joséphine, que vous n'êtes point une étrangère parmi nous. Si vous ne nous aimez point autant que nous vous aimons, du moins...

— Je vous aime tous ! interrompit la pauvre Joséphine avec un accent déchirant ; mais recevoir et donner ne sont pas la même chose.

— Ne pensez pas à cela : ce que nous faisons, vous le feriez...

— Et avec bonheur, monsieur Arvid ; Dieu m'en est témoin ; mais...

— Tout ne doit-il pas être commun entre nous ? N'êtes-vous pas la

fille d'adoption de ma mère ? Est-ce que notre affection vous pèse, et
trouvez-vous ce fardeau trop lourd à porter ?

La chaleur avec laquelle s'exprimait Arvid et le feu qui brillait dans
ses yeux n'étaient point faits pour dissiper l'embarras de Joséphine.
Troublée au dernier point, elle ne savait que répondre ; elle craignait
également d'en trop dire et de n'en pas dire assez, et elle eût voulu
pour tout au monde que l'arrivée d'un tiers mît fin à cette conversation. Mais personne ne venait. Fru Kathrina était en tournée dans le
village, le vieux lieutenant faisait la sieste, et Annika vaquait aux soins
de la cuisine.

— Vous ne me répondez pas, Joséphine ! poursuivit Arvid. Ce silence
que vous gardez n'est point naturel; vous avez quelque chagrin que
j'ignore..... Sûrement vous ne pensez pas à nous quitter ?

— Pas à présent, balbutia Josephine ; mais un peu plus tard..... dans
la suite..... il faudra peut-être.....

— Nous quitter ! s'écria Arvid en joignant les mains. Joséphine,
vous déplaisez-vous à ce point avec nous ?

— Ce n'est pas cela, monsieur Arvid. Mon Dieu ! pouvez-vous avoir
une idée pareille !.... Mais je vous ai dit que mon frère allait se marier ;
il m'annonce dans sa dernière lettre que son intention est de m'avoir
auprès de lui.

— Et votre intention, à vous, est d'accepter cette offre? demanda
Arvid dont les joues étaient en feu.

— Pourquoi serais-je plus long-temps à charge à votre mère, lorsque mon frère a besoin de moi?

Ces mots furent prononcés d'une voix éteinte, comme s'ils eussent
coûté beaucoup à la jeune fille.

Arvid se leva, et il parcourut la chambre à pas précipités. Joséphine
n'osait ni le regarder, ni lui adresser la parole. A la fin, il s'arrêta
brusquement devant elle, et lui prenant la main :

— Joséphine, lui dit-il, si vous nous aimez, si vous croyez que nous
vous aimons, ne songez pas à nous quitter. Vous partie, cette maison,
que vous animez de votre présence, me paraîtrait trop triste. Il me
semble que je n'y reviendrais pas avec plaisir et que j'aurais toujours
hâte de m'en éloigner. Dieu sait combien je chéris tendrement ma
mère ; mais vous devinez mes goûts mieux qu'elle. Ceux qu'avait mon
père continuent d'être sa loi, et vous, Joséphine, vous consultez les
miens. Restez, oh ! restez !.... quand ce ne serait que pour moi, qui
vous en prie !

Ces mots et l'accent dont ils étaient accompagnés touchèrent vivement la jeune fille : un faible sourire se dessina sur ses lèvres.

— Mon départ n'est pas encore décidé, murmura-t-elle; s'il doit avoir lieu, ce ne sera que l'année prochaine, et... peut-être resterai-je.

— Merci, Joséphine, merci! répliqua Arvid... Voici ma mère; je me sauve dans ma chambre pour répondre à maître Lars.

On entendait en effet, sur l'escalier, le bruit des pas de fru Kathrina. Arvid, s'esquivant en toute hâte, gagna sa chambre et prépara ce qu'il fallait pour écrire. Bientôt sa plume courut sur le papier; mais ce qu'il traçait d'une main presque convulsive n'était point une lettre à l'adresse de son ancien élève : la page n'était couverte que des noms de Joséphine et de Gabrielle.

— Gabrielle et Joséphine! s'écria-t-il à la fin dans une espèce de délire; pourquoi ces deux noms sont-ils toujours présens à ma pensée, et pourquoi vont-ils toujours ensemble?... Gabrielle!... Joséphine!... Jamais créatures ne différèrent davantage : elles sont comme le jour et la nuit, et pourtant je ne puis les séparer l'une de l'autre..... Je voudrais me délivrer de leur image... au moins de celle de Gabrielle. Cette Rose de Tistelon ne m'a-t-elle pas déjà fait manquer à mon devoir? N'est-elle pas fiancée?... Je ne la verrai plus... Je ne retournerai pas chez elle avant l'automne, avant le retour de Rosenberg. Non, par le ciel! je n'y retournerai pas.

Cette seconde résolution était moins énergique que la première. Néanmoins, Arvid se sut bon gré de l'avoir formée, et, pour s'y fortifier encore plus, il étendit la main vers sa blague à tabac, dans le dessein de fumer une pipe; mais, à la place de la vieille poche en peau de renne, laquelle avait appartenu à son père, il en trouva une neuve élégamment doublée en soie et marquée de son nom. Cette découverte lui causa un sentiment mêlé de contrariété et de plaisir.

— Encore Joséphine! se dit-il à lui-même. C'est aujourd'hui ma fête, et elle y a songé... Pauvre Joséphine! tout à l'heure j'ai été bien tenté de lui proposer d'être ma femme... Il vaut mieux que je ne l'aie pas fait : elle a une foule d'excellentes qualités; mais je ne l'aime pas... non, je ne l'aime pas comme j'aurais aimé Gabrielle.

Et Arvid, comme un homme renfermé dans un cercle magique d'où il ne peut sortir, rêva de nouveau à cette image de Gabrielle, qui le poursuivait sans cesse.

C'est qu'il n'avait pour Joséphine que l'affection d'un frère; c'est qu'il aimait en elle une sœur toujours occupée de son bien-être, toujours attentive à consulter ses goûts. Joséphine ne faisait pas beaucoup

de bruit; elle n'en faisait même pas assez, et c'était là le texte ordinaire des remontrances de fru Kathrina; mais elle faisait beaucoup de
besogne. Sans en avoir l'air, elle était active, industrieuse; avec elle,
les choses marchaient comme d'elles-mêmes, et l'on ne s'apercevait de
son travail qu'en en voyant le résultat. Si Arvid laissait sa chambre en
désordre, il ne manquait pas, au retour, de la trouver soigneusement
rangée. Les petites améliorations qu'il désirait dans la disposition des
meubles ou dans la distribution des placards, on semblait les avoir
devinées, et elles s'opéraient en son absence. Une fois, il s'était plaint
de l'humidité du plancher : huit jours après, ce plancher était recouvert d'un tapis.

— Qui diable a fait cela? demanda-t-il avec étonnement.

— C'est une idée de Joséphine, lui répondit fru Kathrina. Elle a découpé quelques vieux habits de votre père et une ancienne robe de
camelot que je ne portais plus; et avec les morceaux, qu'elle a assortis, elle a fait cet ouvrage. Que voulez-vous, mon cher enfant! je ne
puis rien lui refuser.

C'était ainsi que Joséphine se rendait en quelque sorte nécessaire à
Arvid. Peut-être au fond du cœur l'aimait-il plus qu'il ne le croyait;
peut-être que, sans le souvenir de Gabrielle, il eût été heureux de
l'épouser... En attendant, il ne réfléchissait pas que ses protestations
d'attachement, ses instances pour l'empêcher de partir, les regards et
les mots affectueux qu'il lui adressait, semblaient signifier autre chose
qu'une amitié fraternelle, que Joséphine pouvait s'y tromper, et que la
déception déchirerait cruellement une âme aussi tendre. Arvid ne réfléchissait à rien de tout cela; et pourtant c'était un bon et loyal jeune
homme!

Il restait donc assis devant son bureau, tenant à la main le cadeau
de Joséphine et songeant à Gabrielle, tellement plongé dans ses rêveries, qu'un bruit de pas pesants sur l'escalier ne put attirer son attention. Un coup frappé à sa porte et le son d'une voix qui demandait si
le lieutenant était chez lui le rappelèrent enfin à lui-même. Il se leva
et alla ouvrir. C'était Martin, un de ses hommes d'équipage, qui venait
s'entretenir d'une affaire relative au service, et dont il fallait s'occuper
sans délai. A cette nouvelle, les visions qui flottaient devant les yeux
d'Arvid se dissipèrent tout à coup.

— C'est bien! dit-il au douanier; ce soir, dans quelques heures, nous
prendrons la mer. Allez tout préparer à bord de la pinasse; je ne tarderai pas à vous rejoindre.

Après avoir congédié Martin, Arvid commença enfin la lettre qu'il voulait adresser à son ancien élève. Il y traça quelques réprimandes, y mêla quelques bons conseils, et il la cacheta en y enfermant la petite somme que Lars lui avait demandée.

— Maintenant, dit-il, allons remercier cette excellente Joséphine de son cadeau.

Il prit la jolie poche à tabac qu'elle avait travaillée pour lui et il descendit dans le salon. Joséphine y était encore seule. Il s'approcha d'elle, s'empara de sa main qu'il pressa tendrement, et la remercia d'avoir pensé au jour de sa fête.

— Ce n'est qu'une bagatelle, répondit la jeune fille en rougissant et en retirant sa main qu'Arvid tenait entre les siennes; je suis charmée que mon petit cadeau vous ait fait plaisir; mais il ne mérite pas que vous en parliez davantage.

— Soit, Joséphine! vous savez que je ne suis pas un faiseur de protestations. Il suffit que vous soyez bien convaincue que votre attention m'a été on ne peut plus agréable. Cette blague à tabac, que vous m'avez donnée, ne me quittera plus; je la porterai toujours, et, chaque fois que je m'en servirai, je penserai à vous... Vous voyez que ce sera souvent... Maintenant que c'est une affaire réglée entre nous, il s'agit de vaquer à mes devoirs. Martin a éventé une piste, et nous allons battre la mer.

— Comment! vous repartez déjà? s'écria Joséphine.

— A l'instant même.

— Mais vous ne faites que d'arriver!

— Le service avant tout. J'espère être bientôt de retour.

— Et... cette fois... irez-vous à Tistelon? demanda la jeune fille en balbutiant.

— A Tistelon! Je ne crois pas. Pourquoi cette question?

— Mon Dieu! pour rien!... c'est que... Je vous expliquerai cela une autre fois.

Et elle sortit précipitamment de la chambre. Mais, comme elle se retournait pour fermer la porte, Arvid surprit un regard qui était toute une révélation. Pour la première fois, le jeune homme entrevit la vérité : il demeura un instant debout, les yeux fixés sur la place que Joséphine avait occupée; puis, se frappant le front :

— Aveugle que j'étais! murmura-t-il.

Et, tout chagrin de la découverte qu'il venait de faire, il se hâta de prendre congé de fru Kathrina et de gagner la pinasse. Ses deux hommes l'attendaient.

— Pousse au large! leur cria le jeune lieutenant d'une voix brève et sévère.

Bientôt la légère embarcation s'éloigna de la côte et prit le vent. La soirée était magnifique. La mer, au lieu de former des vagues longues et régulières, se couronnant d'écume et se poursuivant comme autant de chevaux de course, se brisait en lames courtes et petites, qui, réfléchissant les rayons du soleil couchant, étincelaient de mille feux. Du côté de la terre, les hauteurs s'illuminaient encore de reflets dorés, tandis que les ombres de la nuit et les brouillards du soir commençaient à s'étendre sur les vallées. C'était un spectacle gracieux et imposant à la fois; mais Arvid ne s'y montrait pas sensible. Assis à la barre de la pinasse, il gardait un silence soucieux et semblait plongé dans des réflexions que les deux douaniers n'osaient pas interrompre. A la fin, Martin se hasarda à lui adresser la parole.

— Une jolie soirée, lieutenant, dit-il... Je crois qu'à la tombée de la nuit, le vent tournera un peu au sud... Voilà Tistelon là-bas, sur notre gauche... Est-ce que nous ne rendrons pas une petite visite au vieux renard Haraldson?

Cette question ne venait point tout à fait au hasard. Non que Martin fût très désireux de voir la face renfrognée de Haraldson; mais Lena avait produit sur son cœur une impression assez forte, et il n'ambitionnait rien moins que de supplanter Peter Lindgren.

Quoi qu'il en soit, Arvid n'eut pas l'air d'avoir entendu. Lui aussi, il avait distingué l'île de Tistelon apparaissant comme un point sombre au milieu des vagues blanchissantes; lui aussi, il éprouvait un violent désir d'aller passer quelques heures sous ce toit, où il avait reçu naguère l'hospitalité et où respirait Gabrielle. La suggestion de Martin rendait la tentation encore plus pressante. Cependant Arvid réussit à la vaincre. Déjà il s'était promis de ne plus y céder; l'entretien qu'il venait d'avoir avec Joséphine l'affermissait dans sa résolution.

— Voilà Tistelon par notre travers, reprit insidieusement Martin. En une petite demi-heure le vent et la marée nous y conduiraient, et, avant la tombée de la nuit, nous serions en chasse. Nous avons devant nous plus de temps qu'il ne nous en faut.

— Cela n'est pas certain, répliqua le jeune lieutenant. En fait de précautions, trop est à peine assez. Non; nous ne devons songer qu'à notre besogne.

Et en parlant ainsi, sa voix avait perdu quelque chose de sa fermeté ordinaire. Son irrésolution se lisait dans ses regards : quelques minutes de plus, et peut-être aurait-il commandé de mettre le cap sur Tistelon :

mais la pinasse semblait voler dans sa course rapide; déjà elle avait dépassé l'île : celle-ci commençait à décroître graduellement, et bientôt elle se perdit dans le vague de l'horizon.

Arvid était sauvé pour cette fois.

Il tira de sa poche et sembla examiner avec intérêt la poche à tabac que Joséphine lui avait destinée pour sa fête. Il chargea ensuite sa pipe, et, s'appuyant contre un des rebords de la pinasse, dans une direction opposée à celle où l'île de Tistelon venait de disparaître, il s'abandonna à une profonde rêverie. A qui rêvait-il? à Joséphine sans doute ; car telle était la promesse qu'il lui avait faite en la remerciant de son cadeau... Hélas! ce n'était pas à Joséphine qu'il pensait en ce moment. C'était à Gabrielle. Vanité des sermens ! il acheva de fumer sa pipe sans s'apercevoir qu'il avait manqué à sa parole.

Cependant Joséphine s'occupait de remettre tout en ordre dans la chambre d'Arvid. Elle trouva, sous la table à écrire, une feuille toute froissée et jetée négligemment parmi les papiers de rebut. Elle se dit à elle-même que cette feuille ne pouvait rien contenir de secret, et elle la déplia. Elle y vit son nom tracé bien des fois ; mais celui de Gabrielle y occupait encore plus de place. Cette vue ne lui apprenait probablement rien de nouveau ; cependant elle soupira; ses yeux se mouillèrent de larmes ; puis, jetant au feu la feuille qui portait l'arrêt de sa condamnation, elle la regarda tristement se consumer en cendres grisâtres, sur lesquelles il lui semblait distinguer toujours le nom de Gabrielle.

Pauvre Joséphine !

CHAPITRE XXIX.

Gabrielle avait fini de façonner et de blanchir les divers objets qui devaient composer son trousseau : elle-même avait trié et rangé dans son armoire et dans ses placards les pièces de toile, les étoffes, les riches tissus, vaste collection dont elle s'était occupée avec autant de soin que d'amour.

C'est que l'époque fixée pour le retour de Rosenberg était arrivée. Quelques semaines auparavant, Birger avait été informé que l'*Aigle* était parti de Bordeaux, faisant voile vers le nord. Les habitans de Tistelon s'attendaient de jour en jour, d'heure en heure, à voir paraître le schooner devant le petit môle ; mais les heures, les jours s'écoulaient, sans que le navire fût signalé au large, et sans qu'une lettre du capitaine expliquât la cause de ce retard.

Chaque matin, le vieux Haraldson montait sur les rochers qui commandaient du plus loin la vue de l'Océan. Après un long et inutile examen, il retournait lentement au logis. Gabrielle se précipitait à sa rencontre et l'interrogeait d'un regard plein d'anxiété ; il ne lui répondait qu'en branlant la tête, et la jeune fille regagnait sa chambre en soupirant. Birger lui-même commençait à être sérieusement inquiet ; mais il dissimulait ses propres alarmes pour ne pas ajouter à celles de sa femme et de sa sœur.

Soit fermeté de caractère, soit confiance et illusion de la jeunesse, c'était encore Gabrielle qui montrait le plus de calme et de résolution. L'automne avait ramené les brouillards et les tempêtes ; mais les brouillards n'étaient pas aussi épais qu'ils avaient coutume de l'être à pareille époque ; les tempêtes ne rugissaient pas non plus avec leur violence ordinaire ; enfin, chose rare et presque exceptionnelle, le Shargord n'avait encore été le théâtre d'aucun naufrage. Gabrielle concluait qu'il en était de même partout ailleurs. Elle se flattait que Rosenberg n'était retenu loin d'elle que par les vents contraires ; elle ne redoutait pour lui rien de fâcheux.

— Puisse-t-elle ne pas se tromper ! dit Birger au vieux smoggler, un matin qu'ils contemplaient tous deux du rivage la lutte effrayante des élémens ; puisse-t-elle avoir raison ! mais une tempête comme celle-ci n'est pas un jeu..... Qu'en pensez-vous, mon père ?

Le vieillard regarda un moment les raies de mauvais augure qui se dessinaient dans le ciel ; il exposa sa main au souffle puissant de la tourmente ; il prêta l'oreille aux bruits rauques et sourds qui sortaient des cavités des rochers.

— Ce que je pense, répondit-il enfin ; je ne sais trop que dire. Si le capitaine était retenu par les vents contraires, nous aurions reçu de ses nouvelles... Cette mer du Nord est mauvaise en diable, et je n'aime pas l'aspect du temps. Rosenberg n'a pas beaucoup de bonheur dans ses voyages... S'il avait été jeté sur les côtes de Norwége ! il y a là des écueils aussi terribles que le...

Il n'acheva pas sa phrase. Birger et lui reprirent le chemin de l'habitation, l'esprit livré à de tristes pressentimens.

Dans la soirée du même jour, Gabrielle, jusque-là si calme et si pleine de sécurité, se montra inquiète, agitée. Elle ne pouvait demeurer en place ; elle se levait à chaque instant et courait à la porte ou aux fenêtres. Le moindre bruit la faisait tressaillir. Elle pâlissait et rougissait tour à tour, et, quoiqu'elle n'en dît rien, elle éprouvait un malaise, une anxiété indéfinissables.

— Qu'avez-vous, Ella? lui demanda la femme de Birger avec l'accent d'une tendre sympathie ; vous paraissez ce soir toute souffrante.

— Je n'ai rien, répondit la jeune fille ; rien, en vérité..... Seulement, je ne sais pourquoi ces mugissemens de la tempête....., Est-ce que personne de la famille n'est dehors? Il me semble toujours entendre ouvrir ou fermer la grande porte d'entrée.

— C'est le vent, observa Anton, qui se tenait accroupi contre le poêle ; c'est le vent qui la secoue. On devrait poser la barre. Je n'aime pas entendre le vent secouer les portes et les fenêtres. Cela me rappelle les cris d'agonie des naufragés.

— Est-ce que ces cris ont jamais frappé ton oreille? lui dit sa sœur. Tu n'as été témoin d'aucun naufrage.

— Tu crois, Ella! répondit Anton en souriant amèrement. Oh! tu ne te doutes guère de ce que j'ai vu et entendu....., Mais je vais barricader la porte.

— Non! non! s'écria Gabrielle en se jetant au devant de lui, qu'elle reste ouverte! qu'elle reste comme elle est. Si un coup y était frappé, je sens que j'en mourrais de peur.

— Vous êtes réellement bien agitée ce soir, Gabrielle, observa Birger, qui avait jusque-là gardé le silence. Je pense, comme Anton, qu'il faut poser la barre.

Gabrielle ne répliqua rien ; elle se laissa tomber avec abattement sur une chaise. Birger alla barricader la porte et revint s'asseoir à sa place.

Deux heures se passèrent ensuite sans qu'un seul mot fût échangé entre les membres de la famille réunis autour du poêle. Chacun d'eux écoutait avec des impressions diverses les hurlemens de la tempête et le fracas des vagues qui se brisaient contre les rochers. Un sentiment d'attente solennelle comprimait tous les cœurs.

Soudain Gabrielle se dressa au milieu de la chambre.

— On a frappé! s'écria-t-elle; n'avez-vous pas entendu?

— Eh bien! quand on aurait frappé! répliqua aigrement Haraldson, est-ce une raison pour trembler comme tu le fais? C'est quelqu'un qui demande à entrer, voilà tout.

— Mais on frappe encore! poursuivit Gabrielle dont la pâleur était livide..... écoutez..... C'était comme cela qu'un soir, à la même heure et par une nuit pareille..... Grand Dieu! si Rosenberg.....

— La peur fait extravaguer cette enfant! murmura le vieux smoggler avec une émotion mal dissimulée; mais je vais savoir qui est à la porte.

Et, ayant allumé sa lanterne, il sortit.

Les assistans demeurèrent muets et immobiles, sans oser se regarder. Au bout de quelques minutes, on entendit le bruit de la barre que Haraldson déplaçait; puis des exclamations de surprise, et bientôt on vit paraître à l'entrée de la chambre le matelot de Rosenberg, Peter Lindgren.

Aussitôt qu'elle l'eut reconnu, Gabrielle, transportée de joie, s'élança vers lui; mais un second coup d'œil jeté sur ce jeune homme l'arrêta brusquement.

— Votre capitaine, lui demanda-t-elle d'une voix étouffée..... Rosenberg?.... où est-il?

Birger, Erika, Anton lui-même, s'étaient levés et se pressaient autour de Peter, qu'ils interrogeaient par des regards avides. Son trouble et son embarras avaient déjà fait évanouir toute la joie que sa présence avait causée.

— Réponds vite! proféra Birger; le capitaine serait-il malade! Je cours auprès de lui..... Le schooner est à son ancrage accoutumé, je suppose?

— Il est bien inutile que vous quittiez votre place, capitaine Haraldson! répondit enfin Peter d'un ton profondément abattu. Le pauvre schooner! Non, il n'est pas à son ancrage accoutumé... Tout est fini pour lui... Il s'est brisé sur la côte de Norwége... Un si joli navire!

Et Peter, se couvrant la figure de ses deux mains, éclata en sanglots.

À cette triste révélation, il se fit un silence de mort dans la salle.

Gabrielle était restée debout ; elle tremblait comme la feuille agitée par le vent, et pouvait à peine se soutenir sur ses jambes. Ses lèvres, pâles, remuaient comme si elle eût voulu articuler une question, une question qu'elle n'osait faire, et pour laquelle les paroles lui manquaient. Chacun des assistans partageait son anxiété. Mais personne n'avait le courage de prononcer le nom qui était dans l'esprit de tous, dans la crainte d'échanger un doute terrible contre une certitude plus terrible encore.

Peter, revenant à lui, comprit le sujet de l'inquiétude générale.

— Le capitaine est sain et sauf, ajouta-t-il.

— Dieu soit loué ! s'écrièrent les assistans, tandis que Gabrielle joignait les mains et élevait vers le ciel un regard plein d'une pieuse reconnaissance.

— Il vit ! s'écria-t-elle. Où est-il, Peter ? Dites-moi où il est.

Peter parut embarrassé pour répondre ; il balbutia et chercha ses mots.

— Voudriez-vous me tromper ? s'écria la jeune fille avec énergie. Oseriez-vous m'abuser par un mensonge ?... Parlez ! dites-moi la vérité. Quelque affreuse qu'elle puisse être, je veux la savoir.

— Parlez, Peter ! dirent Birger et Haraldson. Il faut que nous sachions ce qui est arrivé au capitaine.

— C'est que, reprit Peter en hésitant, le capitaine m'a tant recommandé de ne pas effrayer mamselle Gabrielle !... Ses derniers mots ont été...

— Il est mort ! proféra la jeune fille.

— Diable ! dit Peter. Non, il n'est pas mort. Ne vous ai-je pas annoncé qu'il était sain et sauf ?... Seulement, il est parti... Parti pour aller bien loin, et Dieu sait quand il reviendra... Au surplus, voici quelque chose qui vous expliquera la chose mieux que moi.

Et il tira de sa poche deux lettres qu'il remit, l'une à Birger, l'autre à Gabrielle.

— Mon pauvre garçon, lui dit Erika avec bonté, les circonstances de votre retour sont aussi malheureuses que celles de votre arrivée... Allez retrouver Lena. Vous aimerez mieux, je crois, que ce soit elle qui prenne soin de vous.

— Ah ! répondit tristement Peter, mamselle Lena ne fera guère attention à moi, maintenant que j'ai tout perdu ; j'aurais peut-être dû imiter mon capitaine.

Malgré ce doute philosophique, Peter ne laissa pas de se rendre à la cuisine où Lena, en lui prodiguant toutes les richesses du garde-manger, lui prouva que, si la fortune de son amant avait changé, son cœur, à elle, était resté le même.

Pendant que Birger lisait sa lettre, laquelle contenait un compte-rendu succinct du naufrage du schooner, Gabrielle dévorait celle qui lui était adressée. A mesure qu'elle avançait dans cette lecture, de grosses larmes coulaient de ses yeux; tant qu'enfin, cédant à l'excès de son émotion, elle laissa échapper le papier de sa main, et elle serait tombée à la renverse si Erika ne l'eût reçue dans ses bras.

Cette lettre contenait ce qui suit :

« Ma chère, ma bien-aimée Gabrielle,

» Ce joli schooner qui devait être témoin de notre mariage et à bord duquel nous projetions de visiter tour à tour les côtes voisines, le pauvre *Aigle*, n'existe plus. Ses planches couvrent les écueils de la Norwége, ou sont ballottées par les vagues. Il a péri malgré tous mes efforts pour le sauver, et toutes mes espérances se sont abîmées avec lui sous les flots. Je l'aimais, Gabrielle, autant qu'un marin puisse aimer son navire. Je l'aimais comme un enfant à moi, comme un ami, et, faut-il le dire, comme une maîtresse adorée. Je l'ai pleuré, et à l'heure qu'il est je le pleure encore.

» Me voilà donc de nouveau réduit à cet état de pauvreté d'où je voulais sortir avant de vous offrir ma main. C'est pourquoi... Mais avant d'aller plus loin, laisse-moi, ma douce fiancée, me rapprocher de toi en imagination... laisse-moi, par la pensée, entourer ta taille flexible sur ce sofa où nous nous plaisions tous deux à nous asseoir. Je t'aime, ma Gabrielle, je t'aime de toute la puissance de mon être. Tout mon cœur s'élance vers toi. Pour reposer ma tête sur ton sein, pour entendre ta voix chérie murmurer à mon oreille quelques mots de tendresse et de consolation, je donnerais ma vie... Images enchanteresses! illusions enivrantes que dissipe aussitôt la triste réalité!... Quand je l'envisage, cette réalité, je vois, Gabrielle, que je suis seul, loin de vous, et que de long-temps je ne pourrai jouir de votre présence. De toute cette fortune si laborieusement acquise, il ne me reste plus rien. J'ai perdu mon schooner, perdu, non seulement ce que j'avais, mais encore ce que Birger avait engagé dans cette expédition. L'équipage seul a été sauvé. Les hommes qui le composaient regagnent leur pays natal, à l'exception du pauvre vieux Lutter qui a péri victime de son dévoûment. C'était un digne et honnête matelot dont la mort ajoute encore à tous mes chagrins. N'est-ce pas, Gabrielle, que vous accueillerez avec bonté ces braves gens, et qu'au besoin vous leur viendrez en aide? Oui, vous le ferez, et vous leur parlerez quelquefois de moi. Ils chercheront, ils trouveront un autre chef, un autre navire. Quant à leur ancien capitaine... pardon, Gabrielle, de cette résolution... il ne peut pas retourner avec eux... il ne peut pas reparaître devant vous comme un mendiant. Il ne peut pas recevoir de vous ce qu'il n'est pas en état de vous offrir : moins que jamais il est disposé à subir cette humiliation. Son orgueil n'est pas dompté, au contraire, l'infortune le rend plus irritable et plus ombrageux.

» Je pars donc. Je m'exile de ma patrie. Je vais chercher dans une autre partie du globe le moyen de vous mériter. Mais, ô la préférée de mon cœur, ne soyez pas inquiète sur mon sort. Votre image, que j'emporte, me protégera. Ne vous effrayez pas non plus de me savoir si loin de vous. L'éloignement n'est rien pour ceux qui s'aiment. L'amour franchit les distances. Il réunit ceux qui sont séparés. A travers l'immensité des mers, par dessus le vaste sein des flots, nos deux cœurs peuvent s'entendre et se répondre. Le mien, Gabrielle, ne cessera jamais de battre pour vous.

» Ma détermination est fixe, irrévocable. Aujourd'hui même, je m'embarque pour l'Amérique du Sud. Je pense qu'il nous servirait peu de nous écrire. Dans la vie errante que je vais mener, où et comment vos lettres me parviendraient-elles? Il suffit que chacun de nous se croie sûr de l'autre. Cependant je dois assigner un terme à cette absence que je m'impose ; elle ne durera pas plus de trois ans. Cette période expirée, si vous ne me voyez point reparaître, ce sera que le malheur, qui m'a toujours accompagné, m'aura suivi dans l'autre hémisphère, et dans ce cas, qui n'est, hélas ! que trop probable, vous serez libre et entièrement dégagée de votre parole. Vous devrez alors regarder comme certain que vous ne me reverrez plus, que je ne reviendrai jamais... Ces mots sont cruels, je le sais. J'ai le cœur déchiré en les traçant ; mais les voilà écrits, et, puisque j'ai eu ce courage, je ne les rétracterai pas. Je me suis juré à moi-même de ne retourner en Suède qu'avec une position digne de vous, digne de moi. Je tiendrai ce serment.

» Je me défendrai du désespoir. Jusqu'à présent une sorte de fatalité s'est attachée à mes pas. Tout ce qu'il était possible de faire pour sauver mon navire, je l'ai fait, et il a péri sous mes yeux! Ah ! Gabrielle, je ne puis vous rendre ce que j'ai éprouvé à cette vue ; vous le comprendrez, vous la fille et la fiancée d'un marin. Si je ne vous avais aimée, les vagues qui ont mis en pièces mon pauvre schooner, m'auraient englouti. Sans vous, je n'aurais jamais abandonné le pont de l'*Aigle*.

» Je vis cependant, et c'est pour vous, pour vous qui êtes tout ce que j'aime au monde. Encore trois années, ma Gabrielle! Le temps les emportera dans son cours. Ce terme, qui paraît si éloigné à mon impatience, arrivera enfin, et je me retrouverai auprès de vous; sinon, je vous le répète, vous pourrez arracher de votre doigt votre anneau de fiancée, et de votre souvenir le nom du malheureux Rosenberg... Mais, non, non, Gabrielle! ce terme dût-il expirer sans que j'aie reparu, attendez encore un peu de temps, seulement quelques semaines, seulement quelques jours. Songez que je vous aime, que vous êtes pour moi l'étoile qui guide les marins, que je vis uniquement pour vous, et que, quoi qu'il arrive, heureux ou malheureux, je vous aimerai jusqu'à mon dernier soupir.

» ROSENBERG. »

CHAPITRE XXX.

Cette année-là, l'hiver sévit avec une rigueur inaccoutumée, même dans ces latitudes septentrionales. Les habitans du petit village où résidait fru Kathrina étaient plongés dans la misère la plus profonde. La pêche avait été mauvaise, et les pauvres familles des pêcheurs avaient à peine de quoi acheter, pour se nourrir, quelques pommes de terre à moitié gelées, que le patron de Groby leur vendait à un prix exorbitant. Arvid allait d'une chaumière à l'autre, le cœur navré du spectacle de tant de souffrances, et cherchant sans cesse le moyen d'y porter secours. Malgré la médiocrité de sa paie et l'insuffisance de son revenu, il faisait chaque samedi, aux habitans les plus nécessiteux, des distributoins de soupe et de pain de seigle. Ce jour-là, du moins, une population affamée était sûre de ne pas périr de besoin; mais, abandonnée à ses propres ressources pendant le reste de la semaine, comment et de quoi pouvait-elle subsister? Dieu seul le savait. Quant à Arvid, il ne le concevait pas. Lorsqu'il voyait de pauvres petits enfans à demi-morts de faim et de froid se presser autour de fru Kathrina, chacun d'eux dévorant des yeux la portion qui lui était destinée; lorsqu'il voyait de malheureuses femmes au teint hâve, aux joues creusées, aux traits amaigris, s'approcher en hésitant, moitié poussées par le besoin, moitié retenues par la honte, il se désolait de n'être pas plus riche. Lui-même implorait sa mère d'un regard suppliant, pour qu'elle augmentât le nombre et la grosseur des portions. La digne matrone, armée d'une cuiller à pot, présidait à la distribution des soupes, maintenait le bon

ordre dans la foule. Joséphine la secondait en distribuant les rations de
pain. Son âme sensible n'était pas moins vivement affectée que celle
d'Arnman. Elle aussi, elle gémissait de son impuissance à soulager tant
de maux. Les paroles les plus douces, les marques de sympathie les
plus touchantes, elle les prodiguait à ces enfans en guenilles, à ces
femmes exténuées par la faim et la fièvre, à ces vieillards pour qui la vie
était un si cruel fardeau ; mais lorsque les entrailles crient, lorsque le
froid crispe les membres, de stériles consolations sont-elles écoutées ?...

Il a déjà été question du patron de Groby. On désignait ainsi généralement le maître d'une propriété située à peu de distance du village,
et qui portait ce nom. Holmgren, après avoir fait banqueroute à Gothembourg, était venu s'établir au Shargord, et il y avait si bien employé son temps qu'il s'était enrichi dans l'espace de quelques années.
C'était un de ces hommes qui sont le fléau de la contrée sur laquelle
ils s'abattent. Les scrupules de la conscience ne le gênaient pas. Il s'en
était complètement débarrassé. Cupide, ambitieux, les yeux incessamment fixés sur ses intérêts, ne se laissant détourner de son but par aucune considération de pitié ou de délicatesse, habile à profiter des circonstances, rusé, retors, tel était le patron de Groby. Il n'était pas né
pour faire ce qu'on appelle le commerce en grand ; mais il s'entendait
merveilleusement aux nombreux détails de ses divers trafics. Il débi-
tait de l'eau-de-vie et de la bière. Il vendait du tabac, des pommes
de terre, des salaisons. Il pratiquait l'escompte, il prêtait sur dépôts, et
dans toutes ces transactions il réalisait des bénéfices considérables.

Il fallait le voir quand de pauvres pêcheurs lui apportaient leur poisson à échanger contre des comestibles.

— Comment ! leur disait-il d'un air dédaigneux, vous n'avez que cela
à m'offrir ! du misérable fretin que vous auriez dû rejeter à la mer ?...
Je ne puis vous acheter votre poisson, mes enfans. Non, en conscience,
je ne puis pas. Je ne saurais qu'en faire, et ce serait de l'argent perdu.

La marchandise, ainsi dépréciée, finissait toujours par lui rester au
plus bas prix possible.

S'agissait-il de quelque objet introduit en contrebande ? Holmgren
s'armait d'une vertueuse indignation.

— Y songez-vous ? s'écriait-il. Moi, vous acheter cela ! Ce serait me
rendre complice de votre coupable industrie. Si j'écoutais ce que mon
devoir m'ordonne, j'irais vous dénoncer à la douane.

Et les smogglers, intimidés par ses menaces, étaient trop heureux
qu'il daignât prendre leurs marchandises pour le dixième de leur va-

leur ; car ce métier est comme beaucoup d'autres, il ne profite qu'à ceux qui le font sur une vaste échelle.

Mais quand les mêmes gens discutaient avec lui le prix ou la quantité des choses qu'il leur vendait en retour, quand ils demandaient en plus une demi-livre de viande pour leurs enfans affamés, ou quelques pincées de tabac pour leur vieille grand'mère, alors le patron de Groby changeait de style. Il se lamentait tellement, qu'il leur faisait honte de leurs injustes exigences. Il était plus pauvre qu'eux, leur disait-il, il avait une femme, des enfans, des charges nombreuses. Les temps étaient durs, son commerce allait mal. Il vendait à perte ses marchandises, et, par compassion pour eux, il se ruinait. Pour peu que cela dût continuer, il se déciderait à quitter les affaires, et alors les pêcheurs connaîtraient ce qu'ils avaient perdu en le perdant.

Holmgren les renvoyait ainsi avec quelques provisions qu'il leur avait cédées à cent pour cent de bénéfice, et le soir, il se frottait les mains en calculant les profits de la journée.

— Non ! un tel spectacle n'est pas supportable ! s'écria Arvid en rentrant chez lui, un soir que fru Kathrina, toujours patiente, découpait de petits carrés de papier pour amuser le vieux lieutenant.

— Qu'y a-t-il donc ? qu'est-il arrivé ? demanda celle-ci, effrayée de l'accent de son fils.

— Il y a, répondit Arvid, il y a que la fatalité semble s'appesantir sur ce malheureux village. Olle Person et ses deux gendres ont voulu s'embarquer pour la pêche malgré les glaces qui couvrent la mer. La vérité est que leur famille mourait de faim, et la faim fait tout braver.

— Eh bien ! que sont-ils devenus ?

— Ils ont péri tous trois.

— Juste ciel ! est-ce possible ?

— On a trouvé leur bateau qui flottait la quille en l'air. Voilà trois veuves et sept orphelins sans appui, sans ressources. N'est-ce pas à fendre le cœur ?... J'irai demain à Tistelon. Je verrai Birger. C'est un homme secourable. Il ne me refusera pas ses avis et son assistance pour soulager ces malheureux.

Jamais fru Kathrina n'entendait, sans une vive contrariété, son fils parler d'une visite à Tistelon. Dans cette occasion, cependant, elle n'objecta rien ; elle ne vit que l'avantage qui pourrait résulter de ce voyage pour ceux qui en étaient l'objet.

— Soit ! dit-elle à Arvid. J'approuve votre dessein. Dieu veuille que vous réussissiez !... En attendant, je vais me rendre chez ces pauvres gens, et voir ce qu'on peut faire pour eux... Joséphine, prenez avec vous Annika. Remplissez le grand panier de pain, de pois secs et d'une provision de farine. Joignez-y trois petites pièces de salaisons... J'en distribuerai tant qu'il y en aura ; et quand il n'y en aura plus, la providence y pourvoira.

Pendant que Joséphine allait exécuter cet ordre, l'excellente matrone, qui n'oubliait rien, veilla à ce que le lieutenant Åskenberg fût bien confortablement arrangé dans son lit. Après s'être acquittée de ce soin, elle couvrit ses épaules d'une mante, alluma une lanterne et se prépara à partir. Arvid offrit de l'accompagner.

— Non, lui dit-elle, restez avec Joséphine, et priez Dieu, mes enfans, qu'il m'inspire les paroles que je vais adresser en son nom aux veuves et aux orphelins.

A ces mots, elle sortit, suivie de la vieille Annika, laquelle était chargée d'un panier plein de provisions.

Arvid et Joséphine demeurèrent en tête-à-tête.

Depuis qu'Arvid avait cru lire dans le cœur de la jeune fille, il avait évité de se trouver seul avec elle. Se reprochant les fausses espérances qu'il avait pu lui donner sans le vouloir, il avait changé de manières à son égard. Il était devenu froid et réservé. Il affectait, en lui parlant, un ton cérémonieux, et même il lui adressait moins souvent la parole. Joséphine ne paraissait s'apercevoir de rien ; elle se montrait pour lui ce qu'elle avait toujours été ; mais combien, sous cet extérieur tranquille, elle cachait d'agitations et de peines ! Le brusque changement de manières d'Arvid ne lui avait point échappé ; elle en souffrait cruellement. Arvid, sans doute, croyait bien faire. Il désirait conserver ou rendre à la pauvre Joséphine la paix du cœur. Ce n'était pas sa faute si, ne possédant pas encore le tact nécessaire, il froissait une sensibilité trop vive et si, emporté par son zèle, il allait beaucoup trop loin.

Ce tête-à-tête, qu'il avait voulu fuir, et que sa mère lui avait imposé, lui causa donc un notable embarras.

— Dieu sait comment nous pourrons soulager tant de misère ! remarqua-t-il pour se donner contenance. Je crains que nos provisions ne touchent à leur fin... En avons-nous encore pour quelque temps, Joséphine ?

— Hélas ! pour peu de temps, répondit la jeune fille, pour deux ou trois semaines, tout au plus.

Arvid soupira tristement ; il savait que, ces provisions une fois épuisées, il lui serait difficile de les renouveler. La rigueur de la saison emprisonnait la pinasse sur le rivage. Les captures de la douane étaient fort rares, et c'étaient les pauvres qui en pâtissaient.

Au bout d'un moment, Joséphine reprit :

— Lars vous a-t-il rendu la somme que vous lui aviez prêtée ?

Cette question, dont Arvid comprit le sens, ne lui plut point.

— Pas encore, répondit-il avec humeur.

— C'est fâcheux ! Je vous l'avais prédit ; mais vous ne m'avez pas écoutée.

— Dieu soit loué ! pensa Arvid, j'ai bien fait de ne pas l'épouser. Rien n'est odieux comme une femme qui vous dit, à propos de la moindre faute, qu'elle l'avait prévue, et qu'on a négligé ses conseils... Non, Joséphine ne me convenait pas. C'est une excellente fille ; mais j'aime autant qu'un autre soit son mari que moi.

Joséphine comprit qu'en ce moment Arvid n'était pas disposé à souffrir la moindre contradiction. Elle tourna aussitôt l'entretien sur un autre sujet et exprima son chagrin que les pêcheurs de la côte fussent obligés d'avoir affaire au patron de Groby.

A ce nom seul, les joues et les yeux d'Avid s'enflammèrent d'indignation.

— Ne me parlez pas de cet homme ! s'écria-t-il : c'est un misérable ! Jamais juif n'a mieux mérité l'exécration publique. Trois fois je suis allé le trouver pour lui représenter l'infamie de sa conduite ; il n'a pas eu l'air de me comprendre. Mais j'ai dans la tête un plan pour lui rogner les griffes. Nous verrons si je ne le forcerai pas de diminuer le prix de ses marchandises. Oui, oui, Joséphine, si mon projet réussit, nos pauvres voisins n'auront plus à souffrir de ses friponneries.

— Oh ! tant mieux ! s'écria la jeune fille qui oublia un instant ses propres chagrins ; et ce projet, quel est-il ?

— Le voici, répondit Arvid. Et, touché de la vive sympathie qu'il lisait dans les yeux de Joséphine, il rapprocha sa chaise de la sienne, et reprit, en lui parlant de son ton affectueux d'autrefois... C'est un dessein auquel j'ai rêvé bien souvent. De quoi s'agit-il ? de faire en sorte que les habitans du village subsistent autant que possible du produit de leur pêche et qu'ils vendent leur poisson à un prix raisonnable. Sans ce scélérat de juif, cela aurait lieu. C'est lui qui les réduit à l'état de misère où nous les voyons : c'est donc de lui qu'il faut les affranchir. Comme personne ne lui fait concurrence, il est le maître de la place ; les pêcheurs, sous peine de mourir de faim, sont obligés de subir les conditions onéreuses qu'il leur impose ; mais s'il se formait un établissement rival du sien...

— C'est cela même : une boutique tenue par d'honnêtes gens...

— Des gens qui se contenteraient d'un mince bénéfice, et qui, dans l'occasion, sauraient s'en passer...

— Qui seraient humains, compatissans, disposés à faire crédit toutes les fois qu'ils le pourraient...

— Eh! mon Dieu! Joséphine, il ne serait pas même besoin de cela : qu'une autre boutique s'ouvre, et, par le seul effet de la concurrence, les pêcheurs vendront à meilleur compte leur poisson, et achèteront moins cher les denrées du juif.

— Sans doute, sans doute. Votre idée est excellente; mais, qui est-ce qui ouvrivra cette boutique?

— Ce sera ma mère, si, comme j'en ai la confiance, elle goûte mon projet.

— Votre mère, Arvid! quoi, fru Kathrina!...

— Elle-même : je prendrai une patente en son nom. J'en prendrais bien une au mien, mais je suis un employé du gouvernement, et cela sonnerait mal; tandis que le nom de ma mère produira le meilleur effet.

— C'est juste : vous avez raison. Oh! quelle admirable idée, mon cher Arvid.

— N'est-ce pas?... Vous voyez d'ici les conséquences qui en résulteront?

— Je crois les voir. Personne ne s'adressera plus au patron Holmgren que chacun déteste, tandis que votre mère est aimée et vénérée de tous.

— Et les habitans du village seront dispensés d'entreprendre le trajet de Groby, par le temps le plus rigoureux, à travers la glace et la neige.

— Et le produit de leur travail ne leur sera plus extorqué indignement.

— Non, certes: nous ne spéculerons pas sur eux; nous ne chercherons qu'à les aider. Ce qu'ils n'auront pu payer dans la mauvaise saison, ils le paieront en été, quand la pêche est abondante; et ils s'acquitteront fidèlement envers nous, j'en réponds.

— J'en réponds aussi. Ce sont presque tous de braves gens. La confiance qu'on leur témoignera les piquera d'honneur, et ils se garderont d'en abuser.

— C'est donc une chose résolue. Quelques avances de fonds et de marchandises nous seront nécessaires. Je m'adresserai pour cela à Birger Haraldson et à son père. Ils sont en relation d'affaires avec plusieurs maisons de Gothembourg, et ils me procureront sans peine le crédit dont j'ai besoin... Maintenant, ma chère Joséphine, il reste une autre difficulté. Un commerce de détail, tel que celui que nous avons en vue, entraîne une foule d'embarras. Seule et réduite à elle-même, ma mère ne pourrait l'entreprendre. Il faudra saler le poisson, recevoir et peser les paquets de mousse (1), vaquer en même temps aux opérations du comptoir et aux soins du ménage.

— Eh bien? demanda Joséphine dont les yeux brillaient d'ardeur et d'enthousiasme.

— Eh bien! continua Arvid, j'ai compté sur vous pour seconder ma mère.

— Et vous avez bien fait. Je serai heureuse de contribuer à la bonne œuvre que vous projetez. Je vous remercie de m'y associer. Soyez certain, Arvid, que je m'y dévouerai corps et âme.

— Bien! très bien, ma chère Joséphine ! Je vous reconnais là... Pour commencer, vous m'aiderez à décider ma-mère.

— Je m'étonne que vous ne lui ayez encore parlé de rien.

— Je voulais d'abord savoir votre détermination. Depuis long-temps je vous aurais communiqué mon dessein, si vous ne m'aviez pas annoncé...

— Mon projet de départ, voulez-vous dire? Le mariage de mon frère est manqué ; et, comme j'ai la perspective de me rendre utile ici...

— Vous restez : c'est ce que je désirais le plus au monde. Oui, votre présence nous sera utile. La majeure partie de la besogne retombera sur vous, vous devez vous y attendre ; cependant, toutes les fois que je serai au logis, je vous remplacerai. Il ne faut pas que vos petites mains délicates deviennent rouges à force de saler du poisson.

— Ne craignez rien pour elles. Pourvu que je sois bonne à quelque chose, qu'importe que j'aie, ou non, les mains rouges !

— Mais cela m'importe beaucoup, à moi... Au surplus, nous aurons une seconde domestique pour les gros ouvrages.

— Ainsi, vous espérez que Birger Haraldson vous fera ouvrir un crédit ?

— Il est même possible qu'il m'avance de l'argent.

— Et la rose de Tistelon... prendra-t-elle un intérêt dans l'affaire?

— Je l'ignore, répondit Arvid en rougissant : elle a assez de ses propres chagrins. Vous savez ce qui est arrivé à son fiancé : depuis ce temps-là, elle vit dans la retraite et dans les larmes.

---

(1) Il s'agit d'une espèce de mousse que l'on récolte sur les rochers et qui sert à teindre. C'est, pendant l'hiver, une des principales ressources des pauvres pêcheurs.

— Je la plains sincèrement. Passer encore trois années dans l'incertitude et l'attente, c'est un sort peu digne d'envie.

Ici, Arvid hésita et parut chercher ses mots.

— Je crois... dit-il, oui, il me semble... qu'elle serait charmée de lier connaissance avec vous.

— Avec moi! s'écria Joséphine étonnée.

— Pourquoi pas? elle n'a aucune jeune fille de son âge pour lui faire société. Ce serait une chose qui serait fort agréable à toutes les deux.

— Peut-être: mais, enfin...

— Si ma mère n'éprouvait pas une telle antipathie pour cette famille, je lui demanderais la permission de vous conduire à Tistelon.

— Mais, monsieur Arvid, les convenances...

— Bah! ne vous embarrassez point des convenances. Ne sommes-nous pas comme frère et sœur? Et, dans notre sauvage Shargord, tient-on si rigoureusement au décorum?... Par le ciel! je risquerai l'aventure et je parlerai à ma mère. Ce sera un charmant petit voyage. Vous verrez comme la pinasse marche bien. Vous vous tiendrez à la place d'honneur, près de la barre, et le vieux Simon vous servira du café presque aussi bon que celui d'Annika... Allons! dites que vous consentez.

— Je ne me refuse pas, répondit Joséphine qui ne put cacher le plaisir que lui causait cette proposition. Cependant, ne parlez encore de rien à fru Kathrina; et, puisque vous partez demain pour Tistelon, assurez-vous adroitement, auprès de fru Haraldson, si je serais la bienvenue. Il vaudrait même mieux que l'idée de cette visite fût mise en avant par elle; invitée de sa part, je n'aurais, je crois, pas de peine à obtenir le consentement de votre mère.

— Par ma foi! c'est bien imaginé! s'écria Arvid en riant. Les femmes ont cent fois plus d'esprit que nous... Eh bien! je suivrai vos instructions, et je vous promets que vous m'accompagnerez dans mon prochain voyage... Maintenant je vais tout préparer pour demain.

— Enfin, je *la* connaîtrai donc! murmura Joséphine, quand elle fut seule.

CHAPITRE XXXI.

Ce fut par une sombre et froide journée de février que la pinasse de la douane aborda à Tistelon. Arvid fut accueilli avec cordialité par tous les membres de la famille, excepté par Anton, que bouleversait toujours la présence du fils d'Arnman. Les traits de Gabrielle elle-même s'éclaircirent pour le recevoir. Cette interruption dans la vie monotone qu'elle menait ne sembla pas lui déplaire. Une pâleur intéressante était répandue sur son visage. Une teinte mélancolique en voilait l'expression. On eût cru voir une jeune veuve aux premiers mois de son deuil.

— Vous négligez vos voisins, monsieur le lieutenant, dit Birger en offrant une pipe à Arvid. Depuis plus d'un an vous n'avez pas visité notre île; mais vous voilà, soyez le bien-venu.

Haraldson murmura aussi quelque mots de politesse. Après quoi, il ouvrit un buffet et en tira une bouteille et des verres pour boire à la santé du commandant de la pinasse: car, chose remarquable, Arvid continuait d'être dans ses bonnes grâces, et le vieux smoggler se montrait aussi flatté qu'honoré de ses visites.

— J'ai été souvent tenté, dans mes courses, de m'arrêter un moment à Tistelon, répondit Arvid, mais je craignais que ma présence ne vous rappelât de fâcheux souvenirs.

— Quoi? la capture de la cargaison?... demanda Haraldson d'un air facétieux. Mais c'est un excellent tour que vous nous avez joué là, et je ris, rien que d'y penser.

— Non, continua Arvid, je voulais parler d'une autre circonstance plus triste... de l'accident arrivé au capitaine Rosenberg.

— Oui, oui, dit Birger, la perte de nos marchandises et le naufrage de mon pauvre schooner... Que voulez-vous, lieutenant? il faut se soumettre aux coups de la providence.

— L'équipage a été sauvé heureusement, dit-on?

— A l'exception pourtant du vieux Lutter. Tous les autres sont de retour ici... Quant à ce fou de Rosenberg... je l'appelle fou, car il mérite ce nom... vous avez sans doute appris qu'il s'est embarqué pour l'Amérique du Sud, et que son absence durera trois ans. Depuis son départ, Ella ne fait que pleurer. Si cela continue, je vous laisse à penser ce qu'elle sera devenue au bout de trois années.

En entendant cette observation, Arvid détourna un regard furtif sur Gabrielle.

— Il est certain, dit-il naïvement, que mamselle Gabrielle est bien changée.

Gabrielle rougit de dépit à ce mot qu'Arvid avait cependant prononcé sans y mettre de malice. Pour la première fois, elle se regarda dans une glace vis-à-vis d'elle, et, abusée par l'animation subite de ses traits, elle pensa que le jeune homme se trompait grossièrement.

— Allons! allons! dit le vieux fraudeur, cela se passera avec le temps. Ella est trop raisonnable pour se laisser mourir de chagrin.

Rosenberg reviendra, je suppose; et, s'il ne revient pas, que diable! il ne manque pas d'hommes en ce monde. Un jolie fille n'est jamais embarrassée de trouver un mari... n'est-ce pas, petite?

— Mon père, répondit vivement Gabrielle; il n'y a pour moi, au monde, que Rosenberg: tous les autres hommes sont, à mes yeux, comme s'ils n'existaient pas.

Gabrielle appuya sur cette dernière phrase avec une intention marquée. C'était, dans sa pensée, une réponse à l'adresse d'Arvid, pour le punir de son observation impertinente, et lui montrer qu'on attachait peu de prix à son admiration.

Mais Arvid était trop ingénu pour s'imaginer qu'il pût avoir offensé Gabrielle. Il n'attribua le langage de la jeune fille qu'au chagrin qu'elle éprouvait de l'absence de Rosenberg: loin de la blâmer, il l'en trouva plus aimable; et, toutefois, dans le fond de son cœur, peut-être eût-il préféré la voir moins affligée.

— Capitaine Birger Haraldson, dit-il en étouffant un soupir, ma visite d'aujourd'hui a un but important.

— De quoi s'agit-il? demanda Birger.

— D'un service que je viens solliciter de vous et de votre père. Quoique nous ne soyons pas intimement liés ensemble, j'ai cru pouvoir m'adresser à vous, et j'espère que ce ne sera pas en vain.

— Parlez, dit Birger avec une cordiale franchise: et, si c'est quelque chose qui dépende de moi, ne doutez pas de mon empressement à vous l'accorder.

Aux premiers mots prononcés par Arvid, Gabrielle avait tourné vers lui un regard inquisiteur. Erika avait posé sa broderie sur ses genoux, et elle écoutait pleine d'impatience et de curiosité. Ses yeux brillaient à l'idée que Birger eût une occasion d'être utile au fils d'Arnman. Quant au vieux Haraldson, il avait soupçonné tout d'abord qu'il pouvait être question d'argent, et il se renfermait dans une prudente réserve.

— Je m'attendais à la réponse que vous me faites, poursuivit Arvid en s'adressant à Birger. Il n'est pas toujours nécessaire qu'on se connaisse depuis long-temps pour s'apprécier les uns les autres. Voici donc de quoi il s'agit.

Alors il traça à grands traits le tableau de la misère profonde où étaient plongés les habitans de son village. Il raconta le malheur affreux qui venait de frapper trois familles. Il peignit la manière odieuse dont le juif Holmgren exploitait les pauvres pêcheurs; et il expliqua le plan qu'il avait formé pour les soustraire à la rapacité de cet homme.

Il termina en priant Birger de lui faire obtenir un crédit à Gothembourg.

Arvid s'exprimait avec une chaleur et une énergie qui relevaient la grâce noble de son visage. Ce qu'il disait empruntait une force nouvelle de l'air dont il le disait. Erika fut vivement touchée de ses paroles. Gabrielle ne put s'empêcher d'admirer l'orateur.

— Lieutenant Arnman! prononça Birger, il est beau à vous de chercher ainsi à secourir les malheureux. Refuser de vous venir en aide dans une telle entreprise serait un péché et une honte. Nous irons ensemble à Gothembourg le jour qu'il vous plaira de fixer, et nous en rapporterons de quoi monter une boutique. Un crédit aussi large que possible vous sera ouvert.

Arvid, les yeux humides de joie, tendit sa main à Birger qui la pressa avec une sorte de déférence respectueuse. Son regard, en se détournant, rencontra celui de Gabrielle; or, le regard de Gabrielle exprimait sans doute, en ce moment, quelque chose comme de l'attendrissement et de l'approbation; car Arvid rougit de plaisir et demeura confus.

— C'est bien! remarqua le vieux smoggler d'un ton bourru; mais il me semble que vous et ceux qui vous ouvriront crédit, vous courrez de gros risques dans cette affaire. Je connais vos pêcheurs; ils ne seront pas exacts à payer, ou ils ne paieront pas du tout, et vous en serez pour vos frais.

— A Dieu ne plaise! répondit Arvid. A défaut d'argent, ils ont leur poisson qu'on leur prendra pour le saler et le revendre, et sur lequel on peut même réaliser quelques bénéfices. J'ose dire que nos commanditaires ne perdront rien et que le lieutenant Birger ne sera pas victime de son bon cœur. Il n'est pas question ici d'une spéculation, mais d'une œuvre charitable. Ma mère et moi, nous n'avons en vue aucune espèce de gain. S'il y a quelques risques, ils seront pour nous seuls. D'ailleurs, monsieur Haraldson, il me semble que nous autres, qui sommes à la tête du pays, nous ne devons pas calculer si rigoureusement, quand il s'agit de soulager nos malheureux concitoyens.

— De mieux en mieux! répliqua aigrement Haraldson. Les jeunes gens voient tout en beau. Soulager nos concitoyens! faire une œuvre de charité!... Avec ces mots-là, on hasarde son argent et l'on perd souvent l'intérêt et le capital.

Arvid se mordit les lèvres, mais il ne répliqua rien au vieillard.

— Nous avons fait assez de pertes cette année, continua celui-ci en s'animant de plus en plus. Une riche cargaison engloutie! un schooner qui est allé au diable!... et voilà maintenant que...

—Oh! père! interrompit Gabrielle, ne parlez pas ainsi du navire que commandait Rosenberg.

— Rosenberg ou un autre, qu'importe! le navire a péri.

— Mais, père...

— Taisez-vous, et ne vous mêlez que de votre broderie, quand les hommes s'entretiennent d'affaires.

Gabrielle fut atterrée par cette brusque rebuffade. Des larmes lui vinrent aux yeux, et elle finit par se lever pour se retirer dans sa chambre. Haraldson vit ce mouvement. Il regarda sa fille d'un air inquiet et presque timide; puis, craignant de l'avoir affligée, il adoucit l'expression sévère de ses traits : sa bouche grimaça un sourire.

—Reste, petite, dit-il en s'adressant à Gabrielle. J'ai eu tort de te rudoyer de la sorte. Il faut que je sois fou dans certains momens... mais je vais prendre un peu l'air.

En parlant ainsi, il quitta le salon et on ne le revit plus de toute la journée.

— Votre père ne goûte point mon projet, dit Arvid quand le vieillard fut sorti.

— Il le goûtera plus tard, répondit Birger: Erika et Gabrielle le convertiront à votre idée... Quand irons-nous à Gothembourg?

— Le plus tôt possible... demain, si vous voulez.

— Demain, donc : je vous attendrai.

— Il faut, monsieur Arnman, dit Erika, que votre mère soit une digne et excellente femme, pour entreprendre, à son âge, une œuvre pareille. Cela va lui occasionner un grand surcroît d'embarras et de fatigues.

— Sans doute, répondit Arvid, mais elle n'en est point effrayée : cependant ses forces n'égalent pas son zèle, et elle ne pourrait remplir la tâche qu'elle s'impose si elle n'avait pas auprès d'elle une jeune fille, digne à tous égards de lui être associée.

— Vous voulez dire mamselle Carlmark? demanda la femme de Birger, tandis que Gabrielle écoutait d'un air sérieusement attentif.

— Elle-même : c'est le cœur le plus généreux, le plus sensible, le plus charitable qu'il y ait au monde. On pourrait presque dire qu'elle personnifie la Charité. Joséphine, c'est ainsi que nous l'appelons, a perdu ses parens; elle a beaucoup souffert, et elle se dévouera avec ardeur à notre entreprise.

—Oh! nous la connaissons bien de réputation! poursuivit Erika. Tous les malheureux font son éloge... Dernièrement encore, vous vous en souvenez, Ella... une pauvre femme de la côte nous disait que mamselle Carlmark avait passé, avec elle, plusieurs nuits au chevet de son fils malade, s'occupant à raccommoder le linge de la famille, et travaillant jusqu'au jour.

—Elle a fait cela! s'écria Arvid avec vivacité... excellente Joséphine! Cette action est bien digne d'elle... elle ne nous en avait rien dit. Elle cache ses bonnes œuvres, comme une autre cacherait ses fautes. Si ma mère l'avait su, elle l'aurait empêchée de veiller ainsi pendant des nuits entières; car Joséphine est très faible de santé ; mais c'est à quoi elle songe le moins, quand il s'agit d'être utile.

— Vous la louez avec une chaleur presque passionnée, monsieur Arvid, continua la jeune femme en souriant. Je dois vous dire que certains bruits sont arrivés jusqu'à nous... Faut-il vous adresser nos complimens de félicitation?

Les traits d'Arvid prirent aussitôt une expression de gravité.

— Vous avez été mal informée, fru Haraldson, répliqua-t-il. Félicitez-moi, si vous voulez, d'avoir une sœur qui réunit tant de qualités précieuses... une sœur, entendez-vous! Jamais elle ne me sera rien de plus.

— Alors le public se trompe en supposant le contraire. Quoi qu'il en soit, j'aime et j'estime, sur sa réputation, mamselle Carlmark, et je serais charmée de la connaître personnellement. Que n'obtenez-vous de votre mère la permission de nous l'amener? Ce serait une compagnie aussi utile qu'agréable pour Gabrielle.

— Oh! oui, monsieur Arnman, s'écria Gabrielle qui, pendant cette conversation, avait gardé le silence. Amenez-la, je vous en prie : je brûle de la voir, et je sens que je l'aimerai bien.

—Elle-même désire vivement vous connaître, lui répondit Arvid. Elle a aussi beaucoup entendu parler de la rose de Tistelon.

— Eh ! par qui donc? demanda Gabrielle le joues en feu.

— Par les pauvres, dont vous êtes, comme elle, l'ange consolateur.

Ces mots et le nom de rose de Tistelon, que lui donnait Arvid, émurent délicieusement le cœur de la jeune fille. Jamais elle n'avait éprouvé autant de plaisir à s'entendre désigner ainsi. Il lui sembla que ce nom lui était adressé pour la première fois. Confuse et ravie, elle baissa la tête pour cacher sa rougeur.

Il se fit un moment de silence assez embarrassant. Birger jugea à propos d'intervenir.

— Vous flattez trop Gabrielle, dit-il à Arvid; elle n'est pas habituée à de tels complimens... Mais pensez à la demande d'Erika: je me joins

à elle pour vous prier de nous amener mamselle Carlmark : assurez-la
qu'elle sera bien accueillie de nous tous.

Le lendemain, Arvid et Birger se rendirent à Gothembourg, et, au bout
d'une semaine, Arvid revint avec une patente et autant de marchandises qu'il en faut pour monter une boutique.

Cependant le bruit s'était promptement répandu que fru Kathrina
allait établir une maison de commerce dans le genre de celle du patron
de Groby. A cette nouvelle, qui leur promettait des jours meilleurs,
les pêcheurs de la côte firent éclater des transports de joie. Pour comprendre l'excès des maux qui pesaient sur eux, et dont ils se regardaient comme délivrés, il fallait entendre leurs acclamations; il fallait
voir leurs visages radieux. On eût dit que le gouvernement leur envoyait en cadeau un bâtiment chargé de provisions ; et, pourtant, en
quoi consistait l'amélioration apportée à leur sort? simplement en ce
qu'ils pourraient vendre à un prix raisonnable le produit de leur pêche,
et qu'ils ne seraient plus réduits, après de rudes travaux, à la condition de mourir de faim !

Bientôt le petit établissement fut ouvert au public. Majestueusement
assise au comptoir, fru Kathrina, recevait les chalands, présidait aux
ventes et aux achats, tandis que Joséphine, avec un zèle infatigable,
pesait, mesurait, livrait les marchandises, et s'occupait de saler ou
faire sécher le poisson, suivant les diverses espèces qu'on lui apportait.

L'affluence était extraordinaire. Chacun se retirait content des conditions qu'on lui avait faites, et bénissant fru Kathrina et son fils. Le
lard, les pommes de terre, la viande salée, les articles d'épicerie ne coû-
taient-ils pas moitié moins dans la nouvelle boutique? Le poisson ne
s'y vendait-il pas beaucoup plus cher? Les facilités de toutes sortes n'y
étaient-elles pas plus grandes, sans parler des manières avenantes de
Joséphine et de la bonté affectueuse de fru Kathrina? Quelle différence
avec la dureté de cœur, la rapacité, les façons tantôt patelines, tantôt
brusques et hautaines du patron de Groby! La popularité est une douce
chose, et fru Kathrina jouissait de son triomphe. Joséphine et elle passaient des journées laborieuses ; mais, le soir, après la fermeture de la
boutique, on se réunissait en famille autour du poêle et l'on oubliait
la fatigue en songeant au bien que l'on avait fait.

Ce concours de monde qui remplissait une demeure auparavant si
paisible, le lieutenant Askenberg n'y comprenait rien ; mais il paraissait s'en amuser. On l'installait dans un grand fauteuil, et le vieil invalide saluait incessamment de la tête tous ceux qui entraient ou sortaient; car ceux-ci, hommes ou femmes, ne manquaient jamais de

s'arrêter devant lui pour le saluer de l'air le plus respectueux. Peut-être s'imaginait-il que ses chères silhouettes de papier étaient devenues animées et défilaient sous ses yeux.

Après le souper, fru Arnman lisait quelque psaume à haute voix. Arvid et Joséphine écoutaient cette pieuse lecture avec autant d'édification que s'ils eussent été dans une église. Tous deux l'aimaient d'un amour vraiment filial ; tous deux avaient subi l'influence de son caractère énergique et montraient une déférence profonde à ses volontés.

Et, pourtant, fru Kathrina était-elle toujours cette femme forte, cette matrone rigide et impérieuse que l'on a vue agir et parler au commencement de cette histoire? Non, l'âge avait produit sur elle son effet. L'âge avait amorti ses forces physiques et morales; elle s'était faite peu à peu douce et humble, humble au milieu de la prospérité qui l'entourait, et en présence des misères dont elle avait sans cesse le spectacle, humble devant les témoignages de respect et d'affection que lui prodiguaient Arvid et Joséphine. Non, ce n'était plus cette femme qui gourmandait avec tant d'autorité son jeune fils et tenait tête au lieutenant Askenberg. Son ton était moins décidé, moins absolu; ce changement était surtout sensible lorsqu'elle conversait avec Joséphine et Arvid... En leur parlant, elle donnait à sa voix quelque chose de cette douceur et de cette tendresse qu'elle employait en s'adressant à ses fleurs bien-aimées.

Fru Kathrina et Arvid ne devaient pas penser que nul obstacle, nulle contrariété ne traverseraient leur entreprise. Ils avaient déclaré la guerre au juif Holmgren : celui-ci était homme à se défendre, et, comme tous les moyens lui étaient bons, on avait en lui un ennemi formidable. Étourdi d'abord par le coup imprévu qui lui était porté, il songea bientôt à user de représailles. Ses pratiques l'abandonnaient; sa boutique était déserte; ses marchandises menaçaient de pourrir dans ses magasins. Il était furieux. Ne pouvant intenter un procès à ses concurrens, puisqu'ils étaient autorisés par une patente, il chercha à incriminer leurs motifs et la loyauté de leurs opérations. A l'entendre, fru Kathrina et son fils n'étaient poussés que par l'appât du gain. Arvid, lieutenant de la douane et officier au service du roi, se livrait à une spéculation indigne de son caractère et incompatible avec son emploi. Quoique la patente fût au nom de sa mère, en réalité, c'était lui qui trafiquait. Il abusait de son influence sur les pêcheurs. Sans doute, il leur achetait plus cher leur poisson; il leur vendait les denrées à meilleur compte; mais les denrées qui sortaient de sa boutique étaient de qualité inférieure. Fru Kathrina trompait sur le poids et la mesure. Lui, Holmgren, en était convaincu. Cela devait être : cela était.

Ces discours et autres semblables ne trouvèrent pas d'écho. Holmgren, sérieusement alarmé, se décida à employer les grands moyens pour amener les pratiques qui l'abandonnaient. Il abaissa le prix de ses marchandises au taux de la boutique rivale. C'était là justement l'objet qu'Arvid s'était proposé ; mais, comme il était plus commode pour les pêcheurs de s'approvisionner chez fru Kathrina, et qu'ils s'épargnaient de la sorte le trajet de Groby, la diminution opérée par Holmgren les tentait fort peu. Alors il en vint par degrés à vendre ses denrées pour rien ou presque pour rien. Arvid ne l'imita pas. Il maintint les prix qu'il avait établis. Les changer, c'eût été reconnaître qu'ils étaient exagérés ; c'eût été s'exposer à des pertes et faire concevoir aux habitans des espérances qui ne pouvaient tarder à être déçues.

Inconstance des affections populaires ! Holmgren, à son tour, entendait célébrer ses louanges. Il voyait sa boutique assiégée, comme auparavant, par une foule empressée. Il triomphait, il se frottait les mains.

— Laissez-les aller, ma mère ! disait Arvid à fru Kathrina qui s'effrayait de la solitude de son comptoir ; laissez-les aller ; ils reviendront à nous. Aujourd'hui ils suivent le vent. Que le juif écoule ses marchandises à perte. Les nôtres nous restent pour le printemps, où elles coûtent si cher à acheter. Quand ses magasins seront vides, les nôtres seront abondamment fournis. Il ne continuera pas long-temps sur ce pied-là, et alors les pêcheurs seront trop heureux de nous retrouver. Songeons à leur être utiles ; mais ne comptons pas sur leur reconnaissance.

La prévision d'Arvid était juste. Le printemps arriva. Le patron de Groby fut obligé de s'approvisionner de nouveau. Il calcula les pertes qu'il avait faites, et jugea prudent de hausser ses prix par degrés, jusqu'à ce qu'ils fussent les mêmes que ceux de fru Kathrina. Il se flattait que ses pratiques ne le quitteraient plus désormais et que sa vogue était assurée. Il se trompait. Les pratiques s'envolèrent de nouveau, et, cette fois, elles ne revinrent point. Elles restèrent fidèles à la boutique de fru Kathrina.

Le juif Holmgren en tomba malade de désespoir.

CHAPITRE XXXII.

Le temps va vite, même pour ceux qui sont dans le chagrin. Deux ans s'étaient déjà écoulés depuis le départ de Rosenberg. Ainsi que l'avait prédit Haraldson, Gabrielle s'était résignée peu à peu à l'absence de son fiancé; si elle pleurait quelquefois, elle souriait plus souvent encore.

Arvid, dans ses courses le long du Shargord, visitait assez assidument l'île de Tistelon. C'était en quelque sorte son point de relâche. Il était toujours sûr d'y trouver un accueil bienveillant et empressé. Grâce sans doute à l'exactitude avec laquelle il faisait honneur à ses engagemens, grâce à la prudence de ses opérations commerciales, il avait reconquis la faveur du vieux Haraldson. En un mot, il était reçu dans la famille comme un hôte agréable et comme un ami.

Anton était le seul à qui la présence d'Arvid fût importune. Il ne pouvait le supporter. Du plus loin qu'il voyait blanchir la voile de la pinasse, il se jetait dans un petit bateau, et partait dans une direction opposée. Il passait tout le jour à errer à travers les rochers de la côte, s'occupant à ramasser des algues marines, ou chantant quelques anciens sagas, parmi lesquels la chanson du Necken revenait fréquemment, et il attendait, pour retourner au logis, qu'Arvid eût repris la mer. Pendant l'hiver, et lorsque le temps ne permettait pas de semblables excursions, il quittait sa place habituelle, c'est-à-dire le coin du poêle, et allait se renfermer dans sa chambre. Depuis quelques années, les accès de folie auxquels il était sujet avaient perdu de leur durée et de leur violence; mais il continuait d'être sombre et fantasque.

En peu de temps, Joséphine et Gabrielle eurent formé entre elles une intimité aussi étroite que le comportait la différence de leurs caractères respectifs. Fru Kathrina ne voyait point avec plaisir les visites fréquentes que Joséphine rendait aux habitans de Tistelon; mais, comme, dans un moment de bonne humeur, elle avait donné son consentement à la première, elle ne pouvait raisonnablement élever d'objection contre les autres, et elle était d'ailleurs forcée de s'avouer à elle-même que la jeune fille avait besoin de distractions.

Quant à Arvid, il ne chaussait plus les souliers d'un enfant, ainsi que le disait sa mère dans son style pittoresque. Fru Kathrina lui laissait son libre arbitre en toutes choses, et, malgré la déférence qu'il ne cessait de lui témoigner, elle reconnaissait volontiers en lui le chef de

la famille. Soit qu'il parlât d'aller à Tistelou, soit qu'il annonçât qu'il
en revenait, fru Kathrina ne hasardait aucune remontrance. Arvid, en
effet, avait hérité du caractère décidé de son père : c'était désormais
un homme, et sa mère ne l'en aimait que davantage.

Une chose tranquillisait fru Kathrina : Gabrielle était fiancée à un
autre ! la digne femme comptait trop sur la prudence de son fils; elle
ne connaissait pas assez les mystères du cœur humain, pour s'imaginer
quel est l'attrait d'une chose défendue, et quels charmes vous offre la
possession d'un bien qui vous est interdit. Elle se croyait certaine
qu'Arvid ne penserait jamais à Gabrielle, qu'il ne la regarderait jamais
avec les yeux d'un amant, qu'il saurait défendre son cœur par égard
pour lui-même et pour sa mère; voilà ce qu'elle se disait afin de se ras-
surer, et, comme tous ceux qui aiment mieux se tromper que de s'exposer à une découverte désagréable, elle n'examinait pas plus loin.
Parfois pourtant elle hochait la tête en signe de doute; mais c'était
lorsqu'elle était seule avec ses fleurs; encore se gardait-elle soigneusement de formuler par des paroles les vagues soupçons qui lui venaient
à l'esprit, et de leur donner ainsi un corps et un objet arrêté.

Cependant, grâce au généreux dévoûment d'Arvid, le petit village
où il avait sa résidence avait pris un nouvel aspect : d'importantes
améliorations s'y étaient opérées, et le jeune homme, animé par le succès, poursuivait avec ardeur son œuvre réformatrice.

Il s'occupa d'abord d'assurer la subsistance des infirmes et des vieillards appartenant à la classe indigente et qui n'avaient ni famille, ni
soutien. Les fonds nécessaires à cette institution furent avancés par les
habitans les plus riches du Shargord auxquels il donna l'exemple; plus
tard, les pêcheurs, stimulés par lui, consentirent à lui abandonner une
certaine partie du produit de leur pêche : Arvid faisait vendre le poisson, et l'argent qui résultait de la vente était consacré à cet objet. Ce
fut un nouveau surcroît d'embarras et de fatigues pour Joséphine et
fru Kathrina : elles durent se charger d'acheter les provisions et veiller
à l'apprêt des alimens. Elles s'adjoignirent les trois veuves des pêcheurs
qui avaient péri récemment, et les préposèrent aux soins de la cuisine.
Celles-ci, en retour de leurs travaux, furent désormais placées à l'abri
du besoin. Chaque jour, à midi, ceux qui étaient nourris aux dépens
de la petite communauté venaient chercher leur ration de soupe, de
viande salée ou de pommes de terre. Ceux à qui l'âge ou la maladie ne
permettait pas de marcher, la recevaient à domicile. Tous bénissaient
la main qui pourvoyait ainsi à leur bien-être. Arvid et fru Kathrina
étaient à leurs yeux les images vivantes de la providence.

La seconde entreprise d'Arvid fut l'établissement d'une école. Frappé de l'état d'ignorance grossière où étaient plongés ses concitoyens, il voulut du moins en préserver leurs enfans. C'étaient, à vrai dire, de petits sauvages, élevés de bien peu au dessus du niveau de la brute, étrangers à toutes ces notions et à tous ces principes qui distinguent l'homme de la bête, le païen du chrétien.

Pour diriger cette école, il fallait se procurer un instituteur, chose difficile dans ces régions écartées, qui n'ont avec le monde civilisé aucune communication. Un instant, Arvid se vit arrêté par ce premier obstacle. A la fin, il se trouva un vieux matelot qui savait quelque peu lire et écrire, et qui possédait des notions de géographie et de calcul. Ce prodige d'érudition avait lui-même beaucoup à apprendre; mais, faute de mieux, et en attendant qu'il se perfectionnât à force d'enseigner aux autres, il fut placé à la tête de l'école, et on lui assigna pour salaire le quart d'une livre de tabac par mois, une somme annuelle de six rixdales, et le privilége d'être nourri aux frais de la communauté.

Flint, ainsi se nommait le pédagogue, ne manquait pas de zèle, s'il manquait de savoir. Il se mit bravement en besogne. Il fallait le voir, une énorme chique dans la bouche, initier ses élèves à la connaissance de l'A–B–C–D! Flint, en sa qualité de marin, et lorsque la circonstance lui paraissait nécessiter le développement de moyens oratoires, jurait à faire trembler les bancs de son école, pour ne rien dire des enfans qui y étaient assis. De plus, et toujours en sa qualité de matelot, il avait fréquemment recours à ce qu'il appelait un bout de cable, mode d'enseignement ou de répression dont il connaissait par expérience l'efficacité; mais, au total, il inculquait à ses élèves autant de choses qu'il en savait lui-même, et on ne pouvait pas raisonnablement exiger de lui davantage.

Mais c'était en démontrant la géographie qu'il déployait sa supériorité. A défaut de cartes et de mappemonde, il traçait sur un tableau un grand cercle dans lequel il dessinait d'abord la configuration de la mer du Nord, de la mer Baltique, de la Manche, de l'Océan Atlantique et de la mer des Indes. Au milieu de tant de mers, les îles et les continens n'occupaient qu'un très mince espace: maître Flint les esquissait légèrement, comme une chose accessoire. Il notait seulement quelques ports, entre autres Hambourg, Londres, New-York et Janeiro. Il est à propos de dire que c'étaient ceux où il avait relâché le plus souvent. Quant aux autres villes, il daignait à peine en faire mention. Elles ne méritaient point qu'on en parlât. Paris, Vienne, Moscou, Madrid n'avaient point, à ses yeux, l'importance de Rio-Janeiro. Il en

avait entendu prononcer le nom, disait-il. C'étaient sans doute des cités
populeuses, de grandes capitales ; mais les habitans de l'intérieur des
terres étaient portés à l'exagération, et il fallait se défier des mensonges
que l'on trouvait dans les livres. N'avait-il pas lu, lui, Flint, lu de
ses propres yeux que les terres occupaient, sur la surface du globe,
autant d'espace que la mer? Erreur contre laquelle devait protester
quiconque avait doublé les deux caps...

Eh bien ! cet enseignement, malgré son insuffisance, produisait
d'heureux résultats. Maître Flint entremêlait ses leçons de récits et
d'anecdotes qui en étaient réellement la partie la plus instructive. Souvent il conduisait ses élèves sur le rivage, et là, en présence de la mer
qui semblait l'inspirer, le vieux matelot racontait ses voyages, et les
dangers de toute sorte qu'il avait courus. Il faisait ainsi à ses auditeurs une espèce de cours nautique ; il les entretenait des mœurs des
divers peuples ; il gravait dans leur mémoire le nom et la situation des
différens ports marchands : toutes choses qui étaient de première nécessité pour cette future génération de matelots et de pêcheurs.

Arvid venait quelquefois assister aux leçons de maître Flint. Celui-ci,
extrêmement flatté d'une pareille visite, ne manquait jamais d'offrir au
patron de l'école la place d'honneur, c'est-à-dire un grand fauteuil de
cuir qu'il appelait son banc de quart, et du haut duquel il commandait,
disait-il, la manœuvre. Mais Arvid s'asseyait modestement parmi les
élèves et leur donnait l'exemple de l'attention. Cet exemple n'était perdu
ni pour eux, ni pour le bon pédagogue lui-même. Celui-ci redoublait
d'érudition et d'éloquence. Il se démenait dans son fauteuil et s'en-
rouait à force de crier. Le jeune auditoire interrogeait curieusement le
visage d'Arvid, pour deviner ses secrètes impressions. Arvid, comme
on le pense bien, avait toujours l'air édifié.

Il est nécessaire de mentionner ici un événement qui eut lieu à cette
époque. Ce fut la mort du lieutenant Askenberg. Cette perte affecta
péniblement Arvid et Joséphine ; mais elle fut surtout douloureuse
pour fru Kathrina, qui l'avait soigné pendant tant d'années, et qui l'aimait comme un frère. Une simple pierre distingua la tombe de l'invalide
de celles des pauvres pêcheurs. Fru Kathrina la visitait fréquemment
et, lorsqu'elle rentrait chez elle, elle cherchait au fond d'un tiroir les
silhouettes qui avaient amusé les derniers instans de son vieil ami, et
qu'elle avait précieusement conservées. Elle les contemplait avec des
yeux humides ; puis, essuyant ses larmes, elle reprenait le cours interrompu de ses travaux.

Cependant le terme que Rosenberg avait fixé à son absence approchait. La troisième année était déjà commencée. Gabrielle supportait cette longue épreuve avec un courage qui ne s'était pas démenti. Un soir, Birger, en revenant de Gothembourg, ramena un étranger dont l'air, les manières et l'accoutrement annonçaient un marin. Birger le présenta à sa famille sous le nom du capitaine Vandervreken, arrivé récemment d'un voyage à l'Amérique du Sud.

— L'Amérique du Sud ! s'écria aussitôt Gabrielle. Si monsieur pouvait nous donner des nouvelles de...

Elle s'arrêta et rougit, en pensant à la surprise que sa demande devait causer à l'étranger.

Mais celui-ci ne manifesta aucun étonnement ; il attacha sur la jeune fille un regard plein d'intérêt, et sembla l'inviter à poursuivre.

— Eh bien ! Ella, lui dit Birger, de qui voulez-vous parler ?

— De mon fiancé... du capitaine Rosenberg qui est parti pour l'Amérique méridionale... Je désirais savoir si monsieur l'avait rencontré dans ses voyages, ou s'il avait entendu prononcer ce nom.

Le capitaine Vandervreken ne répondit pas directement à cette question. Il prit dans ses larges mains la main délicate de Gabrielle et examina un moment l'anneau de fiançailles qu'elle portait au doigt. Puis, adoucissant le ton de sa voix, laquelle était naturellement dure et forte :

— Cet anneau vous vient de Rosenberg ? dit-il à Gabrielle : c'est un gage de sa foi ?

— Oui, murmura la jeune fille. L'avez-vous vu ?... Êtes-vous chargé de quelque message de sa part ?

— Je l'ai vu... une heure avant de quitter Bahia. Je lui ai parlé ; il vous adresse les protestations de l'attachement le plus tendre et le plus fidèle.

— Quoi ! pas une ligne, pas un mot d'écrit ?...

— Il n'en a pas eu le temps : nous nous sommes séparés aussitôt.

— Et vous a-t-il dit qu'il serait de retour à la fin de cette année ?... Il n'est pas malade, j'espère ?...

— Il m'a dit, répliqua le vieux marin en détournant la tête et en appuyant avec emphase sur chacun de ses mots : il m'a dit que la mort..., la mort seule... pourrait rompre le lien qui l'attache à vous.

— Je le crois, continua Gabrielle avec impatience et sans remarquer l'accent que Vandervreken avait donné à ses paroles : oui, je lui rends cette justice... Mais de son retour en Europe, ne vous a-t-il rien dit ?

— Beaucoup de choses, au contraire : il faisait des vœux ardents pour vous revoir... Malheureusement, et pour vous parler avec franchise... il n'en avait guère l'espérance.

— Grand Dieu! le malheur a donc continué de le poursuivre! Il a donc éprouvé de nouvelles pertes?

— Non... pas positivement... et même, d'après ce que j'ai compris, ses affaires prospéraient... Mais il y a tant de circonstances qui peuvent empêcher la réalisation de nos souhaits!

— Je ne vous entends pas, répartit Gabrielle avec vivacité. Soyez, de grâce, clair et précis... Si la chance a été favorable à Rosenberg... s'il désire revenir parmi nous... quelle est la circonstance qui s'y oppose?

— Mais, dit Vandervreken avec embarras... Je crains... c'est une nouvelle si triste à annoncer...

— Il est mort! s'écria Gabrielle, il est mort! Je le lis dans vos yeux.

Et, se couvrant le visage de ses deux mains, elle éclata en sanglots.

Vandervreken, tout vieux loup de mer qu'il était, semblait ému de ce spectacle.

— Il n'était pas encore mort lorsque je l'ai quitté, reprit-il; mais on désespérait de le sauver, et, à l'heure qu'il est, j'ai tout lieu de croire que tout est fini pour lui. Je sus qu'il voulait voir, avant de mourir, un capitaine de navire suédois. J'allai le trouver. Il était attaqué d'une de ces fièvres malignes particulières aux régions tropicales et qui pardonnent bien rarement. Le pauvre diable me fit jurer de visiter, à mon retour dans ma patrie, l'île de Tistelon, et de dire à sa fiancée que, jusqu'à son dernier soupir, il ne cesserait de penser à elle; que si, contre toute prévision, il en réchappait, il serait de retour à l'époque indiquée, et qu'il lui écrirait auparavant, dès qu'il pourrait tenir une plume... En attendant, voici, ma chère demoiselle, ce qu'il vous envoie.

En parlant ainsi, le marin tira de ses poches et présenta à Gabrielle quelques coquillages d'une beauté remarquable.

— Il paraît, ajouta-t-il, que ce pauvre Rosenberg vous avait promis quelque chose dans ce genre... Vous voyez qu'il ne l'avait point oublié.

Gabrielle arrosa de ses pleurs ce dernier témoignage d'amour de son fiancé, ce présent qu'il lui adressait, en quelque sorte, du fond de sa tombe solitaire; mais elle ne s'abandonna point aux transports d'une douleur exagérée. Sa nature énergique la soutenait dans cette épreuve difficile. Placée en face d'un malheur qu'elle regardait comme certain, elle trouvait en elle-même la force de l'envisager sans en être abattue: car, pour des âmes comme la sienne, le doute a des angoisses mille fois plus poignantes que la certitude.

— Je me suis acquitté là d'un triste message, reprit l'honnête marin. J'aurais voulu vous apporter des nouvelles moins affligeantes, mais je n'ai pu refuser à un compatriote ce qu'il me demandait si instamment.

Ici, Birger et le vieux Haraldson remercièrent Vandervreken de s'être chargé d'une pareille mission. C'était, dirent-ils, un service rendu à Rosenberg et à eux-mêmes. Si Rosenberg devait mourir, il valait mieux pour eux apprendre ce malheur de la bouche d'un ami que par le bruit public.

— Mais nous ne sommes pas sûrs que Rosenberg soit mort, remarqua la femme de Birger en encourageant du regard Gabrielle... Vous pouvez ma chère Ella, recevoir une lettre qui nous comblera tous de joie... Ne vous désespérez donc pas : quant à moi, j'espère encore.

— Et moi aussi! prononça alors Anton qui était resté jusque-là accroupi auprès du poêle, et qui se dressa sur ses jambes. Oui, quelque chose me dit que Rosenberg est encore vivant... C'est pourquoi, pauvre fiancée, ne songe pas à prendre des vêtemens de deuil... Ne t'imagine pas que tu es libre et que tu peux te donner à *un autre*... Tant que ma voix ne sera pas éteinte, je te crierai : Rosenberg est vivant! Rosenberg reviendra!

Vandervreken, étonné de ces paroles et de l'accent qui les accompagnait, se tourna vers l'idiot. L'être qui lui apparut était bien fait pour justifier sa surprise. Anton, depuis plusieurs mois, passait les jours et une partie des nuits à errer au milieu des rochers. Il fuyait la présence d'Arvid, dont les visites assidues lui étaient insupportables... Il se nourrissait à peine; sa maigreur était extraordinaire. Ses longs cheveux retombaient en désordre sur sa figure. Ses yeux brillaient de l'ardeur de la fièvre. Son aspect était effrayant. Sa voix même, qui jadis ne manquait pas de mélodie, était devenue aigre et perçante comme celle des oiseaux de mer.

— Je suppose que ce pauvre garçon est malade, dit Vandervreken avec un accent de commisération.

— Malade! répliqua Anton : oui, je suis malade : toute notre famille est attaquée de la peste... et, depuis votre arrivée dans cette maison, le mal est encore empiré.

— Comment! que voulez-vous dire? demanda le marin qui le regardait avec de grands yeux.

Anton poussa un éclat de rire étrange.

— Je veux dire, continua-t-il, que les nouvelles apportées par vous ont mis le comble à la mesure... Dieu sait ce qu'il en résultera; mais il en résultera quelque chose... oui. il en résultera quelque chose!...

Anton articula ces derniers mots en baissant la voix et en promenant autour de lui des yeux hagards.

— Laissons-le tranquille! dit Haraldson d'un ton de douceur hypocrite et en adressant au marin un coup d'œil d'intelligence... C'est mon jeune fils, et il n'a plus sa tête... vous comprenez?...

Haraldson, malgré son audace habituelle, craignait de piquer trop vivement l'esprit irritable de l'idiot, et, portant le doigt à son front, il indiqua par un signe la pensée qu'il ne voulait pas exprimer tout haut. Mais Anton vit ce geste, et il s'en offensa.

— Allons! s'écria-t-il, achevez! dites que je suis un fou... Moi un fou! Vous n'oseriez pourtant pas m'envoyer à l'hospice des aliénés!

Erika comprit qu'il était temps d'intervenir.

— Anton, prononça-t-elle avec fermeté, retirez-vous dans votre chambre.

Ce ton d'autorité, qu'elle employait rarement, produisit son effet sur le maniaque. Anton baissa la tête et sortit en murmurant quelques mots que l'on n'entendit pas.

— Pauvre garçon! dit Vandervreken en le suivant des yeux, je le plains, et je vous plains aussi, herr Haraldson... Est-il né avec cette infirmité, ou est-ce l'effet de quelque accident qui lui a dérangé le cerveau?

— C'est ce dont il est difficile de décider, répondit Haraldson avec un calme parfait. Le mal s'est déclaré chez lui dès l'enfance. Ses accès de folie cessent pendant quelque temps; puis ils le reprennent quand on s'y attend le moins... Vous venez d'en voir un exemple.

— Un exemple effrayant!... Ne redoutez-vous pas que cela ne dégénère en folie furieuse?... Vous devriez le faire traiter à l'hospice.

— Que voulez-vous? répliqua le vieux smoggler en donnant à ses traits durs un air de bonhomie, c'est mon fils: je ne puis me résoudre à me séparer de lui. Vous savez quelle est la faiblesse des parens... D'ailleurs, ces accès sont fort rares et n'ont rien de dangereux: vous avez été témoin qu'on se rend facilement maître de lui.

Ici, Erika et Birger échangèrent un regard. La duplicité de leur père les révoltait.

Pendant la diversion qu'avait causée cet incident, Peter Lindgren était entré dans la chambre sans être remarqué. Quelques mots saisis au passage l'avaient mis au courant de ce qui se passait. Peter, l'ancien mousse de Rosenberg, avait conservé pour son capitaine une sorte de culte. Employé actuellement au service de Birger, il montrait toutes les qualités d'un excellent matelot, et avait devant lui une perspective avantageuse. Il s'approcha de Gabrielle dont personne ne s'occupait, et qui était restée assise sur un sopha, dans une attitude pleine d'abattement, comme si elle n'eût rien vu de la scène qui venait d'avoir lieu. Peter, sans considérer si sa démarche était, ou non, selon les règles du décorum, s'empara d'une de ses mains que la jeune fille laissait pendre négligemment ; il l'arrosa de ses larmes, et d'une voix qui exprimait une respectueuse sympathie :

— Mamselle Gabrielle, dit-il tristement, vous n'êtes pas la seule à gémir sur le sort du capitaine : je l'aimais plus que moi-même ; rien ne me consolera de sa perte... Hélas ! pourquoi ai-je eu la force de lui obéir, et de venir à Tistelon pour vous porter de ses nouvelles !... Il n'avait personne auprès de lui dans ce pays de sauvages. Si j'avais été là, je l'aurais soigné, et, peut-être, serait-il encore de ce monde.

— Merci, mon brave Peter ! lui répondit Gabrielle. J'apprécie, comme je le dois, votre bonne intention... Mais ne vous reprochez pas d'avoir exécuté le ordres de Rosenberg. C'est lui qui vous a envoyé auprès de moi ?

— Sans doute, c'est lui, et je me serais coupé le bras plutôt que de lui désobéir... Mais, malgré cela, il n'aurait jamais dû se séparer de moi, qui lui étais si fidèlement attaché.

— Ni de moi, Peter, répliqua Gabrielle en soupirant. C'est lui qui l'a voulu ; et, maintenant, le reverrai-je jamais ?

Et, suffoquée par ses pleurs qui recommençaient à couler, elle se leva et alla s'enfermer dans sa chambre. On ne la revit pas de toute la soirée.

Le lendemain, le capitaine Vendervreken prit congé des habitans de Tistelon, en leur promettant que si un navire, qu'on attendait prochainement de Bahia, apportait une lettre de Rosenberg, il les en informerait aussitôt.

— Ainsi, dit Birger, qui, avec Haraldson, l'accompagnait au lieu de l'embarquement, si une lettre doit nous être adressée, nous ne tarderons pas à la recevoir.

— C'est mon opinion, répondit le marin : la maladie de Rosenberg touchait à une crise décisive : s'il en réchappe, il a dû vous l'écrire aussitôt que ses forces le lui auront permis.

— Une lettre envoyée de cette distance ne court-elle aucun risque de se perdre ou de s'égarer ? demanda encore Birger.

— Aucun... à moins toutefois que le bâtiment qui la porte ne fasse naufrage, et, dans ce cas, un autre navire... Mais je me tiendrai au courant de tous les arrivages, et je vous manderai le résultat de mes informations.

Dès que Birger et Haraldson furent sortis pour reconduire leur hôte, Erika était montée à la chambre d'Anton. Il n'avait pas reparu depuis la veille. Sa porte était fermée. Erika y frappa plusieurs fois sans qu'il se décidât à ouvrir ou à répondre.

— Anton ! lui cria-t-elle, ouvrez-moi ; j'ai absolument besoin de de vous parler.

— Que me voulez-vous ? demanda enfin l'idiot : vous n'avez rien à me dire. Je désire être seul.

— Anton ! je vous en prie... ne soyez pas méchant et obstiné : ouvrez cette porte.

— Oui, pour que vous me parliez comme à un chien ! continua Anton avec un accent irrité... Je suis mon maître, entendez-vous, fru Haraldson ! Je ne dépends de personne ici... Oui, oui, je vous prouverai que je fais ce que je veux.

Ici le maniaque baissa la voix et Erika l'entendit qui murmurait :

— Qu'est-elle donc, pour me traiter ainsi ? La femme d'un... Ah ! ah ! si je disais ce que je sais, comme elle baisserait le ton !

— Silence, malheureux ! s'écria la jeune femme avec autorité : ouvrez la porte, je vous l'ordonne.

Malgré l'accent impérieux qu'elle avait pris, et dont elle avait éprouvé plusieurs fois l'efficacité, Anton ne se pressait pas d'obéir. Jamais elle ne l'avait vu lui résister si ouvertement ; elle craignit que ce ne fût le symptôme de quelque crise dangereuse, et elle ajouta d'un ton plus doux :

— Est-il possible que vous soyez ingrat à ce point ! me refuser ce que je vous demande, à moi, qui vous ai soigné quand vous étiez malade, et qui ai passé tant de nuits à votre chevet !

— C'est vrai ! répondit Anton déjà à demi subjugué, et Erika l'entendit s'approcher de la porte... C'est vrai ! continua-t-il. Je me souviens que, dans ce temps-là, vous avez été bonne, bien bonne !... C'était à cette époque que mes deux anges venaient me visiter... depuis, je ne les ai plus revus.

— Mais moi, Anton, je ne vous ai pas quitté. Je suis toujours restée près de vous : je tiens la place de vos deux anges... Comment donc pouvez-vous en agir de la sorte avec moi ?

— C'est vrai ! dit encore le pauvre Anton qui ne résista plus, et ouvrit enfin la porte de sa chambre.

Erika entra aussitôt et ferma soigneusement cette porte derrière elle. Sa pâleur et son air de souffrance frappèrent l'idiot lui-même.

— Pardonnez-moi, Erika! lui dit-il d'un ton suppliant. J'ai eu tort... C'est que...

— Mon cher Anton, interrompit Erika, je vous pardonne; quelquefois vos paroles n'ont pas de sens : d'autres fois, vous vous amusez à jouer le rôle d'un insensé, quand vous avez toute votre raison... Hier, par exemple, devant le capitaine, vous avez dit des choses!... M'en donnerez-vous l'explication?

— Pourquoi vous la donnerai-je? vous la savez déjà... Je suis convaincu... vous l'êtes aussi... que Rosenberg est vivant... Je prévois ce qui en arrivera... des pressentimens lugubres me poursuivent... Erika! ce sera quelque chose d'affreux.

— Je ne vous comprends pas, Anton! Sur quoi serais-je convaincue que le capitaine n'est pas mort? Et en supposant qu'il vécût en effet, que peut-il en résulter?

Mais Anton ne jugea pas à propos de s'expliquer : il hocha la tête d'un air expressif.

— Anton n'est qu'un fou, dit-il ensuite; il ne s'aperçoit de rien; ses discours n'ont pas de sens : pourquoi l'écouterait-on?

— Mais vous n'êtes pas un fou; vous êtes, au contraire, très clairvoyant. Je suis prête à vous écouter... seulement je ne vous comprends pas.

— Ah! s'écria Anton avec véhémence, vous ne comprenez pas que ce lieutenant de la douane convoite le bien d'un autre... en un mot, qu'il aime Ella, et qu'il cherche à s'en faire aimer?...

— Eh bien! quand cela serait vrai, et quand je l'aurais moi-même remarqué... que peut-il résulter pour nous de la passion silencieuse d'Armman ?

— Rien, répliqua le maniaque en éclatant de rire... presque rien... sinon qu'un de ces jours, nous monterons tous sur l'échafaud.

Erika tressaillit; mais elle eut la force de se contenir.

— Voilà de vos visions! dit-elle en composant son visage et sa voix; vous y persistez malgré toutes mes remontrances.

— Est-ce ma faute? continua Anton en redoublant d'énergie; est-ce ma faute si Satan s'amuse à conduire les choses de manière qu'on verra la fille du meurtrier épouser le fils de la victime?

— Que voulez-vous dire, insensé? Vous seul avez rêvé qu'un tel événement doive avoir lieu. La mort de Rosenberg n'est point un fait itionXX

certain. Gabrielle doit l'attendre une année encore. Il reviendra avant
ce temps, et...

— Et s'il ne revient pas... si l'on ne reçoit point de ses nouvelles?...
Ella vivra-t-elle dans le célibat?... Ne la mariera-t-on pas à quelqu'un?...
à quelqu'un que nous pouvons nommer?

— C'est devancer l'avenir de trop loin. Ne nous occupons point de
conjectures qui ne se réaliseront probablement pas... Et surtout, Anton,
ne dites pas un mot à Gabrielle sur ce sujet.

— Les femmes se ressemblent toutes, grommela Anton, comme s'il
se fût parlé à lui-même : elles sont fausses, artificieuses, et mettent
leur plaisir à tromper... En voilà une qui feint de ne pas voir ce qui
est clair à ses yeux... et cette recommandation, en apparence innocente, de ne parler de rien à Ella! Anton en devine le but secret...
Vous craignez, ajouta-t-il en s'adressant à Erika, vous craignez que
Gabrielle, éveillée par mes discours, ne cherche à lire dans son propre
cœur; car elle y découvrirait qu'une autre image a remplacé l'image
effacée de Rosenberg.

— C'en est trop! s'écria la jeune femme troublée au plus haut point.
Il est odieux à vous de supposer de pareilles indignités.

— N'est-ce pas que c'est indigne? poursuivit Anton en s'attachant
au dernier mot... Oui, Gabrielle pense au lieutenant, lorsqu'elle croit
penser à Rosenberg... Mais qu'on ne me pousse pas à bout... et souvenez-vous, Erika, de ce que je vous ai dit : — *l'échafaud!*

Et Anton leva le doigt en signe d'avertissement et de menace, fixant
sur sa belle-sœur un regard d'une expression singulière; en même
temps, il ouvrit la porte, et Erika toute tremblante sortit sans répliquer
un mot.

Elle ne parla point à son mari de cette conversation; mais elle ne
l'oublia pas.

CHAPITRE XXXIII.

Un soir, Arvid revenait d'assister à une leçon de maître Flint. Séduit
par le calme et la beauté de la soirée, au lieu de retourner chez lui en
ligne directe, il fit un détour le long du rivage, afin de mieux respirer
l'air de la mer. Il repassait en lui-même tout ce qu'il avait fait déjà
pour ses pauvres concitoyens : il méditait de faire plus encore, et projetait de nouvelles améliorations : il était content de lui et des autres.

Il marchait, dans cette heureuse disposition d'esprit, quand tout à coup il aperçut, à quelque distance, une femme assise sur un quartier de roche, et qui, se cachant la tête entre ses mains, paraissait sangloter. Quoiqu'il ne vît pas le visage de cette femme, il la reconnut aussitôt : c'était Joséphine !

— Eh quoi ! c'est vous Joséphine ! s'écria-t-il au comble de l'étonnement. Comment vous trouvez-vous seule, dans ce lieu et à cette heure ?

La jeune fille, absorbée qu'elle était par sa douleur, n'avait point distingué le bruit des pas d'Arvid; mais, au son de sa voix, elle se leva précipitamment et se retourna. Arvid, en la contemplant, demeura stupéfait. Joséphine, si calme, si réservée d'ordinaire, et exercée par une longue habitude à supprimer tout signe extérieur d'émotion, Joséphine avait la figure baignée de larmes, et sa main, qu'elle tendit à Arvid, était glacée !

— Au nom du ciel ! qu'y a-t-il donc ? demanda celui-ci : quel est le sujet de vos pleurs ?

— Ce n'est pas un sujet qui me soit personnel, répliqua Joséphine rappelée à elle-même ; je ne m'afflige pas pour moi... Je viens de voir Peller qui arrive de Tistelon... On y a reçu de bien tristes nouvelles.

— Quelles nouvelles ? demanda encore Arvid qui pâlit, et qui, s'efforçant de cacher son trouble, ne fit plus attention à celui de sa compagne.

— On dit, continua Joséphine en l'observant d'un regard furtif, on dit que Rosenberg... le fiancé de Gabrielle... est mort !

Ce fut comme une commotion électrique; le sang monta au visage d'Arvid : un éclair jaillit de ses yeux... Rosenberg est mort !... Ces paroles retentissaient à son oreille et lui causaient une espèce de vertige. Il ne dit rien : il n'adressa aucune question à Joséphine, dont il avait même oublié la présence. Ses yeux, fixés dans le vague, n'étaient occupés que d'une seule image : une seule pensée remplissait son cœur... — Gabrielle était libre !

La pauvre Joséphine put étudier à loisir l'impression changeante de ses traits. Hélas ! ce qu'elle y vit était navrant pour elle. C'était là la ruine de ses dernières espérances. Plus que jamais elle sentit son isolement et son abandon. Elle était condamnée sans retour, et il lui était même défendu de se plaindre !

Laissant Arvid livré à ses rêveries, elle s'éloigna en silence et regagna le village. Arvid ne la retint point. A peine s'était-il aperçu de son départ.

Il courut chez Peller, et il apprit de sa bouche tous les détails que cet homme avait rapportés de Tistelon. Comme il arrive toujours en pareil cas, l'exagération se mêlait déjà à la vérité ; car Peller disait positivement, et il le tenait d'Annika elle-même, que Rosenberg était mort, et qu'un capitaine de navire suédois était venu transmettre ses derniers adieux à Gabrielle.

Arvid retourna chez lui dans une agitation impossible à décrire. Il s'enferma dans sa chambre, afin de se recueillir avant de paraître devant sa mère. La joie inondait son cœur, joie pure, joie ineffable, si elle n'eût été troublée par le souvenir de Joséphine. Joséphine! Gabrielle!... Ces deux noms, toujours inséparables, se présentaient encore ensemble à son esprit. L'une était libre : il pouvait désormais aspirer à elle; il pouvait l'aimer sans crime, et combien il l'aimait!!..... L'autre..... Arvid pensait à la situation dans laquelle il l'avait tout à l'heure surprise, aux larmes qu'il lui avait vu répandre et dont il devinait la cause... Pauvre Joséphine! Ce n'était pas la mort de Rosenberg qu'elle pleurait : elle pleurait la rupture des liens qui enchaînaient Gabrielle à un autre.

Et Arvid éprouvait quelque remords, en se retraçant l'inconséquence et la dureté de sa conduite à l'égard de Joséphine ; et des remords il passait à la joie et à l'espérance. Soudain une inquiétude vint le saisir. Si Peller avait été mal informé! Si la nouvelle qu'il répandait n'était pas parfaitement exacte!... Il fallait s'assurer au plus tôt du véritable état des choses, et le moyen le plus court, c'était d'aller à Tistelon. Sous l'influence de cette idée, Arvid se rendit chez le douanier Martin, et il lui prescrivit de mettre la pinasse en état d'appareiller le lendemain matin, au point du jour.

— Voilà une résolution bien subite! dit fru Kathrina, lorsque son fils, de l'air le plus indifférent qu'il put prendre, lui eut annoncé qu'il irait en mer le lendemain matin. Vous ne pensiez tantôt à rien de semblable... De quoi s'agit-il donc?

— D'une affaire... qui m'appelle à Marstrand... et que j'avais oubliée, répondit Arvid en hésitant un peu... L'affaire de Vonstop que l'on juge demain. Je dois donner au tribunal quelques explications sur cette capture.

— Vous aviez dit, répliqua sa mère, que vous ne seriez pas obligé de comparaître.

— Je le croyais d'abord ainsi ; mais j'ai fait de nouvelles réflexions, et j'irai à Marstrand ; car...

Ici Arvid, ayant rencontré les yeux de Joséphine, s'interrompit brusquement. Heureusement pour lui, fru Kathrina n'insista point sur ce sujet.

Mais le lendemain, quand il fut parti et que la digne matrone se trouva seule avec Joséphine, elle revint sur l'affaire de la veille, et s'en montra sérieusement préoccupée.

— Arvid me cache quelque chose, dit-elle à la jeune fille. Jamais je ne l'ai vu aussi embarrassé, aussi mal à son aise... Savez-vous ce que c'est, Joséphine?

— Je l'ignore, répondit celle-ci : peut-être une chose relative au service.

— Probablement ; mais c'est égal, Arvid, comme je le disais...

Ici, fru Kathrina jeta par hasard les yeux sur Joséphine : elle fut frappée de l'altération de ses traits, et elle se souvint que, la veille, elle avait aussi remarqué de l'embarras dans sa contenance. Son imagination prompte à s'alarmer lui suggéra aussitôt l'idée de quelque malheur.

— Au nom du ciel! Joséphine, apprenez-moi ce qui se passe, dit-elle. Vous aussi, vous paraissez inquiète, agitée... Arvid a sûrement un sujet de chagrin, et il vous l'a confié.

— Je vous proteste qu'il ne m'en a pas dit un mot, répliqua la jeune fille.

— Je vous crois, puisque vous l'affirmez... Eh bien! répondez seulement à cette question : aucune nouvelle ne vous est-elle parvenue d'un autre côté?

Il fallait répondre : Joséphine ne pouvait éluder cette interpellation précise. Le silence qu'elle avait gardé la veille, envers sa bienfaitrice et sans savoir pourquoi, était maintenant plus difficile à rompre, à cause des inductions que fru Kathrina ne manquerait pas d'en tirer. Accablée de mille sentimens confus, la pauvre Joséphine fondit en larmes.

— Qu'est-ce que cela signifie? s'écria la matrone au comble de l'effroi. Qu'est-il arrivé? qu'avez-vous appris?... Vous me faites mourir d'inquiétude.

— Mon Dieu! fru Arnman, ne vous alarmez pas ainsi! reprit Joséphine dont le désordre était extrême : on dit seulement que Gabrielle a perdu son fiancé... qu'il est mort en Amérique.

Si Arvid eût été là en ce moment, s'il eût vu l'effet que produisait cette nouvelle sur sa mère, son cœur en aurait été déchiré. Fru Kathrina demeura comme atterrée du coup. Elle répéta jusqu'à trois fois ces mots : le fiancé de Gabrielle, afin de se bien pénétrer du sens qu'ils renfermaient : puis elle joignit les mains avec angoisse et laissa retomber sa tête sur sa poitrine.

— Arvid le savait! balbutia-t-elle, et, hier... ce matin... il ne m'en a rien dit... O Arvid, ajouta-t-elle mentalement... vous m'avez trompée!

La douleur de fru Kathrina est plus difficile à concevoir qu'à exprimer. Non seulement Arvid avait usé de dissimulation avec elle, mais cette dissimulation même, que ne présageait-elle pas? Fru Kathrina n'osait interroger l'avenir. Elle qui, jadis, avait combattu avec tant de persistance l'inclination qu'elle supposait à son fils pour Joséphine, elle aurait tout donné, en ce moment, afin que leur mariage pût avoir lieu; tant nos désirs et nos craintes changent au gré des circonstances.

Joséphine se retira discrètement dans sa chambre, et fru Arnman resta seule. Elle s'approcha de la fenêtre, et fixa un œil distrait sur ses fleurs chéries. Sans qu'elle s'en aperçût, de grosses larmes coulaient lentement le long de ses joues, larmes amères arrachées par cette réflexion que son fils avait voulu la tromper, et qu'il s'était servi d'un prétexte pour cacher le but véritable de son voyage; car ce n'était pas à Marstrand qu'il s'était rendu : c'était à Tistelon... Les yeux de la pauvre mère s'ouvraient enfin; mais il était trop tard.

— Il n'a pas même dit adieu à Joséphine en partant! pensa-t-elle; il était si pressé d'arriver!... Mes conseils, mes prières, l'histoire de ce songe que je lui ai raconté, il oublie tout... Mon Dieu! les jours d'affliction sont-ils venus?... Mon Dieu! permettrez-vous cette union contre nature?

Pendant ce temps, Arvid se dirigeait en toute hâte vers Tistelon. La pinasse, comme si elle eût compris son impatience, fendait légèrement les vagues et laissait derrière elle un long sillon d'écume. Le premier objet que le jeune lieutenant aperçut, en posant le pied sur le rivage, fut Anton. Celui-ci se tenait debout au bord de la mer dans une immobilité parfaite. On aurait dit qu'il suivait d'un œil attentif le progrès de la marée montante; mais, en réalité, il s'abandonnait au cours ordinaire de ses rêveries, et ne voyait rien de ce qui se passait autour de lui. Arvid, pour la première fois depuis long-temps, remarqua la face décharnée du pauvre fou, son regard d'une fixité étrange, et le sourire amer qui errait sur ses lèvres.

— Comment cela va-t-il, Anton? lui dit-il en lui frappant sur l'épaule.

Au son de cette voix qu'il ne pouvait souffrir, Anton tressaillit brusquement et parut s'éveiller de quelque songe pénible. Il leva sur le jeune homme des yeux qui exprimèrent d'abord le soupçon, puis bientôt la haine et la colère. Arvid n'y lut que l'expression d'un chagrin farouche, et se rappelant que Rosenberg avait toujours été dans les bonnes grâces du maniaque, il ajouta d'un ton sympathique :

— J'ai entendu dire, mon cher Anton, qu'on avait reçu à Tistelon de bien tristes nouvelles.

— Oui, oui, répliqua Anton en ricanant : et vous êtes venu pour nous témoigner la part que vous y prenez : c'est très bien... Mais qu'avez-vous donc entendu dire?

— Que le capitaine Rosenberg était mort en pays étranger, répondit Arvid avec douceur, et sans s'offenser du ton étrange avec lequel Anton lui parlait.

— Eh bien ! continua celui-ci, c'est une bonne nouvelle, n'est-ce pas?

— Une bonne nouvelle, Anton ! qu'entendez-vous par là? Qui pourrait se réjouir de la mort de Rosenberg?

— Celui qui prétend le remplacer, je suppose.

Le visage d'Arvid se colora d'une rougeur brûlante. Toutefois, il ne jugea point à propos de discuter avec un fou ou de se fâcher contre lui, et il fit quelques pas pour s'éloigner; mais Anton lui barra le passage : il le saisit familièrement par le bras, et baissant la voix :

— Vous savez, lieutenant, lui dit-il, que le bruit public est souvent menteur... il ment dans cette occasion, car certainement Rosenberg n'est pas mort.

— Quoi! il serait vrai! s'écria Arvid tout à fait mis hors de garde, et dont la figure s'altéra subitement.

Cette émotion n'échappa point au maniaque. Charmé de l'effet qu'il avait produit, il poussa un éclat de rire sauvage qui acheva de déconcerter Arvid. Heureusement pour ce dernier, Erika l'avait vu aborder au rivage et entrer en conversation avec son beau-frère. Elle s'empressa d'accourir pour rompre un entretien dont elle craignait les suites.

— Merci de votre visite amicale dans un pareil moment, dit-elle à Arvid. Birger est allé à Gothembourg ; Gabrielle et moi nous sommes seules, et...

— Voilà herr Arnman qui vient vous consoler, interrompit Anton avec un accent d'ironie.

— C'est le trait d'un bon voisin et nous devons lui en savoir gré, répliqua la jeune femme en cherchant à réprimer du regard le ton impoli de son beau-frère.

Mais celui-ci n'en tint pas compte.

— Sans doute, sans doute, continua-t-il : le lieutenant arrive fort à propos. Birger va revenir de Gothembourg avec une lettre de Rosenberg, et notre excellent voisin s'en réjouira avec nous.

Erika se hâta d'emmener Arvid au logis. Anton les suivit quelque temps des yeux, et, quand ils eurent disparu à sa vue, il secoua la tête d'un air menaçant.

— Elle ne vaut pas mieux que les autres, grommela-t-il. Mais si Rosenberg est mort... si ce lieutenant... malheur sur eux tous !

L'entrevue d'Arvid et de Gabrielle fut ce qu'elle devait être, d'après la situation où ils étaient placés vis-à-vis l'un de l'autre, c'est-à-dire grave, cérémonieuse, pleine de gêne et d'embarras. Ils se parlaient, ils se regardaient à peine, et quand leurs yeux se rencontraient, c'était pour se baisser aussitôt. Erika soutenait seule la conversation ; tout ce qu'elle disait avait pour but de faire ressortir l'affliction qu'éprouvait Gabrielle, et, en même temps, l'espérance très fondée qui lui restait de revoir un jour son fiancé. Évidemment elle se proposait de décourager les vœux que pouvaient former les deux jeunes gens. Arvid écoutait dans un sombre silence : ce qu'il entendait raconter de la douleur de Gabrielle, et dont il exagérait la portée, lui navrait l'âme.

L'entretien se traîna ainsi pendant quelques heures. Vers le soir, Birger revint de Gothembourg. A l'annonce de son arrivée, Gabrielle et Arvid sentirent leur cœur battre avec violence. Les sentimens où cette émotion avait sa source différaient sans doute ; mais Birger ne rapportait aucune lettre, aucune nouvelle de Rosenberg. Le navire qu'on attendait de Bahia n'avait point encore paru : on supposait que les vents contraires le retenaient au large.

Il fallait donc se résigner à une pénible incertitude. Arvid prit congé de ses hôtes et retourna chez sa mère. Bien qu'il composât de son mieux son visage et sa voix, son agitation n'échappa point à l'œil perçant de fru Kathrina. Il alla au devant des questions qu'elle se préparait à lui adresser ; il lui raconta son voyage à Tistelon et le but de ce voyage. Elle ne témoigna ni mécontentement, ni surprise d'une pareille démarche : elle affecta de la trouver la plus naturelle du monde ; mais lorsque Arvid se fut retiré dans sa chambre, l'excellente femme poussa un soupir de soulagement, comme si elle se fût sentie délivrée d'un poids énorme qui lui pesait sur la poitrine. Elle massa entre ses doigts, d'un air de réflexion, une pincée de tabac qu'elle savoura ensuite longuement. Ses traits rigides se détendirent, et elle sourit.

L'obstacle qui empêchait le mariage de son fils et de Gabrielle subsistait encore !

Quant à Joséphine, témoin muet, mais non pas désintéressé de cette scène, elle était comme morte à l'espérance et à la joie.

CHAPITRE XXXIV.

Deux mois s'écoulèrent, deux mois d'anxiété et de cruelle incertitude! Gabrielle et Arvid comptaient les minutes et les instans. A la fin, ce vaisseau qu'on attendait de Bahia avec tant d'impatience arriva en vue du port de Gothembourg. Vandervreken n'avait point oublié la promesse qu'il avait faite d'être sans cesse aux aguets. Il courut un des premiers au rivage, et comme le navire se tenait à quelque distance, jusqu'à ce que la marée montante lui permît d'approcher, il sauta dans une barque et se rendit à bord pour avoir plus tôt des nouvelles de Rosenberg. Mais on ne put lui en donner. Personne de l'équipage n'avait vu le capitaine. Le vaisseau n'apportait aucune lettre de lui. Le bon Vandervreken retourna à terre extrêmement désappointé.

Quoiqu'il fût sur le point de mettre à la voile, il partit immédiatement pour Tistelon dans le but d'atténuer par sa présence et ses conseils le coup que la famille de Haraldson allait recevoir; mais, malgré les ménagemens qu'il sut employer, ce coup ne laissa pas que d'être extrêmement douloureux, surtout pour Gabrielle. A part l'affection qu'elle avait vouée à Rosenberg, et dont le refroidissement, s'il existait, avait eu lieu à son insu, elle se consumait dans cet état de doute auquel elle était de nouveau condamnée. Tant de secousses, tant d'alternatives avaient épuisé ses forces et son courage. Jusque-là l'énergie de l'âme avait soutenu chez elle l'énergie du corps. L'une et l'autre étaient à bout. Lasse d'attendre et d'espérer sans cesse, elle se prit à désespérer tout à fait. Vainement le capitaine Vandervreken, Birger, Erika et Vieux Haraldson, lui remontrèrent-ils que probablement Rosenberg était encore malade au moment du départ du navire, et qu'ainsi il n'avait pu envoyer de ses nouvelles; mais qu'on avait chance d'en recevoir par le prochain arrivage. La jeune fille rejeta obstinément ces consolations : elle accepta son malheur comme un arrêt prononcé et définitif. Elle se considéra dès lors comme veuve, et, chose ordinaire en pareil cas, elle goûta, dans cette conviction qu'elle se faisait, une sorte de repos et de soulagement.

— Aussi, lorsqu'au printemps suivant un autre navire arriva de Bahia à Gothembourg, cette seconde épreuve la trouva-t-elle préparée et résignée d'avance.

— Je le savais, dit-elle : mes pressentimens ne me trompaient pas. L'infortuné a succombé.

— Anton soutient néanmoins qu'il n'est pas mort, grommela le maniaque.

— Non, nous ne le verrons plus, poursuivit Gabrielle en pleurant.

— Il vit! il reviendra! s'écria vivement Anton... mais peut-être ne désires-tu pas le revoir.

A ce mot, Gabrielle leva sur lui des yeux étonnés.

— Quelle est cette folie? prononça Birger avec sévérité, et en lançant à son frère un de ces regards qui n'appartenaient qu'à lui.

— Bah! dit le vieux Haraldson d'un air dédaigneux; c'est le propos d'un fou. Voici l'été, et les chiens deviennent malades.

Un éclair de fureur et de haine jaillit des yeux d'Anton. Tout son corps frémit d'un mouvement convulsif. Il étendit vers son père son poing fermé.

— Prenez garde! s'écria-t-il, prenez garde qu'un de ces chiens ne vous morde... La blessure serait mortelle!

— Misérable! répondit le vieux smoggler avec un accent terrible, et en se redressant de toute sa hauteur : Ose ajouter un mot... un seul mot, et je... Par l'enfer! je te réduis pour jamais au silence!

Il allait peut-être joindre l'effet à la menace; mais Erika lui saisit les mains, tandis que Birger lui disait tout bas, mais d'une voix ferme :

— Mon père! mon père! pas de violence... Souvenez-vous!...

Cependant une révolution soudaine s'était opérée chez Anton. Le paroxysme de colère auquel il s'était livré et l'aspect de la fureur de son père avaient produit sur ses nerfs irritables une secousse trop forte. Les muscles de sa face étaient contractés d'une manière horrible. Ses yeux sortaient de leurs orbites. Sa bouche demeurait toute grande ouverte, comme si le mouvement de la machoire eût été suspendu, et quoiqu'il voulût crier, il ne pouvait articuler aucun mot : sa langue était paralysée. Cet état effrayant dura quelques minutes, et se termina par une attaque d'épilepsie.

Qu'on juge de la terreur de Birger, d'Erika et de Gabrielle. Haraldson lui-même, en dépit de son endurcissement, se montrait péniblement affecté, et comme honteux de ce qu'il avait fait. Bientôt, grâce à leurs soins réunis, les sens du pauvre Anton se calmèrent. Il recouvra la parole qu'il avait momentanément perdue; mais il était brisé, anéanti. On le conduisit à sa chambre et on le coucha. Gabrielle resta auprès de lui pour le veiller. Haraldson sortit en murmurant quelques mots que l'on ne put entendre. Birger et sa femme demeurèrent seuls.

Birger était sérieux et pensif. La scène dont il venait d'être témoin, et les mots adressés par Anton à Gabrielle l'avaient frappé. Les questions qu'il fit à Erika amenèrent entre les deux époux une explication complète.

— Oui, dit Erika en terminant, Anton s'imagine que Gabrielle n'aime plus Rosenberg comme autrefois, et que, sans le savoir, elle éprouve une passion naissante pour le lieutenant de la douane. C'est chez lui une idée fixe que j'ai inutilement cherché à détruire. De là, cette humeur sombre, cette irritabilité que vous lui voyez, et qui va toujours en augmentant. Jusqu'ici j'ai évité de vous parler à ce sujet ; mais, dans l'état présent des choses, je crois nécessaire que vous soyez instruit de tout.

— Mais c'est une idée absurde ! répondit Birger avec impatience.

— Je voudrais pouvoir me le persuader... malheureusement, je la crois fondée.

— Comment ?

— Écoutez, Birger, Arnman aime Gabrielle.

— Au nom du ciel ! que me dites-vous là ? s'écria Birger qui marchait de surprise en surprise. Arvid... le fils d'Arnman ?

— Aime Gabrielle, je vous le répète, et c'est un fait certain. Quant à Gabrielle, je n'ose rien affirmer ; mais...

— Ce serait un grand malheur ! La fille de Haraldson et le fils d'Arnman !... Cependant Gabrielle est fiancée à un autre.

— A un autre qui est mort sans doute, qu'elle regarde comme mort, et qu'elle n'attendra plus lorsque le terme des trois années sera expiré.

— Mais le lieutenant ne nous fait que des visites fort rares ; depuis cet hiver, il n'a point reparu ici.

— C'est par bienséance et délicatesse. Soyez sûr qu'il est au courant de notre situation. Peter l'a rencontré à Gothembourg, et il lui aura probablement dit que nous n'avons reçu aucune nouvelle de Rosenberg.

— Diable ! diable ! répéta Birger d'un air soucieux, ce serait un grand malheur... Une telle union ne doit pas... ne peut pas avoir lieu.

Soit hasard, soit que les conjectures d'Erika fussent fondées, le soir du même jour, on vit flotter dans les parages de Tistelon le pavillon de la pinasse de la douane. Mais Arvid ne descendit point à terre. La légère embarcation, après plusieurs bordées qui ne laissaient rien deviner de ses mouvemens ultérieurs, s'éloigna rapidement, et disparut aux yeux attentifs qui observaient sa manœuvre.

Disons tout de suite qu'Arvid s'était rendu à bord du navire arrivé récemment de Bahia, qu'il était informé par Peter de tout ce qui se passait à Tistelon, et que, loin de rechercher la présence de Gabrielle, il la fuyait.

— Elle pleure sa perte, se disait-il ; elle l'a aimé, elle l'aime encore...
Heureux Rosenberg ! c'est plus de bonheur que je n'en aurai jamais.

La soirée était belle. Les étoiles brillaient dans un ciel pur. Les
rayons de la lune se jouaient sur le sein paisible des flots, et teignaient
au loin l'Océan d'une lueur argentée. Les vagues semblaient endormies
dans leur lit profond. La voix même du ressac faisait silence : c'était
une de ces nuits tièdes et lumineuses, si rares dans ces régions boréales, et qui disputent de magnificence avec les nuits des tropiques.
Arvid congédia les deux hommes de la pinasse, et, au lieu de regagner
le logis, il déploya sa voile au souffle indolent de la brise, s'assit au
gouvernail, laissa l'embarcation dériver avec la marée descendante et
s'abandonna à ses rêveries.

Long-temps il s'oublia dans ces visions charmantes que caressent
avec tant de bonheur les amans. La gracieuse image de Gabrielle passait et repassait devant ses yeux. Même dans ce culte fidèle qu'elle rendait au souvenir d'un mort, même dans ces regrets et cette douleur qui
témoignaient de son amour pour un autre, elle lui paraissait adorable.
Pour être aimé d'elle, il aurait volontiers donné sa vie. Une molle langueur, bien en rapport avec cette nuit enivrante, s'emparait de ses sens.

Cependant la lune montait lentement à l'horizon. La brise fraîchissait ;
de petites vagues, rieuses et folâtres, commençaient à s'agiter autour
de la pinasse, comme si le vaste abîme se fût réveillé de sa léthargie.
La voile qui pendait au mât se gonflait par intervalles, et alors l'embarcation fendait l'eau avec rapidité. Avid, lui aussi, sortit de cette espèce de demi-sommeil où il était plongé. Il secoua ses membres : il
aspira à pleine poitrine cet air marin saturé d'écume salée, et qui est
si vivifiant. Son premier mouvement fut de chercher sa poche à tabac
pour charger sa pipe, et ses yeux tombèrent sur le présent que Joséphine lui avait fait, cet ouvrage de ses mains qu'il avait accepté jadis
avec tant de reconnaissance. Il le repoussa d'abord loin de lui, comme
un objet qui lui rappelait un souvenir importun ; puis, saisi d'une sorte
de remords, il le ramassa, car il l'avait jeté au fond de la pinasse, et il
en considéra le tissu avec attendrissement. Ici ses pensées prirent un
autre cours : il songea aux devoirs sérieux de sa profession, devoirs
dont l'accomplissement demandait toute son énergie. Il songea à sa
mère, si respectable par son grand âge et ses vertus, si digne d'être
aimée par sa tendresse et son dévoûment. Il se représenta de quelle
manière il en usait avec elle depuis quelques mois, et il ne put s'empêcher de reconnaître qu'il s'était montré, à son égard, froid, capricieux,
injuste. Il l'avait négligée ; il avait évité sa présence et celle de José-

phine, quand il savait que ces deux femmes ne vivaient que par lui et
pour lui... Les grandes scènes de la nature élèvent et fortifient l'esprit
de l'homme. Arvid forma maintes résolutions, telles que devait les
inspirer la solennité de l'heure et du lieu. Il se promit de marcher sur
les traces de son père, de vaincre une passion malheureuse, ou, du
moins, de faire en sorte que sa mère n'eût pas à en souffrir.

Cette détermination prise, Arvid, plus content de lui-même, mit le
cap sur la côte. La pinasse, comme si elle eût reçu avec joie cette direction précise, au lieu de la course vagabonde qu'elle suivait auparavant, s'élança légèrement sur les vagues et ne tarda pas à entrer dans
le petit hâvre d'où elle était partie. Arvid l'amarra à la place accoutumée, après quoi il se glissa dans sa chambre sans éveiller personne.

CHAPITRE XXXV.

C'était un samedi soir ; le salon de fru Arnman avait été lavé et
nettoyé avec soin. Arvid était de retour d'une expédition qui lui avait
rapporté autant d'honneur que de profit. Il avait capturé une quantité
considérable de marchandises que l'on cherchait à introduire en fraude.
Libre de toute inquiétude au sujet de cette affaire, il secondait sa mère
et Joséphine dans leurs divers travaux, et s'appliquait à leur éviter la
plus grosse part de la fatigue. En ce moment, il révisait les comptes
établis par fru Kathrina sur le registre.

— Dieu soit loué! s'écria la matrone d'un air de satisfaction. Cette
année-ci a mieux fini que la précédente. Nous avons forcé le patron de
Groby à se conduire en chrétien. Il n'essaie plus de nous faire concurrence, et j'ose dire que cela vaut mieux pour lui et pour nous...
Joséphine, mon enfant, prenez cette laine qu'on m'a donnée aujour-
d'hui en échange, et portez-la à Lisa Feller. Lisa se chargera de la filer.
Je lui avais promis quelque ouvrage de ce genre... Prenez aussi deux
ou trois gâteaux pour mon filleul, et n'oubliez point le tabac de la
vieille grand'mère ; elle sera doublement contente de votre visite.

Joséphine, toujours taciturne et toujours diligente, exécuta ces divers ordres. Bientôt elle sortit, emportant le paquet de laine, les gâteaux
et une petite provision de tabac à priser.

— Eh bien! Arvid, continua fru Arnman, mes additions sont-elles
justes? Trouvez-vous que mes registres soient bien tenus ?

— Parfaitement, ma mère, répondit Arvid. J'admire comment vous

vous êtes façonnée à cette besogne, et je rends grâce à Dieu de ce qu'elle ne paraît pas vous rebuter.

— Oh! elle me rebute quelquefois. Ceux-là seuls qui ont le pied dans la chaussure peuvent dire où le soulier les blesse; mais, au total, je me tire assez bien d'affaire, parce que Joséphine me seconde, et que c'est une fille pleine d'intelligence et d'activité... Sans elle, j'aurais été fort empêchée : le patron de Groby aurait eu bon marché de nous... Joséphine est un vrai trésor, entendez-vous, Arvid?

— Je le crois, ma mère... De son côté, elle vous doit beaucoup; elle s'est formée à votre école, et vos bonnes leçons lui ont profité.

— Sans doute, sans doute : mon école, comme vous dites, n'est pas mauvaise; et votre digne père était d'avis que je m'entendais à gouverner un ménage. Mais Joséphine avait d'heureuses dispositions : à la taciturnité près, elle a considérablement changé à son avantage. C'est une excellente ménagère... Celui qui l'épousera ne sera pas mal partagé.

— Certainement... pourvu qu'il l'aime.

— Et comment voulez-vous qu'il ne l'aime pas?

— Par aimer, j'entends aimer d'amour.

— Bah! l'amour!... L'amour passe avec le temps: l'estime et l'amitié restent.

— Vous m'étonnez, ma mère : ne lisons-nous pas dans l'Écriture : « L'amour est fort comme la mort elle-même; il résiste à tout; il fait tout supporter; il embellit toutes choses. »

— Permettez, Arvid, répliqua fru Arnman : permettez, mon fils... il ne s'agit point, dans l'Écriture, d'un amour mondain, d'une passion profane : il s'agit...

— Il s'agit de l'amour qui attache l'homme à la femme, la femme à l'homme, interrompit Arvid en se levant et avec un regard expressif... Quand une fois un tel amour s'empare de notre cœur, il a toute la force dont parle l'Écriture.

Fru Kathrina, à cette réponse dont elle comprenait l'intention secrète, parut embarrassée et mal à son aise. Elle garda le silence pendant quelques minutes, puisant dans sa boîte et aspirant coup sur coup plusieurs pincées de tabac, comme si elle eût besoin de recueillir ses idées et son courage. Arvid prévoyait probablement où elle voulait en venir, et il l'observait du coin de l'œil. A la fin, elle s'enhardit quelque peu, et d'un ton qui exprimait un mélange de confusion et d'autorité maternelle :

— Je réfléchissais, dit-elle, combien nos dispositions se modifient avec le temps... J'ai mis autrefois tous mes efforts à combattre votre inclination pour Joséphine. Elle ne me semblait pas digne d'être ma bru. Je rêvais pour vous des choses... Mais Dieu m'a donné de vaincre mon orgueil et de considérer les choses de la vie avec d'autres yeux ; et maintenant...

— Et maintenant?... Achevez, ma mère, dit Arvid qui vit que fru Kathrina hésitait.

— Eh bien ! maintenant, cette même Joséphine, dont je vous détournais... je voudrais qu'elle devînt votre femme. C'est le plus ardent de mes vœux.

— Écoutez-moi, ma mère, répliqua gravement Arvid ; il vaut mieux que nous nous expliquions tout de suite sur ce sujet, afin qu'il n'en soit plus question entre nous... Ce que vous désirez est impossible.

— Impossible ! répéta fru Arnman.

— Oui, mère, impossible. J'y ai songé jadis ; j'y ai songé beaucoup et souvent : alors, un mot de vous m'aurait décidé... aujourd'hui, il est trop tard.

— Non, Arvid, non, il n'est pas trop tard : vous étiez trop jeune alors. Votre position n'était pas faite ; tandis qu'à présent vous voilà homme ; vous avez un emploi lucratif. Vous êtes en état de juger de ce qu'il vous faut, et d'assurer le bonheur de toute votre vie.

— Ma bonne mère, mon bonheur sera assuré tant que je vous conserverai auprès de moi... Quant à juger de ce qu'il me faut, je le puis sans doute, et je vous déclare positivement que Joséphine n'est pas la femme qui me convient.

— Mais, au nom du ciel ! pourquoi ?

— Je ne l'aime pas... je ne puis pas l'aimer.

— Et elle, la pauvre fille !... Arvid, j'en appelle à votre conscience : croyez-vous que Joséphine vous aime seulement comme un frère?... N'avez-vous remarqué rien de plus?..... Oui, oui, je le lis dans vos yeux, vous avez pénétré son secret, son secret qu'elle cache avec tant de soin ; car elle est modeste et réservée plus qu'aucune femme au monde... Ah ! il est affreux qu'une affection si vraie, si fidèle, soit payée de la sorte. L'homme le plus insensible devrait en être touché.

— Je la plains, ma bonne mère. Je comprends sa peine par celle que j'éprouve et j'y compatis de toute mon âme... Mais que voulez-vous que je fasse? Irai-je lui offrir ma main sans y joindre le don de mon cœur? une telle union la rendra-t-elle heureuse? et dans l'intérêt de son bonheur, ne dois-je pas...

— L'amour viendrait après le mariage, mon enfant. Souvent cela n'en vaut que mieux. Joséphine se ferait aimer à force de tendresse. Je vous dis, Arvid, qu'en dépit de vous-même vous finiriez par l'aimer...

Arvid secoua tristement la tête.

— Cela serait bon, dit-il, si déjà une autre... Ma mère! ma mère! est-ce que le cœur se donne deux fois?

Fru Kathrina comprit à son tour; elle soupira et ne répliqua rien.

— Vous gardez le silence, continua Arvid. Ce que je vous ai dit, ce à quoi nous pensons tous deux vous afflige. Mais ne soyez pas trop irritée contre votre fils. Lui aussi, il a des sujets d'affliction; lui aussi, il souffre... Ma mère, je suis bien malheureux!

Ces mots et le ton douloureux avec lequel ils étaient prononcés émurent vivement fru Kathrina.

— Mon cher enfant, dit-elle, mon pauvre Arvid, je sais tout... Oh! je suis plus clairvoyante que vous ne croyez, et souvent, dans la solitude des nuits, j'ai pleuré sur vous, mon enfant, et prié Dieu de vous rendre la paix du cœur.

— Vous avez eu cette bonté! s'écria le jeune homme avec une naïve expression de joie. Vous connaissez mes sentimens, et vous vous y intéressez!

— Je les connais, répondit fru Kathrina qui évita de s'expliquer davantage... il est inutile que nous ayons une discussion là-dessus. La mort du capitaine Rosenberg n'est point un fait avéré. Le délai de trois ans n'est point révolu; par conséquent...

— Sans doute, sans doute: je dois me taire jusque-là; mais je puis du moins m'accorder le bonheur de la voir. Voilà six mois que je m'en prive, et loin d'elle je ne vis pas... Ce n'est point que je me flatte de m'en faire aimer. Le souvenir de son fiancé la possède encore tout entière. Cependant, comme vous le disiez tout à l'heure, l'amour force l'amour... et si Rosenberg ne reparaît pas... peut-être qu'avec le temps...

— Brisons là, interrompit fru Kathrina d'un ton sérieux et presque sévère. C'est assez parler d'une chose aussi éventuelle... Pour le présent, ne perdez pas de vue que Gabrielle est la fiancée d'un autre... et pour l'avenir, rappelez-vous sans cesse le rêve que je vous ai raconté... Votre père vous a averti, Arvid!

— Oh! ma mère! ce n'était qu'un rêve!

— Un rêve qui vous dénonçait peut-être la réalité.

Peu de jours après cette conversation, Arvid, du pont de sa pinasse, saluait timidement Gabrielle qui, assise à l'embrasure d'une fenêtre, lui rendit son salut en souriant et en rougissant. Arvid trouva sans doute quelque chose d'encourageant dans cet accueil, car il sauta légèrement sur la grève et eut bientôt franchi la distance qui le séparait du logis.

— Ah ! vous voilà, enfin ! s'écria le vieux Haraldson qui vint à sa rencontre. Entrez donc. Il y avait long-temps que nous n'avions vu la pinasse. Que diable ! monsieur le lieutenant, vous nous négligez trop.

— Je craignais de vous importuner de ma présence, répondit Arvid ; ma dernière visite eut lieu dans des circonstances si fâcheuses...

— C'est vrai : les nouvelles n'étaient pas bonnes, et celles qui ont suivi ont été pires... Mais, que voulez-vous ? il faut prendre le temps comme il vient. Ella commence à se faire une raison, et à se remettre de cette rude secousse... Allons, asseyez-vous : il n'y a aujourd'hui au logis que la petite et moi. Birger et sa femme sont partis pour Gothembourg. Anton rôde le long de la côte suivant sa coutume : cela ne nous empêchera pas de déboucher quelque vieille bouteille de ce vin que vous savez.

— Eh bien ! herr Haraldson, répondit Arvid qu'enchantait la perspective de passer une journée presque seul avec Gabrielle, je tâcherai de vous tenir tête le verre à la main.

— Le verre à la main ! par Dieu ! mon gaillard, vous avez su, dans certaine occasion, me tenir tête d'une autre manière, et même, vous m'avez proprement battu.

En ce moment, Gabrielle montra son gracieux visage à la porte du salon.

— Allons, petite ; lui dit Haraldson, mets-toi en besogne et fais-nous préparer à dîner. Voici M. Arnman qui comptait peut-être nous surprendre : prouve-lui que tu n'es jamais au dépourvu.

— S'il nous a surpris, c'est très agréablement, répondit Gabrielle en adressant à Arvid un regard qui le transporta de joie. J'ai souvent cherché des yeux la pinasse à l'horizon, et je commençais à craindre qu'elle n'eût déserté ces parages.

— Si j'avais pu penser, répliqua Arvid tout troublé, que quelqu'un ici... et surtout mamselle Gabrielle... désirât ma visite, certainement...

— Le dîner ! le dîner ! interrompit Haraldson : vous aurez le temps nécessaire pour vous dire des complimens.

Gabrielle courut à la cuisine afin de se consulter avec Lena qui, depuis une année, remplissait les fonctions de femme de charge sous la direction d'Erika. En l'absence de cette dernière, c'était Gabrielle qui exerçait la surintendance.

— Vite, Lena! dit la jeune fille : qu'y a-t-il aujourd'hui dans le garde-manger ?

— Ce qu'il y a ? répondit Lena d'un ton de mauvaise humeur. Mon Dieu! les provisions ne manquent point. Voici de la raie toute fraîche, de la morue, des gâteaux de seigle...

— De la raie, de la morue, des gâteaux de seigle! répartit Gabrielle avec impatience. Fi donc! il nous faut quelque chose de mieux.

— M'est avis pourtant que c'est assez bon. Nos gâteaux de seigle sont excellens, et, si le lieutenant en mange de meilleurs chez sa mère, je veux que...

— Laissez là vos gâteaux, et apprêtez-nous un plat de viande.

— Dieu nous bénisse! mamselle Ella : où voulez-vous que j'en trouve?

— Prenez les deux canards sauvages que l'on a achetés hier.

— Les deux canards! mais, mamselle Ella, fru Birger avait dit de les garder pour...

— Ne vous inquiétez point de ce qu'elle avait dit; mais exécutez mes ordres... En outre, vous servirez...

— Comment! il faudra encore autre chose! s'écria Lena à qui cette profusion déplaisait doublement : d'abord, parce que c'était à ses yeux une profusion; ensuite, parce qu'elle avait lieu en l'honneur d'Arvid.

Ainsi qu'on l'a vu plus haut, Lena devait épouser Peter Lindgren; or, Peter n'aimait pas Arvid, qu'il regardait instinctivement comme le rival de son maître, et Lena adoptait les sympathies et les antipathies de son fiancé. — Elle n'était point encore sa femme!

Gabrielle ne vit point, ou feignit de ne pas voir la mauvaise volonté que témoignait sa sœur de lait. Elle acheva de donner ses ordres pour le dîner, et prescrivit d'ajouter au poisson et aux deux canards sauvages des fruits secs, des confitures et maintes autres friandises. Lena se récria vivement sur l'article des confitures. Fru Birger les avait faites de ses propres mains, disait-elle : fru Birger avait bien recommandé de les conserver soigneusement pour les grandes occasions, et assurément la visite du lieutenant de la douane n'était point une chose si extraordinaire qu'il fallût, pour le fêter, mettre la maison au pillage.

Mais Gabrielle, sur certains points, était la digne sœur de Birger, la digne fille de Haraldson. D'un mot, d'un regard, elle réduisit Lena au silence, et celle-ci, quoique bien à contre-cœur, se vit forcée d'obéir.

— Un vrai pillage! murmura-t-elle quand sa jeune maîtresse l'eut quittée. Je voudrais savoir ce que va dire fru Erika de l'affaire des canards et des confitures! A-t-on jamais préparé tant de choses pour le dîner d'un seul homme... et d'un lieutenant de la douane encore?... Sur ma foi! le capitaine lui-même, s'il revenait, ne serait pas mieux traité... Hum! les jeunes filles!... Je commence à être de l'avis de Peter : les absens ont toujours tort... et les morts sont doublement absens.

Le dîner se passa gaîment. Anton n'était point là pour attrister les convives de sa présence et de ses discours mystérieux. Au dessert, le vieux Haraldson tira d'un buffet et déposa sur la table une bouteille provenant de ce qu'il appelait le gros tas. Il la déboucha lui-même et remplit le verre d'Arvid, celui de Gabrielle et le sien.

— A votre santé, lieutenant! dit-il. J'espère que ce vin n'a rien perdu de sa qualité depuis la dernière fois que nous en avons bu ensemble... Je le réservais pour le mariage d'Ella ; mais, au train dont vont les choses, je crois que la provision sera épuisée avant que ce mariage ne soit fait... C'est égal, et comme je le disais : à votre santé!

On juge bien que personne ne releva cette réflexion mal-avisée. Gabrielle rougit prodigieusement et baissa la tête : Arvid se contenta de protester que le vin lui semblait meilleur que jamais.

— C'est du vin comme on n'en boit plus dans ces îles, poursuivit Haraldson : vous y avez mis bon ordre, lieutenant. Les smogglers, avec vous, ont affaire à forte partie : jadis le métier était plus facile.

— Pas du temps de mon père, du moins, répondit Arvid. Mon pauvre père était aussi courageux que vigilant.

— C'est vrai, c'est vrai : on parlera long-temps de lui sur cette côte... Savez-vous, lieutenant, que votre métier me paraît, à tout prendre, un beau et noble métier?... De moi, une telle opinion vous étonne : eh bien! que l'enfer me confonde si je ne pense pas ce que je vous dis!

Haraldson, en parlant de la sorte, était peut-être sincère : les scélérats les plus endurcis ne peuvent se défendre d'un sentiment de respect pour la loi et pour les agens de la loi, même quand ils les bravent audacieusement. D'ailleurs, le vieux contrebandier avait fait, comme il le disait, sa pelote. Tranquille désormais sur son sort et sur celui de sa famille, il s'inquiétait fort peu que la rigueur des réglemens nuit à l'industrie des autres smogglers, moins habiles ou moins heureux que lui.

Quoi qu'il en soit, le tour que prenait la conversation n'était point fait pour plaire à Arvid. Ce souvenir de son père, évoqué au milieu de joyeuses libations, réveillait en lui des images si lugubres, des idées si dangereuses pour sa tranquillité d'âme!...

— Oui, répliqua-t-il avec une nuance de tristesse et en s'exaltant peu à peu, ma profession est noble et belle par l'objet qu'elle remplit, par les périls auxquels elle expose... Celui dont nous parlions tout à l'heure en est un exemple. Il a péri... Est-ce un naufrage? est-ce un assassinat?... Quelles mains l'ont frappé? Dans quel lieu reposent ses malheureux restes? on l'ignore... Mais, tu n'es pas oublié, mon père, et, si la vérité se fait jour enfin, tu seras vengé !

Cet appel énergique, cette explosion d'amour filial qu'il avait mal-adroitement provoquée, troubla le vieux fraudeur. Il murmura quelques mots confus sur l'incertitude des événemens et sur les chances de la vie. Quant à Gabrielle, elle contemplait le jeune lieutenant avec une naïve admiration. C'est qu'en ce moment Arvid, tout bouillant d'agita-tion, les yeux étincelans, le geste et la voix inspirés, réalisait pour elle une espèce d'idéal qu'elle n'avait point trouvé chez Rosenberg.

Bientôt Haraldson, pressé d'échapper à la présence de son hôte et de se remettre de l'impression qu'il avait reçue, donna le signal de se lever de table.

— Ah ça! lieutenant, dit-il, vous m'excuserez de vous quitter. J'ai affaire à l'autre bout de l'île; mais je compte vous revoir avant votre départ. Ella vous tiendra compagnie à ma place.

Et, sans attendre de réponse, il sortit.

Arvid et Gabrielle restèrent seuls.

C'était la première fois qu'ils se trouvaient en tête-à-tête; tous deux témoignèrent d'abord un égal embarras. Tous deux se taisaient parce qu'ils avaient trop de choses à se dire. Cependant ce silence pouvait sembler trop significatif. Gabrielle, avec le tact d'une femme, s'en aperçut.

— Pourquoi Joséphine ne vous a-t-elle pas accompagné? demanda-t-elle.

— Elle est toujours très occupée, répondit Arvid; mais, à vrai dire, je ne lui en ai pas fait la proposition... Mon départ a été si soudain, si précipité !...

— Vous aviez donc en vue quelque saisie de marchandises?

— Non : je voulais seulement venir ici.

— Il est certain qu'après votre longue absence, ce n'était pas trop tôt.

— Peut-être! répliqua Arvid avec un soupir... Et puis, ajouta-t-il, lors de ma dernière visite, je vous avais vue plongée dans une telle douleur, que je n'osais me flatter d'être bien accueilli, tant que les circonstances seraient les mêmes.

— Quoi! vous avez eu une idée pareille? Ne devez-vous pas savoir que vous êtes toujours le bien-venu?

— On doute de ce que l'on désire, répondit Arvid en baissant la voix et sans oser regarder Gabrielle... Mais, si ce n'est pas la peur d'un mauvais accueil, la prudence m'empêche de multiplier mes visites.

— Comment cela? demanda la jeune fille qui se repentit aussitôt de sa question, et dont le cœur commençait à battre fortement.

— C'est que... balbutia Arvid, elles sont dangereuse pour mon repos... pour la paix de mon cœur... plus je vous vois...

Arvid, craignant d'en avoir trop dit, s'arrêta brusquement. Il était étonné de sa propre audace, et il en redoutait les conséquences. Son demi-aveu avait été compris sans doute : la rougeur de Gabrielle l'indiquait suffisamment. Arvid s'attendait à des reproches, à de la colère, à un congé formel.

Mais Gabrielle n'avait la force ni de se fâcher, ni même d'articuler un mot. Ce qu'elle éprouvait était si nouveau pour elle, qu'elle se sentait perdue au milieu d'une foule de sentimens contraires.

Il se fit encore un long silence : Arvid, ce jeune homme intrépide de tout à l'heure, celui qui s'annonçait comme le vengeur du sang, Arvid tremblait, baissait les yeux, demeurait interdit et confus.

— Si j'ai eu le malheur de vous offenser, reprit-il à la fin d'une voix timide, pardonnez-le-moi... C'est une faute qui porte son châtiment avec elle... Oubliez les mots qui me sont échappés, et je vous promets que je ne reparaîtrai pas ici avant six mois.

— Non : oh non ! plus de ces longues absences! s'écria Gabrielle avec un entraînement irréfléchi.

L'amant le moins prévenu en sa faveur devait puiser du courage dans cette exclamation. Aussi Arvid, usant d'une douce violence, s'empara-t-il d'une main qu'on essaya vainement de lui disputer, et qu'il porta amoureusement à ses lèvres.

— Gabrielle ! chère Gabrielle! murmura-t-il, dites-moi que vous me pardonnez.

La jeune fille dégagea enfin sa main qu'Arvid retenait captive entre les siennes. Son trouble était extrême

— Monsieur Arvid, répondit-elle d'une voix étouffé, que faites-vous!... Ah! nous avons tort l'un et l'autre... Songez que je suis toujours la fiancée de Rosenberg.

Certes, la conscience d'Arvid lui criait la même chose. Mais, entendre ces paroles sortir de la bouche de Gabrielle, recueillir cet aveu où elle s'attribuait une part égale dans leur tort commun, c'était plus de bonheur qu'il n'en avait espéré. Cet aveu lui suffit pour le moment. Il n'insista pas davantage ; il n'abusa point du désordre d'esprit où il voyait la jeune fille, et celle-ci l'ayant supplié du geste de la laisser seule, il sortit. Il sortit ivre de joie, et se rendit à bord de la pinasse, comme si sa présence y eût été nécessaire. De là, il descendit sur le rivage et s'y promena long-temps, au risque de rencontrer Anton. Tous les objets avaient pris à ses yeux un aspect nouveau. Le soleil lui semblait plus brillant, le ciel plus pur, la mer plus majestueuse, et les âpres rochers qui hérissaient la côte ne lui offraient que de riantes images. Désormais il pouvait attendre. Ce terme si long d'une année ne l'effrayait plus ; car, si l'impatience d'être heureux double pour nous les distances, l'espoir nous aide à les franchir.

Gabrielle sut bon gré à Arvid de sa délicatesse. Elle employa les momens qui lui étaient laissés à se remettre de son trouble. Ce n'était point une tâche facile. La honte, la joie, le devoir, la passion, se disputaient son cœur et l'agitaient de mouvemens tumultueux. Si Anton avait été témoin de ce qui venait de se passer !... s'il en avait eu seulement le soupçon !... Rosenberg était mort sans doute, mais elle lui appartenait encore... D'ailleurs, ne pouvait-il pas reparaître avant l'expiration des trois années ?... Cette idée qui, pendant long-temps, avait fait la consolation de Gabrielle, faisait maintenant son effroi. Gabrielle se promettait d'être plus réservée et plus circonspecte avec Arvid. Elle se jurait à elle-même de garder sa foi à Rosenberg... Vaines résolutions qui s'effaçaient, aussitôt que formées, devant l'image du jeune lieutenant !

Haraldson ne rentra chez lui qu'au bout de deux heures. Il trouva sa fille seule et plongée dans une rêverie profonde. Aux questions qu'il lui fit sur Arvid, elle répondit que le jeune officier était retourné à bord de la pinasse, et qu'il semblait se disposer à appareiller bientôt. Haraldson, que ce départ contrariait et qui, par une bizarrerie étrange, aimait la société du fils d'Arnman, courut sur la jetée pour le retenir. Mais celui-ci devina par ses discours quelle était l'intention secrète de Gabrielle. Il affecta un air mystérieux, et parla en termes obscurs d'une affaire importante qui le forçait de s'éloigner. Haraldson n'objecta plus rien. Pour lui, une affaire, qu'elle fût de douane ou de contrebande, expliquait et motivait tout.

Arvid prit congé de Gabrielle en présence du vieux smoggler. L'amant le plus timide devient présomptueux, et celui-ci comptait sur quelque coup d'œil d'intelligence qui suppléerait à ce que la bouche ne disait pas. Il se trompait. Gabrielle ne lui adressa point un seul regard, peut-être parce qu'elle ne se sentait pas assez sûre d'elle-même. Néanmoins, il s'en retourna plein de joie et d'esperance. Ce jour était le plus beau de sa vie.

Gabrielle n'avait pas le cœur aussi léger : il lui restait de nombreux sujets d'inquiétude. A la vérité, Anton n'avait pas aperçu la pinasse, et la jeune fille échappa ainsi aux reproches dont il n'aurait pas manqué de l'accabler ; mais, vers le soir, Erika revint de Gothembourg. A peine eut-elle mis le pied dans la cuisine, que Lena lui conta, avec tous les détails convenables, l'histoire des canards et des confitures, et la cause qui avait donné lieu à cette profusion extraordinaire. Gabrielle, interrogée par sa belle-sœur, se justifia en quelques mots, mais non pas sans rougir beaucoup. Erika ne jugea point à propos d'appuyer sur ce sujet. Elle s'abstint de toute question embarrassante. Gabrielle fut donc dispensée de répondre. Toutefois, elle se garda bien de dire ce qu'on ne lui demandait pas.

La vie uniforme que l'on menait à Tistelon reprit son cours. Les jours, les semaines, les mois recommencèrent à se succéder, sans que rien en rompît la triste monotonie. La pinasse de la douane ne se montrait plus à l'horizon : on ne recevait aucune nouvelle de Rosenberg. Le mois de septembre arriva ainsi. La troisième année du délai fixé par le capitaine allait être révolue. Gabrielle retomba dans toutes ses perplexités. Pauvre Gabrielle ! elle s'efforçait de bannir de sa pensée le souvenir d'Arvid, et ce souvenir lui était sans cesse présent. Elle priait Dieu de défendre son cœur, et d'en écarter toute autre image que celle de Rosenberg : Dieu ne l'exauçait pas.

Pour se distraire, elle s'occupa activement de préparer le trousseau de Lena, dont le mariage avec Peter Lindgren approchait. Les deux époux devaient habiter une petite maison que Birger leur faisait construire sur la côte orientale de l'île de Tistelon ; le trousseau était déjà à moitié achevé ; mais, dès les premiers jours d'octobre, Gabrielle se vit hors d'état de poursuivre sa tâche. Une langueur, un accablement extrême s'empara d'elle. Sa santé déclina rapidement, et bientôt elle fut attaquée d'une grave maladie.

CHAPITRE XXXVI.

On était au milieu du mois de janvier. Gabrielle, couchée sur un sofa, jouait machinalement avec les deux coquillages que le bon capitaine Vandervreken lui avait apportés de la part de Rosenberg. Combien elle était changée! et quels ravages l'espace de quelques mois avait opérés en elle! Ses couleurs si fraîches s'étaient flétries, effacées : une pâleur maladive était répandue sur ses traits amaigris. Ce n'était plus la rose brillante, mais c'était encore le lis de Tistelon.

Car elle était toujours jolie : ses yeux, dont l'éclat était voilé, en paraissaient plus doux. Son visage, où la santé ne rayonnait plus, avait quelque chose d'intéressant qu'on n'y remarquait pas jadis, et le sourire languissant qui errait autour de sa bouche lui donnait un attrait irrésistible.

Le passe-temps enfantin auquel elle s'amusait l'eut bientôt fatiguée. Sa main laissa échapper les coquillages, et sa tête, comme une fleur que sa tige ne saurait plus soutenir, chercha lentement un appui sur le coussin du canapé.

La chambre où elle était enfermée avec Erika, et qu'un demi-jour éclairait faiblement, offrait un coup d'œil étrange, et tel qu'on ne devait guère s'attendre à en trouver de semblables dans cette région désolée du Shargord. La table, la commode, le lit, le canapé même, étaient couverts d'une profusion de soieries, de dentelles magnifiques, de riches bijoux. Haraldson avait tiré de ses magasins tous ces objets pour distraire sa fille chérie. Tant qu'il l'avait vue en danger, son désespoir n'avait pas eu de bornes. Cet homme insensible et farouche était devenu plus traitable qu'un enfant : il demeurait assis pend nt de longues heures au chevet de son Ella, craignant de parler, craignant de faire un mouvement qui troublât son repos. Haraldson ne pleurait pas : ses yeux ne connaissaient point les larmes; il ne priait pas, car son cœur était fermé aux saintes croyances; et pourtant il joignait quelquefois les mains d'une façon convulsive, comme si, dompté par une force supérieure, il eût essayé de prier. La convalescence de sa fille le rendit à son ancien naturel. Néanmoins, et par un reste de faiblesse, il apporta à la malade les objets les plus curieux amassés dans le cours de ses pirateries, sans s'inquiéter de ce qu'elle penserait de leur origine.

Erika étalait donc successivement toutes ces curiosités sous les yeux de Gabrielle. Celle-ci ne leur accordait qu'un regard distrait ; elle approuvait par un signe de tête ; elle souriait de temps en temps, lorsqu'un objet plus riche que les autres lui était montré ; mais plus souvent encore ses yeux se portaient sur l'anneau de fiançailles que Rosenberg lui avait donné, et qui était devenu trop large pour son doigt : elle s'amusait à l'ôter et à le remettre... Hélas ! ce gage de fidélité et d'amour ne tenait plus : en était-il de même pour le sentiment qu'il avait scellé ?

— Chère Rika, dit enfin Gabrielle en soulevant la tête, voulez-vous avoir la bonté d'écarter un peu le rideau de la fenêtre : cette obscurité m'attriste.

Erika s'empressa de faire ce qu'on lui demandait, et les pâles rayons d'un soleil de janvier, pénétrant dans la chambre, appelèrent quelque animation sur les traits de la malade.

— Oh ! que le jour est une belle chose ! murmura-t-elle. Que ne puis-je me lever et aller respirer l'air de la mer !

— De la patience, Ella ! répondit sa compagne ; vous n'êtes pas assez rétablie.

— Je sens pourtant mes forces renaître de jour en jour, surtout depuis le commencement de cette année nouvelle. Bientôt je serai en état d'assister aux noces de Lena... Pauvre Lena ! j'ai été cause qu'elle a différé son mariage... Et un mariage différé...

— Elle s'est résignée volontiers à ce sacrifice, interrompit Erika qui crut nécessaire de détourner la jeune fille de ses réflexions ; et elle se mit à l'entretenir de l'établissement fondé par Birger pour les futurs époux ; mais les idées de Gabrielle avaient déjà pris un autre cours.

— Sauriez-vous me dire, Rika, prononça-t-elle, d'où mon père a tiré ces étoffes, ces dentelles, ces bijoux ? Tout cela a dû lui coûter prodigieusement.

— Je présume, répondit Erika en détournant les yeux, que ce sont des marchandises introduites en contrebande, et qu'il s'est procurées autrefois à bas prix.

— Mais, Rika, les smogglers n'ont pas coutume d'introduire sur cette côte des objets aussi riches : voilà, par exemple, une pièce de soie brodée comme je n'en avais jamais vu... et voilà des ornemens dont je ne connais pas même le nom, et qui semblent avoir été détachés de quelque autre chose.

— Apparemment ces objets appartiennent à des temps ou à des pays éloignés, et ne sont pas en usage chez nous... Je crois que vous les avez assez vus, et que je puis les remettre dans le coffre.

— Oui, serrez-les, à l'exception de ce petit tableau : il représente un navire... un navire qui me rappelle celui que Rosenberg a perdu... Serrez aussi le tableau, Rika... Mais pourquoi donc y a-t-il dans cette maison tant de tableaux et de gravures représentant des navires? Je n'y avais pas fait attention jusqu'ici, et pourtant cela est remarquable... Est-ce encore un produit de la contrebande? Et toutes ces glaces qui décorent ma chambre, viennent-elles de la même source?

— C'est possible... Je l'ignore, répondit Rika qui se hâtait de dérober aux yeux de Gabrielle les objets de ses soupçons naissans.

Mais ce ne fut qu'une impression momentanée. La jeune fille, cédant à la fatigue du corps et à celle de l'esprit, ne tarda point à s'assoupir.

— Pourvu que les réflexions d'aujourd'hui ne lui reviennent pas demain! pensa la femme de Birger en la contemplant dans son sommeil.

La convalescence de Gabrielle fit de rapides progrès. Au bout d'un mois, c'est-à-dire vers le milieu de février, la guérison était complète. Le mariage de Lena avec Peter Lindgren eut lieu à cette époque, et là jeune fille y présida. Le bon Peter ne se montrait pas aussi joyeux qu'il aurait dû l'être. Son capitaine n'était pas témoin de son bonheur! Le lendemain des noces, le couple fut installé dans la maison que Birger lui avait fait construire. Avant que personne y entrât, on eut soin d'y jeter par la porte entr'ouverte un gâteau de seigle et un chat, présage de bonheur et d'abondance.

Gabrielle était rendue à la santé; mais l'ennui pesait de nouveau sur elle, et, avant la fin du mois de mars, elle interrogeait la partie de l'horizon où la pinasse de la douane avait coutume d'apparaître.

De Rosenberg il n'était jamais question. Tous les membres de la famille gardaient sur ce point un silence circonspect. Anton, toutes les fois qu'il voyait sa sœur, examinait d'abord sa main gauche, et, en y reconnaissant l'anneau de Rosenberg, il souriait d'un air d'approbation et d'encouragement.

— Mais nous ne voyons plus herr Arnmann, dit un jour Gabrielle faisant effort pour surmonter l'embarras qu'elle éprouvait à prononcer ce nom. Il y a bien long-temps qu'il n'a visité cette île.

— Pas très long-temps, répondit Erika. Il est venu pendant votre maladie; mais vous n'étiez pas en état de le recevoir.

— Il est venu! et vous ne me l'aviez pas dit!... Combien de fois est-il venu?

— Trois fois, je pense, répartit Erika avec une froideur manifeste.

— Trois fois! répéta Gabrielle, dont la figure s'était illuminée d'une joie subite... et, je vous prie, Rika, la première fois date-t-elle de bien loin?

— Du mois d'octobre, je crois; sa seconde visite a eu lieu en décembre, et la troisième... Mais pourquoi ces questions, et quel intérêt pouvez-vous prendre à de pareils détails?

— Mon Dieu! aucun; c'était pour savoir... Vous-même, chère Rika, pourquoi me regardez-vous avec cet air sérieux? Est-ce que le lieutenant aurait dit ou fait quelque chose qui vous aurait déplu?

— Nullement.

— Vous parlez de lui avec une sorte de répugnance.

— Vous vous trompez... Seulement il me semblait qu'une fiancée ne devait pas tant s'occuper des visites d'un autre jeune homme.

Gabrielle ne répliqua rien; il était évident que la réflexion d'Erika l'avait froissée. Erika était trop clairvoyante pour ne pas s'en apercevoir; mais elle aimait mieux heurter les sentimens secrets de sa pupille que de les encourager.

Et pourtant, si elle avait bien connu les mystères du cœur humain, elle aurait provoqué une confidence qui lui aurait fourni l'occasion de hasarder quelques conseils salutaires. En s'obstinant à conserver à Gabrielle le titre de fiancée, en ne lui permettant pas de se regarder comme dégagée de son serment, elle la contraignait de se renfermer en elle-même. Or, une plaie que l'on dissimule est plus difficile à guérir. Les passions que nous couvons au dedans de nous, sans oser les laisser paraître, n'en ont que plus de force.

Par une sombre matinée du mois de mars, la pinasse, qui avait été battue du gros temps pendant toute la nuit, aborda à Tistelon, et Arvid fit réclamer l'hospitalité pour ses hommes et pour lui. Il était encore de très bonne heure; et quand Erika reçut ce message, elle était seule avec Gabrielle.

— Lui accordera-t-on sa requête? demanda celle-ci avec un air de simplicité qui cachait une malice véritable.

— Bon Dieu! Gabrielle! s'écria la femme de Birger; pouvez-vous en douter et faire de semblables questions?

— Pourquoi n'en douterais-je pas? répliqua la jeune fille. Ses visites paraissent tant vous contrarier!

— Eh! mauvaise enfant, ce ne sont pas ses visites qui me contrarient : c'est le plaisir qu'elles vous causent.

Erika, en prononçant cette phrase, sortit pour aller recevoir le lieutenant, et Gabrielle, malgré la rebuffade qu'elle venait d'essuyer, s'applaudit de sa petite vengeance : elle acheva de s'habiller en don-

nant à sa toilette un soin qui n'était pas précisément celui de tous les
jours. Elle choisit parmi ses robes de négligé du matin celle qui la faisait paraître le plus jolie. Elle en était à sa longue et belle chevelure,
qu'elle roulait autour d'un peigne pour la fixer au sommet de sa tête.
en laissant quelques boucles capricieuses flotter sur son cou et sur ses
épaules, quand tout à coup un souvenir se présenta à son esprit. Cinq
ans auparavant, et par une matinée semblable, elle tordait ses cheveux
à la hâte pour descendre auprès d'Erika qui arrivait de Gothembourg,
et c'était Rosenberg qui, lui ménageant une surprise, l'avait reçue
dans ses bras. Et aujourd'hui elle s'occupait du même soin, et elle
éprouvait la même impatience, parce qu'un autre..... Gabrielle, frappée
de cette réflexion et comme honteuse d'elle-même, se jeta sur un siége :
elle contempla avec abattement l'anneau de Rosenberg, et son cœur
oppressé se soulagea par un déluge de larmes.

Au bout d'une heure, elle n'était point encore descendue.

Erika vint la chercher. Elle la trouva tout éplorée et se cachant le
visage entre ses mains.

— Vous ne descendez point, ma chère Ella ? lui dit-elle.

— Non ! répliqua la jeune fille d'une voix étouffée.

— Quel brusque changement ! qu'avez-vous ? que vous est-il arrivé ?

— Rien, chère Rika.

— Rien ! et vous sanglotez ! et je vois couler vos larmes entre vos
doigts !

A ces mots, les pleurs de Gabrielle redoublèrent.

— C'est que je songeais à Rosenberg ! s'écria-t-elle... à cette matinée
où il m'attendait dans le salon pour me surprendre... tandis qu'aujourd'hui... Oh ! Rika ! j'ai bien du chagrin.

Erika lui saisit la main d'un air caressant.

— Allons, enfant ! lui dit-elle, ne vous désolez pas de la sorte. Je
conçois que vous ayez fait ce rapprochement, et toutefois les deux circonstances diffèrent néanmoins entre elles... Vous aimiez Rosenberg.

Gabrielle se fût volontiers écriée :

— C'est Arvid que j'aime maintenant.

Mais si l'idée était dans son cœur, la phrase ne sortit point de ses
lèvres.

— Voyons, ma chère Ella ! poursuivit la femme de Birger avec un
accent presque maternel, surmontez cette faiblesse et soyez digne de
vous... descendons ensemble. Je vous avertis que vous trouverez le
lieutenant un peu changé. Lui aussi, il a été dangereusement malade,
et il ne semble pas encore guéri tout à fait.

— Malade ? répéta Gabrielle avec une émotion qu'elle ne songea point à cacher. Et, toute cette nuit, il est resté exposé à la tempête !

— Mon Dieu ! oui : la pinasse, assaillie par la tourmente, n'a pu regagner la côte. Il est heureux que Tistelon lui ait offert un point de refuge.

— Descendez la première, Rika. Je vais bientôt vous rejoindre.

L'image de Rosenberg était de nouveau écartée. Gabrielle se hâta d'effacer les traces de ses larmes, et, dès qu'elle crut avoir assez composé son visage pour tromper les yeux observateurs d'Anton, elle se rendit au parloir. Mais, à la vue d'Arnman, toute la force qu'elle avait recueillie, tout l'empire qu'elle était capable d'exercer sur elle-même, l'empêcha à peine de se trahir. Erika n'avait rien exagéré : un grand changement s'était opéré dans l'extérieur du jeune homme. Une fièvre typhoïde, du caractère le plus dangereux, avait dévasté ses traits, creusé ses joues, terni l'éclat de ses yeux. Sa maigreur était extrême, sa pâleur presque livide, et un air de souffrance, répandu dans toute sa personne, excitait la pitié.

Gabrielle en fut profondément touchée. Jamais Arvid ne lui avait paru plus intéressant : jamais elle ne s'était sentie entraînée vers lui par une plus vive sympathie... Mais elle savait qu'en ce moment tous les regards étaient fixés sur elle : aussi répondit-elle avec une froideur étudiée au salut respectueux qu'il lui adressa, et se borna-t-elle à lui exprimer en peu de mots ses regrets au sujet de la maladie dont il avait été attaqué.

— Le typhus a fait plusieurs victimes parmi nos pauvres pêcheurs, répliqua le lieutenant d'un ton mélancolique. Quant à moi, j'ai échappé... Est-ce un bonheur ? ma mère me le dit... Mais vous, mamselle Gabrielle, vous avez été bien sérieusement malade.

— Oh ! ce n'était pas d'une fièvre typhoïde.

— C'était d'un mal plus cruel, peut-être : le chagrin... Le chagrin tue aussi, mamselle Gabrielle !

Ici, Erika se mordit les lèvres et rougit légèrement. L'accent profond avec lequel s'exprimait Arvid lui était expliqué. Déjà même elle croyait entrevoir que le typhus n'avait pas été la seule cause de sa maladie.

Elle ne se trompait pas : voici ce qui était arrivé.

Arvid, de retour à son village, après le demi-aveu qu'il avait osé faire à Gabrielle et que celle-ci avait reçu sans trop de courroux, s'était consacré aux travaux de sa profession avec joie et courage. L'accomplissement de ses devoirs lui paraissait facile : il était heureux ; il souriait à l'avenir qui s'ouvrait devant lui, et il eût voulu que tout ce qui

l'entourait eût part à son bonheur. Pour accélérer la marche du temps,
il se cherchait sans cesse des occupations nouvelles. Il formait une
foule de projets tendant à améliorer la condition de ses compatriotes,
et, chaque soir, il allait visiter l'école de maître Flint. Il fit plus : il
seconda quelquefois celui-ci dans ses fontions de pédagogue. Certes,
maître Flint était fier d'un tel collègue ; mais il ne se dissimulait pas
les dangers de la comparaison, et, afin de la mieux soutenir, il se livrait aux mouvemens oratoires les plus *frappans* ; rachetant ainsi par
la vigueur de ses démonstrations ce qui leur manquait en lucidité.
Arvid, en employant de cette manière ses soirées, se persuadait peut-
être à lui-même qu'il n'avait en vue que la prospérité de l'école. Il
cherchait aussi instinctivement à éviter la présence de Joséphine.

Cependant l'automne avait succédé à la belle saison, et Rosenberg
n'était pas revenu. Le délai fatal était expiré. Arvid ne voyait plus aucun obstacle à la réalisation de ses vœux, quand il apprit la maladie
de Gabrielle. Incapable de commander à son inquiétude, il s'était
aussitôt embarqué pour Tistelon. Là, il avait été reçu par la femme de
Birger qui, fidèle à sa tactique, s'était appliquée à détruire toutes les
espérances du jeune homme. Elle lui avait exagéré l'attachement que
conservait Gabrielle pour Rosenberg. Gabrielle, à l'entendre, était occupée uniquement de l'image de son fiancé. Elle l'aimait comme à
l'époque de leur séparation. Aucun autre amour ne trouverait place dans
son cœur, et, si elle était tombée malade, c'était par suite des tourmens
de l'absence.

Et, à l'appui de ces assertions, Erika citait une foule d'incidens qui,
combinés avec art et interprétés par elle, semblaient autant de preuves
décisives.

Et pourtant Arvid savait, lui aussi, certaines particularités d'où il
aurait pu, sans être présomptueux, tirer une conclusion bien différente ;
mais le moyen de ne pas être timide et défiant quand on aime ! D'ailleurs, Erika n'était-elle pas en position d'être exactement informée?
Avait-elle intérêt à altérer la vérité ?

Arvid était retourné chez lui triste, découragé, se reprochant à lui-
même ses folles illusions. La faiblesse qu'il avait cru remarquer chez
Gabrielle, pensait-il, n'était que l'influence du moment. Les mots qui
lui étaient échappés, et auxquels il avait attribué une si grande signi-
fication, elle les avait sans doute déjà oubliés... et Arvid s'accusait et
accusait la jeune fille. Les travaux où il se complaisait auparavant,
n'avaient plus le pouvoir de l'intéresser et de le distraire.

Vers le mois de décembre, il s'était pourtant hasardé à visiter de nouveau Tistelon. Comme la première fois, il avait été reçu par Erika, et forcé d'entendre les mêmes choses. Cette seconde visite avait mis le comble à son abattement. Il ne s'agissait plus seulement de la ruine de ses espérances : il s'agissait de la vie de Gabrielle, de Gabrielle menacée de périr dans la fleur de sa jeunesse, sans que tant de beauté, sans que l'amour dont elle était l'objet pût l'arracher à la mort!... Cette fois, Arvid avait quitté Tistelon dans un abattement d'esprit et de corps inimaginable, et, à peine de retour auprès de fru Kathrina, il avait été attaqué d'une fièvre typhoïde qui faisait à cette époque d'affreux ravages sur la côte.

Décrire la désolation de la malheureuse mère, ce serait une chose impossible. Elle et Joséphine prodiguaient au malade les soins les plus touchans. Elles ne le quittaient ni jour, ni nuit. Ce qu'elles avaient à entendre était souvent de nature à leur navrer le cœur. Arvid, dans son délire, prononçait fréquemment le nom de Gabrielle. Joséphine alors pleurait en silence, et fru Kathrina lui ouvrait ses bras maternels et lui disait :

— Pleurez, mon enfant! je pleurerai avec vous, et il ne le saura pas!

A la fin, la constitution vigoureuse d'Arvid triompha; mais la convalescnce fut longue : il n'était pas encore entièrement guéri, lorsqu'il reprit les devoirs de sa profession. On lui avait annoncé le rétablissement de Gabrielle; peut-être n'aurait-il pas songé, de plusieurs mois, à visiter l'île. On a vu comment la tempête l'avait contraint d'y chercher un refuge. C'était le hasard qui avait tout conduit. Le hasard le replaçait de nouveau en présence de celle qu'il n'avait pas cessé d'aimer. Arvid n'avait pas le courage de s'en plaindre.

Cependant Gabrielle était péniblement affectée de l'air de tristesse et de souffrance qu'elle remarquait dans le jeune lieutenant. Elle eût désiré lui adresser quelques paroles de bienveillance, ou, du moins, lui laisser lire dans un regard le plaisir qu'elle éprouvait à le revoir. Mais Erika et Anton l'observaient, et elle n'osait lever les yeux. Heureusement Erika fut obligée de sortir pour donner quelques instructions à la servante qui remplaçait Lena. Anton fut appelé dehors par le vieux Haraldson qui lui demandait sa pipe. Ce moment de liberté fut mis à profit.

— Herr Arnman, dit Gabrielle d'une voix émue, je regrette beaucoup que vous ayez été malade... Croyez que je suis charmée de votre guérison... quoique vous ayez encore l'air bien souffrant.

Arvid, étonné, la regarda : leurs yeux se rencontrèrent; ceux de

Gabrielle étaient humides d'attendrissement et exprimaient la plus douce sympathie.

Arvid était confondu d'un changement aussi brusque. Tout à l'heure elle lui témoignait une froideur presque glaciale, et maintenant...... Était-ce chez elle un nouveau caprice? Était-ce chez lui une nouvelle illusion?

Il n'eut pas le temps de s'en assurer, car la femme de Birger et Anton rentrèrent presque aussitôt; mais il remarqua que devant eux Gabrielle reprit son maintien composé. Elle craignait donc leur présence!... Elle leur dissimulait donc ses véritables sentimens!... ou plutôt, retenue par un excès de pudeur, elle n'osait pas encore manifester ouvertement que son cœur, libre de toute promesse, s'était donné à un autre.

Arvid n'aurait pas cru que Gabrielle, avec l'indépendance de caractère qui lui était propre, pût recourir à la feinte. Néanmoins, il résolut de ménager cette pudeur si facile à alarmer, et, pendant le reste de la journée, il imita la réserve de la jeune fille, et évita de lui adresser la parole. Mais il avait bien de la peine à ne pas laisser passer dans ses yeux la joie dont son âme était inondée.

Le lendemain, en descendant au salon pour prendre congé de la famille, il rencontra Gabrielle dans un couloir étroit qui servait de communication entre le rez-de-chaussée et l'étage supérieur.

— Me permettrez-vous de revenir bientôt? lui demanda-t-il en baissant la voix.

— Entendez-vous par bientôt trois, quatre ou six mois? répondit-elle avec un sourire et les joues en feu.

— Oh! Dieu! s'écria le jeune homme en lui jetant un regard passionné; j'entends par là trois, quatre ou six jours.

— Soyez raisonnable, et prenons un terme moyen : trois, quatre ou six semaines.

— Eh bien! dans trois semaines!... Adieu, Gabrielle, adieu!

CHAPITRE XXXVII.

A partir de ce jour, la rose de Tistelon refleurit dans tout l'éclat de sa beauté. Une joie céleste brillait sur son visage, et si, parfois, au souvenir de Rosenberg, sa physionomie radieuse s'assombrissait, c'étaient comme des nuages légers qui se dissipaient aussitôt. Haraldson affectait d'attribuer ce changement heureux à l'influence du printemps. L'influence du printemps n'avait pas tout fait.

Arvid multipliait ses visites. Le pavillon de la pinasse flottait sans cesse autour de Tistelon. Tantôt l'embarcation rapide, après s'être approchée en vue de l'île, comme l'oiseau de mer surveillant le rocher où il a déposé son nid, déployait sa voile au souffle de la brise, et se perdait dans le lointain ; tantôt, le jeune officier qui la commandait descendait à terre. Jamais les prétextes ne lui manquaient ; il en trouvait toujours de nouveaux. Il aimait : il était certain d'être aimé. Quoique Gabrielle et lui ne se fussent encore rien dit, ils s'entendaient à merveille ; ils étaient assurés l'un de l'autre ; mais Erika et Anton s'interposaient continuellement entre eux, et ne les quittaient pas d'une minute : leur présence empêchait toute confidence, tout aveu. L'accueil que Birger et sa femme faisaient au lieutenant était froidement poli : seul, Haraldson aurait vu sans scrupule sa fille épouser le fils d'Arnman ; il aurait même été fier de cette union, et lorsqu'Erika et Birger cherchaient à le sonder à ce sujet, il répondait d'une manière évasive.

— A quoi bon, disait-il, s'inquiéter de quelle aire le vent soufflera ? Le lieutenant n'a pas encore demandé la petite en mariage : il sera toujours temps de se décider.

Quant à Anton, ses manières et ses discours étaient plus inquiétans que jamais. Il passait maintenant des nuits entières à errer parmi les rochers de la côte ; son humeur devenait plus sombre de jour en jour, et il lui échappait des mots dont Erika prenait note, et qui excitaient chez elle de sinistres appréhensions.

— Croyez-moi, dit-elle à Birger, je me méfie d'Anton : il me fait peur : je crains que, tourmenté par le souvenir du passé, il ne...

— Folie ! interrompit Birger, Anton ne songe nullement au passé ; sa manie n'a rien d'inquiétant.

— Sa manie est du caractère le plus plus dangereux. L'idée seule que Gabrielle puisse épouser le lieutenant le jette dans des transports

de fureur. Vous ne le connaissez pas. Vous ignorez ce dont il est
capable dans ses accès. Je vous dis qu'il faut le surveiller; autrement
il sera cause de quelque catastrophe.

— Le surveiller! que veux-tu dire par là?

— Je veux dire qu'il faut l'empêcher de quitter l'île et d'aller sur la
terre ferme.

— Mais, comment?... en employant la force?... en l'enfermant dans
sa chambre?...

Erika fit signe des yeux que tel était son avis.

— C'est un moyen rigoureux, ajouta-t-elle, il me répugne comme à
vous; mais, je vous le répète, méfions-nous d'Anton, ou nous sommes
perdus.

— Non! répliqua Birger avec autorité, je ne ferai pas ce que tu me
conseilles. Mon frère ne sera pas retenu de force dans cette maison,
qui est aussi la sienne, comme dans un hôpital de fous. Lui ôter la
liberté de ses mouvemens, l'empêcher d'errer aux bords de la mer, ce
serait lui ôter la vie. Non... quand les conséquences en devraient être
désastreuses, cela ne sera pas... D'ailleurs, s'il est maniaque, il n'est
pas méchant.

Erika n'osa point insister : mais elle ne partageait pas la sécurité de
Birger.

Cependant Arvid commençait à trouver insupportable la surveillance
que l'on exerçait sur lui, et la gêne qui en était la suite. Ne pouvoir
parler à Gabrielle sans témoins; ne pouvoir solliciter son aveu pour la
demander à son père; se taire, quand il avait tant de choses à dire; se
contraindre lorsque son cœur brûlait de s'épancher; languir quand il
avait hâte d'être heureux. C'en était trop pour un amant. Il lui tardait
aussi de présenter à sa mère la rose de Tistelon. Il se persuadait que
fru Kathrina se désarmerait de ses préventions en la voyant, qu'elle
ne résisterait pas aux grâces touchantes de Gabrielle et éprouverait
moins d'éloignement à la nommer sa fille. Plein de cette idée, il profita
d'un jour où le vieux Haraldson montrait une humeur presque jo-
viale, pour proposer à la famille de venir visiter le village des pêcheurs.

— Ce serait par ce beau temps une excursion charmante, ajouta-t-il.
Ma mère serait extrêmement flattée de vous recevoir. Si herr Haraldson et le capitaine Birger ne voulaient pas être de la partie, je con-
duirais moi-même sur la pinasse fru Erika et mamselle Gabrielle.
J'espère qu'elles ne refuseraient pas de me prendre pour pilote.

A cette proposition, Gabrielle battit des mains avec joie. Elle se jeta
au cou de son père, et, l'étreignant de ses bras, elle le conjura avec

mille cajoleries d'accorder son consentement. Vainement Erika éleva-t-elle des objections : sa voix fut étouffée.

— Allons, petite, laisse-moi, dit le vieux smoggler. Que diable ! tu n'as pas besoin de m'étrangler. Il me semble que l'offre du lieutenant est très acceptable. Erika et toi, vous irez rendre visite à sa mère... Quant à moi et à Birger, vous savez, herr Arnman, que nous ne manquons pas ici de besogne... et, pour le pauvre Anton, son commerce avec Necken et les sirènes lui défend de visiter les simples mortels.

Anton, qui était présent, sourit avec amertume.

Restait à obtenir l'aveu d'Erika.

— Rika ! chère Rika ! lui dit Gabrielle d'un ton caressant, consentez, oh ! consentez à m'accompagner !

Mais la femme de Birger ne se laissait pas fléchir par ces vives instances.

— Je vois avec peine que ma propoposition n'agrée pas à fru Birger, dit Arvid : si j'avais pu m'attendre...

— Soyez tranquille, interrompit Haraldson, elle ira ; je le veux, et je n'en aurai pas le démenti.

— Je dois avant tout consulter Birger, répondit Erika ; et, s'il m'ordonne...

— Il ordonnera, interrompit encore Haraldson ; je le lui dirai... Que diable ! le lieutenant nous a fait assez de visites : c'est bien le moins que vous en rendiez une à sa mère... D'ailleurs, Gabrielle le désire.

Dès que Birger fut de retour, car il était allé à Marstrand, Erika eut avec lui une longue consultation.

— C'est fâcheux, dit-il en se résumant ; mais il n'y a guère moyen d'empêcher cette visite et de s'y refuser. Il serait imprudent de heurter la volonté de mon père sur ce point. Tu ne perdras pas Gabrielle de vue, et là, comme ici, ta présence en imposera au lieutenant... Il y a plus, je désirerais qu'il trouvât le plus tôt possible l'occasion de se déclarer. Il saurait tout de suite que sa demande ne peut essuyer qu'un refus, et il abandonnerait une poursuite inutile.

— Un refus ! répliqua sa femme ; mais, si votre père accueille favorablement cette demande ?

— Lui !... il n'en est pas capable, Erika... Non, il n'oserait pas prêter la main à... Et, s'il le faisait, je serais là pour y mettre obstacle. J'atteste le ciel que, moi vivant, ce mariage n'aura pas lieu.

CHAPITRE XXXVIII.

Le porche de la maison de fru Kathrina était décoré de vertes guirlandes comme aux jours de fête. Le plancher du salon avait été lavé et nettoyé avec soin. Les meubles, toujours luisans de propreté, brillaient encore plus que coutume. Les fenêtres étaient garnies de rideaux neufs. La vieille Annika s'agitait pour ranger symétriquement chaque chose à sa place. En un mot, cette demeure si paisible, et où tout était réglé d'après un ordre invariable, présentait un air d'apparat et d'événement.

Fru Kathrina elle-même avait quitté son costume de tous les jours, pour revêtir ses habits les plus riches et les plus fastueux, monumens d'une élégance un peu surannée et qui, renfermés dans les profondeurs d'une armoire, ne voyaient le jour qu'aux grandes occasions. Mais, sous cette pompe inusitée, la digne matrone montrait un visage soucieux et presque sévère que tempérait par moment une teinte de mélancolie.

— Les apercevez-vous, mon enfant? dit-elle en s'arrêtant devant une fenêtre et en s'adressant à Joséphine qui, ayant fait aussi quelques frais de toilette, était néanmoins pâle comme une morte : apercevez-vous le pavillon de la pinasse? pour moi, ma vue est obscurcie et je ne puis rien distinguer.

Ce qui troublait en ce moment la vue de fru Kathrina, c'étaient les larmes ; elle avait cédé aux prières, aux supplications d'Arvid ; elle avait forcé son cœur à un cruel sacrifice et consenti à recevoir Gabrielle, la fille de Haraldson ; mais elle pleurait et ses larmes étaient amères.

— Ne voyez-vous rien encore? répéta-t-elle au bout d'un instant.

— Non, répondit Joséphine qui, pour se distraire de ses tristes réflexions, s'occupait à épousseter quelques tasses en porcelaine de Chine.

Ces tasses mêmes rappelaient à fru Kathrina un objet de douleur. C'était un souvenir d'Arnman et d'Askenberg : depuis la mort de ce dernier, on ne les avait pas tirées du buffet où elles étaient gardées comme une relique de famille.

La veuve s'arrêta une minute à les contempler.

— Arnman ! Askenberg ! murmura-t-elle... Jamais ils n'auraient prévu qu'un jour tel que celui-ci arriverait, et que ces tasses... Enfin !

enfin! que la volonté de Dieu soit faite!... Joséphine, continua-t-elle, comment vous trouvez-vous, mon enfant?

— Bien! très bien! répondit Joséphine en s'efforçant de sourire au milieu des angoisses qui la déchiraient.

— Approchez-vous, afin que je vous examine... Oui, vous souriez! vous paraissez gaie et contente : c'est tout ce qu'on peut exiger de vous... J'aime à vous regarder, ma pauvre Joséphine : à mes yeux, du moins, vos traits seront toujours plus agréables que ceux de cette rose de Tistelon que je ne connais pas, et que je désirerais ne jamais connaître... Allons, ma fille, faisons bon visage à mauvais jeu. Accueillons poliment ces étrangères et qu'elles ne voient point le chagrin que nous cause leur visite.

— Les voici! J'aperçois la pinasse! s'écria Joséphine qui, à chaque instant, interrogeait l'horizon... Oh! ma mère! chargez-vous de les recevoir; moi, je vais rester auprès d'Annika et veiller à la confection du café.

— Oui, je les recevrai, répondit la matrone en se redressant, j'aurai ce courage que vous n'auriez pas... O mon Dieu! vous n'avez pas daigné détourner de moi ce calice: mais, encore une fois, que votre volonté soit faite!

En parlant ainsi, fru Kathrina prit un air de dignité qui allait admirablement à sa haute stature et à ses grands traits : elle sortit du salon et se plaça sous le porche de la maison.

— C'est là que je les attendrai: se dit-elle à elle-même : je n'irai pas plus loin.

Bientôt la pinasse s'arrêta contre le môle: Arvid sauta légèrement à terre et offrit la main à Gabrielle; il accomplit le même devoir envers Erika, et tous trois se dirigèrent vers la maison du lieutenant. Fru Kathrina vit s'avancer une jeune fille de l'extérieur le plus séduisant, d'une taille moyenne et bien prise et dont les yeux bleus formaient avec ses sourcils et ses cheveux châtains un délicieux contraste.

— C'est elle! pensa la matrone : c'est la rose de Tistelon... Arvid ne lui a pas offert le bras, après tout!

Le fait est qu'Arvid, retenu par la présence d'Erika, ne l'avait pas osé.

Gabrielle sentait son cœur battre avec force. Intimidée par cette grande figure qui la contemplait d'un œil sévère, elle hésitait à avancer. Arvid, qui était lui-même fort troublé, s'acquitta de la présentation.

— Mamselle Gabrielle, dit-il, voici ma mère... Ma mère, je vous présente....

Mamselle Gabrielle, je suppose, interrompit fru Kathrina dont les traits rigides se détendirent... qu'elle soit la bien-venue !

Gabrielle, frappée de respect, s'inclina profondément, et saisissant la main de la matrone, elle voulut la porter à ses lèvres : celle-ci la lui retira.

— Pas tant de cérémonies ! dit-elle en se raidissant de tout son pouvoir contre le charme de l'enchanteresse.

Mais elle n'était pas au bout de ses épreuves. Gabrielle, suivant l'usage et avec une grâce touchante, lui présenta son front à baiser, son front d'une blancheur et d'une pureté angéliques. Fru Kathrina, attendrie en dépit d'elle-même, y posa ses lèvres : elle appuya ensuite ses mains sur les épaules de la jeune fille, la tint à quelque distance, et la regarda de nouveau attentivement; puis, comme si elle eût été satisfaite de cet examen, elle répéta, mais avec plus de cordialité, le souhait de bien-venue.

Elle aussi, elle était subjuguée !

Arvid triomphait.

Erika s'avança à son tour : elle fut accueillie avec une distinction marquée. Fru Kathrina, avant de la connaître, la tenait déjà en haute estime ; car quelques mots échappés à Arvid lui avaient fait comprendre que la femme de Birger était contraire au mariage projeté. D'ailleurs, Erika, par son esprit supérieur et par les bienfaits qu'elle répandait autour d'elle, s'était acquis dans tout le pays une considération incontestée.

Fru Kathrina introduisit alors les deux étrangères dans le salon. La table à café y était dressée, et sur cette table on voyait les tasses en porcelaine que Joséphine avait préparées pour cette circonstance. Fru Kathrina d'un ton poli, mais qui annonçait encore un reste de réserve, invita la compagnie à prendre place autour de la table. Là vieille Annika ne tarda point à paraître, chargée de la bouilloire qui contenait le café. Derrière elle venait Joséphine, marchant comme si elle eût voulu se glisser dans la chambre sans être aperçue; la pauvre Joséphine avait appelé à son aide toute sa résolution ; mais elle chancelait sur ses jambes, et, à chaque pas, ses forces menaçaient de l'abandonner. A sa vue, Erika et Gabrielle se levèrent avec empressement et coururent l'embrasser. Elles la firent asseoir entre elles, et Joséphine, grâce à la diversion produite par ce mouvement, put espérer que sa faiblesse ne s'était point trahie, et que l'on n'avait point remarqué la trace récente de ses pleurs.

Le café, comme de raison, fut trouvé exquis. Gabrielle, la flatteuse

qu'elle était, s'extasia beaucoup sur l'habileté avec laquelle fru Kathrina préparait ce breuvage, habileté que herr Arnman leur avait
vantée bien des fois, disait-elle, mais qu'elle trouvait supérieure à toute
description. Fru Kathrina, sensible à cet hommage, inclina la tête avec
une orgueilleuse modestie. Elle se mit à parler longuement de sa boutique, de ses fleurs, de son ménage, et de l'assistance efficace que lui
prêtait Joséphine.

— Elle n'a point sa pareille, ajouta la matrone avec une chaleur qui
cachait sans doute quelque intention. On ne l'apprécie pas assez : il n'y
a que moi qui sache lui rendre justice, et je déclare que c'est la meilleure fille de tout le Shargord.

— Heureuse Joséphine à qui un tel éloge est décerné ! remarqua
doucement Gabrielle : puissé-je en mériter un semblable !

— On vous proclame la plus belle ! lui dit tout bas Joséphine.

— Ah ! J'aimerais mieux être appelée la meilleure !

Fru Kathrina n'avait rien perdu de ce petit *à parte :* elle sourit à
Gabrielle d'un air approbateur.

— Décidément, pensa-t-elle, elle est aussi bonne que jolie. Elle a
des manières simples, franches et engageantes... Quel dommage qu'elle
soit la fille de Haraldson !... Mais je préfère toujours Joséphine... Pauvre
Joséphine ! elle ne brille guère auprès de cette rose de Tistelon, et je
m'explique la préférence d'Arvid.

Arvid, pendant cet entretien, avait suivi avec anxiété les progrès
que Gabrielle semblait faire dans les bonnes grâces de sa mère : il
épiait les paroles et les gestes de la jeune fille pour en étudier l'effet
sur fru Kathrina. Dès qu'il vit la collation terminée, il proposa un tour
de promenade dans le village. Son but était de se ménager le tête-à-tête
qu'il cherchait depuis si long-temps. Fru Kathrina n'objecta rien à cette
proposition. La digne femme ne demandait pas mieux que de montrer
aux deux étrangères les améliorations que son fils et elle avaient opérées : elle en était vaine comme de l'excellence de son café, et cette
vanité innocente avait si rarement l'occasion de se satisfaire !...

Elle déclara donc qu'elle serait de la promenade, jeta sur sa tête un
mouchoir et donna le signal du départ.

Joséphine obtint la permission de demeurer au logis pour veiller aux
apprêts du souper.

La rue qui traversait le village était étroite et mal pavée : quatre
personnes ne pouvaient y marcher toujours de front. Arvid et Gabrielle
prirent les devants. Fru Kathrina et la femme de Birger venaient ensuite. On entra successivement dans les plus pauvres chaumières. La

matrone faisait remarquer le bon ordre, la propreté et l'air de contentement qui y régnaient. Elle n'oubliait pas de décrire ce qui était *jadis* et le mettait en comparaison avec ce qui était à *présent*. Arvid, disait-elle, avait imaginé ceci ; il avait exécuté cela... Mais il n'était pas nécessaire qu'elle prît ce soin : les bénédictions qui accueillaient partout le lieutenant et sa mère parlaient encore plus haut, et en disaient mille fois plus. Erika et Gabrielle laissaient dans chaque chaumière des marques de leur libéralité. Erika donnait pour le plaisir de faire du bien ; Gabrielle, pour que son nom, dans la bouche des pauvres pêcheurs, fût associé à celui d'Arvid. Tout ce qu'elle voyait, tout ce qu'elle entendait la pénétrait des plus vives émotions. Elle aussi, elle se sentait fière de ce qu'avait fait le lieutenant, et tandis que fru Kathrina, dans tout l'orgueil maternel, répétait ce mot *mon fils !* Gabrielle en murmurait un autre plus doux, qui lui donnait des priviléges égaux à ceux de fru Kathrina elle-même.

Et Arvid, pendant ce temps-là, rassemblait tout son courage et cherchait des expressions pour plaider définitivement sa cause auprès de Gabrielle!... Aveugle! sa cause était déjà gagnée.

Il ne restait plus à visiter que l'école fondée par Arvid. Maître Flint, assis sur son banc de quart, racontait en ce moment à ses auditeurs attentifs (c'était une leçon de géographie) comment lui, Flint, s'était vu pris par les glaces au milieu de la mer Baltique.

— Nous étions sept hommes sur un petit sloop, disait Flint en s'animant au souvenir des dangers qu'il avait courus. Le navire avançait lourdement, car le vent était tombé, vous entendez bien, et l'eau qui clapotait autour du vaisseau se soulevait à peine en petites vagues, comme si elle se fût déjà solidifiée. De par tous les diables! mes amis, il y avait des momens où le gouvernail fendait comme un champ de glace : ça grésillait! ça grésillait!... Là-dessus la nuit arrive : nous mettons en panne... Eh! petits drôles, vous savez, j'espère, de quelle manière on oriente les voiles pour mettre en panne... très bien!.. et nous allons nous coucher dans nos hamacs ; mais, le lendemain matin en m'éveillant, qu'est-ce que je vois? La surface de la mer s'était congelée. Les glaces s'étendaient à perte de vue, et le navire emprisonné se dressait avec ses mâts et ses cordages comme une ruine gigantesque au milieu d'un désert. C'était tout de même un drôle de paysage : rien n'en rompait l'uniformité. On n'apercevait qu'une nappe blanche, parfaitement unie, et qui, à droite et à gauche, au nord et au sud, fermait l'horizon : ajoutez à cela un ciel sombre et froid, peu chargé de nuages, enfin un temps qui avait diablement la mine de ne pas songer de si tôt au dégel. Ajoutez encore que nous n'avions des vivres que pour cinq jours... Eh bien! mes drôles, qu'est-ce que vous auriez fait en pareille situation?... Vous voilà tous la bouche ouverte, comme une baleine qui poursuit une colonne de harengs... Pendant quatre jours, nous demeurâmes claquemurés entre les planches de notre navire, mangeant nos provisions; mais le cinquième, nous prîmes ce qui nous restait de vivres, et nous nous mîmes bravement en route sur la glace. Nous eûmes le bonheur de gagner la terre, et je vous réponds qu'il en était temps; car, si ce chemin-là n'était pas semé de cailloux, il était diablement dangereux.

— Et le sloop? s'écria l'auditoire d'une seule voix.

— Le sloop! il se comporta comme un brave navire qu'il était. Il resta tranquillement amarré au milieu des glaces, et, lorsque vint le dégel, il se laissa dériver vers la côte, où nous le recueillîmes, sans qu'il eût perdu un seul fil de caret... C'est donc pour vous apprendre, jeunes drôles, que, dans les situations les plus critiques...

Ici maître Flint fut interrompu par l'arrivée des trois dames et du lieutenant. Il se leva, tout troublé, de son fauteuil, et, avec les mines les plus grotesques, il alla recevoir ces visiteurs extraordinaires. Gabrielle voulait s'asseoir sur les bancs de l'école, parmi les plus jeunes enfans. Elle demandait que maître Flint continuât son histoire et ses leçons; mais le bon magister avait perdu la parole: il demeurait interdit, et se confondit en salutations. Gabrielle eut pitié de son embarras. Après avoir tout examiné en détail, et s'être amusée à interroger quelques élèves, elle s'approcha du pédagogue, et, lui glissant dans la main un rouleau qui contenait, dit-elle, du véritable tabac de la Havane, elle sortit.

Maître Flint était émerveillé; il le fut bien davantage, lorsqu'ayant ouvert le rouleau, qui contenait réellement d'excellent tabac, il trouva au fond une petite somme avec laquelle il pouvait, non seulement entretenir sa pipe, mais encore s'acheter une provision de rhum.

Comme on le pense bien, cet événement fit date dans l'école; pendant toute l'année, il ne fut guère question d'autre chose.

Au retour, soit hasard, soit calcul, Arvid et Gabrielle restèrent quelques pas en arrière: pour augmenter encore la distance, Arvid ralentit insensiblement sa marche; Gabrielle l'imita. La femme de Birger et fru Arnman avaient pris les devans: elles étaient engagées dans une conversation animée, et ne faisaient pas attention aux jeunes gens. C'est ce qu'Arvid avait espéré.

— Ce séjour paraîtrait peut-être bien triste à mamselle Gabrielle? dit-il en levant sur sa compagne un regard timide.

— Pourquoi cette supposition? répondit-elle en évitant les yeux d'Arvid et en baissant les siens.

— Je crains qu'elle ne soit fondée, continua le jeune homme; qu'est-ce que notre demeure, comparée à Tistelon?

— De belles chambres, un riche ameublement suffisent-ils donc pour rendre heureux?

— Ils y contribuent du moins beaucoup... Ainsi, par exemple, si la femme que j'aime le plus au monde, si la préférée de mon cœur daignait me confier le soin de sa destinée, qu'aurai-je à lui offrir? cette humble habitation, et la perspective de passer sa vie parmi de pauvres pêcheurs.

— Quoi! rien de plus? demanda Gabrielle en rougissant et avec un adorable sourire.

— Ah! s'écria Arvid avec une énergique contenance, je lui offrirais encore mon cœur, où son image est gravée en traits ineffaçables, tout mon amour, toutes mes pensées, tout mon être... mais tout cela lui appartient déjà, et j'ignore si elle en accepte le don.

Gabrielle n'avait pas la force de répondre : le lieu et le moment choisis pour cette déclaration ajoutaient à son embarras.

Arvid se rapprocha d'elle de manière à être facilement entendu.

— Gabrielle! lui dit-il à mi-voix, je n'ai que cette minute pour vous parler; car, à Tistelon, je ne le puis : on ne me laisse jamais seul avec vous... ô ma Gabrielle adorée, répondez-moi!... un mot! un seul mot!... m'est-il permis d'espérer?

L'instant était décisif : Erika et fru Arnman avaient atteint le porche de la maison : déjà elles se retournaient pour attendre l'arrivée des deux retardataires; Gabrielle n'eut le temps de murmurer qu'un mot; encore le prononça-t-elle si bas que l'oreille seule de son amant pouvait le distinguer; mais ce mot était :

— Espérez!

Et il fut entendu.

— Je crois que nous aurons une belle soirée pour regagner Tistelon, remarqua fru Birger, lorsque les deux jeunes gens les eurent rejointes. Arvid laissa tomber cette observation; savait-il si c'était soir ou matin? Savait-il s'il existait un monde? Une pensée unique l'absorbait : — Espérez! se répétait-il à lui-même. — Elle a dit : Espérez!... Et il commentait ce mot de mille façons, et il était comme fou de joie.

De son côté, Gabrielle n'était occupée que d'échapper à l'examen de sa belle-sœur. Elle se glissa derrière elle, d'un petit air sournois qui aurait extrêmement amusé un spectateur bien au courant de ce qui venait d'avoir lieu.

Il avait été convenu qu'Arvid ne ramènerait pas les deux dames à Tistelon, et que Birger irait les prendre. En effet, un peu avant le coucher du soleil, Birger arriva sur sa chaloupe. Fru Kathrina fit servir le souper, et ses hôtes se disposèrent au départ. Arvid et sa mère les reconduisirent jusque sur le rivage et assistèrent à l'embarquement. Ce fut le lieutenant qui présenta la main à Fru Birger pour l'aider à monter à bord; il remplit le même cérémonial envers Gabrielle : cette dernière occasion fut encore mise à profit ; une étreinte mutuelle confirma leur secrète intelligence.

— Eh bien! ma mère prononça Arvid lorsque la chaloupe qui portait Gabrielle, et qu'il avait long-temps suivie des yeux, eut disparu dans l'éloignement, qu'en dites-vous?

Fru Kathrina hocha gravement la tête.

— C'est dommage qu'elle ait pour père ce vieux requin de Haraldson, répondit-elle.

— Est-ce sa faute? pouvons-nous l'en rendre responsable?

— L'eau qui coule d'une source corrompue est corrompue elle-même.

— Souvent aussi, à quelques pas de sa source, elle est pure et limpide, tandis que la source elle-même charrie du limon et de la vase... Eh! ma mère, laissons là les paroles qui prouvent tout et ne prouvent rien. Gabrielle, personnellement, réunit tant de grâces, tant de perfections...

— L'Écriture nous enseigne que le démon est beau, remarqua sentencieusement la matrone. Je ne nie pas que Gabrielle ne mérite le nom de rose de Tistelon.

— N'est-ce pas! s'écria Arvid enchanté. Oh! je savais bien qu'elle devait vous plaire. Elle a un charme irrésistible : rien qu'à la voir...

Fru Kathrina l'interrompit par un regard de reproche et un signe muet qui rappelaient à son attention la présence de Joséphine.

— Fru Birger est réellement une femme supérieure, dit-elle ensuite.

— Sans doute, sans doute... c'est elle qui a élevé Gabrielle.

— J'espère qu'elle a encore d'autres titres que celui-là, répartit fru Arnman avec quelque vivacité.

Il est difficile de dire jusqu'où cette discussion aurait pu entraîner Arvid et sa mère. Heureusement ils étaient arrivés à la maison. Joséphine s'éloigna pour vaquer aux soins du ménage. Fru Kathrina se disposa à la suivre ; mais, avant de sortir, elle dit précipitamment à son fils :

— Arvid, Arvid ! vous avez été bien cruel pour Joséphine !... Ménagez-la, mon enfant... et, quant à la fille de Haraldson... souvenez-vous !...

En prononçant ce mot, elle leva le doigt en signe d'avertissement, et disparut.

A quelques jours de là, Arvid fit une courte visite à Tistelon. Gabrielle saisit un moment où ils n'étaient pas observés pour lui recommander de se rendre à la foire de Gothembourg, dont la date était prochaine.

— Erika ne manquera point d'y accompagner Birger, ajouta-t-elle. Mon père restera seul, et ce sera une occasion de l'entretenir en particulier. Surtout annoncez à Erika votre intention d'aller à Gothembourg, autrement elle ne me quitterait pas.

— Mais, dit Arvid qui n'avait pas bien compris le plan de la jeune fille, si je vais à Gothembourg, comment pourrai-je...

— Vous vous y montrerez un instant, et, tandis que Birger et sa femme s'occuperont de leurs emplettes, vous reviendrez en toute hâte.

— Et je vous trouverai ici ?

— Ne faut-il pas que je tienne compagnie à mon père ?

Arvid suivit de point en point ces instructions : il parla négligemment devant la famille du projet qu'il avait formé de se rendre à Gothembourg pour la foire du mois d'août. Erika apprit cette nouvelle avec un plaisir manifeste. En effet, elle n'osait pas s'absenter et abandonner Gabrielle à elle-même : elle craignait que, pendant cet intervalle, Arvid ne rompît le silence ; mais Arvid faisant aussi le voyage, tout sujet d'inquiétude était ôté. Elle pouvait en toute sécurité s'occuper de ses emplettes.

On voit que, malgré sa politique, la pauvre Erika n'avait su rien deviner, rien empêcher, et qu'elle était entièrement dupe ; c'est qu'entre une jeune fille qui aime et une femme déjà mûre qui n'a jamais aimé, la partie n'est pas égale. La première, en fait de ruse et d'adresse, est trois fois femme.

Erika sourit donc d'un air aimable au lieutenant.

— Herr Arnman, lui dit-elle, vous viendrez avec nous : nous partirons tous ensemble... c'est-à-dire, vous, Birger, et moi ; car je ne suppose pas que Gabrielle...

— Pardon, ma chère Rika, interrompit la jeune fille, Gabrielle s'ennuie quelque peu de demeurer seule, tandis que vous vous amusez à

Marstrand ou à Gothembourg... Cette année, j'ai résolu de vous accompagner.

En entendant cette déclaration, Erika jeta à Birger un regard expressif.

— C'est pour être avec le lieutenant qu'elle veut nous suivre, dit-elle plus tard à son mari ; mais j'aime mieux les avoir l'un et l'autre sous mes yeux à Gothembourg, que de les laisser derrière moi à Tistelon.

CHAPITRE XXXIX.

On était au commencement du mois d'août. La foire de Gothembourg n'avait lieu que vers les premiers jours de septembre. Un mois! Les trois années que Gabrielle venait de passer à attendre Rosenberg n'avaient pas semblé plus longues à son impatience. Ce terme arriva cependant. Le jour du départ était fixé. Gabrielle activait avec une joyeuse ardeur les apprêts du voyage. Cette gaîté sincère et franche l'aidait d'autant mieux à dissimuler ses projets. Erika et Birger croyaient en pénétrer la cause : ils n'avaient aucun soupçon.

C'était ainsi que, la veille de ce grand jour, elle était assise dans sa chambre, s'occupant à mettre la dernière main à une robe qu'elle avait eu l'air d'acheter tout exprès pour cette occasion, mais dont elle seule connaissait la destination véritable. Disons ici qu'elle se proposait, au moment de partir, de feindre quelque indisposition subite, afin de se ménager un prétexte pour rester. Un pareil artifice n'entrait guère dans son caractère : elle eût voulu être dispensée d'y avoir recours. Le hasard la servit à souhait.

Comme elle achevait sa robe, Anton poussa sans bruit la porte de la chambre et, semblable à un spectre, s'approcha de sa sœur. Il la contempla un moment avec des yeux hagards ; puis, d'une voix caverneuse, il lui dit :

— Voilà donc où en sont venues les choses ! la fiancée de Rosenberg songe à se parer et à plaire aux autres hommes !

— A ton avis, frère, répondit Gabrielle en riant, m'est-il défendu de mettre une robe neuve pour aller à Gothembourg, et de vouloir que les messieurs de la ville me trouvent belle?

— Anton ne parle pas des messieurs de la ville : il parle de quelqu'un pour qui tu fais tous ces frais de toilette... mais il en est encore temps. Si j'exigeais de toi un sacrifice... me l'accorderais-tu?

— C'est selon : il faut d'abord savoir ce dont il s'agit.

— Il s'agit pour toi d'être perdue ou sauvée.

— N'importe, frère ! je ne m'engage à rien avant de connaître ce que tu as à me demander.

— Oui, et pour peu que cela te coûte, tu t'y refuseras !

— Peut-être. Cependant si ç'est une chose qui soit en mon pouvoir...

— C'est une chose qui dépend de toi, et qui est toute simple... renonce au voyage de Gothembourg.

— Oh ! mon frère ! s'écria Gabrielle avec un chagrin simulé, peux-tu exiger un tel sacrifice ! moi renoncer au voyage de Gothembourg, quand je ne suis pas sortie de cette île depuis plus de deux ans.

— Que ne dis-tu franchement : Moi renoncer au voyage de Gothembourg, quand le lieutenant doit m'y accompagner !

— Vous êtes bien méchant, Anton !

— Je ne suis pas méchant, je suis bon : je veux te défendre contre toi-même.

— En m'empêchant de me distraire !

— En t'empêchant de te précipiter à ta perte... Fais cela pour moi, Ella ! pour moi qui te sacrifie mon propre salut... Oh ! tu ne sais pas les larmes que tu me coûtes !... Si tu savais, si tu pouvais comprendre !... mais tu dois tout ignorer.

Et le maniaque, par une de ces brusques transitions qu'expliquait l'irritabilité extrême de ses nerfs, ayant quitté le ton de la menace pour celui de la prière, éclata en sanglots et se mit à pleurer amèrement.

— Eh bien ! mon pauvre frère, lui dit Gabrielle attendrie et s'empressant de céder à une demande qui secondait ses projets, puisque tu tiens tant à ce que je reste, et, en même temps, afin de te détromper, je n'irai pas à Gothembourg.

Les traits d'Anton exprimèrent d'abord l'étonnement, puis la joie la plus vive. Il sourit à travers ses larmes, et remercia Gabrielle par mille propos incohérens où la raison s'alliait à la folie. Quelques instans après, il se dirigea vers le rivage en murmurant la chanson de Necken. Il erra pendant une heure de rocher en rocher, tantôt ramassant des coquillages, tantôt prêtant l'oreille au bruit monotone des flots. Tout à coup une réflexion se présenta à son esprit.

— Elle a cédé bien vite ! pensa-t-il.

Et s'attachant à cette idée, il tomba dans une rêverie profonde.

Cependant Gabrielle, aussitôt après le départ d'Anton, était descendue au salon et avait annoncé au reste de la famille que, sur les instances de son frère, elle demeurerait à Tistelon et ne serait pas du voyage de Gothembourg.

— Tu as eu tort, petite! lui dit Haraldson; un fou est un fou; et puisque cette excursion t'amusait, il fallait rejeter bien loin la sotte demande d'Anton.

— Non, répondit Erika, Gabrielle a bien fait : elle a montré un excellent cœur et une complaisance exemplaire; elle sait quel effet la contrariété produit sur Anton... D'ailleurs, la foire de Gothembourg n'est jamais très brillante.

Une heure après, Erika se trouvant seule avec Birger lui disait :

— Cela tourne à merveille : nous emmenons le lieutenant; Gabrielle garde le logis; à Gothembourg, le tumulte et la foule auraient favorisé leurs confidences et leurs aveux : les voilà séparés; nous ne pouvons rien craindre.

Le lendemain matin, Arvid eut à endurer les regards moitié soupçonneux, moitié triomphans qu'Anton jetait sur lui. Il soutint parfaitement cette épreuve. Gabrielle, par quelques mots échangés à la dérobée, lui apprit qu'elle l'attendrait le jour suivant. Erika et Birger devaient en passer quatre à Gothembourg : l'occasion était des plus propices.

Le lieutenant monta sur le sloop de Birger et l'on mit à la voile. La pinasse, gouvernée par Martin et le vieux Simon, voguait de conserve. Bientôt les deux embarcations prirent le large et Gabrielle les perdit de vue.

Elle rentra chez elle et s'enferma dans sa chambre pour méditer sur la démarche décisive qu'elle allait faire. Elle interrogea son cœur, et repassa toute l'histoire de sa liaison avec Rosenberg.

— Je l'aimais, pensa-t-elle, ou plutôt, je croyais l'aimer. J'étais si jeune alors! Une enfant de seize ans peut-elle lire clairement au fond de son âme? ne s'exagère-t-elle pas ce qu'elle éprouve? ne prend-elle pas pour une passion durable un engouement passager?... Si, à cette époque, Arvid et Rosenberg s'étaient disputé ma main, j'aurais... oui, j'aurais choisi Arvid. Du premier jour que je l'ai connu, une voix secrète m'a parlé en sa faveur. Les circonstances, après nous avoir séparés, nous ont réunis, et maintenant je l'aime. Ce qu'il m'inspire, c'est de l'amour... Rosenberg ne m'inspirait que de l'amitié.

Ici Gabrielle jeta les yeux sur l'anneau de fiançailles que Rosenberg lui avait donné et qu'elle portait toujours. La douce main de la jeune fille était redevenue potelée comme auparavant, et la bague tenait solidement au doigt. Gabrielle l'ôta à moitié, puis elle s'arrêta, rougit et regarda autour d'elle avec un air de timide circonspection; puis, recueillant son courage, elle reprit l'œuvre un moment suspendue, et acheva de retirer l'anneau. Elle contempla d'un œil humide la place qu'il avait occupée et que marquait encore une empreinte bleuâtre; après quoi, elle serra dans un coffret ce gage d'une promesse qu'elle n'avait pu accomplir, ce souvenir d'un passé avec lequel elle rompait à tout jamais.

La nuit qui suivit fut pour Gabrielle une nuit d'insomnie; mais le lendemain la jeune fille se retrouva calme et résolue. Il fallait tout déclarer à Haraldson, et obtenir son consentement avant que Birger et Erika fussent de retour. Eux présens, il n'aurait plus la force de vouloir : il subirait leur influence, et cette influence s'exercerait dans un sens qu'il était facile d'imaginer. Gabrielle ne s'expliquait cette opposition constante qu'en leur attribuant l'espérance de voir revenir Rosenberg. Elle se répétait encore qu'un tel espoir était chimérique, et que, se réalisât-il, ce serait un malheur pour eux tous. Quoi qu'il en soit, elle comprenait la nécessité de brusquer les choses, et de mettre à profit l'occasion.

— Père, regardez-moi, dit-elle en abordant Haraldson, ne suis-je pas belle avec ma robe neuve? Je l'avais achetée pour aller à Gothembourg; mais c'est à vous que j'en fais les honneurs... Eh bien! comment la trouvez-vous? ne me sied-elle pas admirablement?

Et elle tourna légèrement sur son petit pied, en dessinant une espèce de pirouette.

— Hum! répondit le vieillard, la robe me semble jolie.

— Et celle qui la porte? demanda Gabrielle avec une coquetterie gracieuse.

— Celle qui la porte est la rose de Tistelon, répliqua le vieux smoggler d'un ton emphatique et en contemplant sa fille avec orgueil... Ah ça! petite, je vais me rendre à la pointe de l'île pour pêcher. Veux-tu me suivre?

— Ce serait avec plaisir, mon bon père; mais j'attends Lena, à qui j'ai promis quelques ajustemens. Ainsi...

— Bien! très bien! vous passerez la journée entière à babiller... Descends-moi une bouteille d'eau-de-vie, et veille à ce que le souper soit prêt pour mon retour.

Jamais ordre ne fut exécuté avec plus de promptitude. Gabrielle, en allant chercher ce qu'on lui avait demandé, ne touchait pas la terre. Au bout d'une minute, elle était revenue. C'est que le temps pressait : Arvid pouvait arriver d'un moment à l'autre. Il était urgent d'écarter Haraldson : aussi Gabrielle n'avait-elle pas reculé devant un léger mensonge. Il était vrai qu'elle attendait Lena prochainement, mais on n'avait pas fixé le jour de sa visite, qui pouvait n'avoir lieu que dans une semaine ou deux.

Ce n'était pas précisément ce que le vieillard avait compris. Il croyait que Lena viendrait tenir compagnie à sa fille, et il partit dans cette persuasion. Gabrielle l'accompagna jusqu'à la jetée.

— Adieu, mon bon père! lui criait-elle tandis qu'il appareillait.

Et en prononçant ces mots, elle parcourait des yeux la surface de l'Océan, pour voir si la voile de la pinasse ne blanchissait pas à l'horizon. Cet espoir ne fut point trompé : elle distingua dans le lointain, à l'endroit où le ciel et la mer semblaient se toucher, un point presque imperceptible qu'elle reconnut aussitôt. Arvid approchait ; leur destinée à tous deux allait se décider.

Agitée de mille sentimens contraires, Gabrielle regagna la maison. En moins d'une heure, elle entendit un bruit de pas. La porte du salon où elle était assise s'ouvrit, et Arvid se précipita dans la chambre.

De pareils momens ne se décrivent pas. Ces deux amans, entre lesquels s'élevaient tant d'obstacles, étaient enfin réunis! Ils étaient seuls; ils pouvaient se parler sans témoins, échanger les plus tendres aveux, les sermens les plus doux! Avec quelle avidité chacun d'eux recueillait lesmots qui sortaient de la bouche de l'autre! quelle ivresse dans leurs yeux! quelle joie ineffable dans leurs cœurs! Gabrielle s'était laissé tomber sur le sofa. Arvid, prosterné à ses genoux, tenait dans ses mains la main de sa bien-aimée. Il chercha la place où il avait tant de fois contemplé avec douleur et jalousie l'anneau de Rosenberg. Il ne l'y vit plus. Étonné et ravi de cette disparition, il n'osait point en demander la cause, mais il interrogeait Gabrielle d'un regard suppliant. Celle-ci lui répondit par un signe de tête et un sourire qui disaient tout. Le jeune homme, hors de lui, couvrit de larmes et de baisers le cercle bleuâtre que la pression de la bague avait produit : dernière trace d'un sentiment déjà effacé, et qui bientôt devait s'effacer elle-même.

Les instans qui suivirent furent comme un songe délicieux dont les détails vous échappent, mais dont l'impression générale ne s'oublie jamais. Arvid s'était assis à côté de Gabrielle sur le sofa. D'une main, il retenait prisonnières celles de la jeune fille; de l'autre, il entourait sa taille mignonne : leurs lèvres s'étaient rencontrées! Dieu du ciel! tant de bonheur est-il fait pour les habitans de la terre, et ce baiser ressemblait-il à celui que Gabrielle avait jadis échangé avec le capitaine?

Tout à coup un cri aigu, perçant, lamentable, retentit au dehors. Les deux amans tressaillirent et portèrent machinalement leurs yeux

vers la fenêtre située en face... Horreur ! Anton, le maniaque Anton montrait aux vitraux sa figure livide, ses traits bouleversés par la rage. Il jeta sur Avid et sur Gabrielle un regard plein des plus cruels reproches, des menaces les plus effrayantes, et cette vision, qui avait quelque chose de fatal, s'évanouit aussitôt.

— Anton ! s'écria Gabrielle, c'est Anton !... nous sommes perdus !... Parlez-lui, Arnman ! retenez-le ! qu'il n'avertisse pas mon père avant moi.

Arvid sortit en toute hâte ; mais Anton avait disparu. Le jeune homme courut au rivage : Gabrielle se joignit à lui, et tous deux fouillèrent les gisemens de la côte, sans découvrir celui qu'ils cherchaient.

— Voilà pourtant sa barque, dit Gabrielle ; il s'est caché quelque part dans l'île... Mon Dieu ! je tremble : il ne vous aime pas, Arvid. L'idée seule de notre union l'exaspère. Ce qu'il a vu peut l'avoir jeté dans un de ces accès qui nous font peur à tous. Il faut le trouver, lui expliquer l'état des choses, et calmer son esprit malade.

Les efforts d'Arvid et de Gabrielle furent infructueux. Au bout d'une heure d'inutiles recherches, les deux jeunes gens retournèrent au logis ; mais une vague terreur pesait sur eux, et ne leur permettait pas de goûter les mêmes transports qu'auparavant. Du ciel où ils planaient, ils étaient brusquement retombés sur la terre. Les riantes illusions de l'amour avaient fait place aux inquiétudes et aux soucis.

Pour l'un et pour l'autre, le retour de Haraldson fut une espèce de soulagement.

— Le lieutenant ici ! prononça le vieillard en apercevant Arvid. Pardieu ! il me semblait bien avoir reconnu la pinasse... Ah ça ! lieutenant, vous n'êtes donc pas resté à la foire de Gothembourg ?

— Non, répondit Arvid avec embarras ; une affaire importante m'a rappelé : mamselle Gabrielle vous l'expliquera.

Et il sortit pour ne point gêner par sa présence l'entretien du père et de la fille.

— De quelle affaire veut-il parler ? demanda Haraldson quand il se trouva seul avec Gabrielle. Est-ce qu'il serait arrivé quelque chose de fâcheux à Birger ?

— Non, ce n'est pas cela, dit Gabrielle qui ne savait comment entamer son sujet ; mais... mais Anton s'est caché quelque part dans l'île : nous l'avons cherché inutilement pendant une heure.

— Et pourquoi le chercher, folle que tu es ? on le retrouvera assez tôt... J'imagine que la visite du lieutenant a une autre cause.

— Oui, père... mais il m'a aidée dans mes recherches ; car je suis bien inquiète pour Anton. Je crains...

— Eh! de par tous les diables! laisse là Anton, et **parle-moi** du lieutenant... Qu'est-il venu faire?

— Je vais vous le dire... C'est que j'ai été si effrayée!... Mon bon père, vous vous êtes toujours montré envers moi plein d'affection et d'indulgence.

— Sans doute, sans doute; j'ai été faible autant qu'on peut l'être.

— Promettez-moi donc de ne pas vous fâcher si...

— Si quoi?... Achèveras-tu, au nom du diable!

— Eh bien! vous avez certainement remarqué l'amour du lieutenant. Je... en un mot, nous nous aimons, et nous vous supplions de consentir à notre mariage.

A cette déclaration, la sombre physionomie de Haraldson parut se rembrunir. Il passa la main sur son front d'un air soucieux.

— Consentir à votre mariage! répliqua-t-il... Oh! oh! voilà donc de quel côté souffle le vent! Je m'étais bien aperçu de quelque chose... Consentir à votre mariage! répéta-t-il encore. Ainsi c'est le fils d'Arnman qui demande la main de la fille d'Haraldson... revirement bizarre!

Le vieux smoggler prononça cette dernière phrase comme en se parlant à lui-même. Gabrielle attendait avec anxiété.

— Pouvez-vous rien reprocher à Arvid? dit-elle. N'est-il pas aimé, estimé de tous? Son alliance ne nous fera-t-elle pas honneur... De plus, mon bon père, je l'aime et ne serai heureuse qu'avec lui.

— Bah! tu en disais autant pour Rosenberg.

Gabrielle fut froissée de cette remarque; cependant elle eut la force de se contenir.

— J'étais jeune, mon bon père, et je me trompais, répondit-elle d'un ton de douceur. Maintenant je sens que j'aime pour la vie.

— Les femmes aiment chaque fois pour la vie, et cela représente plus ou moins de jours.... Ah ça! pourquoi diable es-tu si pressée de te marier, quand tu as un fiancé de par le monde? Ne ferais-tu pas mieux de l'attendre?

Gabrielle rougit d'indignation, moins pour la mauvaise volonté que témoignait son père, que pour les prétextes qu'il mettait en avant.

— C'est une dérision que de me parler ainsi, répliqua-t-elle vivement; oui, et de plus, c'est une cruauté. J'ai attendu quatre années: personne ne croit que Rosenberg puisse ou veuille reparaître; vous-même, vous ne l'espérez pas. Je suis donc libre devant Dieu et devant les hommes, et j'use de ma liberté. Si mon choix est mauvais, dites-le; mais, au nom du ciel, n'employez pas de semblables détours avec votre fille.

Cette véhémence étourdit Haraldson et augmenta son embarras. La perspective d'un mariage entre sa fille et le lieutenant de la douane lui avait souri, tant qu'il l'avait contemplée de loin. Maintenant qu'elle était proche, il s'en effrayait. Il redoutait Birger, il redoutait Erika. Anton même lui faisait peur.

— Écoute, petite, répondit-il à Gabrielle d'une voix presque caressante, le lieutenant est un brave et digne garçon : dis-lui que sa recherche nous honore, que je ne demanderais pas mieux que de le nommer mon gendre, mais...

— Mon père! mon père! interrompit Gabrielle en pleurant, vous ne me refuserez pas.

— Il m'est impossible de consentir.

— Oh Dieu! impossible!... Songez donc qu'il s'agit de mon bonheur, qu'il s'agit de ma vie!

— Je ne puis; en vérité, je ne puis.

— Mais pourquoi? qu'est-ce qui s'y oppose? Donnez-moi une raison. Y a-t-il quelque mystère qui enchaîne votre volonté, et que vous me cachez?

— Je ne cache rien; je n'ai rien à cacher... Seulement, Birger...

— Et de quel droit Birger intervient-il dans ce qui me regarde? Qui l'a fait l'arbitre de mon sort? pour quel motif me condamne-t-il à être malheureuse?

— Silence, enfant! soumets-toi à la nécessité. Il existe une raison que tu ne dois pas connaître, et qui me défend de consentir à ce mariage... Porte au lieutenant ma réponse.

Mais Gabrielle insista avec plus de force. Elle avait saisi les mains du vieillard, ces mains qui avaient massacré le père de son amant, et elle les baignait de ses pleurs : elle employait tour à tour les reproches, les plaintes, les supplications les plus touchantes. Haraldson s'attendrissait peu à peu. Il commençait à parlementer avec sa conscience, et si l'image menaçante de Birger et d'Anton ne l'eût retenu, il aurait cédé tout de suite aux vœux de son idole. Gabrielle le vit se troubler et faiblir. Elle se jeta à son cou.

— Il ne me reste donc plus d'espoir! lui dit-elle d'une voix pleine de sanglots et avec des regards supplians. Il me faut donc annoncer à Arvid que vous êtes impitoyable!... Ah! mon père, vous ne savez pas quelles conséquences aura votre refus! il n'y a plus de bonheur pour moi sur la terre. Je perds l'homme que j'aimais; mais vous, vous perdrez votre fille; car je sens que j'en mourrai.

Et elle se dirigea lentement vers la porte en se couvrant le visage de son mouchoir.

Haraldson ne put pas y tenir plus long-temps. Il toussa avec bruit, détourna les yeux, les reporta sur Gabrielle, et finit par la rappeler.

— Allons, allons, dit-il, ne te désole pas. Je réfléchirai à cette affaire. Que le lieutenant vienne me trouver demain dans la soirée, nous en causerons ensemble; aujourd'hui je désire être seul.

Gabrielle poussa un cri de joie. Après avoir remercié avec effusion le vieillard, elle courut porter à Arvid cette bonne nouvelle, et lui faire part des espérances qu'elle concevait. En même temps, elle lui conseilla de remonter sans délai à bord de la pinasse et de retourner chez lui, afin de montrer plus de déférence pour les volontés de Haraldson. Arvid, que le bonheur rendait docile, suivit immédiatement ce conseil.

Gabrielle l'ayant vu partir revint auprès de son père : elle allait de nouveau lui exprimer sa reconnaissance; mais il l'interrompit brusquement.

— Assez! lui dit-il, j'ai besoin d'être seul; tout cela n'est pas encore décidé : il faut que j'y pense à loisir.

— Mais, mon père, balbutia Gabrielle, Anton n'a pas reparu. Si nous faisions des recherches.

— A quoi bon? Il reparaîtra quand il le jugera à propos. C'est son habitude... D'ailleurs, j'ai bien d'autres sujets de réflexion.

Et il s'enferma dans sa chambre.

Gabrielle gagna la sienne; elle était partagée entre l'espérance et la crainte : d'un côté, elle avait surmonté la résistance de son père; mais, de l'autre, elle avait à combattre des obstacles dont elle n'avait pas soupçonné l'existence, et dont elle ignorait encore la nature. Elle passa la nuit à prier et à bâtir une foule de projets dans l'avenir.

Le vieux Haraldson ne goûta point le repos; car, si parfois, cédant aux fatigues du corps et aux tourmens de l'esprit, il tombait dans un lourd sommeil, pouvait-on appeler repos les rêves horribles qui venaient alors le visiter? Haraldson avait éprouvé en ce jour une violente secousse morale. Les idées que lui-même avait évoquées, il n'était plus maître de les chasser. Elles le hantaient en quelque sorte, et s'agitaient dans les ténèbres de cette âme sombre. L'histoire du *Pater Noster*, cette histoire refoulée pendant si long-temps au plus profond de ses souvenirs, se dressait devant lui. Il voyait le fantôme du malheureux Arnman se placer d'un air menaçant entre la fille du meurtrier et le fils de la victime, comme pour s'opposer à une union contre nature; il se réveillait trempé d'une sueur froide, ses dents claquaient d'épouvante, il se tordait sur sa couche, et ce cœur endurci connaissait enfin le remords!

Oui, il est un Dieu qui récompense et qui châtie. L'homme criminel peut triompher pendant de longues années dans sa force et son orgueil; mais tôt ou tard le jour arrive où il sent sa faiblesse : pour Haraldson, cette heure inévitable était venue.

Il était minuit. L'habitation reposait dans le silence; les vagues battaient les rochers avec un sourd murmure. Les rayons de la lune illuminaient la terre et l'Océan, et donnaient à cette scène d'un caractère sauvage quelque chose de fantastique. Soudain une large pierre, située près de la côte, s'écarta comme si elle s'était mue d'elle-même, et livra passage à une forme humaine.

C'était Anton.

Il regarda autour de lui avec précaution et prêta l'oreille pour s'assurer qu'il était seul : puis, s'aidant des mains et des pieds, il acheva de sortir de la caverne où il avait cherché un refuge et qui était sa cachette accoutumée; après quoi, il se glissa d'un pied furtif jusque sous les fenêtres de la chambre où dormait Gabrielle.

Qu'il faisait peine à voir en ce moment! que ses traits livides et douloureusement contractés portaient l'empreinte de cruelles souffrances! D'un ton plaintif et doux, pareil au murmure d'un enfant ou aux gémissemens de la brise dans les agrès d'un navire, il chanta à mi-voix quelques vers de la chanson du Necken.

— Gabrielle! Gabrielle! dit-il ensuite en élevant un regard plein d'angoisses vers les fenêtres de sa sœur, tu l'as voulu! tu as trompé Necken!... et maintenant rien ne saurait te sauver. Tu seras engloutie avec les autres... Gabrielle! ma sœur Ella! ô pourquoi t'es-tu jouée de Necken! On m'attend; ma délivrance approche; mais, toi perdue, peut-il y avoir du bonheur pour moi?

Et le pauvre fou se mit à pleurer amèrement.

Lorsque ses larmes se furent un peu taries, il se coucha par terre et veilla jusqu'au point du jour, les yeux incessamment fixés sur les fenêtres de Gabrielle, et dans un état d'immobilité qui le faisait ressembler à un cadavre. Dès que les premières lueurs du matin teignirent l'horizon, il se leva, et, après avoir adressé un dernier regard à la chambre de sa sœur, et agité ses bras décharnés au dessus de sa tête comme pour attester le ciel, il s'éloigna d'un air de sombre résolution. Il descendit au rivage, détacha la petite barque qui servait à ses courses vagabondes, et prit, en ramant, la direction de la pointe méridionale de l'île.

CHAPITRE XL.

Haraldson avait passé une nuit affreuse. Quand il sortit de sa chambre, le lendemain matin, sa physionomie était profondément altérée. Ses yeux, battus par la fatigue de l'insomnie, exprimaient la tristesse, l'incertitude et l'effroi. Vainement le soleil se levait-il dans tout l'éclat de sa magnificence, colorant de pourpre et d'or la terre, la mer et les nuages du ciel. Vainement, autour de lui, la nature se réveillait-elle toute fraîche et toute riante : Haraldson demeurait insensible à ce spectacle, il eût voulu que cette journée n'arrivât jamais : il eût voulu pouvoir reculer l'instant où il devait donner une réponse à Arvid.

— Pourquoi Birger n'est-il pas ici? pensait le vieillard : je l'aurais chargé de cette maudite affaire, ou, du moins, il m'aurait conseillé... C'est étonnant! je ne me sens ni force ni courage. Les rêves que j'ai eus m'ont brisé... Les morts ne sont donc pas entièrement morts, après tout!... Bah! je triompherai de ces idées ; mais Birger est sous l'influence de sa femme : il s'est mis dans la tête une foule de fadaises. Je le connais : il ne donnera jamais son consentement au mariage du lieutenant et de Gabrielle... Eh bien! qu'il s'arrange! je ne m'en mêlerai point... Pauvre Ella!

Cette résolution arrêtée ne rendit point au vieillard sa tranquillité d'esprit. Il s'était refusé avec brusquerie aux soins empressés de sa fille, et il se promenait devant l'habitation, la tête penchée sur sa poitrine, et plongé dans une sombre rêverie. A mesure que le jour s'avançait, son inquiétude devenait plus grande.

— Je ne resterai pas ici! s'écria-t-il à la fin, en frappant la terre du pied ; je n'attendrai pas le jeune homme : je ne pourrais, en l'état où je suis, soutenir sa présence. Que Birger lui parle, s'il le veut!

Et il fit quelques pas pour s'éloigner. Mais Gabrielle, qui le guettait de sa chambre, courut après lui.

— Vous partez, mon bon père! lui dit-elle, et voici l'heure où Arvid va arriver. N'avez-vous pas une réponse à lui faire?

— Oui, oui, répondit Haraldson avec embarras ; j'ai une réponse à lui faire ; mais il n'est pas encore ici : je ne serai absent qu'une heure ou deux.

— Et s'il vient pendant que vous n'y serez pas?

— Il m'attendra ; il aura cette patience... Il faut de la patience dans ce monde... toi-même, Ella, tu auras besoin... Laisse-moi partir, enfant, il s'agit d'une affaire sérieuse.

Et, sans écouter les représentations de Gabrielle, il se dirigea vers le rivage. La jeune fille l'y suivit ; jamais elle n'avait vu son père dans un trouble pareil ; et, sans savoir pourquoi, elle commençait à être sérieusement alarmée.

— Au nom du diable ! s'écria tout à coup le vieux smoggler ; où est la barque d'Anton ?

— Je ne l'aperçois pas à sa place, répondit Gabrielle : mon frère est sans doute à errer parmi les enfoncemens de la côte, selon son usage.

— Nicholls ! continua Haraldson en s'adressant à un domestique qui l'aidait toujours à gouverner son bateau lorsqu'il allait en mer, avez-vous vu Anton, aujourd'hui ?

— Je l'ai signalé là-bas, ce matin au point du jour, répliqua cet homme en indiquant du geste la pointe méridionale de l'île. Sa barque filait comme une mouette, et je me demandais où il pouvait aller à cette heure et dans cette direction.

— Fouillez la côte, Nicholls ; visitez tous les rochers, et assurez-vous s'il n'est pas caché quelque part... Il est grand temps que je lui retire sa barque ! autrement il serait cause...

Haraldson n'acheva point sa phrase, et Nicholls partit pour exécuter l'ordre qu'il avait reçu.

Tant que dura son absence, Haraldson témoigna une agitation et une impatience dont Gabrielle s'étonnait en elle-même. Le domestique ne tarda pas à revenir. Ses recherches avaient été infructueuses : il n'avait découvert aucune trace d'Anton ni de sa barque.

A cette nouvelle, le vieillard pâlit.

— Ah ! dit-il... et vous êtes sûr, Nicholls, que, ce matin, il se dirigeait vers le sud de l'île.

— Et qu'il en a doublé la pointe ; car je l'ai perdu de vue, lorsque...

— C'est bon ! interrompit Haraldson d'un ton calme et froid qui, chez lui, était parfois effrayant, il faut que je parte sans délai... Adieu, petite.

Haraldson avait déjà posé pied sur le bateau, lorsque, saisi d'une idée subite, il se retourna vers Gabrielle, l'embrassa tendrement sur le front, en murmurant d'une voix attendrie.

— Adieu, ma chère enfant ! adieu, mon Ella !

Il sembla à Gabrielle que des larmes roulaient dans les yeux de son père.

— Mon Dieu ! pensa-t-elle, lorsqu'elle se trouva seule sur le rivage, que se passe-t-il donc ? Ce départ inexplicable de mon père, l'émotion étrange que j'ai remarquée en lui, l'absence d'Anton!... Qu'est-ce que tout cela signifie?

Elle regagna lentement la maison ; mais le silence et la solitude qui y régnaient l'épouvantèrent. Elle ouvrit les fenêtres du parloir et s'assit à l'embrasure de l'une d'elles, afin d'apercevoir de plus loin la pinasse. Elle comptait que la présence d'Arvid dissiperait les sinistres appréhensions dont elle était tourmentée. Arvid ne se fit pas long-temps attendre. A l'heure convenue, il arriva. L'espérance et l'amour brillaient dans ses yeux : il vola auprès de sa charmante fiancée qui, en le voyant, se sentit renaître, et se reprocha ses folles terreurs.

Cependant elle lui en fit le récit, et lui exposa les circonstances qui les avaient motivées. Arvid l'écouta gravement.

— Gabrielle, lui dit-il, moi aussi, j'ai été, depuis hier, assailli de tristes pressentimens. En songeant au bonheur de vous posséder et d'être à vous, il me semblait qu'une telle félicité ne pouvait pas être mon partage... Mais, ô ma bien-aimée, à quoi bon empoisonner par de vaines craintes les momens où nous sommes ensemble? quoi qu'il arrive, rien ne m'empêchera de vous aimer et de vivre pour vous. Rien ne rompra l'union de nos deux cœurs... Ma douce fiancée! ma femme chérie! laisse-moi te presser sur mon sein. Près de toi je brave les chances de la destinée.

Et Arvid serra Gabrielle dans ses bras. Ces tendres caresses, ces paroles d'amour ranimèrent la jeune fille. Elle s'assit à côté de son amant sur le sofa, et tous deux s'oublièrent dans une longue causerie. Une heure s'écoula de la sorte. Pour n'être point surpris, comme la première fois, par l'apparition d'Anton, ils avaient baissé les rideaux des fenêtres. En ce moment, on distingua au dehors un bruit de pas précipités. Gabrielle tressaillit : une pâleur effrayante se répandit sur son visage ; d'une main convulsive, elle saisit le bras du lieutenant, et se dressa comme d'une seule pièce.

— Au nom du ciel! qu'avez-vous? lui demanda Arvid en s'efforçant de l'attirer à lui.

— Écoutez! lui répondit-elle d'une voix sourde et avec un geste qui exprimait la plus vive anxiété.

— Quelqu'un heurte à la porte, continua Arvid.

En effet, deux coups frappés d'une main ferme venaient de retentir.

— Arvid! proféra Gabrielle avec égarement, il n'y a qu'une main qui frappe ainsi : c'est...

Elle n'eut pas le temps d'achever ; la clé remua dans la serrure : la porte s'ouvrit... et Rosenberg parut à leurs yeux.

Gabrielle, en le voyant, était retombée presque évanouie sur le sofa. Arvid s'était levé, et demeurait immobile et frappé de stupeur.

Rosenberg, sans remarquer la présence du jeune lieutenant, courut à Gabrielle.

— Gabrielle! s'écria-t-il en l'entourant de ses deux bras : Gabrielle! ma fiancée!... ma femme!... c'est moi! me voici enfin!... revenez à vous; que je voie vos yeux me sourire!

A cette voix trop connue, Gabrielle recouvra ses sens; elle fit un mouvement pour se dégager de l'étreinte du capitaine, et celui-ci ayant lâché prise, elle resta devant lui, muette, abattue, les regards baissés, image de la consternation et du désespoir.

— Que veut dire ceci, Gabrielle? poursuivit Rosenberg après un moment de silence... Grand Dieu! ajouta-t-il en l'examinant avec plus d'attention, serais-je arrivé trop tard?

Ici, la jeune fille leva sur son premier fiancé des yeux qui exprimaient un mélange de sentimens impossible à rendre.

— O Rosenberg! murmura-t-elle, pourquoi n'avez-vous pas écrit? pourquoi...

— Comment! mais je vous ai écrit! interrompit Rosenberg avec véhémence.

— Nous n'avons rien reçu : et cependant vous aviez promis formellement...

— Mais je vous ai écrit, je le répète ; dès que j'ai eu la force de tenir une plume, je vous ai adressé une lettre où je vous priais...

— Elle ne nous est point parvenue.

— Dieu du ciel! est-ce possible... Ma lettre est partie quatre mois après le capitaine Vandervraken ; je vous annonçais que j'allais entreprendre un long voyage ; je vous suppliais de m'attendre un peu au delà du terme convenu... Gabrielle! Gabrielle! était-ce trop vous demander? ne pouviez-vous m'accorder ce nouveau délai?

Gabrielle, dans l'excès de son accablement, ne trouvait pas de mots pour répondre.

— Vous vous taisez! continua Rosenberg en redoublant d'énergie ; vous avez cessé de m'aimer !... vous avez oublié vos sermens... O Dieu! moi qui, pendant ces quatre années, n'ai songé qu'à vous! moi qui, pour vous offrir un sort indépendant, ai tout bravé, tout affronté!... et quand, après tant de vicissitudes, je reviens aussi épris que jamais, voilà...

Ici, Rosenberg se tourna vers Arvid qui était resté debout et attendait en silence le dénouement de cette scène extraordinaire.

— Voilà de quelle manière je suis accueilli! acheva Rosenberg en s'adressant au jeune homme, comme pour le prendre à témoin : voilà la récompense que je reçois!... Elle ne m'aime plus!

Et Rosenberg se tordit les bras avec angoisse.

Gabrielle se leva d'un air plein de dignité.

— Rosenberg, dit-elle d'une voix encore émue, mais qui s'affermit par degrés, vos reproches sont injustes. Je vous ai attendu pendant quatre ans, lorsque le terme fixé par vous n'était que de trois, lorsque, bien avant l'expiration de ce terme, je vous croyais mort ; car on m'avait rapporté que vous étiez dangereusement malade et qu'on désespérait de vous sauver ; et je n'ai reçu aucune nouvelle de vous pour m'annoncer que vous étiez vivant.

— Je vivais cependant! proféra Rosenberg : je vivais pour travailler à vous enrichir... Ingrate! toutes mes pensées n'avaient que vous pour objet.

— Il fallait moins songer à m'enrichir, et m'aimer avec moins d'orgueil, reprit Gabrielle. Pourquoi vous êtes-vous éloigné? vous seul avez voulu cette richesse qu'on ne vous demandait pas. Votre orgueil nous a perdus tous deux. Je vous ai pleuré ; je vous ai regretté... Hier encore, après quatre ans, je portais votre anneau de fiançailles qui ne m'avait pas quittée... mais, voyez, je ne le porte plus... je ne suis plus à vous... je suis comme fiancée à un autre.

— A un autre! répéta Rosenberg d'un ton menaçant. Vous me direz du moins le nom de cet autre... par le ciel! Je ne serai pas fâché de connaître celui...

— Connaissez-le donc, capitaine!... prononça Arvid en s'avançant : c'est moi.

— Vous! s'écria Rosenberg en reculant d'un pas, et en mesurant des yeux son rival.

— Oui, moi! répliqua Arvid avec fierté : et me voici prêt à soutenir mes prétentions.

— Par Dieu! j'aurais dû m'en douter, dit Rosenberg d'un ton de mépris. Je vous ai toujours trouvé sur mon chemin... Le choix, d'ailleurs, est bizarre... un douanier!... Mais auparavant, jeune homme, il faudra...

— Arrêtez! prononça Gabrielle, en se mettant entre eux. Rosenberg!... Arvid!... écoutez-moi!... Écoutez-moi! reprit-elle avec une exaltation singulière : je sens que je ne puis être à aucun de vous... non, à aucun! ma résolution est irrévocable.

— Gabrielle! que dites-vous? s'écria Arvid.

— Je dis, Arvid, que nous ne serons pas l'un à l'autre. Dieu ne le veut pas. Dieu a suscité tous les obstacles qui nous ont séparés jusqu'ici, et qui nous séparent à tout jamais... Je vous aime, Arvid, mais j'ai aimé aussi Rosenberg, quoique d'un amour différent. Je serais malheureuse avec vous en pensant à lui ; malheureuse avec lui en pensant à vous. Mon cœur n'appartiendrait entièrement à aucun de vous deux... Eh bien ! ne vous en disputez pas la possession ; fiancée deux fois, j'atteste Dieu que je n'aurai pas de mari.

Arvid et Rosenberg écoutaient la tête baissée. L'enthousiasme de la jeune fille les gagnait peu à peu. Ils comprenaient sa résolution : ils voyaient la nécessité d'y souscrire. Il se fit un moment de silence.

— Au fait, murmura enfin Rosenberg, ce serait une consolation pour l'un et pour l'autre.

Arvid s'approcha de Gabrielle. Une douleur immense se lisait dans ses traits, mais on y voyait aussi de la résignation.

— Gabrielle, lui dit-il, votre conduite est noble... votre décision est juste. Je m'y soumets, et je suivrai votre exemple... Jamais je ne vous ai plus aimée qu'en cet instant ; jamais vous ne m'avez paru plus digne d'estime et d'amour ; et cependant il faut.... oui, il faut renoncer à vous... Adieu, Gabrielle, soyez heureuse... C'est à moi de sortir le premier. Et il se dirigea vers la porte, en trébuchant comme un homme ivre.

— Non ! s'écria Gabrielle, dont l'émotion était à son comble ; vous sortirez tous deux ensemble. Rosenberg se sacrifiera comme vous et moi.

— Oui, Gabrielle, répondit Rosenberg d'un air sombre, je me sacrifierai ; car je sens bien qu'il le faut... Je ne ferai pas un long séjour dans cette île. Dès que j'aurai vu Peter, je repartirai pour l'Amérique, et puisse une bonne fièvre me délivrer de la vie !... Adieu, Gabrielle, fatale rose de Tistelon, adieu.... Monsieur le lieutenant, je sors avec vous. Vous allez de votre côté, et moi du mien ; mais, avant de nous séparer, voici ma main... Je n'accuse que la fatalité qui s'attache à moi.

Une minute après, Gabrielle se retrouva seule.

CHAPITRE XLI.

La porte s'était refermée derrière le lieutenant et Rosenberg. La malheureuse Gabrielle tenait encore ses yeux fixés sur le point où Arvid venait de disparaître. Elle avait rencontré le dernier regard qu'il lui avait jeté, et elle avait cru mourir. Son cœur s'était serré ; elle ne pensait plus... elle était anéantie... Quel brusque changement s'était accompli dans sa destinée ! Comme, en quelques heures, elle avait vu crouler toutes ses espérances ! Ce matin encore, souriant à la vie, et à l'amour qui fait la vie si heureuse et si belle : ce soir, condamnée à l'isolement et à l'abandon... Tout était fini pour elle désormais. Elle-même s'était jugée ; elle-même avait brisé son avenir ; le sacrifice était consommé... Ah ! Gabrielle s'étonnait d'avoir eu ce courage ; l'exaltation qui l'avait soutenue était tombée. La femme forte faisait place à la faible jeune fille.

Bientôt son cœur oppressé se soulagea par un déluge de larmes. Elle pleura bien long-temps sans chercher à comprimer ses pleurs ; elle trouvait une sorte de consolation à les répandre. Assise à un des angles du sopha, le bras posé sur le dossier de ce meuble, et la tête appuyée sur ses deux mains, elle passa plusieurs heures dans une prostration de corps et d'esprit qui est le propre des grandes douleurs.

Cependant le disque du soleil allait descendre dans le sein de l'Océan ; les ombres du soir commençaient à envelopper la terre ; un silence de mort régnait dans l'habitation ! Haraldson et Nicholls n'étaient pas de retour. Les autres domestiques, que Gabrielle, en rentrant, avait envoyés à la recherche de son frère, ne revenaient pas. La jeune fille se complaisait dans cette solitude profonde et cette obscurité toujours croissante dont elle était entourée.

Le bruit des pas de plusieurs personnes qui s'approchaient la tira de cette espèce de léthargie. Un coup fut frappé à la porte, un seul coup, mais qui avait quelque chose de menaçant ; en même temps, une voix forte et sonore cria :

— Holà ! ho ! est-ce que tout le monde dort, dans cette maison ?

Gabrielle, ainsi rappelée à elle-même, courut à la fenêtre : elle vit dans la cour plusieurs hommes qu'elle ne reconnut pas. Ce n'étaient point des matelots sollicitant l'hospitalité ; leur extérieur ne permettait pas cette supposition. Étaient-ce des prisonniers qui s'étaient échappés du fort Carlston ? étaient-ce des pirates?... Gabrielle, nous l'avons dit, participait du caractère intrépide de son père ; quoiqu'en ce moment il n'y eût personne à côté d'elle pour la défendre, son courage ne l'abandonna pas.

— Entrez ! répondit-elle résolument à ceux qui s'annonçaient de cette étrange manière.

— C'est bon ! répartit la voix qui avait déjà parlé, et qui était probablement celle du chef de la troupe.

Un moment après, un homme grand et fort, un peu chargé d'embonpoint, à la figure pleine et colorée, et vêtu d'un justaucorps en drap bleu, lequel était garni de boutons de métal, entra d'un pas lourd et puissant dans le parloir, et après avoir jeté autour de lui un regard rapide, fixa, d'un air scrutateur, ses petits yeux gris sur Gabrielle.

— Herr Haraldson ? demanda cet homme d'un ton d'importance et de majesté , qui contrastait avec son nez rubicond et son visage fleuri.

— Mon père n'est pas ici, répondit Gabrielle : que lui voulez-vous ? qui êtes-vous ?

— Nous sommes, ma jeune fille... c'est-à-dire, je suis délégué par les magistrats de Marstrand, pour opérer ici certaine perquisition , rechercher et saisir certains objets spécifiés sur un mandat *ad hoc*, dont je suis porteur. Les gens qui m'accompagnent sont mes estafiers.

Gabrielle se souvint alors que, plusieurs fois, dans son enfance, elle avait vu de semblables visiteurs arriver chez son père ; aussi la présence de ceux-ci ne lui inspira-t-elle aucune inquiétude. Haraldson, depuis long-temps, ne s'occupait plus de contrebande. Sa fille savait que la maison ne renfermait pas de marchandises introduites en fraude : elle ne fit aucune difficulté de recevoir les agens de la loi , et elle offrit de leur remettre toutes les clés de la maison.

Mais le personnage qui commandait la troupe, déclara qu'il ne perdrait pas son temps à fouiller le corps de logis principal. Il demanda la clé du magasin. Cette clé lui ayant été donnée , il se dirigea aussitôt vers cette partie des bâtimens, en faisant signe à ses hommes de le suivre. Gabrielle les accompagna, afin d'assister à la perquisition et de pouvoir en rendre compte à son père.

L'officier et ses subalternes commencèrent aussitôt à tourner et à retourner tous les bouts de câble, tous les lambeaux de voile que le magasin contenait ; ils les examinaient les uns après les autres, avec une attention et un intérêt que Gabrielle ne s'expliquait pas. Ils semblaient mettre à cette opération une ardeur dont elle était étonnée. A la fin, après avoir tout remué, tout exploré soigneusement, ils arrivèrent à un coin du magasin où divers cordages, divers objets de gréement étaient entassés en un monceau, et enfouis sous de la toile d'emballage. Cette toile fut écartée, les cordages, les câbles, les objets de gréement furent déroulés, inspectés pièce à pièce, et, pour ainsi dire, fil à fil.

Tout à coup le chef poussa un cri de joie. Il venait de découvrir, en achevant de défaire le rouleau, quelques bouts de vieux câbles et un morceau d'étoffe qui avait dû autrefois être un pavillon. Gabrielle comprenait moins que jamais. Cependant le chef montra d'un air de triomphe sa trouvaille à ses satellites.

— Pardieu! dit-il, les voilà bien. C'est justement ce que nous cherchions... et vous voyez que la marque du gouvernement y est encore.

— Est-ce fini? demanda Gabrielle : vous reste-t-il quelque chose à visiter?

— Rien, ma jeune fille, répondit le personnage avec un accent de moquerie, et s'apprêtant à emporter les bouts de câble et le morceau d'étoffe : j'ai mis la main sur ce que je voulais.

— Et que prétendez-vous faire de cela? demanda encore Gabrielle.

— De cela! soyez tranquille : cela vaut son pesant d'or, et servira à une fameuse besogne, j'en réponds... Et maintenant, mes amis, à bord et embarquons; on nous attend, et nous ne revenons pas les mains vides... C'est égal ; félicitons-nous de n'avoir pas trouvé le vieux corbeau dans son nid.

En parlant ainsi, le chef et ses hommes remontèrent sur la chalouppe qui les avait amenés, et poussèrent au large.

La nuit était tout à fait tombée : les domestiques envoyés par Gabrielle à la recherche d'Anton étaient de retour. L'un d'eux avait hélé un bateau pêcheur, et avait appris qu'on avait rencontré le maniaque se dirigeant du côté de Marstrand... Marstrand! Cette excursion à la terre ferme était extraordinaire de la part d'Anton, qui ne s'éloignait jamais de l'île. Quelle cause, quel but pouvait avoir ce voyage?... Gabrielle se livrait à une foule de conjectures plus tristes les unes que les autres. Fatiguée de tant d'émotions, elle se mit au lit ; mais le sommeil n'approcha point de ses yeux. Des rêves horribles ne cessèrent de la poursuivre. Vers quatre heures du matin, elle distingua le bruit d'une barque qui heurtait la jetée, et, en même temps elle reconnut la voix de Haraldson. Elle se hâta de s'habiller, et courut au devant du vieillard.

Erika et Birger étaient avec lui.

— Où est le capitaine? demanda aussitôt Birger d'un ton impérieux, et en s'avançant droit à elle. Nous avons appris son retour. Vous l'avez vu.

— Je l'ai vu, répondit la jeune fille; mais il n'est plus ici.

— Il n'est plus ici! c'est-à-dire que vous l'avez congédié!

— J'ai fait ce que je devais, répliqua froidement Gabrielle.

— Ella! lui dit tout bas Erika, ne vous attaquez point à Birger. Haraldson lui a tout conté : il est furieux.

— Ainsi vous n'avez consulté que votre folle tête! continua Birger avec une expression dans le regard et dans la voix que Gabrielle ne lui connaissait pas encore... Eh bien! je vous déclare que vous n'épouserez jamais le lieutenant : entendez-vous, Gabrielle... Vous avez employé la ruse pour nous tromper; mais, par l'enfer! ne recommencez pas : ne vous jouez pas à moi... vous auriez à vous en repentir.

Pendant ce temps, Haraldson, comme honteux de son rôle, évitait les regards de sa fille, et se cachait derrière Birger.

— Vous me faites pitié, Birger! répliqua Gabrielle sans rien perdre de son sang-froid. Si je persistais de tenir la promesse que j'ai donnée à Arvid, toute votre violence ne m'en empêcherait pas, au contraire : et je vous prouverais que ma fermeté égale la vôtre... mais, en congédiant Rosenberg, j'ai aussi congédié Arvid. Je leur ai signifié que je ne serais à aucun d'eux : telle est aujourd'hui ma résolution bien arrêtée... Essayez de la vaincre, si vous voulez.

— Avez-vous réellement fait cela? reprit Birger un peu apaisé : eh bien! c'était, dans votre position, le parti le plus sage; cela suffit pour le moment... plus tard, nous verrons... Et quelles nouvelles d'Anton?

— Aucune. On dit seulement qu'on l'a rencontré près de Marstrand.

— Marstrand! interrompit Erika toute troublée. O Birger! Birger! n'avais-je pas raison?

— Silence! répliqua Birger avec un calme parfait : il est trop tard pour parler de cela... Gabrielle, ne s'est-il rien passé autre chose, pendant notre absence?

Ici Gabrielle raconta la visite que l'on avait pratiquée la veille dans l'habitation. Elle décrivit les divers objets que l'officier avait emportés, le lieu où il les avait découverts, l'air de triomphe qu'elle avait remarqué en lui; en un mot, elle détailla tous les incidens de cette perquisition.

Birger et Haraldson écoutèrent ce récit avec l'attention la plus sérieuse. Dès les premières phrases, ils avaient échangé un coup d'œil significatif : ce que n'avait pas compris Gabrielle, ils le comprenaient! Birger ne témoigna aucun trouble. Pas un muscle de son visage ne remua. On eût dit qu'il était de marbre. Il n'en ut pas de même pour Haraldson. A mesure que Gabrielle parlait, on le voyait rougir et pâlir, et quand elle arriva à mentionner la pièce de toile sur laquelle les agens de la loi avaient reconnu la marque du gouvernement, une expression d'angoisse affreuse contracta la face du vieillard : il ne dit rien; mais ses lèvres en se retroussant laissaient voir ses dents aiguës, et ses yeux... ses yeux flamboyaient comme ceux d'une bête fauve à l'aspect des chasseurs.

Birger s'approcha de lui.

— Du sang-froid, mon père! lui dit-il, en l'emmenant à l'écart : soyez plus maître de vous et examinons en hommes notre situation... le... le jour du crime, n'avez-vous pas enlevé certains objets à bord de la pinasse, avant d'en percer la quille?... J'étais si troublé que je n'ai conservé de cela que des souvenirs confus ; et, depuis, une répugnance insurmontable m'a toujours empêché de vous adresser aucune question... Mais, enfin, qu'était-ce?

— Le pavillon de la douane, répondit Haraldson en baissant la tête : ce damné chiffon de toile et deux ou trois bouts de câbles qui m'avaient tenté... fou! idiot que je suis!... Je les avais jetés dans un coin du magasin et je n'y pensais plus. C'est ce misérable Anton qui nous a trahis. Que ne l'ai-je écrasé comme une vipère, quand il me bravait par ses menaces! Tout cela nous arrive par ma faute.

— Encore une fois, mon père, du sang-froid! prononça Birger, que cette révélation accablante n'avait pas déconcerté ; récriminer est inutile : il faut agir. Tout espoir n'est pas perdu... Avant qu'un mandat d'arrêt soit lancé contre nous, et qu'on vienne le mettre à exécution, nous avons le loisir de préparer notre fuite.

Gabrielle n'avait rien entendu de ce dialogue; mais Erika, placée plus près des interlocuteurs, avait saisi quelques mots au passage, et elle avait deviné le reste. Birger s'approcha d'elle, la prit en silence par la main, et la conduisit à leur chambre particulière; là, sa fermeté parut l'abandonner.

— Erika! dit-il d'une voix profondément émue : l'heure de la rétribution a sonné; elle a tardé long-temps, mais la voici enfin... Pour la première fois depuis notre mariage, je me repens de t'avoir associée à mon sort... au sort d'un meurtrier!... Je donnerais mon sang, je donnerais ma vie pour que cela ne fût pas. Quoi qu'il puisse m'arriver, je l'ai mérité et je m'y résigne... mais penser que toi, ma femme chérie, tu seras entraînée dans ma ruine!... Ah! cette idée est le plus grand des supplices.

Et Birger parcourait la chambre avec tous les signes d'une violente agitation.

— Ne vous reprochez point de m'avoir épousée, Birger! lui répondit Erika avec un accent de tendresse. Quant à moi, même dans cette heure terrible, je ne regrette point notre mariage : où vous irez, j'irai... mais quels sont vos projets?

— De nous tenir tout prêts à fuir à chaque instant, et d'éviter le plus long-temps possible le bras de la justice. Ces rochers et les cavernes de l'île nous fournissent cent moyens de nous cacher. On ne nous prendra pas facilement.

— Rosenberg ne pourrait-il pas nous être de quelque secours? Il est, dit-on, chez Lena.

— Je ne m'adresserai ni à Rosenberg, ni à aucun autre. Je ne veux rougir devant personne : il est même heureux que Gabrielle nous ait débarrassés de lui et du lieutenant.

— Gabrielle!... Hélas! c'est son amour pour le lieutenant qui a amené tout ceci : elle est cause que ce pauvre Anton...

— Assez, Erika! assez, ma femme! soyez indulgente pour Ella: épargnez Anton et mon père... Rika! quand je me figure mon vieux père avec ses cheveux blancs, montant sur l'échafaud!

— Horrible! horrible! s'écria la malheureuse femme en se couvrant le visage de ses deux mains.

— Ah! je te devine! lui dit Birger en la pressant contre lui par une étreinte douloureuse : tu te figures de moi ce que je me figure de mon père.

CHAPITRE XLII.

— Mon rêve! mon rêve! s'écriait fru Kathrina en s'adressant à Arvid qui, la tête appuyée sur le bord du poêle, dans une attitude pleine d'abattement, gardait un morne silence et paraissait accablé... mon rêve! répéta la matrone... Eh bien! Arvid, il m'avait dit vrai!... C'était son sang!... avais-je raison de regarder ce songe comme un avertissement du ciel? Quel effroyable malheur si, vous, le fils d'Arnman, vous aviez épousé... Mais Dieu ne l'a pas voulu! que son saint nom soit béni!... et maintenant, mon fils, réjouissons-nous, nous allons enfin être vengés. Les meurtriers sont découverts. Quoi qu'ils fassent, ils seront punis. Dites avec moi : mort et infamie sur eux!

— Ma mère, répondit Arvid en levant la tête, et en montrant un visage que, déjà, le chagrin avait dévasté, que me dites-vous? est-ce là la doctrine de l'Évangile? L'Évangile nous enseigne à pardonner; il ne nous prêche pas l'amour de la vengeance... Que les meurtriers soient punis. Je ne puis, je ne voudrais pas l'empêcher; mais je ne me réjouirai point de leur punition.

Ces paroles rappelèrent fru Kathrina à elle-même. C'est que la nouvelle de la découverte faite chez les Haraldson, et des poursuites dirigées contre eux, s'était répandue sur toute la côte avec la rapidité de l'éclair. On disait que les deux criminels avaient fui, et qu'ils étaient traqués comme des bêtes fauves. Fru Kathrina, en apprenant ces détails, avait oublié tous ses sentimens de religion et goûté la joie d'une âme vindicative. La digne femme commençait à se le reprocher.

— Vous avez raison : dit-elle à son fils : oui, les Écritures recommandent de plaindre les coupables et de leur pardonner : que voulez-vous? Je suis une faible pécheresse, et savoir que ceux qui ont tué mon digne époux... Enfin! enfin! que Dieu juge entre nous et eux!

— Oui, ma mère : qu'il les juge dans sa merci!

— Et dans sa justice, mon enfant!... Mais vous, Arvid, continua fru Kathrina, en contemplant son fils avec une sollicitude maternelle, cet événement vous a péniblement affecté, je le vois... croyez que mon cœur saigne aussi pour la malheureuse jeune fille qui est innocente du crime de ses parens.

— Ah! ma mère, s'écria Arvid avec une expression déchirante : c'est là ce qui me tue! l'idée que la misère, le chagrin, la honte sont désormais son partage, et que je ne puis rien pour elle : cette idée me désespère, et me rend fou de douleur.

— Sans doute, sans doute : vous ne pouvez rien pour elle : répondit fru Kathrina, en appuyant sur le mot *vous* : votre position vous le défend... On assure que le capitaine Rosenberg n'a pas jugé au dessous de lui de leur rendre visite : mais il n'a vu que fru Birger, et il paraît qu'ils refusent son assistance.

— Je le sais : le capitaine va repartir pour l'Amérique.

— Ils n'osent pas, voyez-vous, se montrer à leurs anciennes connaissances, poursuivit fru Kathrina avec une satisfaction maligne qui perçait malgré elle... Du reste, ils font bien : ce serait aussi trop d'audace!

Arvid garda le silence.

— Et où supposez-vous qu'ils se tiennent cachés? ajouta la matrone qui ne s'apercevait pas de la torture qu'elle infligeait à son fils en insistant sur un pareil sujet :

— Je l'ignore : répondit Arvid... parmi les rochers de la côte, probablement... à moins qu'ils n'aient quitté l'île.

— Oh ! personne ne le croit. Ils auraient emmené les deux femmes. Non, non, on prétend qu'ils se cachent pendant le jour, et que, le soir, ils retournent chez eux : la police en est pour ses peines... Si on ne les attrape pas d'ici à l'automne, les longues nuits d'hiver rendront leur capture plus difficile : je voudrais qu'un bon avis donné aux magistrats...

— Oh ! ma mère ! interrompit le lieutenant avec un ton de sévérité qui rendit muette fru Kathrina.

En même temps il se leva, et alla s'enfermer dans sa chambre.

— C'est égal ! murmura la matrone lorsqu'il fut parti : un bon avis donné aux magistrats... J'en parlerai à Martin.

Deux jours après, Arvid se rendit à Marstrand pour obtenir des nouvelles plus précises ; il n'apprit rien de plus que ce qu'il savait déjà. Le bruit public était toujours que les Haraldson n'avaient pas quitté le pays, et que, si la police n'avait pas encore mis la main sur eux, c'était par maladresse : reproche éternel que, en Suède comme partout ailleurs, on jette à la tête de la police, et qui finira, nous le craignons, par être mérité !... Tandis que Martin, altéré de vengeance, parcourait la ville, et recueillait çà et là des informations souvent contradictoires, Arvid chargea le vieux Simon de garder la pinasse, et, prétextant une affaire personnelle, il se jeta dans une yole qu'il manœuvra lui-même.

Quelques heures après, il touchait à Tistelon. Les ombres de la nuit commençaient à s'étendre sur la surface de l'Océan. Arvid aborda à l'endroit où il était descendu tant de fois dans des temps plus heureux ; il amarra son embarcation, et se glissant parmi les rochers, il prit un sentier rocailleux qui conduisait dans l'intérieur de l'île, et qui le mena jusqu'à une chaumière bâtie à quelque distance de la mer, sur la côte opposée. Avant d'y entrer, il procéda à une espèce de reconnaissance, et examina avec soin les approches et les dehors de la place ; le silence y régnait ; cependant une faible lueur qui éclairait une étroite lucarne servant de fenêtre, annonçait que cette chaumière n'était pas inhabitée. Arvid frappa à la porte d'une façon particulière. Ce n'était sans doute pas la première visite qu'il y faisait, car, à ce signal, la barre fut tirée aussitôt, et Lena, une lanterne à la main, parut aux yeux du lieutenant.

— Dieu nous bénisse ! c'est vous, monsieur Arvid ! prononça-t-elle en l'introduisant dans sa demeure, et en refermant la porte avec précaution. Qui se serait attendu à vous revoir ici après tout ce qui vient de

s'y passer, et quand chacun sait que vous êtes la dernière personne?...
c'est tout de même beaucoup de bonté de votre part... vous me direz à
cela : Mamselle Ella n'est pas responsable des actions de ses parens...
hélas! hélas! comme dit Peter : L'arbre déraciné, les branches meurent!
Peter dit encore : A mauvais capitaine, malheureux équipage!... et ce
sont de fameux proverbes que ceux-là.

Pendant que Lena, en vraie commère de village, déroulait ainsi à son
hôte la liste des proverbes de Peter, Arvid s'était assis sur un banc, et
attendait patiemment qu'elle fût disposée à l'écouter et à lui répondre.

— Votre mari, ma chère Lena, est-il à la maison? demanda-t-il enfin.

— Seigneur! non, il n'y est pas : il est parti ce soir même pour Gothembourg.

— Il n'était pas seul, j'imagine.

— Seul! peut-être oui; peut-être non... peut-être quelqu'un qui était
venu, comme vous, pour s'informer des gens de Tistelon, s'en est-il
retourné avec lui.

Et Lena cligna de l'œil d'un air mystérieux.

— Rosenberg a donc passé quelques jours ici?

— Trois jours, monsieur Arvid, trois grands jours, pendant lesquels
il n'a cessé de tourner autour de Tistelon, ainsi qu'un lion dévorant,
comme dit Peter... ou plutôt... non, c'est la Bible qui dit cela, Dieu
nous pardonne!... Toujours est-il que ce pauvre capitaine s'est présenté
quatre fois à Tistelon, pour parler à mamselle Ella, et par quatre fois
on a refusé de le recevoir : mamselle Ella lui a fait dire qu'elle le remerciait de sa constante affection, surtout dans les circonstances ac-
tuelles; mais qu'elle ne pouvait ni le voir, ni accepter ses offres de
service; et en signe d'adieu, elle lui a envoyé une boucle de ses cheveux; et fru Birger lui a écrit une lettre qu'elle a lue à mamselle Ella
et dont j'ai entendu la lecture... car j'étais dans la pièce à côté, et
comme de raison, la porte n'étant pas fermée... enfin, c'était à fendre
le cœur : et la lettre disait, entre autres belles choses que je n'ai pas
comprises... elle disait, la lettre, que Birger avait trouvé dans le capitaine un véritable ami; que, cependant, il ne voulait pas lui faire connaître le secret de sa retraite, non par défiance, mais parce que l'un et
l'autre auraient trop à souffrir de cette entrevue; qu'il priait Rosenberg de quitter le pays le plus tôt possible et d'oublier jusqu'à leur nom :
mais que pour eux, ils ne l'oublieraient jamais... Hein! je vous le demande : cela n'est-il pas touchant?

— Et que dit Rosenberg en recevant cette lettre?

— C'est moi qui la lui portai... pauvre homme! il se mit à arpenter la chambre en long et en large : et son pas était lourd!... il me faisait peur... Je m'attendais à des plaintes et à des larmes : j'ose dire qu'il y avait sujet : mais bah! ses yeux restèrent aussi secs qu'un rocher : il ordonna à Peter de tout préparer pour son départ, et il nous annonça qu'il allait quitter la Suède pour n'y plus revenir.

— Que ne suis-je libre d'en faire autant! murmura le jeune homme, en portant ses deux mains à son front par un geste de douleur.

Lena n'eut pas l'air d'avoir entendu cette phrase. Au bout d'un instant, Arvid demanda des nouvelles d'Anton.

— Plusieurs fois, pendant la nuit, on l'a vu aborder à Tistelon, et s'asseoir sur les pointes de rochers qu'il fréquentait le plus habituellement, répondit Lena. Mais, en général, il reste à Marstrand, car vous entendez bien qu'il n'ose pas trop se montrer ici et qu'il craint son père.

— Haraldson est-il donc si près qu'on ait la chance de le rencontrer sur la côte?

— Seigneur!... Dieu nous bénisse! s'écria Lena dans la dernière confusion, et s'apercevant qu'elle avait parlé trop vite : je ne sais rien de ce que vous me demandez... comment pourrais-je le savoir?... je disais... je supposais...

— Ma chère Lena! lui dit Arvid en lui pressant la main : vous ne pensez pas, j'espère, que je vienne ici comme un espion, et pour abuser de votre confiance. Je suis l'ennemi... je dois être l'ennemi de *ces* malheureux; mais je n'irai pas trahir le secret de leur retraite... fussent-ils cachés dans cette maison.

— Dans cette maison! balbutia la pauvre femme de plus en plus alarmée, et en jetant autour d'elle un regard involontaire : Dieu nous protège. On a fouillé aussi cette maison.

— Sans doute; mais on ne trouve pas toujours ce qu'on cherche et qu'on a sous la main... Allons! remettez-vous, et jurez-moi encore que vous n'instruirez point Gabrielle de ma visite.

— Je ne puis vous jurer cela, monsieur Arvid.

— Comment! pourquoi?

— Parce que ce serait un serment inutile... oui... je n'aurais pas la force de le tenir. Sachez donc qu'après avoir refusé de voir le capitaine, mamselle Ella a versé un déluge de larmes... au point que j'en pleurais moi-même... et qu'ensuite, comme nous étions toutes deux seules, elle m'a demandé s'il n'était venu personne autre que Rosenberg. — « Non, personne, ai-je répondu. » — Mais, en mentant de la sorte, je me suis sentie rougir; car, bien qu'on soit femme, et que Peter répète toujours... suffit ! c'est lui qui fait des mensonges autant que quiconque a voyagé... Voilà donc, comme je vous le disais, que mamselle Ella m'a regardée dans les yeux : elle s'est approchée, a posé sa petite main sur mon épaule, et m'a murmuré tout bas à l'oreille, d'une voix plaintive : — « Un autre est venu, Lena ! s'*il* revient, dis-lui que je pleure nuit et jour, afin de laver par mes larmes le sang que mon père a répandu. »

Pendant ce récit, Arvid pouvait à peine maîtriser son émotion et son attendrissement. Son cœur était près de se briser : il suffoquait, et, sans la présence de Lena, il aurait éclaté en sanglots. La jeune femme s'aperçut de ce qu'il souffrait ; mais elle n'en témoigna rien, et, avec une délicatesse de tact qui lui faisait honneur, elle s'occupa de divers soins de ménage, pour donner au lieutenant le temps de se calmer.

— Comment Erika et... Gabrielle endurent-elles leur malheur ? demanda-t-il enfin, en faisant effort pour prononcer ce dernier nom.

— Avec courage et fermeté, répondit Lena ; en ce moment, elles sont très affairées à empaqueter les différens objets qu'elles emporteront dans leur nouvelle...

Ici Lena s'interrompit brusquement, rougit jusqu'au blanc des yeux, et parut encore une fois toute déconcertée.

— Ma bonne Lena, lui dit Arvid en souriant avec tristesse, vous n'êtes pas habituée à dissimuler, et tous vos secrets vous échappent.

— Mon Dieu ! répliqua la jeune femme d'un ton de dépit, je ne sais pas, comme vous autres. veiller sur ma langue ; et puis, ma pauvre tête est si troublée !... Mais je crois qu'il n'y a rien à craindre avec vous.

— Et vous avez raison de le croire, dit Arvid en se levant et en s'apprêtant à partir.

Lena le reconduisit jusqu'à la porte.

— Oui, répéta-t-elle, je crois qu'il n'y a rien à craindre avec vous. Soyez discret, monsieur Arvid : si vous avez deviné quelque chose, ne le confiez à personne. Parole lâchée, parole perdue ! comme dit Peter... Pour le coup, c'est bien Peter qui dit cela.

Arvid ne retourna point à la barque qui l'avait amené. Il gagna par des sentiers qui lui étaient connus, les rochers qui, du côté opposé à la mer, commandaient les approches de la demeure de Haraldson. La nuit était humide et sombre : un épais brouillard remplissait l'atmosphère et permettait à peine de distinguer les objets ; mais, le jeune homme n'avait pas besoin d'un autre guide que son cœur pour se diriger vers la fenêtre de Gabrielle.

Il se glissa donc dans les ténèbres, et s'avança jusqu'au pied du mur d'enceinte ; aucun bruit ne sortait de l'intérieur de l'habitation ; une solitude profonde régnait autour de lui ; il pouvait sans crainte d'être interrompu se livrer à ses pensées.

La fenêtre de la chambre de Gabrielle était fermée. Arvid songea que, peu de jours auparavant, sa bien-aimée lui avait fait admirer ce petit sanctuaire, ce paradis délicieux, qui, depuis, avait été témoin de tant de douleurs ! Il se baissa pour s'asseoir sur la pointe d'une roche ; mais, il heurta du pied une pierre qui roula avec quelque bruit. Aussitôt une forme humaine se dressa entre deux rochers où elle était comme blottie, et s'enfuit au milieu de l'obscurité.

Arvid se rappela alors ce qu'on lui avait dit des visites nocturnes du pauvre Anton. C'était lui sans doute qui, tourmenté par les remords de sa conscience et les inquiétudes de l'exil, était venu passer quelques heures sous les fenêtres de son Ella ; il avait fui, se croyant épié par son père.

Mais le bruit de ses pas sur les rochers, et celui de la chute de la pierre paraissaient avoir été entendus à l'intérieur. Une main toucha le rideau de la fenêtre. Arvid en vit trembler les plis flottans. Gabrielle était là !... Cet incident avait éveillé son attention !... Oh ! si elle se montrait !... si elle ouvrait la croisée ! Arvid en éprouvait autant de désir que de crainte : il s'efforça de percer les ombres de la nuit. Toute son âme passa dans ses yeux.

Bientôt, en effet, la fenêtre s'ouvrit doucement. Gabrielle, elle-même, se pencha en dehors, et Arvid, qui s'était rapproché, l'entendit prononcer d'une voix contenue :

— Anton ! malheureux frère ! tu es encore là !... Mon père vient de rentrer... il repose dans ma chambre... éloigne-toi, tandis qu'il dort... et prends bien garde aux sentinelles.

Chacun de ces mots ranimait chez Arvid des souvenirs que, même en cet instant, il ne pouvait oublier. Chacun d'eux lui parlait d'un crime horrible ; mais ils sortaient de la bouche de Gabrielle ; c'était pour lui une musique délicieuse, et il écoutait avec ravissement. Il hésita pourtant pour savoir s'il avertirait la jeune fille de sa présence. Il se représenta l'étrangeté de sa démarche. Que venait-il faire autour du repaire des meurtriers, lui, le fils de leur victime ? Comment se trouvait-il en ce lieu, et à cette heure ? Comment la voix du sang n'étouffait-elle pas chez lui celle de l'amour ?... Cette indécision fut courte : l'amour l'emporta encore dans cette occasion. Arvid voulut adresser un suprême adieu à Gabrielle, dût-il déchoir dans l'estime de celle-ci.

— Gabrielle! lui cria-t-il à voix basse, ce n'est pas Anton; c'est Arvid qui est là... Oh! ayez pitié de ma faiblesse; un seul regard de vos yeux; un seul mot de votre bouche, et je m'éloigne.

Il ne reçut d'abord aucune réponse. Gabrielle s'était retournée d'un air d'alarme vers l'intérieur de la chambre, et prêtait l'oreille. Probablement le vieux smoggler dormait d'un sommeil agité, et elle avait craint qu'il ne se réveillât. Au bout d'une minute, elle reprit sa position à la fenêtre. Un hasard propice fit que le brouillard, chassé par le vent, perdit un peu de son intensité; et, grâce à cette éclaircie, les deux amans purent se voir distinctement.

— Grand Dieu! c'est vous, Arvid! dit Gabrielle avec un accent qui exprimait un mélange de terreur et de joie.

— Oui, Gabrielle; je n'ai pas résisté au désir de vous revoir, et, maintenant, il me semble que je vais être moins malheureux.

— Allez-vous-en, Arvid! au nom du ciel, quittez ce lieu! tout est fini entre nous. Je tremble que...

— Encore un mot, Gabrielle!... Ce fichu qui couvre vos épaules... ôtez-le moi, et je pars pour ne plus revenir.

Et il tendit la main vers la fenêtre. L'éloignement et l'obscurité ne lui permirent point de distinguer la rougeur qui colorait les joues de la jeune fille, tandis qu'elle détachait le mouchoir noué autour de son cou. Un instant après, le fichu tomba aux pieds du lieutenant, et la croisée se referma.

Arvid pressa contre ses lèvres et cacha dans sa poitrine ce dernier gage d'amour; il se mit alors en devoir de regagner son embarcation; mais il avait à peine fait quelques pas, lorsqu'une main robuste s'appesantit sur son épaule.

— Halte-là! lui cria en même temps une voix forte et menaçante: Qui êtes-vous, l'ami? et que cherchez-vous dans le brouillard?

— Laissez-moi, Nicholls! répondit Arvid qui reconnut aussitôt le domestique favori du vieux Haraldson.

— Tiens!... le lieutenant! proféra Nicholls en ouvrant de grands yeux. Foi de pêcheur, j'ai cru que c'était... Mais, tout de même, monsieur Arvid, expliquez-moi pourquoi vous êtes là à tirer des bordées si près de nous, comme un navire sous faux pavillon.

— Mon brave Nicholls, répliqua Arvid extrêmement contrarié de la position désagréable où il se trouvait, je ne vous expliquerai rien; mais vous devez être bien sûr que je ne suis pas venu ici dans de mauvaises intentions... Voici d'ailleurs quelque chose qui vous engagera à me garder le secret. Je sais que vous êtes un homme qui avez de la discrétion.

Et il glissa dans la main de Nicholls quelques pièces d'argent. Celui-ci fit une grimace d'intelligence.

— Dieu vous bénisse, lieutenant ! dit-il en empochant la somme. Je vois maintenant sous quelles couleurs vous naviguez... Suffit ! Cela vous regarde... et il est certain qu'*elle* est diablement à plaindre... Mais, filez votre nœud au plus vite : il est dangereux de s'aventurer, la nuit, dans nos eaux.

Arvid ne se le fit point répéter deux fois : il franchit rapidement la distance qui le séparait de la mer, et, bientôt il eut quitté l'île de Tistelon.

Pendant ce temps, la triste Erika veillait dans une chambre dont la porte était solidement barricadée, précaution qui attestait les inquiétudes auxquelles elle était en proie, mais qui ne les dissipait pas ! A chaque minute elle jetait les yeux vers le lit où Birger s'était étendu tout habillé, et dont elle avait fermé les rideaux. Elle écoutait le bruit de sa respiration haletante, et elle soupirait.

— Je ne puis dormir ! prononça Birger en s'agitant sur sa couche. la fatigue m'accable ; mais, le tourment de l'esprit chasse le sommeil.

Erika s'approcha du lit : d'une main elle arrangea le traversin sous la tête de son époux, de l'autre elle essuya les gouttes de sueur qui inondaient son front.

— Essayez encore de reposer, lui dit-elle : vous en avez tant besoin ! peut-être qu'à la fin...

— Non, c'est plus fort que moi : causons plutôt... Quand aurez-vous achevé les paquets ?

— Nous avons fait plusieurs ballots de marchandises, de linge et des effets les plus précieux. Demain soir, Peter Lindgren, qui a conduit Rosenberg à Gottembourg, sera revenu ; il vous aidera à en transporter une partie sur la chaloupe : le reste sera pour un second voyage.

— Plût à Dieu que nous eussions moins de bagage et plus de tranquillité d'esprit ! Si nous échappons aux recherches pendant quelques nuits encore, les tempêtes de l'automne arrivent, et nous sommes sauvés. Mais la vie que nous menons est affreuse. Traqués comme des bêtes féroces, nous n'avons pas un instant de repos... Peter et Lena nous sont d'un grand secours. Je trouve chez eux un abri et une retraite durant deux ou trois heures de la journée : ils font sentinelle, et, sous leur protection, je puis du moins respirer un peu... Mon Dieu, quand tout ceci finira-t-il... et comment ?

— Pensez-vous que nous serons en sûreté sur la côte de Norwége ? demanda Erika.

— Je l'espère : nous n'aurons pas à craindre pour notre vie ; mais la paix de l'âme, qui nous la rendra ?... Si ce n'était pour toi, que j'ai entraînée dans cet abîme de misères, je me livrerais aux mains de la justice, plutôt que d'endurer une pareille existence. Qu'est-ce, désormais, pour moi que la vie ? Le plus grand bonheur qui puisse m'arriver sera d'en être délivré... Mourir un peu plus tôt ou un peu plus tard, de sa mort naturelle, ou sur... Mais il faut t'épargner l'infamie, et cette considération me retient.

Erika pencha sa tête sur le front brûlant de son mari et pleura en silence. Dieu, touché par les prières de l'une et par le sombre repentir de l'autre, prenait sans doute en pitié le couple malheureux ; mais la justice des hommes guettait toujours sa proie.

CHAPITRE XLIII.

Deux jours après, le soleil se leva dans un ciel sombre et menaçant ; la voûte du firmament était tendue de gros nuages noirs qui fuyaient avec une rapidité prodigieuse, et qui se succédaient sans intervalle. Les vagues, fouettées par un vent impétueux, déferlaient avec fracas sur le rivage ; des bruits sourds sortaient du creux des rochers : tout annonçait l'approche d'une de ces terribles tempêtes qui signalent, dans les régions boréales, le retour de l'équinoxe, et qui, bouleversant la terre et l'Océan, laissent dans l'esprit des hommes de longs et lugubres souvenirs.

Ce jour-là, Martin, auquel Arvid avait permis de rester à Gothembourg. devait accompagner les agens de police chargés d'arrêter Haraldson et Birger. Martin s'était rendu chez les magistrats. Il leur avait démontré la cause d'où provenait l'insuccès de leurs recherches ; il leur avait suggéré l'idée d'investir Tistelon pendant la nuit et avait même offert de servir de guide au petit détachement qu'on allait envoyer. Son offre avait été acceptée, et Martin, jugeant, avec raison, que la tempête, qui commençait à éclater, ajouterait à la sécurité des deux fugitifs, s'était promis, par un effroyable serment, d'opérer leur capture cette nuit même.

Vers l'après-midi, la tempête augmenta de fureur. La mer était affreuse : il ne semblait pas possible que les plus gros navires pussent résister au choc des lames, et cependant, pour assurer le secret de l'entreprise, on ne devait emmener qu'une petite chaloupe qui, se cachant entre les vagues, aborderait, le soir, sans être aperçue, sur quelque point désert de la côte; un commissaire de police et cinq agens, outre Martin, étaient désignés pour cette expédition.

Le commissaire et ses cinq hommes tremblaient de tout leur corps en s'arrangeant au fond de la chaloupe, et en contemplant l'aspect de la mer et du ciel; mais Martin prit place au gouvernail; cette figure chat-fouine, qui n'exprimait d'ordinaire que la mauvaise humeur, la finesse et une dévorante activité, maintenant qu'elle était animée par la haine et la vengeance, semblait grandir; ces membres grêles, mais nerveux, acquéraient des proportions colossales. Calme et intrépide comme s'il ne se fût agi que d'une partie de plaisir, il poussa au large, et, à force d'habileté et de sang-froid, il réussit, ce qui était un miracle, à maintenir la chaloupe à flot et à éviter une destruction presque inévitable. Dès qu'on eut pris terre, la barque fut tirée sur le sable et solidement amarrée entre deux pointes de rochers.

— A présent, dit Martin en s'adressant au commissaire qui n'était pas encore entièrement remis de sa frayeur, vous me continuerez mes fonctions de pilote. Je connais parfaitement toute cette côte du Shargord, et, de plus, je suis intéressé personnellement à la capture des scélérats qui ont assassiné mon père. Laissez-vous conduire par moi, et je vous réponds qu'ils tomberont en notre pouvoir.

— Très bien, mon garçon! répondit le commissaire. Je ne demande pas mieux que de leur mettre la main sur le collet; mais expliquez-moi votre plan.

— Il est tout simple : nous allons nous diriger aussi secrètement que possible vers l'habitation. Ils ne seront pas encore rentrés; mais ils ne tarderont pas; et, aussitôt que nous les verrons paraître, nous nous emparerons d'eux... Qu'ils résistent! voilà qui les réduira à la raison.

Et il brandit, d'un air farouche, un harpon qu'il tenait à la main.

— Songez que nous devons les livrer vifs aux magistrats ! lui dit le commissaire.

— Sans doute, sans doute... vifs ou morts : cela dépendra d'eux ; mais, épions leur retour. Attaquons-les à terre et non sur mer : c'est plus sûr. En mer, ils se feraient couler à fond, et se noieraient avec nous. Or, l'échafaud les réclame : il faut qu'ils y figurent, et je vous dis qu'ils y figureront.

Ce plan, qui était fort sage en effet, fut adopté. Lorsque la petite troupe se fut avancée à quelque distance de l'habitation, Martin alla reconnaître la place. Il partit, tantôt rampant à terre, tantôt marchant du pas silencieux d'un sauvage. Ses compagnons le perdirent de vue dans l'obscurité; mais, au bout d'une demi-heure, il revint leur annoncer que la maison tout entière semblait plongée dans le repos. Il s'était, dit-il, aventuré jusqu'au môle. Il n'y avait aperçu qu'une grande chaloupe attachée à une chaîne de fer. Cette circonstance dénotait que les deux Haraldson n'étaient pas encore rentrés au gîte, et, sous ce rapport, elle était d'un favorable augure. Mais, sous un autre, elle était très fâcheuse; car on avait compté sur la chaloupe en question pour emmener les prisonniers, la barque de la police· étant beaucoup trop petite, et présentant un danger réel. Néanmoins, il fut résolu qu'on s'emparerait d'abord de leurs personnes, sauf à aviser plus tard aux moyens de transport.

Le commissaire et ses hommes s'étaient blottis contre des rochers. Pendant deux heures ils attendirent leur proie. La pluie tombait par torrens, le vent mugissait; le fracas des vagues, se brisant contre la côte, retentissait avec une force effrayante. Tous les élémens paraissaient confondus; c'était véritablement une nuit épouvantable!

Martin bouillait d'impatience : une seconde fois il se détacha de ses compagnons pour vérifier si tout était dans le même ordre. Aucune clarté ne brillait aux fenêtres, aucun bruit ne s'échappait de l'habitation; on n'y distinguait aucun mouvement : on eût dit le silence et la tranquillité de la tombe. Ce silence et cette tranquillité, au milieu de la lutte tumultueuse que se livraient le ciel et la terre, avaient quelque chose de surnaturel.

A onze heures, la tourmente se déchaîna dans toute sa furie. Le vent et la pluie redoublèrent de violence. L'Océan, soulevé dans ses plus profonds abîmes, joignit sa grande voix aux mille clameurs de la tempête. Le commissaire et ses hommes en avaient l'oreille assourdie : ils ne s'entendaient plus parler... Ils étaient mouillés jusqu'aux os, grelottant de froid, tous pâles d'émotion et de crainte à l'approche d'un péril dont ils ne pouvaient calculer l'étendue. Seul, Martin témoignait la même ardeur, le même mépris de la fatigue et du danger.

Ses yeux, qui pendant la nuit brillaient comme ceux d'une bête fauve et qui se portaient incessamment sur tous les points de l'horizon, distinguèrent à la fin quelque chose qui se remuait dans l'ombre, à une assez grande distance devant eux.

— Les voilà, proféra-t-il à l'oreille du commissaire, et en formant avec sa main une sorte de tuyau acoustique : regardez... là-bas... dans cette direction : ils arrivent... Je les attends depuis quinze années!

Martin prononça cette dernière phrase, entre ses dents, avec une expression de joie féroce. Cependant les deux points noirs qu'il avait
aperçus, au moment où ils passaient sur des rochers d'une couleur
blanchâtre, prenaient peu à peu des formes plus distinctes. Ce devaient
être, c'étaient les Haraldson. Ils s'avançaient de la pointe septentrionale
de l'île, tandis que ceux qui épiaient leur retour étaient descendus à
l'extrémité méridionale. Ces derniers se tenaient embusqués un peu en
arrière de l'habitation, de manière à ce que leur vue en commandât la
droite et la gauche. Ils pouvaient donc suivre les mouvemens des deux
fugitifs, jusqu'au moment où ceux-ci tourneraient l'angle nord de leur
demeure.

Martin donna, en peu de mots, ses instructions aux agens. Elles
consistaient à se glisser sans bruit sur ses pas, et à attendre son signal
pour attaquer. La petite troupe s'ébranla en silence et avec toutes les
précautions nécessaires pour dissimuler sa démarche. Les vapeurs humides qui remplissaient l'atmosphère et formaient un épais brouillard,
le tumulte des élémens déchaînés, la sécurité même que les horreurs
d'une pareille nuit inspiraient aux deux proscrits, tout favorisait les
projets de Martin. Il avait si bien calculé le temps et la distance, qu'au
moment où ses ennemis débouchaient à l'angle de la maison, il était
déjà blotti avec ses hommes à l'angle opposé.

Enfin, la taille gigantesque de Birger sortit du milieu des ténèbres.
Haraldson le suivait, un peu courbé sous le poids des années, un peu
affaibli par l'âge, mais encore redoutable et prêt à se défendre avec le
courage du désespoir. Arrivé devant la porte d'entrée, Birger s'arrêta
et prêta l'oreille. Martin était à quelques pas, retenant son souffle, immobile et plié sur ses jarrets pour prendre son élan.

Birger siffla trois fois : à ce signal la barre de la porte fut levée et la
porte elle-même s'ouvrit. Le vieillard entra le premier ; mais, à l'instant où Birger posait le pied sur le seuil, une corde lui fut jetée autour
du corps et des bras, et une main vigoureuse le tira en arrière.

C'était Martin qui, pareil à un tigre, avait bondi sur sa proie. Le commissaire et les agens lui prêtaient main-forte. Une lutte terrible s'engagea dans le passage obscur qui conduisait à la grande salle du rez-
de chaussée. Peter Lindgren et Nicholls étaient accourus sur le théâtre
du combat, et se trouvaient déjà aux prises avec les hommes de la police.
Bien qu'attaqué à l'improviste, et gêné par la corde qu'on lui avait jetée,
Birger déployait une vigueur surhumaine ; le vieux Haraldson le secondait vaillamment. Peter jurait à chaque coup qu'il portait. Le commissaire, tantôt s'épuisait en sommations légales, tantôt venait au

secours de ceux des siens qu'il voyait le plus maltraités. C'était une scène de confusion impossible à rendre.

Les assaillans avaient pour eux la supériorité du nombre. Cependant le courage déterminé du vieux smoggler, et surtout la force athlétique de Birger, auraient compensé cet avantage. Par deux fois, Birger terrassa les deux adversaires qui essayaient de le contenir ; mais Martin s'était cramponné à lui, et le colosse ne pouvait se dégager de cette étreinte fatale. A la fin, il le reconnut à la voix ; il l'entendit nommer : dès ce moment son cœur se troubla, son bras faiblit. Il combattait contre le fils de ce vieillard qui, frappé par lui du coup mortel, avait appelé sur sa tête les vengeances du Dieu des orphelins!... Cette idée le paralysa ; il se sentit touché par le doigt de la Providence : il ne se défendit plus.

La lutte fut bientôt terminée.

Birger, Nicholls, Peter Lingren, Haraldson furent garrottés au moyen de cordes dont les agens s'étaient munis. Haraldson, réduit à l'impuissance de nuire, et gisant sur le plancher, ressemblait à un vieux loup pris au piége et qui voit venir la mort ; il ne se débattait plus. Il gardait l'immobilité d'un cadavre ; mais ses yeux où flamboyait une expression de haine et de rage, annonçaient qu'il eût voulu mordre, déchirer, mettre en pièces ses ennemis.

Quant à Birger, il restait plongé dans la stupeur et l'accablement. Toute sa raison l'abandonnait à l'idée qu'il était vaincu et garrotté dans sa propre maison, au moment où il allait s'échapper, et en présence d'Erika.

Car, attirées par le bruit de la lutte, Erika, Gabrielle et Lena s'étaient précipitées vers le lieu d'où partaient les cris et les imprécations des combattans. Elles étaient arrivées pour assister à la défaite des uns et au triomphe des autres. Un flambeau allumé que portait Lena éclairait cette scène digne du pinceau d'un grand peintre. Quel tableau que celui que présentaient tous ces personnages dans des attitudes si diverses et les traits animés par des passions si différentes ! Erika, Gabrielle et Lena, en habits de voyage, interdites et consternées ! le commissaire et ses hommes tout froissés et tout meurtris, mais radieux de leur capture ! Martin, dont la figure ensanglantée, semblait rayonner d'une joie sauvage ! et, à leurs pieds, les deux Haraldson, Nicholls et le fidèle Peter !...

Le premier soin du commissaire fut d'arracher le flambeau des mains de Lena.

— Ouf! dit-il en s'essuyant le front. Que l'on ferme la porte d'entrée ! et qu'on traîne ces coquins dans la pièce voisine ! ils nous ont

donné beaucoup de mal; mais les voilà mâtés, et leur compte sera
bientôt fait.

Cet ordre fut exécuté avec une brutalité cruelle, surtout par Martin,
qui se chargea de Birger. Les prisonniers furent traînés dans la salle
commune. Gabrielle, soutenant son père, l'aida à s'asseoir dans un
grand fauteuil. Erika obtint par ses prières que son mari fût couché
sur le sofa. La même grâce fut accordée à Peter et à Nicholls qu'on
avait liés par mesure de précaution, et qui furent installés sur des
chaises.

Le commissaire fit alors une revue exacte de la maison. Il s'assura
que les contrevens étaient solidement fermés, ce qui, en cas de siége,
ajoutait aux moyens de défense des assiégés; mais on n'avait rien à
craindre de semblable : aussi l'officier de police, qui sentait le besoin
du repos après une journée si laborieuse, laissa-t-il les prisonniers sous
la garde de sa troupe; après avoir recommandé à celle-ci la plus grande
vigilance, il gagna une petite chambre située non loin du parloir, et
que Rosenberg avait autrefois occupée, remettant au lendemain la
tâche de conduire sa proie à Marstrand.

Quand il fut sorti, ses hommes s'arrangèrent pour passer la nuit le
plus commodément possible. La plupart s'établirent sur des ballots
dont la pièce était encombrée, et qui, selon toute apparence, devaient
être enlevés cette nuit même. Ils chuchotaient entre eux, évitant d'a-
dresser la parole aux captifs. Martin, indifférent à ses contusions et à
sa blessure, se promenait d'un air d'impatience dans le parloir et dans
le corridor attenant. Il lui tardait d'être au lendemain : il maudissait
la tempête et la nuit, et la pusillanimité du commissaire qui n'osait pas
les braver.

Lena pleurait à côté de son cher Peter. Erika tenait la tête de son
mari appuyée contre sa poitrine, et priait avec ferveur le Dieu qui
châtie et qui pardonne. Les deux époux échangeaient de temps en temps
un regard de triste sympathie; mais ils ne se disaient rien : leur douleur était de celles pour qui le monde n'a plus de consolations.

Pendant ce temps, Gabrielle, placée derrière le fauteuil où son père
était assis, se penchait sur le vieillard, et lui essuyait le front avec
son mouchoir. Haraldson recevait ses soins en silence; il avait fermé
les yeux comme s'il eût médité un projet qui demandait toute sa force
de conception. Il y eut un moment où ses yeux fauves s'ouvrirent, et
firent signe à Gabrielle de se pencher encore davantage. Quelques mots
furent alors échangés à voix basse, et sans affectation la jeune fille s'é-
carta du fauteuil.

....
......................de Nicholls leur annonça qu'elle
..................leur sang et lavér leurs blessures
...............s'adressait surtout aux hommes de la police
...........pas faite du tout une demande. Gabrielle n'attendit
..........elle sortit et personne n'eut l'idée de s'y op-
...................après, elle revint avec de l'eau, du sel et une ......
............de lin. Elle bassina les contusions des deux serviteurs
...............trouva le moyen de glisser secrètement à l'oreille de Peter deux ou
...............ce qui parut comprendre. Pour achever de le réconfor-
.........elle lui versa, ainsi qu'à son compagnon, une grande partie du con-
...........la bouteille, après quoi, elle sortit de nouveau avec les divers
.........qu'elle avait apportés.

Cette fois, elle ne revint pas immédiatement. On crut qu'elle s'était
retirée dans sa chambre, son absence échappa même à Martin, qui s'af-
faiblissait par suite du sang qu'il avait perdu, et commençait à ressentir
de vives douleurs à la tête.

Pendant que ces événemens s'étaient accomplis, la tempête n'avait
pas diminué de violence. Le vent continuait de rugir, la pluie de tomber par rafales. On entendait craquer les portes et les fenêtres sous
leurs assauts redoublés. Il semblait que la maison, avec ses ouvertures
fermées, fût le centre de quelque tourbillon furieux, mugissant, soufflant, gémissant autour de ses murs, et cherchant à pénétrer dans l'intérieur de l'édifice pour l'arracher de ses fondemens. Ce tumulte épouvantable, l'heure avancée de la nuit, la pâle lueur de la lampe et des
bougies qui brûlaient dans la chambre et n'éclairaient que des visages
blafards, tout saisissait l'âme d'une terreur indéfinissable : un sentiment d'attente et de vague malaise pesait sur les assistans. Ils oubliaient,
les uns leurs fatigues et leurs blessures, les autres leurs cuisans chagrins ; ceux-là même qui avaient la mort devant les yeux cessaient d'y
songer.

Eh bien ! tandis que les cœurs les plus fermes, subissant l'effet inévitable de ces grandes convulsions de la nature, demeuraient comme
engourdis et frappés de torpeur, une jeune fille agissait. Le volet de la
cuisine s'ouvrit doucement et sans bruit. Gabrielle avait profité d'un de
ces intervalles où le vent s'apaise pour recommencer ensuite à souffler avec plus de force. Elle sauta légèrement dans la cour, et se dirigea
vers le petit môle en marchant avec précaution.

Qu'elle était belle en cet instant la fille intrépide du vieux smoggler !
quelle résolution, quel enthousiasme brillait dans ses yeux et sur ses

traits ! la pluie lui fouettait le visage. L'ouragan faisait plier sa taille
flexible et menaçait de la renverser ; insensible au vent et à la pluie,
elle continua sa course jusqu'à la mer, dont les vagues écumantes s'é-
lançaient bien avant sur la grève. D'une main assurée, elle mit une
clé dans le cadenas auquel la chaloupe était attachée au moyen d'une
chaîne : elle plaça ensuite dans cette chaloupe différentes provisions
dont elle s'était pourvue : après quoi, elle regagna l'habitation ; elle
entra dans le magasin et y prit de la paille, du chanvre, des étoupes,
qu'elle disposa en plusieurs endroits, autour des bâtimens, et dont elle
porta un monceau dans le cellier. Ceci fait, elle rentra dans la maison
par le chemin qu'elle avait suivi. Un escalier dérobé la conduisit à l'é-
tage supérieur, elle alluma à une lanterne, qui ne l'avait pas quittée
dans son expédition, et qu'elle cachait sous son châle, une trentaine de
mèches qu'elle attacha aux planches du toit, aux boiseries, et partout
où la combustion lui parut prompte et facile. Elle attendit quelques minutes pour voir poindre l'incendie, et elle descendit dans le salon, le
maintien aussi composé, le visage aussi calme, que si elle venait de
quitter sa chambre.

Haraldson l'interrogea du regard : d'un coup d'œil elle lui répondit,
et le vieux smoggler sourit d'un étrange sourire.

Une demi-heure s'écoula encore.

Tout à coup le commissaire de police arriva d'un air effaré dans la
salle.

— Ah ça ! mais on étouffe ici, proféra-t-il en s'adressant à Martin.

— Qu'est-ce que signifie cette fumée ! s'écria Martin qui sortit de
l'espèce de somnolence où il était plongé ainsi que ses compagnons.

A l'instant même il fut debout. Il aspira l'air raréfié que contenait la
chambre, puis il pénétra dans le couloir, et de là dans la cuisine. Il
ouvrit la fenêtre que Gabrielle avait soigneusement refermée et regarda
dans la cour. Le magasin situé en face était dévoré par les flammes :
la lueur d'un vaste embrasement se projetait sur la mer et sur les rochers environnans.

— Le feu est à la maison ! cria-t-il aussitôt.

— Le feu ! répéta le commissaire épouvanté.

— Le feu ! répétèrent les agens qui se dressèrent sur leurs pieds.

— Le feu ! proféra Peter qui avait reçu ses instructions ; grand Dieu !
nous allons tous sauter en l'air : le cellier est plein de poudre.

En même temps, et comme pour ajouter à l'effet électrique de ce
mot, l'incendie, alimenté par l'air qui pénétrait de la cuisine, envahit

l'escalier de l'étage supérieur, et darda ses langues rougeâtres à travers les interstices de la porte.

Ce fut un sauve-qui-peut général. Le commissaire, à l'oreille duquel le mot *poudre* ne cessait de retentir, se précipita du salon dans la cour, de la cour à travers champs, et s'enfuit, la tête perdue, sans savoir où il allait. Ses agens le suivirent pêle-mêle, ne songeant qu'à sauver leur vie et abandonnant les prisonniers à leur sort. Martin fut entraîné par la contagion de l'exemple. Toute la troupe ne s'arrêta qu'aux bords de la mer, et à une distance considérable de l'habitation.

— Maintenant, petite, à moi ! prononça le vieux Haraldson.

Gabrielle était déjà à l'œuvre. En moins de rien, elle eut coupé les cordes qui liaient les captifs. Cinq minutes après, hommes et femmes se jetaient tumultueusement dans la chaloupe que Gabrielle avait détachée du poteau, et l'embarcation s'éloignait du rivage.

Dire l'étonnement, la stupéfaction, l'excès de désappointement et de fureur dont furent saisis le commissaire et ses hommes, lorsque, se retournant, ils aperçurent, à la lueur des flammes, leur proie leur échapper, ce serait impossible. Martin était comme fou de rage. Il s'arrachait les cheveux ; il vomissait les plus terribles imprécations contre lui-même, contre l'officier de police, contre le destin qui favorisait ainsi jusqu'au bout des scélérats. Vainement le commissaire lui représentait-il que ce serait folie de vouloir, avec une petite barque et par un temps pareil, donner la chasse à une grande chaloupe qui avait déjà gagné de l'avance ; Martin n'écoutait aucun raisonnement.

— Rester ici, s'écriait-il en trépignant et en se tordant les bras : rester ici et voir les meurtriers de mon père, ceux que j'avais livrés entre vos mains... Tenez ! voilà ce vieux Haraldson qui nous fait des signes de bravade !... Ah ! si notre barque n'était pas si loin !... Puisse la furie de la tempête augmenter ! puisse la chaloupe sombrer avec son équipage d'assassins maudits, ou maudite soit la Providence !

Cependant la chaloupe avait pris le large et luttait péniblement contre des lames monstrueuses. Birger n'avait obéi comme les autres qu'à l'instinct de la vie : dans la confusion du premier moment, il avait couru au rivage, sans songer à rien de plus. Lorsqu'il eut recouvré ses sens, il regarda autour de lui.

— Où est Erika? demanda-t-il d'une voix qui surmonta le fracas de la tempête.

Erika, sa femme adorée, son idole, son dieu, n'était pas sur la chaloupe.

Personne ne répondit à cette question ; les passagers échangèrent un coup d'œil effaré : il y eut un instant de profond silence.

Haraldson continuait de tenir la barre d'une main ferme.

— Erika n'est point ici ! ajouta Birger en se dressant, retournons !

Et il saisit la barre du gouvernail qu'il arracha des mains de son père.

— Êtes-vous fou ? s'écria Haraldson en s'efforçant de la reprendre ; retourner c'est nous perdre. Je ne veux pas.

— Mon père, mon père ! proféra Gabrielle, Erika va périr dans les flammes : à tous risques, retournons !

.   .   .   .

— Ah ! qu'est-ce que j'aperçois ? disait Martin qui, à la lueur de l'incendie, suivait tous les mouvemens de la chaloupe ; oh ! oh ! les meurtriers ont querelle ensemble... le père et le fils en sont venus aux prises... Dieu du ciel ! regardez le visage du vieux Haraldson !... quelle expression de rage diabolique ! il fait peur à voir... la barque oscille sous leurs pas... elle va couler à fond... le père a enlacé le fils... une lutte désespérée !... Bien ! Birger terrasse Haraldson !... le vieux coquin ne remue plus !... et voilà que la chaloupe vire de bord !... Ils reviennent ! ils reviennent ! En avant, camarades ! cette fois, ils sont à nous.

Et Martin, suivi de toute sa troupe, s'élança vers la jetée. Les fugitifs venaient d'y aborder.

— Emparez-vous d'abord de la barque ! cria le commissaire à ses hommes.

— Arrière, misérables ! proféra Birger en sautant sur la grève.

Martin et l'officier de police se jetèrent sur lui ; mais de deux coups vigoureusement assénés, il les abattit l'un et l'autre. Puis il courut comme un insensé vers l'habitation.

— Erika ! Erika ! s'écriait-il d'une voix pleine d'angoisse.

Bientôt on le perdit de vue ; il disparut au milieu des flammes.

Les agens de police n'eurent pas de peine à se rendre maîtres de la chaloupe et de son équipage. Haraldson était incapable de leur opposer aucune résistance. Peter et Nicholls furent accablés par le nombre. D'ailleurs, la lutte dont ils avaient été témoins les avait bouleversés.

Au bout de quelques minutes, Birger sortit de la maison, les cheveux et les vêtemens à moitié consumés. Il portait dans ses bras la malheureuse Erika dont la tête pendait inanimée sur l'épaule de son mari.

Erika était morte : cette femme, dont l'existence avait été un long sacrifice, avait péri victime de son dévoûment. Dans le désordre du départ, elle était montée pour chercher un petit coffret que Birger avait confié à sa garde, et qui contenait toutes leurs richesses en argent. On ne s'était point aperçu de son absence : la fumée l'avait étouffée. Quand Birger était venu pour l'arracher à la mort, il l'avait trouvée serrant encore contre son sein le fatal coffret qu'il lui avait recommandé.

Et maintenant, il ne rapportait plus qu'un cadavre! Il posa ce cher et triste fardeau sur le rivage. D'un regard qui exprimait la plus poignante détresse, il implora du secours, car il espérait que la vie n'était pas entièrement éteinte, et, pour cet homme réduit au désespoir, les agens de la police n'étaient plus des ennemis : il ne voyait en eux que des hommes qui pouvaient l'aider à sauver Erika. Lena et Gabrielle vinrent à son aide; mais leurs efforts furent inutiles; il était trop tard.

Quoique touchés de ce spectacle, le commissaire et ses satellites avaient cependant entouré Birger, et l'officier s'apprêtait à l'arrêter. Birger, qui était penché sur le corps de sa femme, se redressa, et, d'un geste calme, d'une voix ferme :

— Je suis votre prisonnier, leur dit-il; je vous suivrai sans résistance, et, dès ce moment, je reconnais que, mon père et moi, nous avons tué le lieutenant de la douane et ses deux matelots.

Puis, faisant signe aux agens de s'écarter, il enleva dans ses bras le cadavre de sa femme et entra dans la chaloupe; les vainqueurs l'y suivirent. Martin ne dissimulait pas sa joie. Il ignorait que la main qui avait massacré son père avait aussi protégé sa jeunesse. Birger remarqua cette joie cruelle. Il soupira et ne dit rien.

La chaloupe ne tarda pas à s'éloigner de Tistelon. La tempête s'était un peu apaisée. Le jour devait bientôt paraître. L'incendie achevait de dévorer sa proie. Ses reflets coloraient la mer, les nuages et les rochers de l'île. La flamme s'élançait dans les airs, formant une colonne immense qui, sous le souffle du vent, se balançait à droite et à gauche...

Quel spectacle! et comme le drame de la terre répondait bien à celui de la mer! En mer, la chaloupe sur laquelle on voyait Haraldson lié à un banc de rameurs, Gabrielle prosternée à ses pieds et tournant vers le ciel un regard mêlé de reproche et de supplication, Birger attaché au même banc que son père, et tenant sur ses genoux le corps de sa femme morte; au dessus de ce petit groupe, les figures triomphantes de l'officier et de Martin qui ressemblaient à deux démons, et, du côté de la terre, l'habitation des smogglers livrée à un vaste embrasement, dont la lueur éclairait toute cette scène!

CHAPITRE XLIV.

La nuit qui suivit cette nuit terrible, une forme maigre, décharnée, pareille à un spectre ou à ces êtres fantastiques qu'a créés l'imagination des habitans du nord, dansait parmi les ruines encore fumantes de Tistelon, d'où jaillissaient par intervalles des bouffées de flammes.

C'était Anton. L'infortuné, en dénonçant son père et son frère, n'avait pas recouvré, comme il le croyait, la paix du cœur : au contraire, dans ses momens lucides, qui étaient fort rares, il était torturé par les remords de sa conscience.

Quand il fut fatigué de danser, il s'accroupit sur ses talons et se mit à chanter d'une voix sépulcrale la chanson du Necken ; puis il recommença à danser, et, lorsque le jour parut, il s'enfuit.

Mais il revint, la nuit d'après, s'agiter au milieu des ruines du toit paternel ; il revint toutes les autres nuits, jusqu'à ce que les glaces, en fermant la mer, eussent rendu impossible ce pélerinage.

Le printemps avait succédé à l'hiver ; l'instruction du procès était terminée : Birger et Haraldson furent condamnés à mort et subirent leur sentence (1). Haraldson, un peu amolli par les ferventes exhortations de sa fille et par celles d'un ministre, se montra, dans cette dernière épreuve, sinon repentant et entièrement réconcilié avec son Dieu, du moins résigné à son destin et sachant le supporter avec courage. Quant à Birger, la mort était un soulagement pour lui. Il n'aspirait qu'à rejoindre Erika. Il mourut comme il avait vécu, — en homme.

Le soir même du jour de leur exécution, Anton s'arrêta devant les poteaux où étaient exposés les restes mutilés de son père et de son frère. Ses traits avaient en ce moment une remarquable expression de paix et de sérénité. Il contempla long-temps ces tristes dépouilles, après quoi il les salua d'un signe de tête comme pour leur dire adieu, et il courut à sa barque. Toute cette nuit, il erra parmi les débris de l'habitation où il avait passé sa vie, où il avait aimé et souffert. Il visita successivement les grottes, les cavernes, les retraites mystérieuses où il se plaisait à se cacher, celles où il avait joué avec sa sœur Ella, celles d'où il écoutait les chants des sirènes. Il arriva ainsi à sa place

(1) En Suède, la peine de mort est la décapitation. On tranche d'abord la main droite du supplicié ; puis cette main, la tête et le reste du corps, restent exposés sur des poteaux jusqu'à ce que les os soient complétement desséchés.

favorite. C'était une pointe de rocher qui surplombait la mer : il y monta, prêta un instant l'oreille au bruit monotone des flots, comme s'il eût distingué la voix des humides divinités de l'Océan ; puis, étendant les bras :

— Vous m'appelez! s'écria-t-il ; me voici !

Et il s'élança dans l'abîme. Les vagues bleues, au sein desquelles il s'imaginait parfois, dans sa folie, qu'il avait vu le jour, reçurent son corps ; et cette âme si tourmentée fut enfin rendue au calme.

Trente ans après les événemens que nous venons de raconter, un voyageur parcourait la côte du Shargord qui fait aujourd'hui partie de la province de Bohns. Il trouva le village des pêcheurs plongé dans un état de misère déplorable. Les habitans avaient conservé, comme une tradition, le souvenir d'une époque plus heureuse, où un jeune lieutenant de la douane et sa mère se dévouaient uniquement à leur bienêtre ; mais ces dieux bienfaisans avaient disparu, les institutions utiles créées par eux n'existaient plus ; l'école même avait été fermée après la mort de maître Flint, et la population subissait le joug du patron actuel de Groby, digne héritier et successeur de son père, le juif Holmgren.

Quant à la résidence nouvelle de la famille Arnman, personne dans le village n'en savait rien. Cependant notre voyageur étant descendu dans une petite auberge, située entre Marstrand et Gothembourg, et tenue par Peter Lindgren et sa femme Lena, apprit de l'hôtesse communicative que le lieutenant s'était établi sur un point de la Suède très éloigné de ces parages, qu'il avait prospéré, selon le monde, et qu'il avait fini par épouser Joséphine, afin que fru Kathrina vît, avant de fermer les yeux, son souhait le plus cher accompli. Peter, de son côté, assura que Rosenberg, son ancien capitaine, était mort au delà des mers, et qu'il ne s'était jamais marié.

La petite auberge semblait bien achalandée. L'hôtesse était propre et avenante ; son babil amusait et retenait les pratiques. Peter ne refusa point de partager avec le voyageur une bouteille de bordeaux que celui-ci avait demandée. Lorsque la liqueur généreuse l'eut disposé à la confiance, il écarta avec précaution un rideau qui couvrait un petit vitrage encadré dans le mur. Ce mur séparait la pièce où ils étaient tous deux attablés d'une autre chambre petite, obscure, meublée d'un lit, d'une table, de deux chaises, et, dans cette chambre, assise devant la table, le voyageur aperçut une femme qui lui parut vieille, ridée, courbée par l'âge ou par le chagrin. Ses mains jouaient machinalement avec deux coquillages. Perdue dans ses rêveries, les yeux fixés dans le vide, elle ne semblait plus appartenir à ce monde. Si jamais elle avait été belle, son visage ne le disait pas.

Il — Et pourtant, remarqua Peter en refermant le rideau, elle n'est pas plus vieille que Lena, et je vous réponds que, dans son temps, elle a été la plus jolie fille du Shargord ; — on la nommait la rose de Bistelœn.

E. C.

FIN.

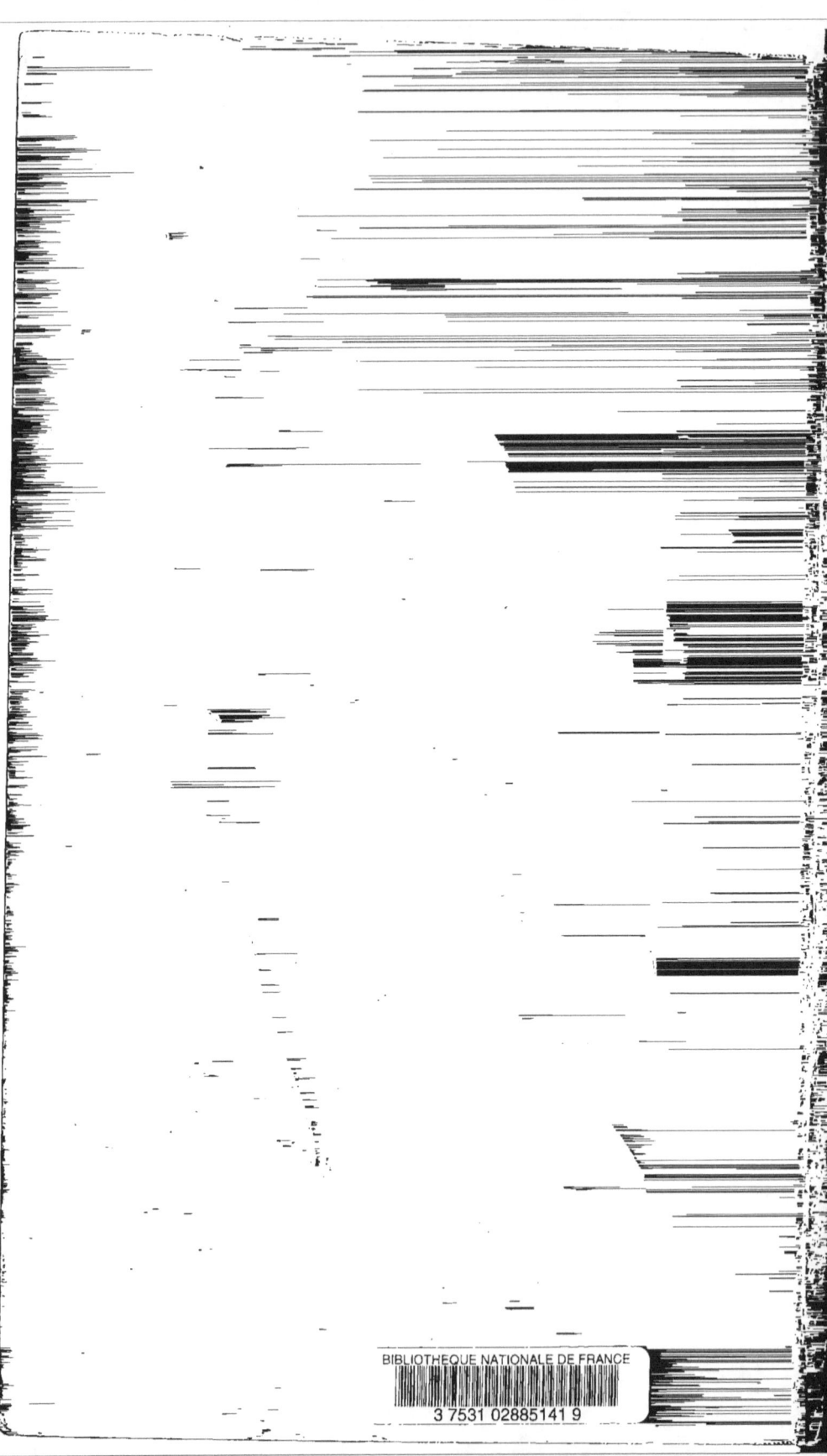

www.ingramcontent.com/pod-product-compliance
Lightning Source LLC
Chambersburg PA
CBHW071808020726
47502CB00004B/1036